生命重于泰山
疫情就是命令
防控就是责任

辽宁抗击新冠肺炎疫情全纪实

丁宗皓　刘玉玮　主编

辽宁人民出版社

© 丁宗皓　刘玉玮　2020

图书在版编目（CIP）数据

辽宁抗击新冠肺炎疫情全纪实 / 丁宗皓, 刘玉玮主编. —沈阳：辽宁人民出版社, 2020.5
ISBN 978-7-205-09873-5

Ⅰ. ①辽… Ⅱ. ①丁… ②刘… Ⅲ. ①纪实文学—作品集—中国—当代　Ⅳ. ① I25

中国版本图书馆 CIP 数据核字（2020）第 077126 号

出版发行：辽宁人民出版社
　　　　　地址：沈阳市和平区十一纬路 25 号　邮编：110003
　　　　　电话：024-23284321（邮　购）　024-23284324（发行部）
　　　　　传真：024-23284191（发行部）　024-23284304（办公室）
　　　　　http://www.lnpph.com.cn

印　　刷：辽宁新华印务有限公司
幅面尺寸：185mm×260mm
印　　张：25
字　　数：389 千字
出版时间：2020 年 5 月第 1 版
印刷时间：2020 年 5 月第 1 次印刷
责任编辑：娄　瓴
装帧设计：丁末末
责任校对：吴艳杰　等
书　　号：ISBN 978-7-205-09873-5

定　　价：158.00 元

编委会
EDITORIAL BOARD

主　编

丁宗皓　刘玉玮

副主编

李增福　张小龙

主　创

辽宁日报融媒体编辑部

辽宁抗击
新冠肺炎疫情全纪实

序

一

辽宁，共和国长子。

既为长子，须担长子之责。庚子战"疫"，辽宁用行动回答。

人，披袍擐甲、逆行荆楚。2054位白衣战士，舍生忘死，守"山"护"城"。呼吸、重症、急诊、中医、儿科、心理、院感、疾控，整建制接管、多学科协同，67天救治3070人。孟震、马景宏，夫妻上阵，成就佳话；侯思远，亲人离世，依旧坚守；徐英辉，腰椎骨折，尚未痊愈，勇闯"火线"……他们，无愧于"新时代最可爱的人"。

物，倾我所有、尽我所能。华晨集团的负压救护车，东软集团的高端CT机，中科院沈阳自动化所的咽拭子智能化采样机器人，同联集团的有效药"可利霉素"……科技"利器"，火速研发，紧急投产。大米、水果、蔬菜，防护服、消毒液、急用药，源源不断驰援湖北、发往全国。不惜成本、不计代价、不提困难，只因前方紧缺、国家需要。

情，触碰心灵、催人泪下。中国医科大学附属第一医院重症医学科副主任丁仁彧，冒着被感染的巨大风险为85岁危重患者插管，彰显的是医患情；绥中县的李东新、穆秋夫妇，12天时间，先后3次往返云南、武汉之间，无偿运送200多吨新鲜蔬菜，饱含的是同胞情；《我要你平安归来》《万众一心强中华》，两首原创歌曲，唱出的是家国情。

辽宁的抗疫故事，中央媒体广泛关注，新闻联播频频报道，网络舆论持续热议。

网友评论：老大哥，好样的！

这，就是长子。无论何时，在"他"的价值排序中，"民族大义、国家大局"永居首位。

所以，当"欠辽宁一个热搜"上了"热搜"时，辽宁人谦逊推辞：应该应分，为啥表扬？

什么也不说，胸中有团火；什么也不说，祖国需要我。

二

长子情怀，是历史的积淀，文化的传承。

长子地位由时代选择，长子情怀是自我选择。

新中国成立之初，一穷二白，积贫积弱。"一五"计划时期，被称为"中国社会主义工业化奠基之战"的156个工业项目，24个落户辽宁。"给全国出机器，给全国出专家"，辽宁为我国建成独立完整的工业体系和国民经济体系立下卓越功勋。国之长子，由此确立。

改革开放，一声春雷，万物复苏。在中央的大力支持下，辽宁完成了经济结构调整，促进了产业升级，继续以良好的工业基础和突出的产业优势为国家建设发挥着重要作用。同时，我们大胆试、大胆闯、大胆干，为国家改革"承压"，为体制创新"蹚路"。

新时代，伟大复兴，逐梦起航。辽宁牢记习近平总书记殷殷嘱托，用党的创新理论武装头脑、指导实践，将"四个着力""三个推进""六项重点工作"内化于心、外化于行。我们不等不靠、苦干实干，为维护国家国防安全、粮食安全、生态安全、能源安全、产业安全作出贡献，为国家战略提供支撑。

浪是那海的赤子，海是那浪的依托。70多年来，在"辽宁篇章"的历史叙事中，"长子情怀"如一根红线贯穿其间。一代又一代辽宁人，在它的滋养下成长，又不断丰富和拓展它的内涵，最终成为"新时代辽宁精神"的起笔之语、逻辑之要。

三

长子，未必是最富足的，也未必是最风光的，甚至有时是沉默的。但他那浓烈、炽热的情怀却是不变的、如一的。

2020年，令人猝不及防的打开方式，如一面镜子，清晰地映照出"长子"的样子。

关键时刻见忠诚。不折不扣、迅速精准贯彻落实习近平总书记重要指示精神和党中央决策部署，省委省政府排兵布阵、指挥调度、科学防控。"四个意识""四个自信""两个维护"，落于细小、融进血液、铸入灵魂。

大考之下显初心。党员干部把人民群众生命安全和身体健康放在首位，冲锋在第一线、战斗在最前沿，牢记使命、践行誓言、挺起脊梁，党旗飘扬聚合力、党徽闪亮定民心，构建起无盲区、零死角的"生命堤坝"。

关键时刻有担当。防疫物资，全国"紧平衡"。我省迅速摸排挖潜、提供高效服务、整合资源要素，依托体系完备、门类齐全的工业基础，一条"战时"产业链迅速形成。医用口罩、防护服，从少到多、从无到有，支援全国、支援世界。

国家小家懂取舍。十一批援鄂医疗队员，次次紧急集结，回回一呼百应。他们中，有的正在筹备婚礼，有的妻子即将生产，有的父母病卧在榻，但没人犹豫、没人退缩。请愿书上密密麻麻的"红手印"，是他们无声的誓言。

压力面前看实干。疫情冲击，使"六稳"难度指数陡增。把时间抢回来、把损失补回来！各级干部不服输、不畏难，进企业、下工地、走村屯，通"堵点"、解"痛点"、补"断点"，为经济运行送去"及时雨"、安上"加速器"。

"老铁"，东北话意为永远值得依靠、信赖的"好哥们儿"。如今，它正在成为网络上的流行词。

辽宁这块"铁"，历久弥坚，永不褪色。

四

一定要把自己的事情办好，是长子的自觉。

我们深知，国家好，辽宁才会好；辽宁好，就是为国家作贡献。

我们坚信，辽宁将愈挫愈勇，以风雨无阻的心态、风雨兼程的状态，攻坚克难、奋力冲刺。全面振兴的脚步不会停歇，全面小康的目标定能实现。

我们坚信，辽宁将更加成熟，以宽广的视野、长远的目光，审视自身优势与短板，谋划当下与未来，不断提高发展的质量和水平，进而抓住危中之机，做到化危为机。

一次疫情，使世人看到了"长子情怀"所蕴含的磅礴力量，令我们感慨万千，令我们豪情满怀。

精神永恒，伟业必兴。

辽宁抗击
新冠肺炎疫情全纪实

目录

故事

001_　　序

002_　　辽宁抗疫大事记

辽宁：守护家园

012_　　用爱抗疫——走近抗击疫情的沈阳市医护人员

020_　　他们，奋战在抗疫应急病区鲜艳的党旗下

024_　　穿上"战袍"就是"战士"

030_　　"密接中心"筑起抗击疫情的铜墙铁壁

036_　　守护患者生命的最后一道防线

出征：逆行天使

046_　　致敬！辽宁首批医疗队138名医护人员驰援湖北

056_　　第二批出征！辽宁省4名疾控专家今日驰援湖北

060_　　第三批出征！危重症患者救治医疗队出征赴鄂

076_　　第四批出征！辽宁省国家紧急医学救援队驰援湖北

094_　　第五批出征！500名大连医护星夜驰援雷神山

098_　　第六批出征！500名医护人员再援武汉

110_	第七批出征！中国医科大学附属第一医院60名医护驰援武汉
120_	第八批出征！ 115名医护驰援襄阳武汉
128_	第九批出征！风雪夜，233名白衣战士再援襄阳
134_	第十批出征！ 109名队员，为了湖北，再次出征
144_	第十一批出征！ 200名队员飞赴武汉

湖北：战"疫"前线

152_	▶ **武汉纪事**
154_	辽宁医疗队员的战"疫"生活
160_	我们来之能战，战之能胜！
166_	都是能扛、能造、能打硬仗的精兵强将
172_	每个人都像勇士一样在战斗
178_	点亮生命之舱
194_	▶ **守护"雷神山"**
196_	穿上防护服就担起了责任与使命
204_	别怕，我们一起战斗！
210_	用专业和温暖的护理给患者信心
216_	最好的礼物就是亲手交给患者的"出院证明"
222_	▶ **战襄阳**
224_	援襄医疗队迅速进入"临战状态"

232_ 辽宁援襄医疗队队员全部派驻受援医院

238_ 从侧面向病毒进攻的他们

244_ 辽宁儿科医护战士在襄阳

248_ 我来自辽宁，我是襄阳人

251_ ▶ **两地书·连线湖北**

252_ 他微笑着，沈阳这些医护人员瞬间哭了

254_ 今天，他们隔空"比心"，画出最美的爱

258_ "爸爸，加油！"

261_ "假医生"的真心话

272_ 宁可十防九空，不可失防万一

275_ 人人尽责也是有效"疫苗"

278_ 保持"跟我上"的战斗姿态

281_ 用大爱书写辽宁人的奉献与担当

284_ 牢固树立"一盘棋"思想

287_ 以科学态度必胜信念筑起"心理堤坝"

290_ 防"谣"也是抗疫

292_ 既要防控有力也要工作有序

294_ 坚决打赢保供这场硬仗

297_	用实际行动诠释忠诚担当
300_	奋力夺取疫情防控与经济发展双胜利
303_	切不可有"松口气"的错误想法
306_	心理疏导也是抗疫重要一环
308_	应急响应降级　防控意识别降
312_	大疫中，书写辽商大义
315_	脱贫攻坚不能缓一缓、等一等
318_	把春季农业生产抓紧抓实抓细

记录 JI LU

323_	抗击疫情·辽宁在行动
377_	驰援湖北·辽宁行动大事记

2020年初,突如其来的新冠疫情在辽沈大地发起了一场和平年代的战"疫"。辽宁,再一次向世人展现长子的样子——

人,披袍擐甲、逆行荆楚;

物,倾我所有、尽我所能;

情,触碰心灵、催人泪下。

这,就是长子。

辽宁抗疫大事记

1月22日
省政府召开全省新型冠状病毒感染的肺炎疫情防控工作电视电话会议，深入贯彻习近平总书记重要指示精神，坚决防范遏制疫情在我省扩散蔓延。陈求发作出批示，唐一军出席会议并讲话。唐一军主持召开省政府第71次常务会议，专题部署新型冠状病毒感染的肺炎疫情防控工作。

1月25日
唐一军在省新型冠状病毒感染的肺炎疫情联防联控工作领导小组会议上强调，压实责任，抓实做细，坚决打好疫情防控工作攻坚战。会议决定，启动重大突发公共卫生事件Ⅱ级响应。

1月27日
省新型冠状病毒感染的肺炎疫情防控指挥部会议召开，深入贯彻落实习近平总书记重要指示精神，坚决打赢疫情防控阻击战，陈求发主持并讲话，唐一军出席并讲话。

1月29日
陈求发在辽宁省疾控中心和华晨负压式救护车生产车间调研时强调，深入贯彻习近平总书记重要指示精神，科学有序做好疫情防控和物资供给保障。
唐一军在检查指导农村社区新型冠状病毒感染的肺炎疫情防控工作时强调，干部挺身而出，党员迎难而上，紧紧依靠人民群众坚决打赢疫情防控阻击战。

1月28日
辽宁省召开防控新型冠状病毒感染的肺炎疫情工作电视电话会议，深入贯彻习近平总书记重要讲话精神，把人民群众生命安全和身体健康放在第一位，有效遏制疫情蔓延。陈求发主持并讲话，唐一军出席并讲话。

辽宁抗击新冠肺炎疫情全纪实

1月30日

陈求发在沈阳防护口罩生产企业和高速公路联防联控点调研时强调,加强联防联控加强物资保供,守护好人民群众生命安全和身体健康,坚定不移把党中央决策部署落到实处。

唐一军在调研疫情防控物资保障工作时强调,加快组织生产加紧物资调配加大市场供应,为坚决打赢疫情防控阻击战提供有力保障。

1月31日

省新型冠状病毒感染的肺炎疫情防控指挥部召开第三次会议,传达学习贯彻习近平总书记重要指示精神,听取我省疫情防控工作汇报,研究部署下步工作。陈求发主持并讲话,唐一军出席并讲话,夏德仁出席。

2月1日

唐一军到辽阳灯塔市暗访疫情防控工作时强调,严而又严绷紧联防联控这根弦,细而又细织密群防群治这张网。

2月2日

陈求发在沈阳市第六人民医院区域集中救治中心调研时强调,严格落实"四集中"要求,加快推进集中救治中心建设,确保感染患者得到及时有效救治。

唐一军在与医学专家座谈时强调,正确研判疫情,精准有效防控。

2月3日

省新型冠状病毒感染的肺炎疫情防控指挥部召开第四次会议,提出要坚定不移贯彻落实习近平总书记重要指示批示和党中央各项决策部署,采取切实可行措施,坚决打好打赢我省疫情防控阻击战。陈求发主持并讲话,唐一军出席并讲话,夏德仁出席。

辽宁驰援湖北危重症患者救治医疗队出征赴鄂,陈求发、唐一军到机场送行。

唐一军主持召开省政府第72次常务会议暨省安全生产委员会会议,会议提出,全力抓好安全生产工作,为打赢疫情防控阻击战创造安全稳定社会环境。

2月4日

省新型冠状病毒感染的肺炎疫情防控指挥部召开专题视频调度会,深入分析疫情防控工作中存在的突出问题,点对点调度一对一研判精细化部署。陈求发出席并讲话。

唐一军到大连市调研指导疫情防控工作时强调,聚焦压实责任聚力狠抓落实,全力构筑疫情防控坚固防线。

2月5日

陈求发在现场办公研究解决医用防护服紧急生产问题时强调，坚决贯彻中央部署要求，坚决服从大局服从指挥，确保以最快速度生产出符合标准的医用防护服。

唐一军到沈阳市暗访疫情防控工作时强调，深入学习贯彻习近平总书记重要讲话精神，全力推动疫情防控各项举措落实落细落到位。

2月6日

省新型冠状病毒感染的肺炎疫情防控指挥部召开专题会议，落实中央"四集中"要求，加强专家指导组和救治中心医疗队建设，确保每名确诊患者都得到及时有效救治。陈求发主持并讲话，唐一军出席并讲话。

省政府党组召开（扩大）会议，深入学习贯彻习近平总书记重要讲话精神，确保党中央决策部署和疫情防控举措全面落实到位。唐一军主持会议。

省疫情防控指挥部发布《全省城乡社区（村）疫情严查严控措施30条》

2月7日

省疫情防控指挥部召开紧缺防疫物资生产和保供工作专题会议，深入贯彻落实习近平总书记重要指示批示精神，进一步做好医疗救治和群众需求的保供工作，为打赢疫情防控阻击战提供坚强的物质保障，陈求发主持并讲话。

唐一军在沈阳市调研企业复工复产时强调，抓实抓细疫情防控，有序有效组织生产，齐心协力打赢疫情防控阻击战总体战。

唐一军在全省疫情防控期间企业开复工专题视频调度会上强调，统一思想统筹兼顾，做实做细各项工作，出台实招硬招支持开工复工。

2月8日

省委常委会召开会议，传达学习习近平总书记在中共中央政治局常委会会议上重要讲话精神，研究我省贯彻落实意见。陈求发主持会议。

省新型冠状病毒感染的肺炎疫情防控指挥部召开第五次（扩大）会议，深入贯彻落实习近平总书记重要讲话精神，进一步加强对疫情防控工作的统一领导，确保党中央决策部署在辽宁落实落地。陈求发主持并讲话，唐一军出席并讲话，夏德仁出席。

2月9日

陈求发主持召开省委理论学习中心组专题学习会，深入学习贯彻习近平总书记关于疫情防控工作重要讲话和指示批示精神。唐一军发言，夏德仁出席。

2月10日

唐一军到铁岭县暗访农村社区疫情防控工作时强调，自觉坚持党的群众路线，全力抓实抓细农村社区疫情防控工作。

辽宁抗击新冠肺炎疫情全纪实

2月11日
陈求发在省委机关检查指导疫情防控工作时强调,省委机关要在坚定不移贯彻落实中央各项决策部署中作表率,统筹做好疫情防控和改革发展稳定各项工作。

2月12日
唐一军在抚顺市调研城乡疫情防控和企业开工复产工作时强调,一以贯之抓实抓细疫情防控,一企一策有力有序开工复产。

省疫情防控指挥部发布《企业及员工疫情防控措施20条》。

2月13日
陈求发主持召开辽宁省新冠肺炎疫情防控指挥部第六次会议,传达学习习近平总书记在北京调研指导新型冠状病毒肺炎疫情防控工作时重要讲话精神,研究部署我省贯彻落实工作。唐一军出席并讲话,夏德仁出席。

唐一军在沈阳市调研企业开工复产和社区疫情防控工作时强调,安全有序抓好复工复产,众志成城抓实联防联控。

2月16日
陈求发主持召开省委全面依法治省委员会会议,传达学习习近平总书记在中央全面依法治国委员会第三次会议上重要讲话精神,研究部署我省贯彻落实工作。唐一军出席。

2月15日
省委常委会召开会议,传达学习习近平总书记在中共中央政治局常委会会议上重要讲话精神,研究部署我省贯彻落实工作。陈求发主持会议。
唐一军主持召开省新冠肺炎疫情防控指挥部专题会议时强调,积极响应,全力以赴,坚决完成党中央交给的对口支援任务。

2月14日
陈求发在主持召开辽宁省新冠肺炎疫情防控指挥部专题会议时强调,坚持把提高收治率和治愈率、降低感染率和病亡率作为出发点落脚点和检验标准,进一步强化疫情防控应急科研攻关。

唐一军在锦州市调研暗访城乡疫情防控工作时强调,咬紧牙关不松劲,深细严实不懈怠,把疫情防控各项措施真正落实到位。

2月17日
唐一军主持召开省新冠肺炎疫情防控指挥部专题会议时强调,深入贯彻落实习近平总书记重要讲话精神,统筹抓实抓细疫情防控和经济社会发展工作。

2月18日
陈求发与湖北省委书记应勇通电话,辽宁省委坚决贯彻习近平总书记重要指示批示精神,全力以赴支援湖北抗击疫情。
省十三届人大常委会举行第十六次会议,陈求发出席并讲话。会议审议通过了《辽宁省人民代表大会常务委员会关于依法科学有序做好当前新冠肺炎疫情防控工作的决定》。

辽宁对口支援湖北(襄阳市)前方指挥部及第三批救治医疗队出征,陈求发授旗,唐一军讲话。

省政府党组召开会议,深入学习贯彻习近平总书记重要讲话精神,确保党中央决策部署在辽宁全面落实到位。唐一军主持会议。

辽宁抗疫大事记

2月19日

陈求发主持召开辽宁省新冠肺炎疫情防控指挥部（扩大）会议，传达学习习近平总书记在中共中央政治局常委会会议上重要讲话精神，研究部署我省贯彻落实工作。唐一军出席并讲话，夏德仁出席。

唐一军在沈阳市调研企业疫情防控和复工复产工作时强调，坚持两手抓做到两不误，统筹抓好疫情防控和经济社会发展。

2月20日

陈求发在沈阳市部分外资企业调研时强调，统筹抓好疫情防控和开工复工，切实帮助外资企业解决实际问题，确保实现今年各项目标任务。

唐一军在鞍山市调研企业疫情防控和复工复产工作时强调，抓实抓细疫情防控，抓紧抓好复工复产，全力完成今年经济社会发展目标任务。

中共辽宁省委 辽宁省人民政府发布《关于坚决打赢新冠肺炎疫情防控阻击战 全力做好改革发展稳定各项工作的若干意见》。

2月22日

陈求发在沈阳新松公司调研口罩生产线时强调，加快推进新建口罩生产线投产，全力保障全面恢复生产生活秩序口罩需求。

唐一军在调研疫情防控和复工复产工作时强调，紧盯重点领域，强化分类指导，统筹抓好疫情防控和经济社会发展。

2月21日

陈求发在本溪市调研时强调，科学防治精准施策分区分级做好疫情防控，全面恢复生产生活秩序，努力实现全年目标任务。

唐一军主持召开省政府第73次常务会议，审议《2020年省政府"重实干、强执行、抓落实"专项行动实施方案》，部署省政府重点工作。

唐一军在驻辽央企和社区调研时强调，一手抓疫情防控，一手抓经济发展，确保两手都要硬、两战都要赢。

省疫情防控指挥部发布《全省城乡社区（村）疫情严查严控措施30条（第二版）》。

省疫情防控指挥部发布《企业及员工疫情防控措施20条（第二版）》。

2月23日

陈求发主持召开辽宁省新冠肺炎疫情防控指挥部（扩大）会议，传达贯彻中共中央政治局会议精神，部署统筹做好我省疫情防控和经济社会发展工作。唐一军出席并讲话，夏德仁出席。

2月24日

唐一军在彰武县调研城乡疫情防控和企业复工复产工作时强调，统筹为重，落实为要，奋力夺取疫情防控和经济社会发展双胜利。

2月25日

陈求发到大连调研日资企业复工复产情况，看望慰问区域集中救治中心医护人员。

唐一军在沈阳市部分外贸外资企业调研时强调，畅通线上线下供应链，稳住外贸外资基本盘，努力实现今年经济社会发展目标任务。

辽宁抗击新冠肺炎疫情全纪实

2月26日

省委常委会召开（扩大）会议，深入学习习近平总书记在统筹推进新冠肺炎疫情防控和经济社会发展工作部署会议上重要讲话精神，研究我省贯彻落实措施。陈求发主持会议，唐一军夏德仁发言。

陈求发主持召开辽宁省新冠肺炎疫情防控指挥部专题会议，研究部署新冠肺炎医疗救治治疗方案优化和应急科研攻关工作。

省政府党组理论学习中心组召开会议，深入学习贯彻习近平总书记重要讲话精神，确保党中央各项决策部署在辽宁落实到位取得实效。唐一军主持会议。

唐一军主持召开省新冠肺炎疫情防控指挥部专题会议时强调，守牢入口关织密防控网，抓实抓细疫情外防输入工作。

2月27日

陈求发到营口盘锦调研疫情防控和复工复产工作，咬定目标不放松，努力实现疫情防控和经济社会发展双胜利。

唐一军在省政府深入推进"重实干、强执行、抓落实"专项行动电视电话会上强调，沉下心来，扑下身子，以扎扎实实的工作取得实实在在的成效。

唐一军在沈阳市部分物流企业调研时强调，打通物流"大动脉"，畅通配送"微循环"，为经济社会平稳健康发展增动力添活力。

2月28日

陈求发到抚顺调研一手抓疫情防控一手抓经济社会发展工作，毫不放松抓好疫情防控，做好"六稳"工作实现高质量发展。

国务院应对新冠肺炎疫情联防联控机制工作第六指导组反馈意见会在沈阳召开。唐一军主持并讲话，刘金峰作反馈。

唐一军在朝阳市调研疫情防控复工复产和脱贫攻坚工作时强调，疫情防控之弦时刻不松，经济社会发展始终抓紧。

唐一军在省新冠肺炎疫情防控指挥部外防输入专题会议上强调，严防严控，精准精细，全力抓紧抓实疫情外防输入工作。

2月29日

陈求发主持召开辽宁省新冠肺炎疫情防控指挥部（扩大）会议，把党中央各项决策部署抓实抓细抓落地，奋力夺取疫情防控和实现经济社会发展目标双胜利。唐一军出席会议并讲话，夏德仁出席。

唐一军在本溪市调研特殊场所和重点人群疫情防控工作时强调，压实责任，落实措施，着力做好特殊场所和重点人群疫情防控工作。

辽宁抗疫大事记　007

故事

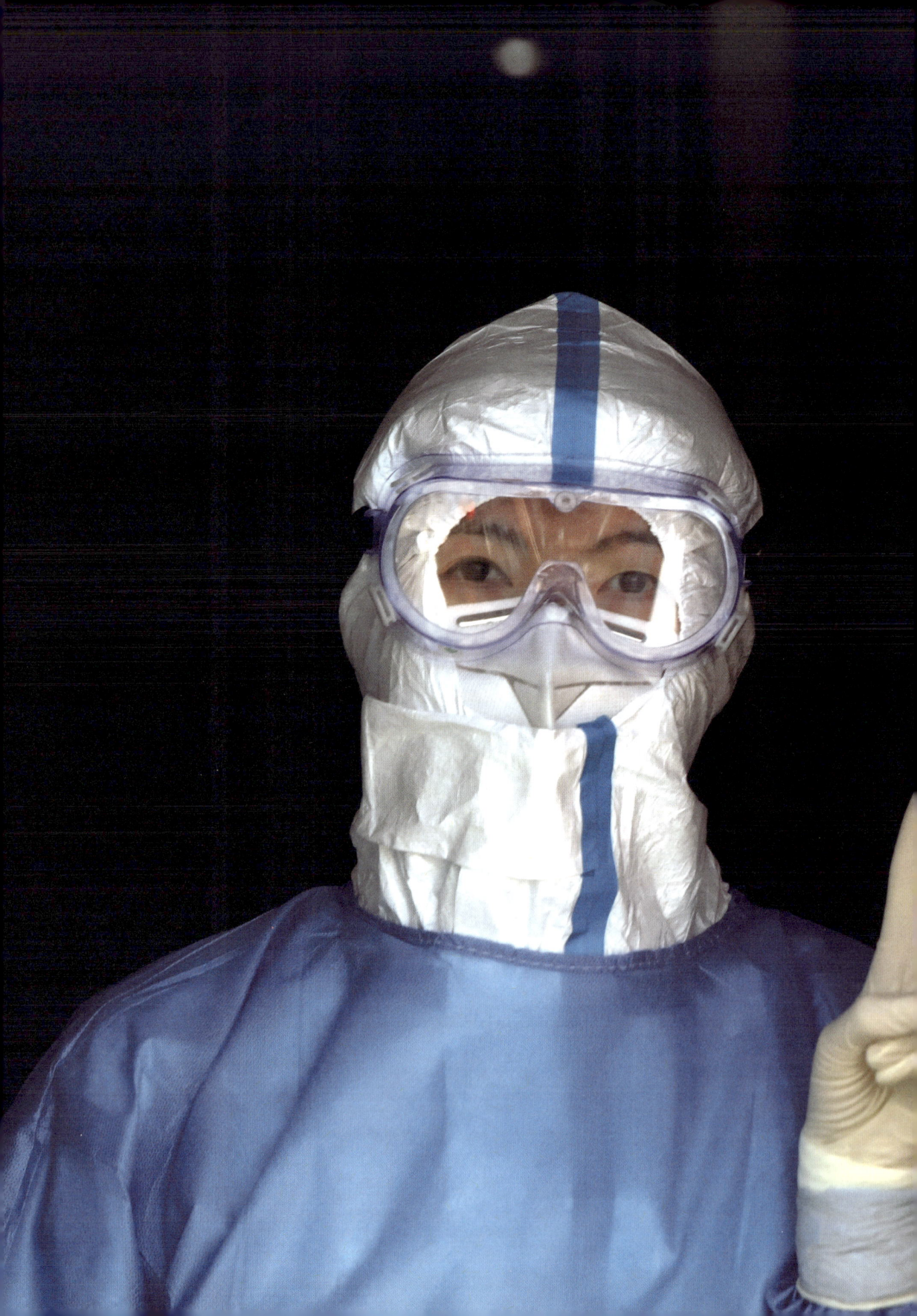

患者通道
Patient acce

辽宁
守护家园

用爱抗疫
——走近抗击疫情的沈阳市医护人员

2020年2月1日，记者先后深入沈阳医学院附属中心医院和沈阳市第十人民医院发热门诊。这里是离疫情最近的区域，在这里，记者看到了医护人员紧张而忙碌的工作状态，更感受着医护人员在疫情面前舍小家顾大家的无私大爱和奉献精神。

"我是科主任，第一批上'发热'，没商量"

沈阳医学院附属中心医院感染科主任、传染病教研室主任娄宪芝是医院第一批进入发热门诊的医生。

娄宪芝在新年前不小心把脚扭伤了，现在脚部还打着支架，每天上班都得拄着拐杖走路。本想利用春节长假在家好好休息养伤，疫情发生后，娄宪芝顾不上这些，冲到了抗疫第一线。"打过年到现在一天也没休。"娄宪芝说。

疫情发生后，发热门诊每天接待100多名就诊者。"我们现有的医生只能轮番休息，要是有疑似排查会诊病例，我就干脆住在医院里。"娄宪芝说，从医36年，"非典"时期，曾在医院连续待了76天没回家，现在这样不算啥，"我是科主任，第一批上'发热'，没商量。"

一天下来，年轻医生们有的都直喊累，58岁的娄宪芝更是疲惫不堪，本已骨折

疫情发生后,沈阳医学院附属中心医院发热门诊每天接待100多名就诊者

的脚肿得更高了,但娄宪芝总是笑着说,睡一觉就好啦。

娄宪芝说:"作为一名医生,没有谁能放下救死扶伤的天职。无数医者毅然上演最美'逆行',激励我们每一个同行恪尽职守,坚决打赢疫情防控阻击战。"

这是娄宪芝用微信发给科里同事的话。

"我2月8日出月子,我能上班"

沈阳医学院附属中心医院感染科护士长陈佳佳这几天被同事们一份又一份的请战书深深感动。

陈佳佳说,科里的护士大部分都是"八〇后""九〇后",好几个人孩子非常小。

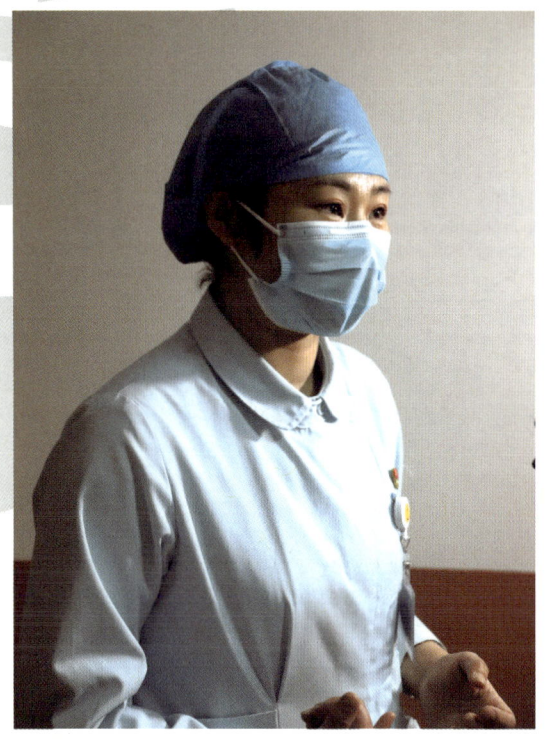

沈阳医学院附属中心医院感染科护士长陈佳佳

以前总爱说"八〇后""九〇后"的年轻人不靠谱,但在疫情面前,我看到的是他们无私奉献的责任和担当。有这样同行的伙伴,我挺骄傲。

护士王品懿还在休产假,疫情发生后,她第一个给陈佳佳发了微信:"组建医疗队,我能报名第二梯队不?我2月8日出月子,我能上班。"

护士车宁宁说,要是有需要第二批去疫区,千万别把我落下!

让陈佳佳感动的还有来自外部科室的支援。泌尿内科护士初红立主动支援发热门诊,"佳姐,我帮你们打针没问题。"陈佳佳说,在疫情面前,大家都不退缩,让她很感动,很温暖。

"我们夫妻俩同在医院,好多天都没见面了"

沈阳市第十人民医院援疆医生施文贺,援疆回来没歇上半个月就又冲到了抗疫一线了。

施文贺是1月4日从新疆返回沈阳的,原打算在家里调整一个月,但1月21日看到医院微信群里说,发热门诊急需增调力量,他就再也待不住了。施文贺说:"我在新疆工作期间,有在ICU病房工作的经验,这个时候,我得冲上前线。"

1月21日,施文贺向医院党委递交了"若有战,召必回"的请战书。没等医院召唤,1月22日,他毅然决然地把女儿送到母亲家里,迫不及待地回到了自己的岗位上。

施文贺的妻子王颖是沈阳市第十人民医院呼吸一病房护士,疫情发生后,连续

沈阳市第十人民医院发热门诊

多日加班。"我们夫妻俩在一个医院,好几天都没见面。"施文贺说。

"我就是身体有点不舒服,你可别往外说"

发热门诊是疫情防控第一线,54岁的护士长贺燕萍是一位在临床工作30多年、经验丰富的老护士。

发热门诊要增派人手,贺燕萍第一个报名。她是护士们的主心骨,当这次疫情来临时,她义无反顾,坚持、坚守在自己的岗位,为年轻的护士们传授经验。

贺燕萍说:"医院的急诊科、重症医学科我都参与组建,在重症抢救方面我有经验,而且我家里孩子大了,没负担,我去发热门诊!"

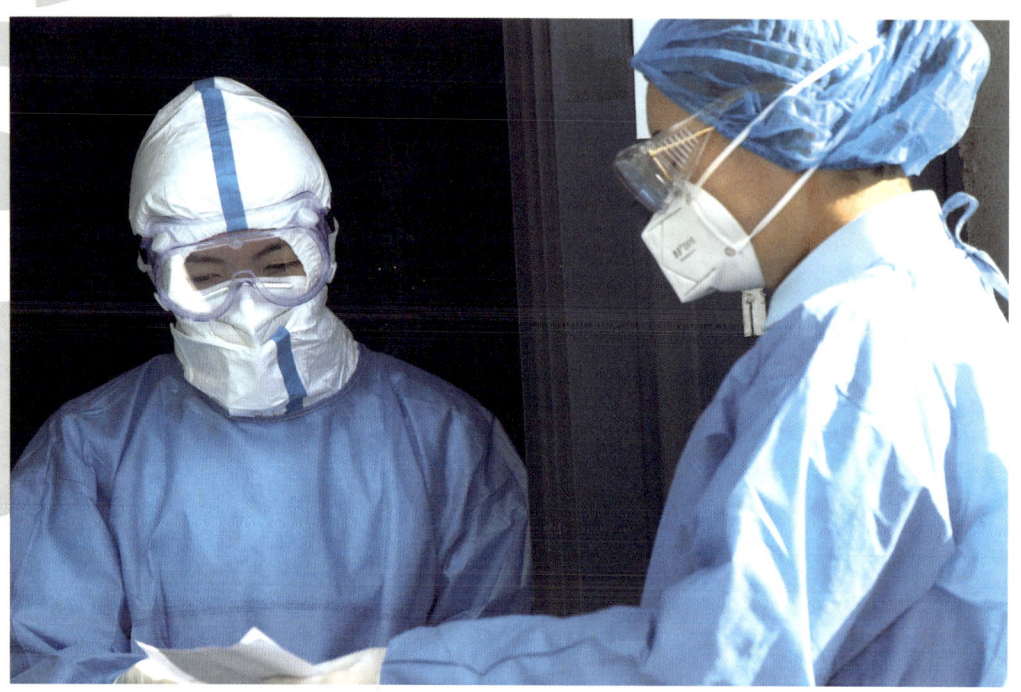

第十医院发热门诊的医护人员在交接工作

疫情发生后,贺燕萍每天接近凌晨才返回家。有个护士看到贺燕萍悄悄吃药,哭着劝她休息。贺燕萍却笑着说:"我就是身体有点不舒服,你可别往外说。没事,我挺得住。"

YIXIANZHIBO

▶ 母亲在50米外急诊,她在发热门诊坚守

突发急症的母亲被送到50米外的急诊室,为了患者,她选择了坚守。50米,成了那一刻母女间无法逾越的距离。

2月4日,提起这一幕,中国医大四院发热门诊护士长梁绪眼中含着泪光。梁绪

辽宁抗击
新冠肺炎疫情全纪实

的同事向记者讲述了当时的情景：1月23日，农历腊月二十九，和往年不同，此时发热门诊非常繁忙，前来看病的患者比平时增多了。就在梁绪忙着照顾病人的时候，突然接到了家人的电话，母亲突发急症。由于无法离开，她立即告诉家人马上带着母亲到自己所在的医院急诊就诊。很快，家人带着母亲赶到后，拨通了梁绪的电话，告诉她正在急诊。

50米，是医院发热门诊到急诊的距离。接通电话时，梁绪正在陪护病人。她让家人把电话递给了急诊室的护士长："我这边需要陪护患者，我妈就拜托给你了。"说着挂了电话，转身继续投入到了忙碌的工作之中。她说，这一刻患者需要自己，相信母亲和家人都会理解和支持自己。

梁绪护士长的忙碌是中国医大四院发热门诊近期的一个缩影。医院的发热门诊，并不是这次疫情新设立的科室，但却一度成为医院最忙碌、防护等级最高的科室。每天，他们穿着防护服，一开始甚至因为缺氧而感到头痛，但是为了诊治病患，根本无暇顾及。为了节省防护服、口罩等一次性医护物资，全科室的医护人员一致性地每天喝很少的水，几乎很少去厕所，为的是节约一套防护服。而当他们结束一天的工作，脱下了防护服、口罩后，是这样一番场景：汗水顺着防护服一滴一滴地滑落，后背的衣服几乎全都湿透，脸上是被口罩带勒出的一道道的红痕。

这样的情景在最近10多天里一直重复着、持续着，发热门诊的医护人员们一直在坚持着。

记者在中国医大四院了解到，为了抗击疫情，医院在原来发热门诊、发热病房的基础上，融合了呼吸科、心内科、

50米，是医院发热门诊到急诊的距离

内分泌科、肾内科、消化内科，进行了人员增补。扩容后的发热门诊、发热病房有医护人员近50人，是目前医院最忙碌、防护等级最高的科室。为了更好地抗击疫情，医院在现有两批医疗人员增援发热门诊的基础上，增加内科、老年病科和全科医学三个科室。此外，医院在隔离病房的设计上也做了增加准备，陆续有一些病房会腾出来，进行封闭处理后做留观区域。"全力以赴，决不让发热病人从医大四院这里流出去。"医院负责人告诉记者。

▶ 用真情感动拒绝隔离观察的患者

发热门诊来了一对夫妻，检查结果显示，二人为疑似新型冠状病毒感染的肺炎患者。但是他们拒绝留院观察！最后，沈阳市第五人民医院的护士们，为他们送上了热乎乎的饺子……

2月3日，记者在沈阳市第五人民医院，听医务人员讲起了疑似患者因为一盘饺

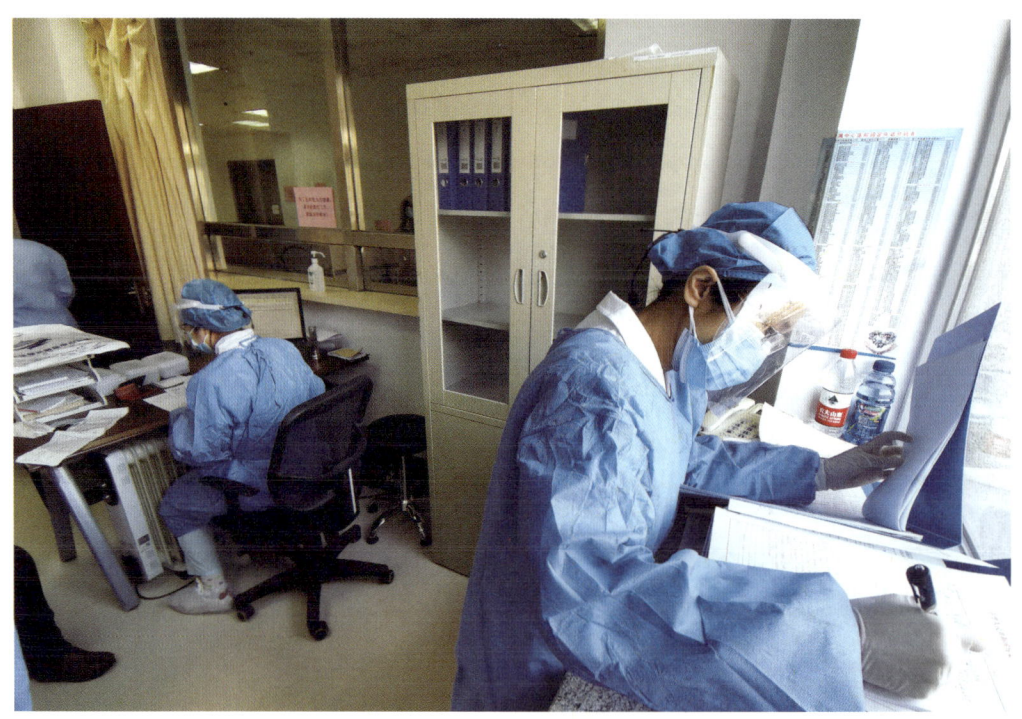

发热门诊的医护人员守在抗疫的最前线

子被感动，最终接受隔离观察的故事。

1月31日下午，发热门诊魏颖鸿主任接诊了2名自诉干咳、发热的夫妻患者。丈夫为长途汽车司机，春运期间连续工作，后因二人双双发热来到医院。发热门诊就诊患者均须在固定位置等待结果，不允许四处走动，当时男患者对隔离室非常抵触，坚决称自己没事不需要入内，要在自己车里等待结果。尽管主任、护士长不停劝说，但两人执意要求离院，拒绝留院观察，并趁医护人员不注意，强行离开了医院。之后，医护人员给患者打了5次电话，反复说明这样的做法会对自己和他人造成危害。最后，夫妻患者回到医院，但情绪特别激动。

血常规结果提示，患者为疑似新型冠状病毒感染的肺炎病例。专家组会诊后意见一致，立即联系疾控中心进行下一步检查，患者更为不接受。护士尚薇为患者采集核酸检测、痰液及咽拭子标本的时候，女患者问道："你们不害怕传染吗？""为了及时给您治病，也为了保护您的家人和其他老百姓不受感染，作为医务人员，我们必须这样做，患者的生命安全是第一位的！"护士尚薇耐心地回答，让患者情绪慢慢稳定下来。

夜幕降临了，咽拭子结果还没回来，考虑到患者还没吃饭，医护人员主动送上了一盘饺子和水。其实，这时发热门诊的医务人员一天也没喝上一口水。沈阳市第五人民医院对患者的关心和尊重，换来了他们的理解，这对夫妻最终同意接受隔离观察。解除隔离后，他们在临走时对医护人员说：感谢你们……

他们，
奋战在抗疫应急病区
鲜艳的党旗下

抗击疫情的喜讯再次传来！辽宁又一例新型冠状病毒感染的肺炎患者治愈出院。作为大连市定点救治医院，大连市第六人民医院已经治愈出院了3名患者。

应急病区里，一面悬挂在墙上的党旗格外醒目、鲜艳。党旗下，奋战在抗疫一线的医护人员们正紧张地忙碌着……这是记者进入六院，与应急病区视频连线时看到的场景，省新型冠状病毒感染肺炎集中救治大连中心已在这里挂牌，目前大连市所有的确诊病例都在这里隔离治疗。

说到这面党旗，大连市救治新型冠状病毒感染的肺炎专家组成员、六院应急机动队队长、临时党支部书记王拱辰通过视频说，疫情发生后，医院共有35名医护人员进入应急病区开展救治工作，其中有13名共产党员。病区就是战场，关键时候要把党支部的战斗堡垒作用和党员先锋模范作用发挥在抗击疫情的最前线！1月26日，应急病区成立了临时党支部。无论是党员还是非党员，大家都说，有组织在，心就在一起了，思想和力量就都凝聚在一起了！

在这面鲜艳的党旗下，35名医护人员与市级专家组一道全身心投入救治，已有2例确诊病例在这里康复回家。

辽宁抗击
新冠肺炎疫情全纪实

"守护患者,党员就应冲在前"

因为传染的特殊性,治疗需要隔离,家人不但不能陪伴身边,而且也都需要隔离观察,患者的情绪很不稳定,孤独感和对疾病的恐惧非常明显。为了让患者平复情绪,安心接受治疗,医护人员不仅是治疗者,还当起了病患的"家属"。

为了改善患者的心理状况,王拱辰带头一次次来到患者床前,讲述治疗方案、介绍专家团队情况,还互加微信,方便随时沟通。护士长薛娜要来患者被隔离的亲人的电话,现场帮助解决具体困难……有了像家人一样的医护陪伴,困难随之逐一解决,患者们的情绪稳定了,对医护人员的信任和依靠也更多了,都开始积极配合治疗。

应急病区的护士许梅,防护口罩在脸上的压痕,需要涂药膏才能缓解。

其实每进一次病房都存在被感染的风险,护士长裴霞是一名老党员,她说:"我们不是不想家,也不是不害怕、没牵挂,但是职责所在,这个时刻,就要守护在患者身边,党员更要冲在最前面!"

"党员,必须能行"

曹雯是一名年轻党员,刚进病区时曾因为想孩子偷偷哭过,但却从没后悔过进入病区。"我是护士啊,我在疾病面前退缩,那患者怎么办?!"她担任首例患者的责任护士,"我特别怕做不好,腿开始也是抖的,毕竟从来没真正面对过疫情,但我是党员,我不断地给自己打气:党员,必须能行!"

和大家一起按规定程序完成各项工作、一起面对和解决各种困难,曹雯说自己现在已经越来越从容了,还能帮助别人分担一些任务。"在病区里,我们握紧拳头,在党旗下重温了誓词,我更加深刻地感受到肩上的责任,那一刻我把'不计报酬、无谓生死'当作自己终生的职业诺言!"

应急病区的医护人员互相在隔离服上写名字,互相鼓劲!

采访快要结束时,王拱辰在视频的那一端竖起了大拇指。他说,病区里的医护人员个个都是好样的！目前病区内已有6名同志郑重提交了入党申请书，表达早日加入党组织的愿望，渴望和其他党员并肩抗击疫情。王拱辰说这让他很激动，疫情刚发生，他向院领导请战时说："我是党员，有风险我先上！"王拱辰说他现在更想说："我是党员，是病区的带头人，我有信心带领所有医护人员和患者一起平安回家！"

YIXIANZHIBO

▶ "我不能给妈妈打电话，妈妈正在抢救病人"

"从初一到初十，妈妈已经10天没有回家了，我非常想念妈妈，连做梦都梦到妈妈。但我不能给妈妈打电话，妈妈正在抢救病人，工作非常忙。"连续12天驻守在铁岭市新冠肺炎救治定点医院——铁岭市中心医院的护士史广慧只要一有时间，就会拿出手机，看看7岁女儿给她读的日记视频，每次听到女儿的鼓励，史广慧都会忘记辛劳，瞬间充满力量。

史广慧是铁岭市中心医院乳腺外科病房的一名护士。因疫情突然来袭，1月25日大年初一，她就被医院临时抽调到感染病房发热门诊上班。

身穿着厚重的防护服，不断地接诊登记发热患者，并给他们处置、采血，同时还要给留诊观察的患者进行处置，每天10余个小时的工作，史广慧时常累得筋疲力尽。

奋战在抗疫一线，即便是休息，史广慧也不能回家，需要吃住在医院，所以从第一天驻守开始，7岁的女儿就被送到了姥姥家，每天母女俩只能靠微信联系。

"妈妈早上好，你辛苦了，你要做出最大的共现（贡献），我在家里好好听姥姥的话。""妈妈早上好，每天要注意身体。"……虽然十分想念，但女儿知道妈妈不能回家，就每天都给妈妈发微信，告诉她自己会听姥姥的话，会按时完成作业，不让妈妈担心。

微信里，女儿还把自己写给妈妈的日记读给史广慧听，这让奋战在一线的她时

辽宁抗击
新冠肺炎疫情全纪实

史广慧与女儿的聊天记录

常眼含热泪。"乖女儿真懂事，一点儿不让妈妈担心，等疫情结束后，妈妈一定好好陪你。"微信里，史广慧哽咽着对女儿说。

在繁重的工作中，女儿每天的鼓励都会给史广慧带来莫大的工作动力。她在微信里告诉记者，她是一名党员，当困难来临时，就该冲在一线。尽管十分想念女儿，但是她不能后退，相信女儿会一直理解并支持她的。

穿上"战袍"就是"战士"

在疫情面前,他们的职责不是抢救被感染的病患者,却时刻与病毒近身搏斗。

他们的工作地点也是"战场"。穿上"战袍",他们是一名"战士",拿起移液枪,他们就是"狙击手"。

他们来自盘锦市疾病预防控制中心。在看不见硝烟的病毒检验检测一线,他们与前方医护人员一样,表现出"舍小家顾大家"的奉献精神和"敢与病毒作斗争"的无畏精神,他们夜以继日坚守岗位,迎难而上从不退缩,与病毒面对面,与群众心贴心。

"15天过去了,好像过去了几个月。"

"没有一个冬天不能逾越,没有一个春天不会来临,冬季的黑夜遮挡不住黎明的曙光。"盘锦市疾病预防控制中心微生物检验科的十几名"战士",心里装着的是一份信念。

他们拿起"核心技术"这把利刃,每天与病毒比拼高下。疫情发生以来,盘锦市每次更新新型冠状病毒阳性病例的确认数据,都来自这个团队的精准检测。

不明原因肺炎疫情发生后,盘锦市疾病预防控制中心密切关注疫情动态,加大了对流感样病例和不明原因肺炎的监测力度。2020年1月18日,中心成立了应急指挥

辽宁抗击新冠肺炎疫情全纪实

部,微生物检验科成立应急检测队,负责新型冠状病毒核酸检测工作。

查备品、列清单、报物资、报试剂、看方案、模拟预实验……精心准备,随时应战!

1月22日,正是全国人民准备年货过大年的日子,来自前方医院送检的疑似样品到了。那一天,微生物检验科就开启了检测、接样人员三班倒的24小时连续奋战模式。

盘锦市疾病预防控制中心微生物科科长郭微

为确保检测数据的准确性,微生物检验科及时梳理并规范了应对新冠肺炎疫情的检测、样品交接、医疗废弃物处理及阳性样品复核等多个流程,对可能存在的风险环节进行了风险分析,采取控制措施。

1月25日21时,经过4个多小时的检测,一份疑似样本被检测为新冠病毒阳性。24小时待命的司机与专业技术人员立即将样本送至辽宁省疾病预防控制中心进行复核。1月26日凌晨4时,复核结果出来了,与他们的检验结果完全一致。"我们的检测技术准确无误,经得起考验。"微生物科科长郭微说,战"疫"打响了,这意味着要分秒必争,确保必胜。

"这15天,好像过了几个月。虽然眼前没有硝烟,但敌人无比狡猾,需要苦战、硬战。"郭微说,穿上防护服就意味着几个小时不吃、不喝、不上厕所,很多时候得通宵达旦,就这样,他们过了一个别样的春节。

"妈妈得回去上班,赶紧把病毒打跑!"

1月2日,李环被中国疾病预防控制中心派往武汉,参与制定了武汉市初期疫情监测方案。这次出行,她还收集掌握了大量有关流行病学的前沿动态。

从盘锦市接诊第一例病例开始，作为流行病学调查组组长的李环每天忙于对应急队员培训、疑似病例信息收集及流调队伍管理。

"我就是干这个的，关键时刻我必须冲在一线，把所学知识派上用场。"李环说，"我对儿子十分愧疚，那天他打来电话说怎么好多天不见我，难道在跟他捉迷藏？我就告诉他，这是妈妈在跟你做游戏哪，咱们娘儿俩都坚持坚持，看谁赢！"

等待检验结果、统计样品数量、组织县区及医疗机构培训防控、储备申购应急物资……盘锦市疾病预防控制中心传染病防制科科长武春光连续多天睡眠不超过3个小时。

"坚守岗位，做好本职。"武春光说得平淡，做得踏实。检验结果出来了，是阴性还是阳性，她得第一时间做好统计，忙到第二天凌晨是常有的事。

在抗疫一线，武春光是位"战士"，而在家里，她也是一名母亲。武春光的女儿年前不小心患上了支原体肺炎，住进了医院，武春光没有时间陪护她。孩子问妈妈："你在哪呀，我生病了，你咋还不来？"武春光抱歉地说："宝贝听话，妈妈多么想陪你，但是，我们的国家出现了新冠肺炎疫情，很多人都生病了，妈妈得和叔叔阿姨们一起努力，把病毒打跑！"

"哪里有危险就在哪里，哪里有需要就冲向哪里！"

15天来，盘锦市疾病预防控制中心副主任孙晓丽带领团队始终冲在防疫一线。流行病学调查、案例分析、密切接触者确定和排查、流程规范培训、督导、宣传……孙晓丽和同事们在与病毒抗争时，更是在与时间赛跑。

危难时刻显本色，责任担当筑"坚墙"。孙晓丽在疾病预防控制领域工作了近25年，"非典"、禽流感、甲流、汶川抗震救灾……每一次她都冲锋在前。

"危险来临时，总得有人上。"孙晓丽说，"我只是做了一名疾控工作者该做的，履行职责、坚守使命而已。"

盘锦市疾病预防控制中心监测三科科长周建华是消毒组组长，疫情发生以来，

辽宁抗击
新冠肺炎疫情全纪实

她和团队工作在最危险、最可能存有病毒的地方。

"哪里有危险，我们就在哪里；哪里有需要，我们就冲向哪里。"抗疫关头，这已不是一句喊在嘴上的口号，而是一个个落在实处的行动。

传染病管理虽然是属地化，但是当盘锦市第一例确诊病例出现后，周建华带领应急队就冲到了被患者污染的现场，消杀处理每个细节都不放过。从晚上10点多一直忙到凌晨2点多。

"我们随时待命，如果检测结果出现阳性，我们就出现场，如果没有，我们到各县区去支援。"周建华说。

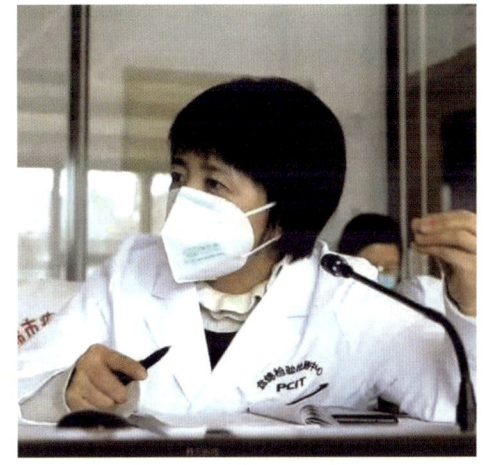

盘锦市疾病预防控制中心办公室副主任孙晓丽

"口罩、消毒液哪里有卖？""家里老人发烧咳嗽了，没去过湖北，也没有和湖北人的接触史。""怎么在家做好防控隔离？"对待每一个群众打来的热线，盘锦市疾病预防控制中心地方病控制科科长佟丽娟都耐心回答。

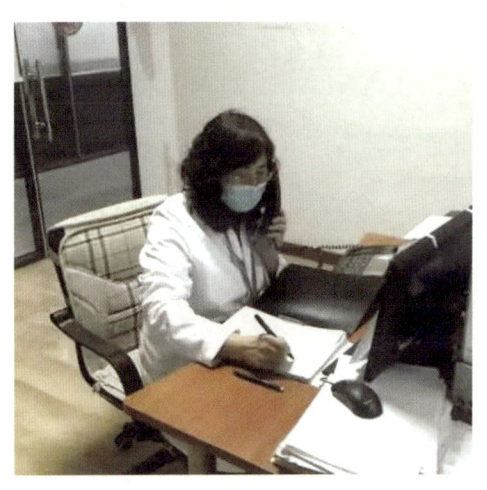

盘锦市疾病预防控制中心咨询热线组
组长佟丽娟

疫情发生后，刚刚做完手术，身体还没有完全恢复的佟丽娟主动请战。作为咨询热线组组长，她负责普及常识、解答问题、疏导情绪等方面工作。"时时在线、时时在岗。"佟丽娟说，疫情面前，我们能做的就是让大家安心、放心。

YIXIANZHIBO

▶ 铁岭县有一群迎难而上的乡村医生

抗击新冠肺炎疫情，铁岭县有这样一个白衣战士群体：他们背着药箱，用双脚丈量山区和村落，用医者之心守护着偏远山村中那"最后一公里"父老乡亲的身心健康……他们就是最为朴实的乡村医生。

"只要我们齐心协力，就没有打不赢的战'疫'。当年'非典'那么难都安全过去了，这次我们的春天也一定不会太远。"在白旗寨乡，从医44年的吴万福和从医18年的吴尧春是对父子。

同为村医，也是战友。2003年抗击"非典"疫情中，父子并肩作战，每天至少要工作13个小时。而今，新冠肺炎疫情袭来，父子俩再次迎难而上，电话24小时开机。得知村里有外省返回人员，他们立即联络，坚持每天定时去测体温，反复交代各种注意事项。

今年45岁的卢金刚，负责鸡冠山乡下峪、鸡冠山两个村的疫情排查、预防消毒、防疫知识宣传等工作。体温枪、手套、消毒液是车内标配，每天上午9点、下午3点要两次上门为监测对象测体温、做记录。山村偏远，道路弯曲，每完成一次检测至少要1个小时。

面对群众的恐慌情绪和反复排查导致个别人的不理解，卢金刚就用电话、微信做工作。为战疫情，卢金刚自掏腰包，至今免费给村民发放体温计47个、口罩5包，义务为30多户农家开展预防性消毒，自费打印400余份防疫宣传单发放给村民……"每每看着大家都平安健康，我就觉得我所有的辛苦都是值得的。"

2007年从锦州医科大学毕业后，周洪峰就一直在基层卫生所工作。在这场战"疫"中，他通过建立详细的村民信息台账，使熊官屯镇文家沟村的疫情排查工作得以顺利展开。此外，他还主动发起建立了由包片民警、包村干部、村医等组成的疫情人员监测管理微信群，实时沟通监管返乡人员的动态信息。

微信转发通知通告，上街悬挂宣传条幅、发放宣传单，亲自劝阻村民不聚集、不聚餐，仅口罩就免费给村民发放300多个。每天，周洪峰还密切关注新闻信息，随时将自己领悟到的最新、实用防疫知识讲给村民，全天候解答群众咨询的相关问题。

勇担大义，乡村医生就是铁岭县山区百姓心中最美的白衣天使。

"密接中心"
筑起抗击疫情的铜墙铁壁

沈阳市新冠肺炎密切接触者集中隔离医学观察点有两个,分别设在辽宁省人民医院康复楼和市委党校。其中,省人民医院新型冠状病毒肺炎"密接中心"已于2月7日正式成立使用。2月16日,记者到此探访,了解省人民医院"密接中心"运行情况。

"我是党员,我先上!
坚决打赢疫情防控阻击战!"

沈阳市新型冠状病毒感染的肺炎疫情防控指挥部决定,辽宁省人民医院九号楼,作为沈阳市集中医学观察场所。规划具体安置方案,设计搬运路线,协调相关科室,调配病房,召集人员,省人民医院在第一时间将此项工作落实到位。仅用了3个小时,就让九号楼具备了交付使用条件,所有在院患者全部得到妥善安置,没有对原有治疗带来影响。

这幢7层大楼有73间隔离诊室,接收的是患有基础疾病(需要就医)的新冠肺炎密切接触者。其中,有70岁的老人,有6岁的孩子,有些患有严重的高血压、冠心病。面对密接者身体的不适和内心的焦虑,首批"密接中心"医护人员扛起硬核担当。这支全部由党员组成的队伍,在进入中心工作时曾在倡议书上纷纷签下自己的名字,"我是党员,我先上!坚决打赢疫情防控阻击战!"

辽宁抗击
新冠肺炎疫情全纪实

"密接中心"成立伊始，为保障各项工作的顺利开展，中心主任刘莹、护士长刘国华和队员徐巍就全身心地扑在了工作上，对隔离区域进行改造调整、协调各项防护物资、完善中心与各部门的工作机制，不放过每一个细节的较真劲儿让中心的工作迅速步入正轨。速度和成效的背后，是刘国华和徐巍已经一个多星期没有回家，工作到后半夜太累了，她们就到医院的休息室里睡上一会儿，第二天接着干。

"我们对每一位密接者都采取了非常积极的治疗措施，没有丝毫懈怠。"

"来到中心的密接人员都是基础病较重需要治疗的，我们对每一位密接者都采取了非常积极的治疗措施，没有丝毫懈怠。"刘莹说，有一位密接者刚到中心时，有重度的贫血、消瘦，身体非常虚弱，虽然没有新冠肺炎的症状，但出于对患者高度的责任心，医院立即对患者进行检查，请专家进行会诊，最终确定密接者患有肺部的其他疾病，第一时间给予了准确有效的救治。

"密接中心"的护士平均每个班次的时长是8小时左右，穿上防护服，戴上护目镜后的她们，除了基本的护理工作以外，还承担了整个病房的卫生打扫、擦拭消毒。一些基础疾病较重的密接者，需要一级护理，为患者翻身、处理大小便也都是她们的工作。为了节省防护服，这8小时高强度的工作中，护士们都默默地选择了穿上纸尿裤，不吃不喝。有的护士在工作中出现了乏氧的情况，脱下防护服时嘴唇都是青紫的，可是她们都努力克服了，因为她们觉得，跟支援湖北的同事们比起来，这点辛苦不算什么。

"我们是一个团队"

面对密接者的焦虑、急躁，医护人员总会去观察室和隔离者话疗，耐心安抚，细心解释，想尽办法满足他们的生活所需，让他们安心接受医学观察，"'密接中心'也是战场，我们要守好自己的阵地，为防控疫情做出自己的贡献！"

辽宁抗击
新冠肺炎疫情全纪实

"我们是一个团队","团队间的鼓励让我们充满了力量"。在"密接中心",无处不在的是医护之间、医患之间的关怀。副主任医师付强印象最深刻的是他第一次穿上防护服后徐巍送给他的那一个拥抱,还有队友在他的防护服上写下的"付强""加油!"。大家的团结和付出让这个团队的战斗力越来越强。

YIXIANZHIBO

▶ 同心筑起坚固的抗疫长城

"不要慌!一定做好防护。即使发热了也别着急,我们在。"2月10日,沈阳医学院附属中心医院急诊医学中心预检分诊处,护士一边给前来就诊患者测量体温,一边安抚他们紧张的情绪。

"不要慌""我们在",是一线医护人员说得最多的话。

抗击疫情进入关键期,我省各大医院挺膺担当、守土担责,同心筑起一道坚固的抗疫长城。

"请安心!"

每一个紧要关头,医护人员都和我们在一起。

一面组织"尖兵"驰援武汉,一面调配"强将"就地扎营。疫情以来,沈阳医学院附属中心医院迎难而上,全院集结、劲旅齐发,筑起了一道抗击疫情的铁壁铜墙。医院成立医疗救治、疫情防控、卫生监督、环境整治等12个专项小组,每日召开碰头会,针对院内测温、诊疗筛查、预检分诊、应急轮岗等相关情况随时调整工作方案。

辽宁:守护家园

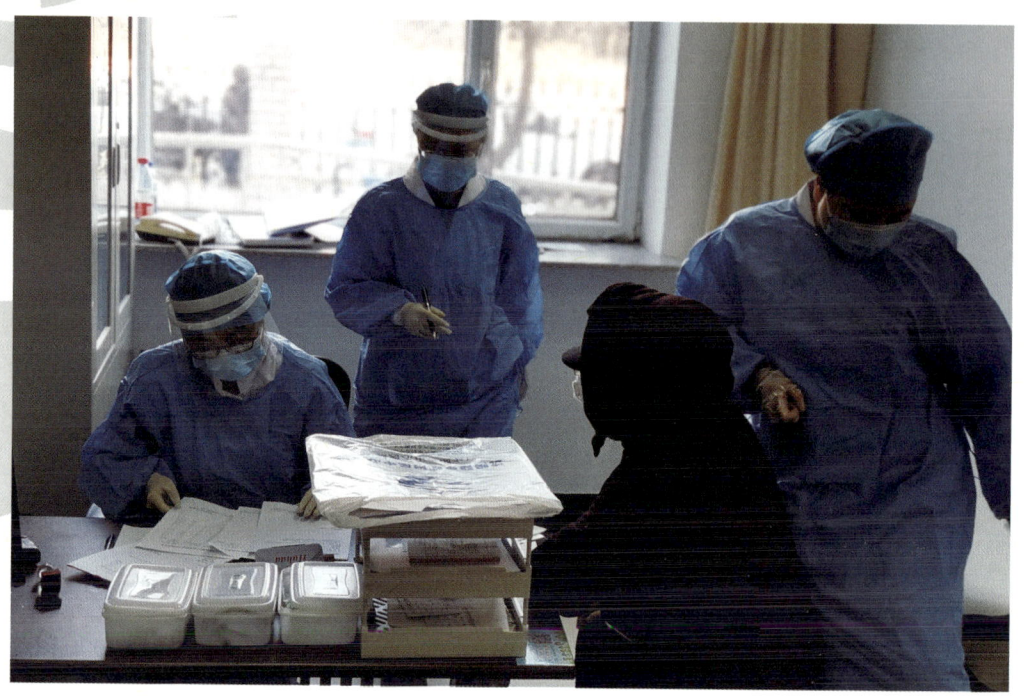

沈阳医学院附属中心医院发热门诊

据急诊医学中心护士长王璇介绍,沈阳医学院附属中心医院最多时在各楼出入口及各门诊位置设置了17处测温点,每个点位有明显标识,有两名以上护士值守。

不让一个人被误判,不让一个人被误诊。沈阳医学院附属第二医院对每一个入院患者细心排查。"有没有武汉接触史?""最近都去哪里了?"医护人员询问越多,患者也就越安心。

"请宽心!"

药品与物资供应是抗疫的重要一环。各大医院举全力对一线抗疫设施和医护人员防护提供最坚强、最有力的物资保障。

随着发热门诊就诊者增多,陆续出现需要隔离观察的病人,沈阳医学院附属中心医院紧急腾挪房屋,将旧急诊所改造成防疫隔离留观区,扩增接诊能力。

沈阳市第十人民医院党委每天至少召开一次防控疫情工作领导小组会,各专项小组每天至少召开两次协调会,即时研究解决问题。医院腾出一整栋楼,设置隔离病区，抽调前方精干医护人员组成新冠肺炎病房诊疗队伍。

"请患者放心，我们有足够的医护力量，随时冲锋在前。"沈阳医学院附属中心医院感染科主任娄宪芝表示，疫情发生后，发热门诊每天接待100多名就诊者，医院综合调配力量，建立人员轮换机制和二线备班梯队，及时筛查疑似和确诊新冠肺炎病例，做好隔离和转院协调，确保忙而不乱、忙而有序。

"请放心！"

"我是医生，我请战！我是党员，我率先！"这是沈阳医学院附属第二医院宣传板上的一句标语。

在沈阳医学院附属第二医院，无论预检分诊处，还是发热门诊，都有党员先锋岗的公示牌。医院副院长沈春健说，关键时刻党员都冲锋在前，积极发挥"让我上"的担当精神。

在沈阳市第十人民医院，全院各科室党员干部纷纷递交"召之即来、来之能战""哪里危险就冲向哪里"的请战书，积极为抗疫贡献力量。医生施文贺从援疆回来没歇上半个月就冲到了抗疫一线。"我是一名多年在ICU病房工作的医生，请大家放心，我们医护人员个顶个够'硬'，我们有能力、有信心坚决打赢这场战役。"施文贺说。

守护患者生命的最后一道防线

新冠肺炎重症患者的救治牵动着大家的心。2月16日上午,《辽宁日报》记者专门来到沈阳市第六人民医院暨省新冠肺炎集中救治沈阳中心,采访医护人员,视频连线患者,了解我省重症患者救治的最新进展。

"我们这里先后收治了8位患者,今天又有两位患者可以转出ICU病房,到普通病房继续治疗。"中国医科大学附属第一医院重症医学科主任、省新冠肺炎重症患者救治总队长马晓春告诉记者这个好消息。

据了解,我省组建了重症救治专家指导组,指导区域集中救治中心患者救治特别是重症患者救治工作。建立了省级专家会诊、巡诊制度,加强对省集中救治中心医疗救治工作的指导和支持。

辽宁省新冠肺炎集中救治沈阳中心医疗队由来自中国医科大学附属第一医院等6家省属医院和9家市属三级医院的以重症专业为主的医护骨干组成,如中国医科大学附属第一医院重症医学科主任马晓春,省人民医院重症医学科主任冯星火(后支援襄阳),中国医科大学附属盛京医院重症医学科主任臧彬,沈阳市第六人民医院重症医学科主任吴云海,中国医科大学附属第一医院重症医学科副主任章志丹、护士长周丹等。记者了解到,目前对重症患者的治疗,主要有抗病毒治疗,积极的呼吸支持、循环支持等。即便是重症和危重症,经过精心救治也是可以治愈出院的。

辽宁抗击
新冠肺炎疫情全纪实

记者：目前我省新冠肺炎重症患者治疗情况如何？

马晓春：辽宁的重症患者和危重患者的治疗，从目前来看，总体来说效果比较好。现在大部分的重症患者已经转成了普通型，现在没有转成普通型的几例患者，相对来说也是比较稳定的。包括两例特别危重的病人，现在病情也是在总体的控制之下，其中一例已有了明显的好转。从我们整体治疗的经验来看，这次新冠肺炎实际有些病人确实能够得到一个很好的治疗结果。所以大家要有信心，我们也有信心。

记者：除沈阳外，其他地区的重症患者治疗情况如何？

马晓春：现在全省的重症病人，都是在我们辽宁省的重症治疗团队统一的协调和具体的治疗下得到一个比较好的看护。现在在大连中心、锦州中心，患者病情也都相对稳定。在沈阳中心包括朝阳的重症患者，现在也都在我们具体精心的照看下，病情相对稳定，有些已有了明显的好转。

马晓春主任介绍，进到他们这里的患者，都是因为病情较重而来的，属于此次新冠肺炎的重症或危重症，而这里，就是守护患者生命的最后一道防线。

2月16日上午9时许，在沈阳市第六人民医院5号楼临时组建的前线指挥部里，马晓春主任一边听取每一名患者前一天的救治状况，一边根据患者病情指导调整治疗方案，并通过和患者视频连线，询问患者治疗感受，给患者加油鼓劲。

"睡觉怎么样？还有哪里不舒服？"马晓春主任的耐心询问，让一位71岁的女性患者很是感激，"我来的时候喘不上气，现在好多了，昨天睡得也挺好，谢谢你们"。

一位26岁的男性患者，也坚持要通过视频对医生表示感谢，他说自己来时因为病情较重心理压力很大，是医护人员的鼓励和精心救治，让他放下了心中的大石，"感谢医生，你们辛苦了，没有你们，我恢复不了这么快"。

还有一位危重患者十分想和医护人员交流，虽然不能说话，但在通过视频看到医生时，这位患者一个劲儿地通过点头和伸出大拇指，来表达自己的感激之情。马晓春主任也会用"你挺好、问题不大""努力、加油""有信心、没问题"等简洁有力的话语，给患者吃下定心丸，鼓励患者保持良好心态，争取尽快康复。

疫情就是命令，防控就是责任

辽宁抗击
新冠肺炎疫情全纪实

8天建成沈阳市六院隔离观察病房,这是他们拼出来的"沈阳速度"

“这里的孩子太好了，
大伙儿都很照顾我，把我照顾得很好”

采访中，一位71岁的女性患者给记者留下深刻的印象。因为上了年纪，老人有点耳背，但是一直坚持要和医生视频连线，她说，一定要谢谢这里的医护人员，"这里的孩子太好了，大伙儿都很照顾我，把我照顾得很好"。

原来，这几天轮流照顾这位老人的，是来六院支援的省人民医院的护士冯红玲、于明、王岩。记者电话采访了她们。

"刚来的时候，老人说话就喘。"冯红玲说，这位大娘来的时候全身乏力，上厕所都需要三四个人协助搀扶，现在病情明显好转，上厕所也基本不用别人帮忙了，而且精神状态特好，也有力气说话了。

冯红玲告诉记者，重症组的护士，都是6小时一个班。由于患者没有家属陪护，在生活上所有的照料都由护士完成。"我们一般是两人一组，里面的人负责输液、喂饭，外边的人需要写记录、递东西等等。还有打扫卫生，辅助患者大小便，总之患者的吃喝拉撒全都由我们来负责。"

对于重症患者，精神上的安慰非常重要。冯红玲说，她和同事时常会和患者聊聊天，唠唠家常，舒解一下患者的心情。有时候患者不爱吃菜，她和同事就会劝她，你多吃点这个菜，多吃点饭，心态好一点，这样恢复得快一些。还有就是把好消息告诉患者，比如今天我们这儿又有患者治愈出院了，你也要加油，争取早日康复。

YIXIANZHIBO

▶ 省内支援归来后，她们又申请去湖北战"疫"一线

2月17日，辽宁省肿瘤医院的两名护理骨干邹凌云、吴京京完成了阶段性护理救治任务，从省新冠肺炎集中救治大连中心回到沈阳。之后，她们向医院提出申请，

辽宁抗击
新冠肺炎疫情全纪实

到湖北战"疫"一线去。"我们已准备好,随时可以再出发!"

一到省集中救治大连中心,邹凌云和吴京京便立即投入新冠肺炎个人防护培训和感控知识强化培训中。为了尽快投入战斗,她们充分利用每一分钟,参加省内专家指导的远程会诊,了解新冠肺炎的治疗方案以及确诊患者的具体病情。到了晚上休息时间,她们再将当天所学的感控知识、穿脱防护服的技巧拍摄成小视频,第一时间分享给医院已出发或正在待命的医疗队员们。"防护培训是疫情防控中十分重要的一环。在培训中,我们反复练习穿脱防护服、佩戴全面型呼吸防护器等操作,并根据国家下发的最新标准以及医院的实际情况进行演练。穿脱要'慢、稳、轻',因为每一个动作都关乎自己和集体的安危。"吴京京和邹凌云在培训期间,学得格外认真。

在接受培训期间,省新冠肺炎集中救治大连中心重症患者救治组成立"临时党支部",吴京京和邹凌云在疫情前线向党组织递交入党申请书。经过严格的培训和考核后,前去大连支援的医护人员,分为两组进入病区,吴京京和邹凌云所在的组还没有进入病区,再一次接到紧急通知,回到原医院待命。"大连的援助任务虽然暂时告一段落,但是湖北的'战疫'还在继续,一场冲锋结束,我们时刻准备进行下一次冲锋。"吴京京和邹凌云说,"我们接受了系统的培训,比其他同志掌握了更多救治护理技巧,所以再次请战支援湖北,继续发扬'精诚·专业·仁爱,成就生命所托'的精神!"

扫码看《去吧，战士》

扫码看《正月，征月》

出征
逆行天使

致敬!
辽宁首批医疗队
138名医护人员驰援湖北

1月26日,我省首批医疗队138名医护人员从沈阳桃仙机场出发,踏上驰援湖北的征途。

为全面支援湖北省新型冠状病毒感染的肺炎医疗救治工作,根据国家卫生健康委医政医管局《关于组派医疗队援助湖北应对新型冠状病毒感染的肺炎疫情的函》要求,辽宁省卫生健康委迅速行动,1月25日发出组派首批辽宁医疗队援助湖北应对新型冠状病毒感染的肺炎疫情的号召。接到任务的医院立即组织开展遴选,医务人员积极踊跃请战,在农历大年初一下午,仅用半天时间,一支138人的援助医疗队迅速集结到位。

1月26日,这支来自全省各市及省属各医院的138人驰援队伍,将从沈阳桃仙机场出发奔赴湖北。他们来自10家省级医疗机构和27家市属医疗机构,由呼吸科、感染科、医院感染管理科、检验科、重症医学科和护理专业人员组成,医疗队分为普通患者救治医疗队和危重症患者救治医疗队,将在湖北省开展工作。医疗队中有99名女队员,在这样一场共同抗击疫情的战斗中,与其他39名男儿一样,成为伟大的逆行白衣战士中光荣的一员。

疫情发生以来,辽宁省卫生健康系统全面投入,用最严措施管控

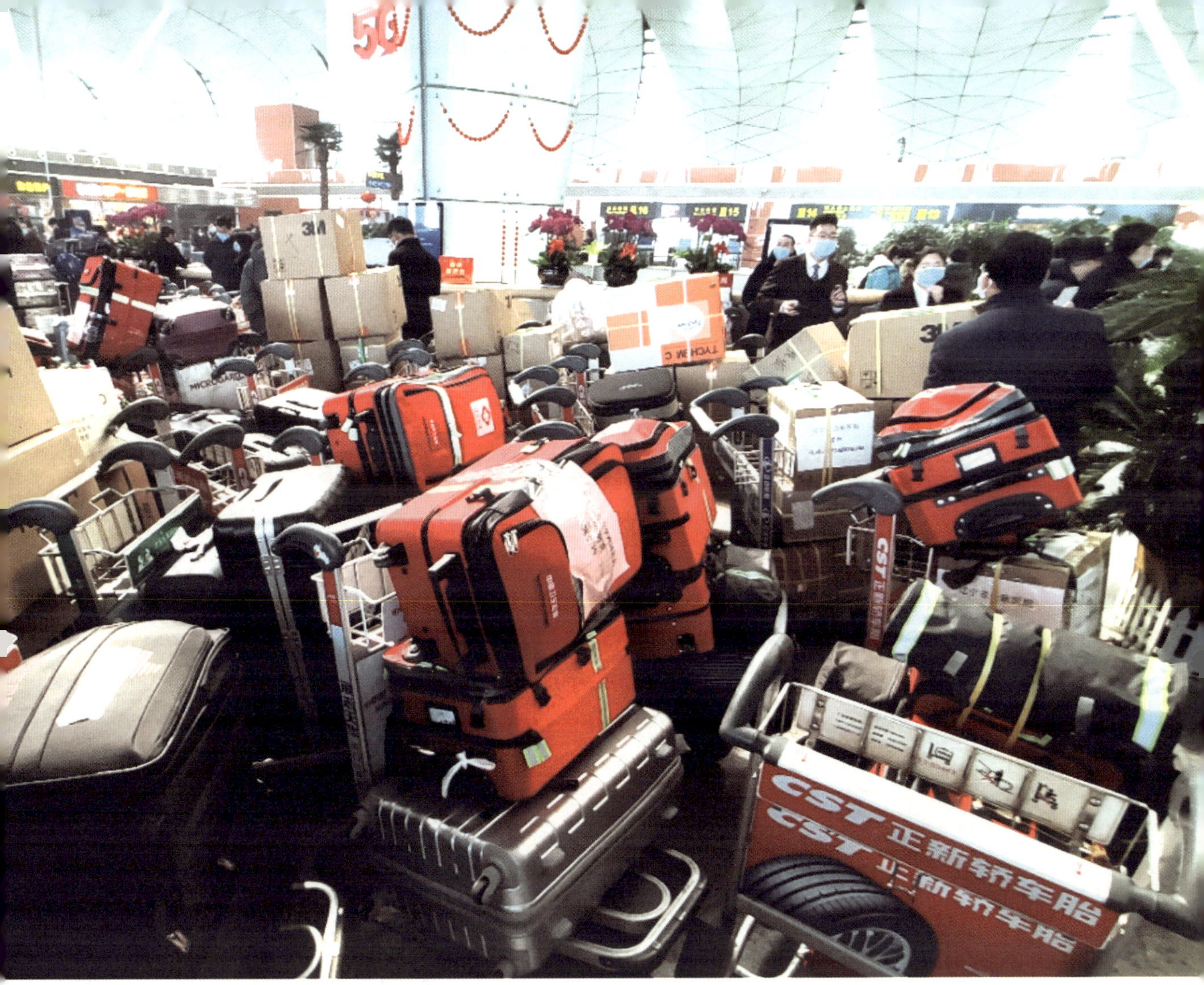

致敬！辽宁首批医疗队 138 名医护人员驰援湖北

风险、尽最大努力救治患者，始终行走在抗击疫情的第一线，用实际行动诠释着救死扶伤的职业精神。

出征记

CHUZHENGJI

逆行，最美的背影

1月26日上午11时，辽宁首批138名“白衣战士”整装集结，驰援湖北。

他们，放弃了假期，告别了家人，甘冒生命风险。

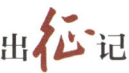

他们,义无反顾,身上肩负的是习近平总书记的殷切叮嘱——要把人民群众生命安全和身体健康放在第一位。

疫情当前,辽宁人再次彰显出担当奉献的精神品质和家国情怀,再次让新时代辽宁精神熠熠生辉。

▶ 逆行,是辽宁大地上最美的背影

"我报名!"

在上了16个小时的夜班后,1月25日,刚回家休息的沈阳医学院附属中心医院感染科护士郭丹,在睡梦中被工作微信群震醒。

微信群里说,按照省卫生健康委的统一部署,医院要派人去支援湖北。

"我报名!"郭丹马上给科主任打了电话。

而早在除夕夜,葫芦岛市中心医院重症医学科护士董颖就向所在医院递交了请愿书。"我自愿加入抗击新型冠状病毒感染的肺炎疫情的一线战斗,不论生死,不计报酬。把风险留给自己,把安全留给他人,无怨无悔!"

面对这场突如其来的疫情,省内各大医院的传染科、重症医学科、呼吸科等相关科室及管理干部,从大年三十起一直处于"战斗"状态,年夜饭也只是在单位吃的盒饭。但医护人员没有任何怨言,当省里发出遴选驰援湖北医疗队队员的通知后,医护人员纷纷主动请缨,有的人在拜年的时候都不忘"毛遂自荐"。

盘锦市中心医院呼吸科医生赵丽娜告诉记者:"全院上下都踊跃报名,我是医院第一个报名的,请愿书早就写好了。武汉那边的同行很不容易,我先去看看情况怎么样,服从组织分配,自己能做什么就做什么。"

锦州医科大学附属第一医院护理部主任马艳梅特别感慨,主动请缨的医务人员里不仅有即将退休的老专家,还有尚未毕业的实习护士,其中一名刚刚实习6个月的护士,接连给她发了10条短信请求参加医疗救治工作。

为全面支援湖北省新型冠状病毒感染的肺炎医疗救治工作,我省迅速行动。从1月25日大年初一下午省卫生健康委发出组派首批援助医疗队的号召,到10家省级医疗机构和27家市属医疗机构贯彻落实,再到一支138人的医疗队伍迅速集结到位,仅

沈阳医学院附属中心医院感染科护士郭丹主动报名支援湖北

仅用了半天时间。

▶ 来自家人的点赞

一方有难八方援,大疫无情人有情。

"她报名后才告诉我。听到消息,我到现在还有点蒙。"郭丹的丈夫在得知妻子报名去湖北支援后,连夜从吉林长春返回沈阳。

送行时,夫妻二人的手紧紧地握在一起。"把孩子和老人照顾好,是我在后方对她最大的支持。"郭丹的丈夫说。

家人的支持也给了中国医科大学附属盛京医院呼吸科杨泽辉莫大的动力。杨泽辉的父母坚持要给他送行,被他好说歹说劝住了。"父母年岁大了,孩子才7岁,我爱人每天在妇产科工作也很辛苦,就不让他们送了。"杨泽辉说,"我会和队友们一起加油,和武汉人民共渡难关,迎接春暖花开!"临上飞机,杨泽辉接到女儿打来

第一批驰援湖北的医护人员

辽宁抗击
新冠肺炎疫情全纪实

医者仁心,他们用逆行的身影彰显职业精神

的电话，女儿让他多注意身体。杨泽辉笑着答应，一脸温柔。

辽宁中医药大学附属第二医院的3名"八〇后"女护士，先报完名，然后才通知家里人。"时间太紧了，来不及跟家里人商量。"呼吸科护士长霍焰说。家里人听到消息后回应她的，不是埋怨，而是告诉她安心出发。

和霍焰一样，心内科护士长任静、呼吸科副护士长贾娜都是在单位发出选派医疗队队员的紧急通知后，"自作主张"报了名。贾娜说，尽管孩子才两岁，可是当她把报名的决定告诉丈夫时，家里人立即给她点赞，给了她极大的支持。

大连医科大学附属第一医院外科护士长戴红接到报名通知时，正好和丈夫还有妈妈在一起，3个人迅速达成一致意见，火速报名。

沈阳医学院附属第二医院重症医学科主任张汝峰告诉记者，他的母亲以前是一名传染科医生，妻子是和自己一个医院的护士，她们都理解自己、支持自己。

家人的理解与支持，让这些逆行的战士心中充满温暖与力量。

▶ 党员就是冲锋在前的人

"昨天听到了'辽宁省成立医疗队支援湖北，抗击新型冠状病毒感染的肺炎疫情'的号召，我主动请缨，递了请战书。我愿放弃一切，听从国家召唤，服从组织安排与调遣，不计得失，不辱使命，确保抗击新型冠状病毒感染的肺炎疫情的胜利。"这，是一份"火线"入党申请书。

出征之前，心潮澎湃。生于1994年的大连大学附属新华医院重症监护室护士赵伟烨和生于1995年的同事邢小艺、生于1993年的沈阳医学院附属中心医院男护士李佳玮等医护人员，在出发现场写下了庄严的入党申请书。

一纸入党申请书，表达了一名年轻医务工作者对党组织的深情向往。"此时此刻，更加深刻地感受到医务工作者的责任与担当。我们原本就想入党的决心也更加强烈。"

赵伟烨、邢小艺、李佳玮，3个"九〇后"不约而同地表达了相同的感受，让青春在抗击疫情一线绽放光彩。

他们知道，危急时刻，总是共产党员冲锋在前。

25日下午报名，当天晚上医院批准，26日一早集合。张汝峰和他的两位同事在

辽宁抗击
新冠肺炎疫情全纪实

青春在抗疫一线绽放光彩

出征

沈阳桃仙国际机场整装待发。张汝峰2003年参加过抗击"非典"工作，2008年参加过汶川救援工作，这些天，他一直在关注疫情，随时做好战斗准备。"我们3个人都是共产党员，我们要为战胜疫情做出自己的贡献。"

赵丽娜说："我是一名医生，也是一名党员，国家现在需要我们，这个时候我就应该冲在前面，为湖北尽自己的一份力，为打好这场疫情阻击战尽一份力。"

▶ 向疫情宣战

疫情就是命令。当人民需要时，我省医务工作者用实际行动诠释着救死扶伤的崇高誓言。

为出色完成这次驰援任务，各医院派出精兵强将，守护人民健康。"我们将与全国医护人员一起，向疫情宣战！"医疗队队员纷纷表示。

大连医科大学附属第二医院派出两名医生、两名护士。亲戚朋友知道王之余要去湖北后，纷纷给他发来微信，有的赞他是英雄，有的说他令人敬佩。王之余却觉得这是很平常的一件事，"我们是医务工作者，有责任和义务，我们得对得起自己穿的这身白衣"。

"放下行李之后，可以马上进入工作状态。"省肿瘤医院疾病预防与感染控制办公室主治医师刘丹说，"看当地需要我们做什么，我们都可以。"

作为一名医护人员，保卫国家与人民，责无旁贷。面对重大疫情，戴红已做好充足的准备，无论多少天，都将坚持到最后。

中国医科大学附属第四医院呼吸内科副主任医师李晶，从医23年，每到这种危急时刻，她都义不容辞

沈阳医学院附属中心医院为驰援湖北的同事送行

地站出来。2003年"非典",她一直坚守在医院发热门诊,而这一次,她依旧选择做一名逆行者,前去支援湖北。

李晶说:"现在正是贡献我们微薄之力的时候。我会把我所学的专业知识全部贡献出来,我会和武汉人民、全国人民一起努力加油,我有信心战胜这次疫情。"

董颖说,肩负着"白衣天使"的责任感、使命感,大家有决心、有信心、有能力与全国各地的同行一起,完成保卫人民健康的光荣任务。

下午3时许,飞机轰鸣,医疗队队员踏上征程。大家坚信:"在这场没有硝烟的战场上,胜利终将属于我们!"

第二批出征!
辽宁省 4 名疾控专家今日驰援湖北

1月31日10时24分,辽宁省首批对口支援湖北的4名疾控专家从沈阳出发,他们将在湖北省咸宁市积极同当地疾控中心协调开展新型冠状病毒实验室检验工作。

辽宁省疾病预防控制中心检验检测所副所长、主任技师张眉眉是这支队伍的队长,儿子今年初中三年级,正是中考的关键时期。张眉眉说,希望我们能尽快打赢这场疫情阻击战,让大家的生活学习工作都正常起来。作为队长,张眉眉肩上又多了一份责任和压力,各项工作都要打起十分精神。张眉眉说:"咸宁市的生活条件、实验条件有限,防护装备紧缺,我们要防护好自身,才能更好地工作。29日我们这4个人的队伍成员定下来后,立即成立了临时党支部,我们一定会克服困难,与当地配合好,把检验工作做好。我们已经做好心理准备,一定不辱使命。"

29日下午,刚刚结束援疆工作不久,和家人团聚了仅20多天的鄂爽(艾滋病与性传播疾病预防控制所副所长、主任技师),又接受了新的"外援"任务。因为姓"鄂",他笑称自己"和湖北有天然的联系,必须接受这次出发"。

辽宁省疾控中心党委书记刘懿卿到北站为四名驰援湖北的疾控专家送行

作为队伍中年纪最大的男性队员,他总是不自觉地去照看随队出发的、沉重的防护物资。"援疆的经历,让我对'支援'一词有感情。我们的出发,代表了辽宁人民对湖北人民的支持,我们的到来,一定能坚定湖北人民战胜疫情的信心。冲上前线,尽心尽责,我没问题!"

虽然是一名党龄还不到一年的新党员,但1989年出生的王文思(免疫规划所主管技师),接到出发任务后的第一反应就是,"我是党员,领命责任,义不容辞"。说起自己的工作风格,她自认负责、认真、心细。"我是学医的。到了咸宁市,我将尽我最大的努力,和队友们一起减轻当地疑似病例样品多、检验压力大的现状。我也相信自己,能让自身长处充分发挥,在和搭档密切协作的同时,和大家一起完成任务。"

队伍中最年轻的成员是"九〇后"的于维君（感染与传染性疾病预防控制所医师）。5个多月前，儿子的降生，让他"晋升"父亲一职，也让他更体会到了父母对子女之爱的深切。接到奔赴湖北前线的任务后，他作出的第一个决定就是，"要对父母封锁这一消息，免得他们担心"。因为不知道执行任务的时长，他和妻子相约，如果老人问起自己为什么长时间不去探望，两人要统一口径，"就说我在单位'封闭'值班，不让回家"。面对即将踏上的"战场"，他表示："请相信我们的专业能力，一定能打赢这场战役。"

省疾控中心党委书记刘懿卿来到沈阳北站为大家送行。刘懿卿告诉记者，抗击疫情，检验是非常关键的一环，只有加快检验工作，才能把疑似病例确诊为诊断病例。辽宁省疾病预防控制中心是一支能战斗、有担当的队伍，这4名专业技术人员都具有检验一锤定音的水平，他们的能力、他们的担当、他们的奉献、他们的逆行，是对抗击疫情的最大支持，是疾控人的社会责任，是辽宁疾控人对社会的担当。疫情就是命令，防控就是责任，实验室检验是疫情防控的重要关卡，相信他们一定会把工作做到位，出色完成好这次任务。"目前，中心党委已号召全体党员向他们学习，希望他们在做好自身防护的同时，为辽宁疾控人，为4300万辽宁人增光添彩。"

辽宁抗击
新冠肺炎疫情全纪实

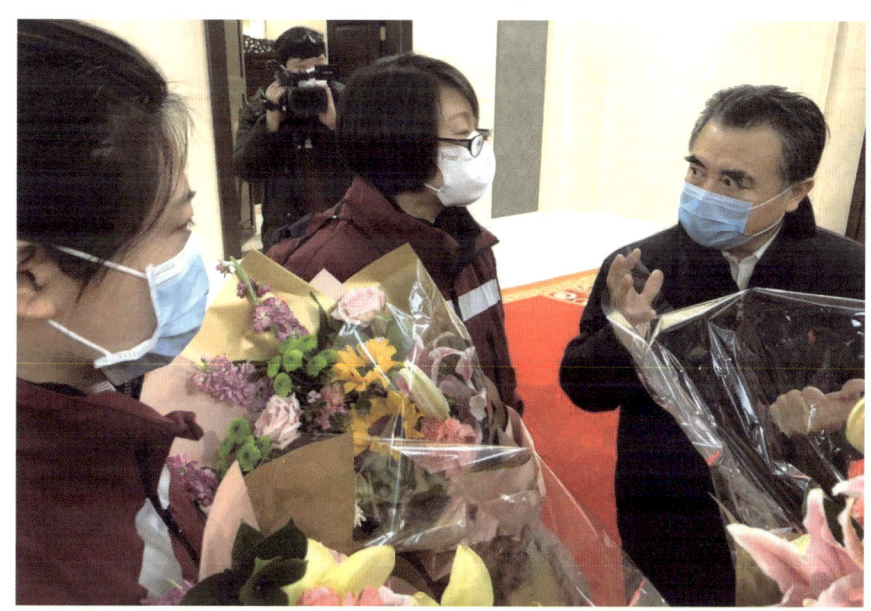

辽宁省疾控中心党委书记刘懿卿为大家送行

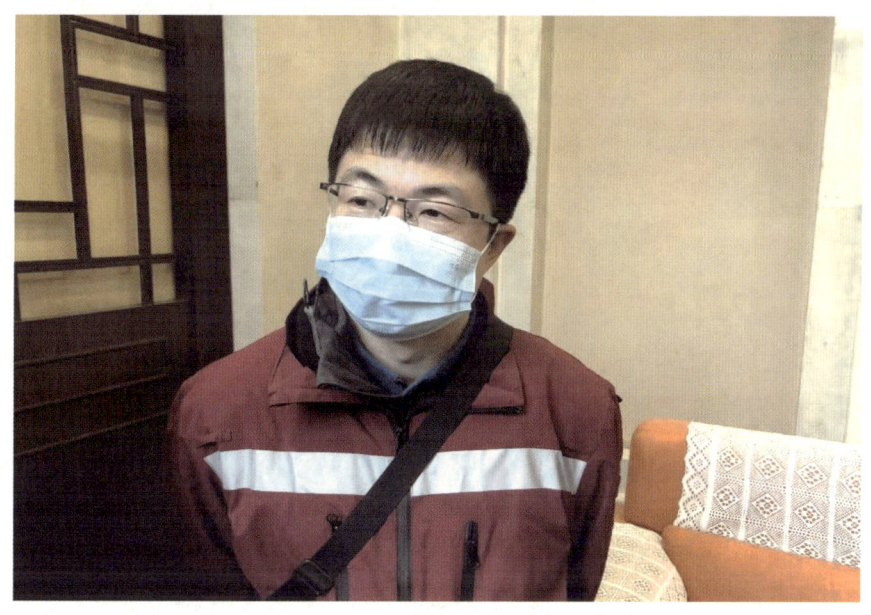

艾滋病与性传播疾病预防控制所副所长鄂爽刚刚结束援疆工作，又接受了新的"外援"任务

出征

第三批出征！
危重症患者救治医疗队出征赴鄂

辽宁抗击
新冠肺炎疫情全纪实

  2月2日下午,辽宁驰援湖北危重症患者救治医疗队乘包机奔赴武汉,驰援湖北。省委书记、省人大常委会主任、省疫情防控指挥部总指挥陈求发,省委副书记、省长、省疫情防控指挥部总指挥唐一军前往机场送行。

  在机场停机坪上,即将出发的医疗队队员士气昂扬,列队整齐,充满必胜决心。医疗队队长、中国医科大学附属第一医院重症医学科党支部书记丁仁彧报告:"此次辽宁驰援湖北重症医疗队共118名队员,我们一定不辱使命,出色完成任务。一起拼,一起赢,一起回!"

辽宁省委书记陈求发将一面鲜红的党旗交到医疗队队员手中,为医疗队送行。陈求发动情地说,在全国上下抗击疫情的关键时期,在国家需要、人民需要的重要时刻,大家积极响应党中央号召,主动报名,挺身而出,奔赴湖北疫情防控第一线,充分体现了白衣勇士不畏艰险、敢于担当、甘于奉献的崇高品质和高尚情操,体现了新时代辽宁精神。我代表省委、省政府和全省人民,向大家致以崇高的敬意和衷心的感谢。

陈求发指出:疫情就是命令,防控就是责任。你们代表辽宁支援湖北,肩负着神圣使命。希望大家深入贯彻习近平总书记对疫情防控和患者救治的重要讲话、重要指示批示精神,认真落实党中央决策部署,发挥精湛医术,科学实施救治,圆满完成医疗支援各项任务。在救治患者的同时,希望大家一定要增强自我保护意识,做好防护,保重身体。请大家在湖北安心工作,全省人民永远是你们的坚强后盾。我们坚信,在以习近平同志为核心的党中央坚强领导下,在全国人民的共同努力下,一定能够打赢疫情防控阻击战。

辽宁抗击
新冠肺炎疫情全纪实

辽宁驰援湖北危重症患者救治医疗队队员分别来自中国医科大学附属第一医院等9所省属医疗机构及14个市32所高水平三甲综合医院,负责支援湖北省新型冠状病毒感染的肺炎危重症患者医疗救治工作。

副省长卢柯参加送行。

出征记
CHUZHENGJI

一起拼,一起赢,一起回

2月1日,辽宁省卫生健康委接到国家支援湖北省新型冠状病毒感染的肺炎危重症患者医疗救治的工作任务。

2月2日,118名驰援湖北危重症患者救治医疗队队员出征,开赴战"疫"湖北前线!

一声令下,一往无前!

全力以赴,尽锐出战!

这是一次迎难而上的救援!

这是一次逆风而行的行军!

▶ 紧急!他们一往无前!

因为走得太急,他甚至来不及和熟睡中的女儿以及年迈的父母告别……

为了随时奔赴前线,她的行李衣服一直做好准备……

时间紧迫,他们向湖北挺进的信心决心令人动容。

| 丹东市第一医院重症科护士
| 修美凤

2月1日晚上10点半多,正在家哄孩子睡觉的修美凤接到驰援湖北的任务。第二天一大早,孩子还没睡醒的时候她就赶到了医院。在丹东市第一批医护人员驰援湖

北的时候,她就报了名,但那一次并没有安排重症医护人员去。

"这一次虽然任务下达很紧急,但从报名时起我的行李衣服就一直准备着,所以我随时都可以出发。"修美凤说。

中国医科大学附属盛京医院重症医学副教授
贾 佳

"无论是SARS还是甲型流感,每有危情,重症医学工作者总会冲到第一线。"贾佳说。

这一次,盛京医院派出了一支15人的医疗队,是省内人数最多的一支队伍,他是这支队伍的队长。2月1日夜里,接到第二天驰援湖北的通知后,贾佳和同事们连夜准备,时间虽然紧迫,但由于早有预案,"我们各种物资准备很充分"。

大连医科大学附属第一医院急诊ICU副主任
龚 平

这次支援,时间紧、任务重,是大连医科大学附属第一医院急诊ICU副主任龚平的最大感受。

龚平是我省驰援武汉重症医疗队的一名队员,也是大连医疗队的总领队。从2月1日医院下午4点接到遴选重症医疗队的通知,到他主动请战参加辽宁驰援湖北重症医疗队,再到启程,前后不过十几个小时。

"没想到这么快、这么急就要出发。"龚平说,他是医院第一个报名参加重症医疗队的队员,报上名后就立即回到工作岗位,因为他所在的急诊ICU可以说是整个医院最忙的地方。当晚11点半,医院通知明天启程,他这才把手头的工作交接了一下。

这一切都是那么匆忙,但龚平没有任何怨言。事实上,他希望能再快一点、早一点到武汉支援。"我有不少同学都在武汉那边的医院工作,他们确实非常辛苦,急

辽宁抗击
新冠肺炎疫情全纪实

中国医科大学附属盛京医院驰援湖北医疗队

需我们的支援。"

| 华润辽健集团本钢总医院神经外科护士
| 贾梦璐

"时间就是生命，时间就是胜利。我们早一点到湖北，也许就会多解救一名病患。"贾梦璐说，昨晚接到战"疫"一线急需重症专业医护人员的紧急通知，她立刻收拾好行李，做好随时出发的准备。

"尽管时间紧急，但我和同事们也心中有数。"贾梦璐说，近几天，她一直在跟抗疫前线的同伴们交流前方的疫情动态，对那边病人的危重情况有一定了解，也做了一些预案，反复推演前方可能遇到的突发情况。"虽然心里还是有些紧张，但我们有信心、有能力做好疫区的医护工作。"

▶ 担当，他们勇挑重担！

大事难事看担当。
这些冲上一线的医护人员，她年纪尚轻，是"九〇后"；
她正在恋爱，是待嫁新娘；
他顾不上生病的爱人，年幼的孩子……
这些白衣天使，一致选择了——担当。

| 华润辽健集团铁煤总医院重症护理科护士
| 尚占鑫和王丽君

为支援武汉，26岁的尚占鑫推迟了婚期。本来今年3月21日是他的婚期。"年前领的结婚证，啥都准备好了。"尚占鑫说，个人事小，国家事大，国家有难，正是用得着我们的时候，作为医护人员怎么也得冲在前。

尚占鑫和王丽君

辽宁抗击
新冠肺炎疫情全纪实

华润辽健集团本钢总医院驰援湖北医疗队

"我未婚妻跟我是同行,也是重症医学科的护士,特别理解支持我,父母跟我说,要好好回来。"尚占鑫说。

华润辽健集团铁煤总医院重症护理科护士王丽君早早就报了名。收到出发消息后,她连夜收拾行李,来不及和家人做太多的交代。"我儿子在福州工作,爱人得过脑出血,有点后遗症,我有些担心家里,但抗疫更重要,在这严峻的时刻,医务工作者要挺身而出,勇担当。"王丽君说。

锦州市中心医院重症监护病房护士
王佳佳

锦州市中心医院的护士王佳佳在ICU工作了12年。接到出发的消息,她让婆婆帮忙剪了头发。刚上小学一年级的儿子,知道妈妈要去做特别有意义的事,乖巧地对妈妈说:"妈妈在外面一定注意安全,我在家里听奶奶的话,你早点回来啊!"

原艺

辽宁中医药大学附属医院重症医学科
主治医师　原　艺

我在重症医学科工作了8年,诊治了大量重症患者,积累了经验。武汉疫情严重,我义不容辞,希望能为救治武汉人民贡献自己的力量!

沈阳市第五人民医院重症科主任、主任医师
孙晓旭

"上一线是医务工作者义不容辞的责任!"疫情发生后,孙晓旭第一时间要求组织把他安排到最危险的疫情前线,为国家、为抢救重症病人尽自己的一份力。

"我热爱我的工作!我将牢记自己肩负的使命,在前线努力工作,与全国人民一

起抗击疫情！"孙晓旭说，作为医务工作者，当人民健康受到威胁的时候，治病救人是他的使命和责任。

> 辽宁驰援湖北重症医学医疗队队长、
> 中国医科大学附属第一医院重症医学科党支部书记
> 丁仁彧

听到省里组建驰援湖北重症医疗队的消息后，丁仁彧第一时间报名。他说，我们组建的这支重症医疗队是各大医院政治素质高、年富力强、业务过硬的"精兵强将"，经历过甲流、禽流感，也经历过汶川地震。每当突发公共卫生事件的时候，我们都会奋战在最前线。疫情就是命令。奔赴前线、救死扶伤，是我们重症人应尽的义务。

丁仁彧说，请大家放心，我们一定牢记嘱托，不辱使命，出色完成任务。我的口号是"一起拼，一起赢，一起回"！

▶ 无畏，他们冲锋在前！

危难面前，他选择了迎难而上。
他的回答是，"我得上！"
疫情来袭，她选择了冲锋在前。
她的回答是，"我不怕！"

> 中国医科大学附属第四医院重症医学科副主任医师
> 刘　丹

作为战斗在临床一线，特别是在重症一线工作了20多年的老兵，抗疫关头，我想着的就是，一定要到疫情最严重的地方去工作，没有条件、不计代价。

相比自己的亲人，武汉人民更需要我。我的女儿是一名大二学生，今年寒假作为交流生去美国了，我们娘儿俩一个多月没见了，今天早上我俩视频的时候，我没

辽宁抗击
新冠肺炎疫情全纪实

鲜花送英雄

送爱人出征

故事　071
出征：逆行天使

辽宁抗击
新冠肺炎疫情全纪实

信心满怀,一定不辱使命

告诉她我要去武汉的消息,等她回来再说吧。我想,这个时候,我应该舍小家顾大家,武汉人民比家人更需要我。我婆婆年前查出来肺部疾病,原计划年后做手术,现在看也得拖延了。

中国医科大学附属盛京医院小儿呼吸内科重症专科护士
易先丽

我既是沈阳的女儿,也是湖北的女儿。我是湖北人,亲戚朋友们都还在湖北,我来沈阳上的大学,然后毕业留在沈阳工作,现在有13年时间了。因为工作太忙,我已经五年没有回家了,与父母一直都是微信、电话联系。这次疫情发生后,我主动请缨,因为我觉得自己有义务回到家乡,为家乡父老乡亲做出自己微薄的贡献。这个事,我没告诉父母,我怕他们担心,我只告诉了姐姐,我一定保护好自己,圆满完成任务。

锦州市中心医院重症监护病房的护士
丁宇琦

此次医疗队里最小的战士是1998年出生的丁宇琦,来自锦州市中心医院重症监护病房,她和男友已决定在5月27日结婚,得知她要紧急出发,男友在微信里说:"哭着说害怕的你却冲进了战场,大宝你很勇敢,我很自豪,一定一定要做好防护,一定要平安回家,我等你!"

作为待嫁新娘的她第

丁宇琦和家人的微信

一批就报名了,她告诉记者,在重症工作两年,已经很有经验,"我不害怕,医院是我们的后盾,我只需要收拾好自己的私人用品,其他的医院都给准备好了,啥都不怕!"

华润辽健集团本钢总医院重症监护室副主任
赵 赜

当辽宁决定派出首批医护人员驰援武汉时,赵赜就已经多次向医院申请去湖北支援了。考虑到她的父亲身患重病,家庭负担较重,院方最初并未同意赵赜的请战。

心系疫区的赵赜一而再、再而三地申请去湖北支援,终于成行。"我一定要去,这是我的职责所在。国家有难,作为疫区急需的重症监护医生,我必须挺身而出。"

实际上,赵赜一家不止她一人身在一线。此刻,她的嫂子陆莹,作为华润辽健集团本钢总医院首批进入发热门诊的医生,也奋战在抗疫一线。

第四批出征！
辽宁省国家紧急医学救援队驰援湖北

2月4日上午的沈阳寒风凛冽。中国医科大学南门外，辽宁省国家紧急医学救援队集结完毕，承载着全省人民的重托和希望，火速奔赴湖北，支援抗击疫情最前线。

此次辽宁省国家紧急医学救援队驰援湖北，共出动6辆救援特种车辆和1辆指挥车，配备49名队员。中国医科大学附属第一医院作为辽宁省国家紧急医学救援队的承建单位和本次行动的组长单位，出动了医药技护及管理人员19名，后勤保障人员18名；中国医科大学附属盛京医院出动了10名医药技护及管理人员；中国医科大学附属口腔医院出动了2名后勤保障人员。6辆救援特种车辆和1辆指挥车每车配备两名司机，预计用两天时间、行驶2000公里后抵达湖北，其他部分队员从沈阳桃仙国际机场搭载专机奔赴湖北。全部队员最终将在湖北会合，展开救援工作。

方舱车队即将出发

辽宁抗击
新冠肺炎疫情全纪实

故事　077
出征：逆行天使

出征记

CHUZHENGJI

紧急出征！不辱使命！

2月4日上午，中国医科大学南门口，辽宁省国家紧急医学救援队集结待命。凛冽的寒风中，指挥车和救援特种车辆承载着重托和希望，紧急奔赴湖北，支援抗击疫情最前线。

当天下午，在6辆救援特种车辆和1辆指挥车启程几个小时后，辽宁省国家紧急医学救援队队员们来到沈阳桃仙国际机场，整理行装、搬运物资、告别亲人……忙忙碌碌中，有不舍，有牵挂，更有战必胜的信心。

此次辽宁省国家紧急医学救援队驰援湖北，共出动6辆救援特种车辆和1辆指挥车，配备49名队员。中国医科大学附属第一医院作为辽宁省国家紧急医学救援队的承建单位和本次行动的组长单位，出动了医药技护及管理人员19名，后勤保障人员18名；中国医科大学附属盛京医院出动了10名医药技护及管理人员；中国医科大学附属口腔医院出动了2名后勤保障人员。6辆救援特种车辆和1辆指挥车，每车配备两名司机，预计将用两天时间行驶2000公里后抵达湖北。部分队员于沈阳桃仙国际机场搭载专机奔赴湖北，车辆和队员最终于湖北汇集，展开救援工作。

▶ 一声召唤 即刻启程

中国医科大学附属第一医院呼吸与危重症科主任医师　侯　刚
始终冲在第一线

"作为辽宁省国家紧急医学救援队的一员，只要国家召唤，肯定即刻出发。"侯刚接受记者采访时如是说。2月3日晚，侯刚临时加入辽宁省国家紧急医学救援队，他告诉记者，针对新型冠状病毒感染的肺炎疫情的防控工作，需要呼吸科医生的加入。他曾经参加过抗击禽流感、甲流等疾病，对于呼吸道疾病的救治有一定的经验，

辽宁抗击
新冠肺炎疫情全纪实

第四批出征的队伍是辽宁省国家紧急医学救援队

救援队的水电车

每车配备两名司机

辽宁抗击
新冠肺炎疫情全纪实

指挥车内也塞满物资

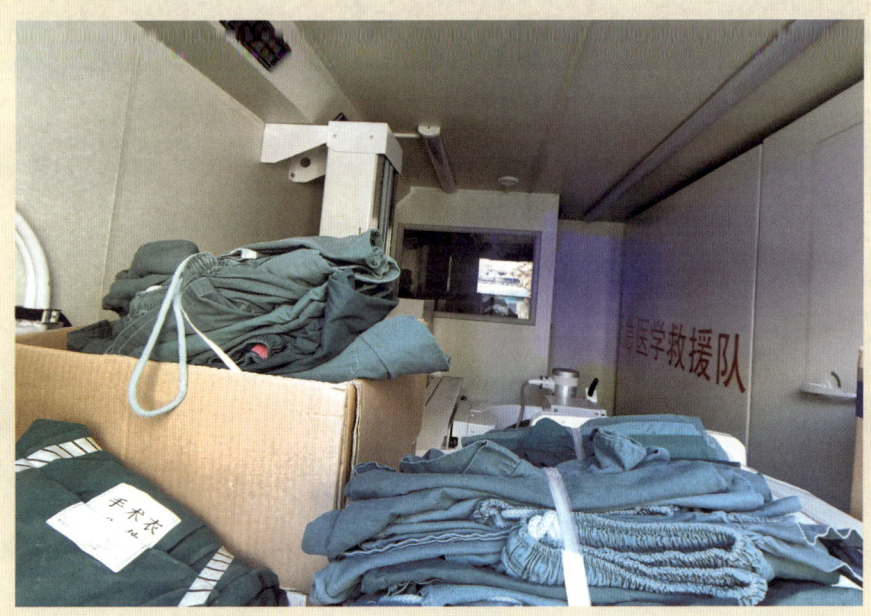

手术服、X光机，车舱内各种设备和物资齐全

中国医科大学附属第一医院急诊科主治医师才权的妻子前来送行

而且科室也经常开展这方面的培训。

"我们一辈一辈的呼吸人,在呼吸道感染疫情中,始终是冲在第一线的,这是我们的优良传统。"侯刚说,"此次出动的主体是中国医科大学的人员,作为其中一员,我们有责任将这种政治坚定、技术优良的作风保持下去,完成国家交给我们的任务。"

中国医科大学附属第一医院急诊科主治医师　才　权
时刻保持战斗状态

生于1988年的才权,可能是年纪最小的队员,但是他承担的任务一点也不轻松。作为紧急救援队的协调官,除了医疗救治工作,他还要负责外联内通,做好协调工作。

2月3日晚,才权还战斗在中国医科大学附属第一医院抗疫的第一线,当时他在隔离病房做总值班,已经好几天没有回家,身心俱疲。但得知辽宁省国家紧急医学救援队接到紧急通知，于2月4日赴湖北支援疫情防控工作，他没有丝毫犹豫，主动请战。

在和医院的同事做了简单的交接后，才权立刻参与紧急救援队的前期协调工作，直到深夜。第二天清晨，同为医生的妻子，匆忙为他带来了一些换洗衣服。

"作为国家救援队的队员，我们时刻保持战斗状态，国家有需要，我们就即刻出发。相信在大家的共同努力下，一定会取得这场战斗的最终胜利。"才权坚定地说。

> 中国医大盛京医院急诊科　李　岩
> 保证无一人掉队

李岩今年35岁，这次临危受命担任护士长任务，负责5名护士的日常工作。他说，3日晚上8点接到任务，4日早晨8点集合，最主要的准备工作是跟队员沟通，爸爸要出征武汉抗击疫情。在沈阳桃仙国际机场，出发在即，李岩充满信心地说："首先保证自己的安全，然后才能保证病人的安全，我们要保证无一人掉队！"

> 中国医大盛京医院呼吸内科副教授　戤新平
> 抗击疫情是全中国的事

"抗击疫情不单是武汉的事，不单是湖北的事，是全中国的事，我们必须齐心协力，一起打赢这场战役。"戤新平是这次盛京医院医疗队的队长，有着丰富的公共卫生事件救治经验。他说，自己老家在武汉，去支援义不容辞，"党和国家培养我这么多年，正是需要我出力的时候，所以我必须请战"。

从事呼吸重症救治多年，戤新平有必胜的信心，"作为一名医生，作为武汉的儿子，我更加有责任去驰援；作为队长，我将带领队员们不辱使命，坚决打赢这场阻击战！"

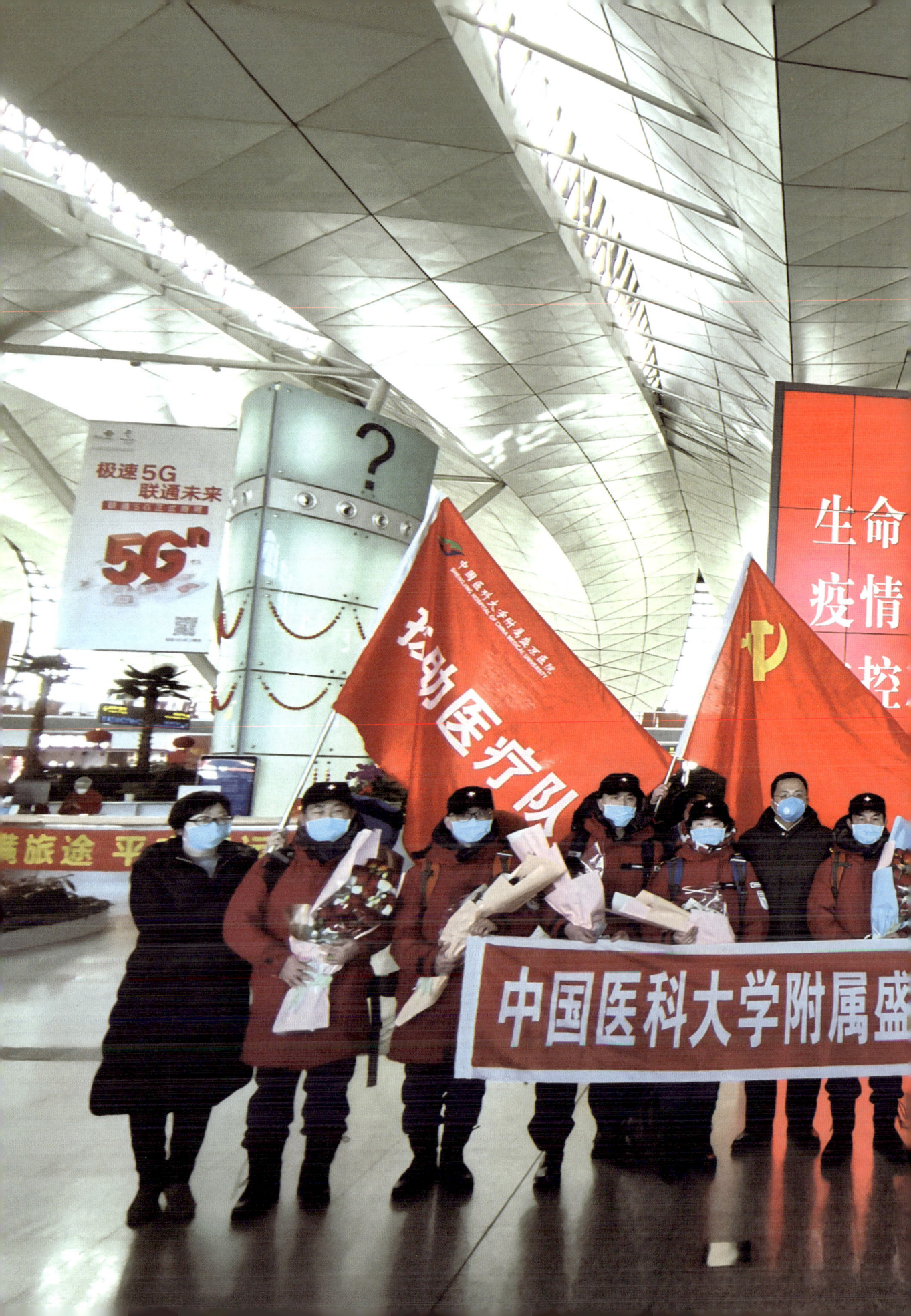

义无反顾　舍我其谁

中国医科大学附属第一医院急诊科护士　董　赢
为了大家舍小家

1982年出生的董赢是中国医科大学附属第一医院急诊科的一名男护士，他已经在急诊科工作了11年。他说："我是辽宁省国家紧急医学救援队的秘书，抗击疫情我义不容辞。男护士在体能上有优势，在急诊科有抢救等方面的经验。"

"昨天下午接到通知后，凡是能协调到的物资，医院都以最快的速度准备齐全了。我们会在保证安全的前提下尽量节省。"董赢对出征武汉抗击疫情充满信心。

做准备工作最难的是什么？面对这个问题，董赢忽然哽咽了："家属很难过心理关，姑娘才满月。"董赢的儿子刚5岁半，女儿才满月，岳父母在家中照看。平静了一下，他说："希望通过媒体对所有队员的家属说一声，我们会平安回来。"

中国医科大学附属第一医院呼吸与危重症科主管护师　刘　林
终于有机会去前线了

2月3日晚上下班后，刘林接到随辽宁省国家紧急医学救援队赴湖北的通知，4日一早就准备出发。虽然时间紧，但心理准备早就做好。"辽宁第一批医疗救援队驰援湖北的时候我就报名了，第二次危重症患者救治医疗队也想去，都没去成，再三请战，这一次终于有机会去前线了。"

刘林的母亲70多岁了，刘林没敢告诉她自己要去湖北。她说："就像军人赶上战争就要上战场，我们医务工作者赶上疫情，就要冲到抗击疫情的最前线。抗击疫情，哪里需要我，我就到哪里去！"

中国医大盛京医院重症医学科护士　李明东
爱人帮我剪出"爱心造型"

"昨天晚上值班到10点多接到护士长通知，说明天早晨出发，我赶紧回家做准备。"李明东说，上前线早有准备，也是自己多次请战的结果。

辽宁抗击
新冠肺炎疫情全纪实

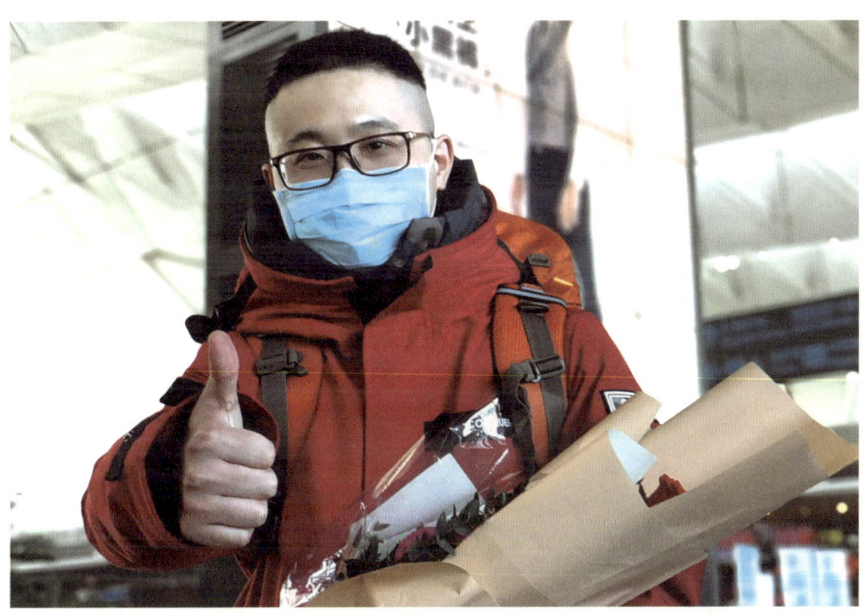

刚刚剪了短发的队员

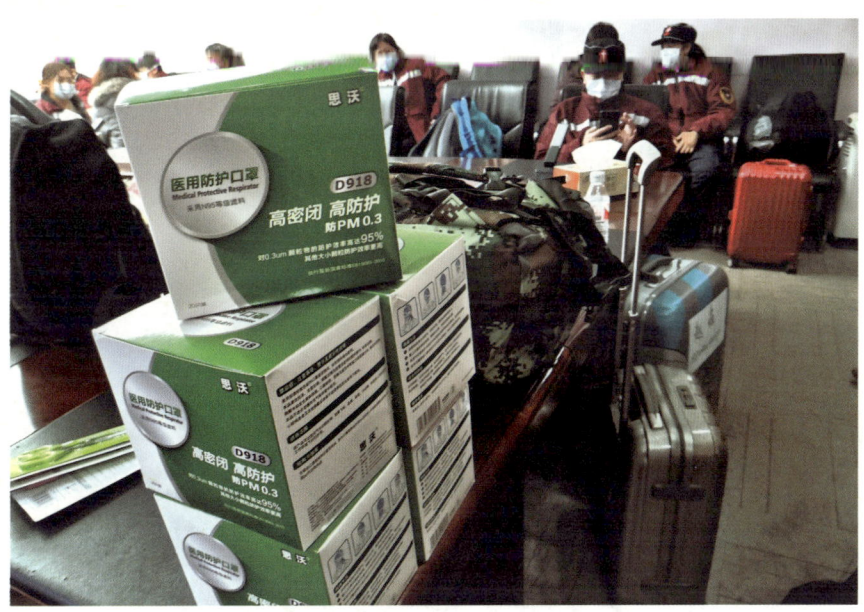

救援队员携带的"法宝"——N95 口罩

故事　089
出征：逆行天使

李明东的爷爷是一名抗美援朝老兵,父亲是一名退伍军人,听着爷爷和父亲的故事长大的李明东时刻以他们为榜样。目前,家里老人还不知道李明东出征的消息,自己的孩子也才7个月,妻子是医院重症监护病房的护士,还在哺乳期,但李明东还是义无反顾。

"我们既是夫妻又是同事,她特别支持我!"为了方便穿防护服,李明东的妻子连夜给他剪了头发,虽然手法生疏,但这种无声的鼓励让他感动非常、斗志满满。

"作为一个医护人员,在这时候必须要冲到一线,国家需要我们,人民需要我们,这是我们医护人员的使命。武汉加油,我们团队加油,我们一定会平安回来。"

▶ 武汉能赢　中国能赢

中国医科大学附属第一医院超声科医生　李　潭
中国一定能赢

李潭今年34岁,看起来仍像个大学生,说起话来给人乐观开朗的感觉。她说:"作为一名共产党员,在国家有危难的时候,受命支援前线,我义无反顾,相信武汉一定能赢,中国一定能赢!"

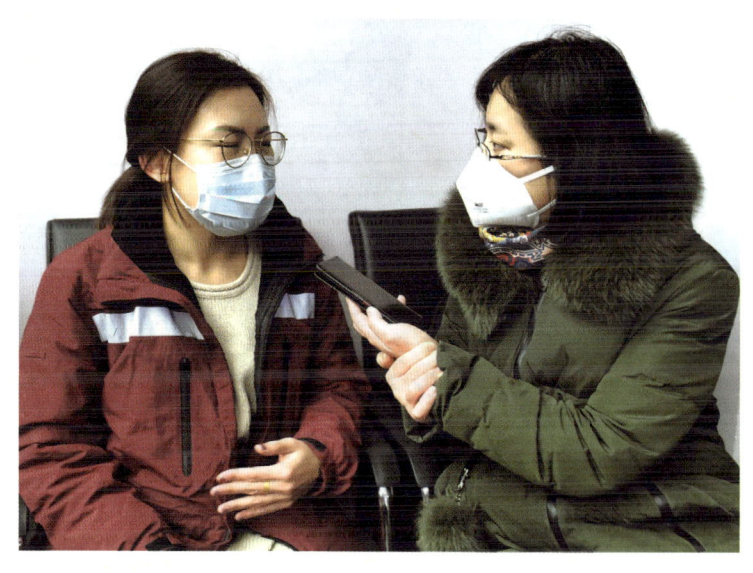

记者采访李潭(左)

辽宁抗击
新冠肺炎疫情全纪实

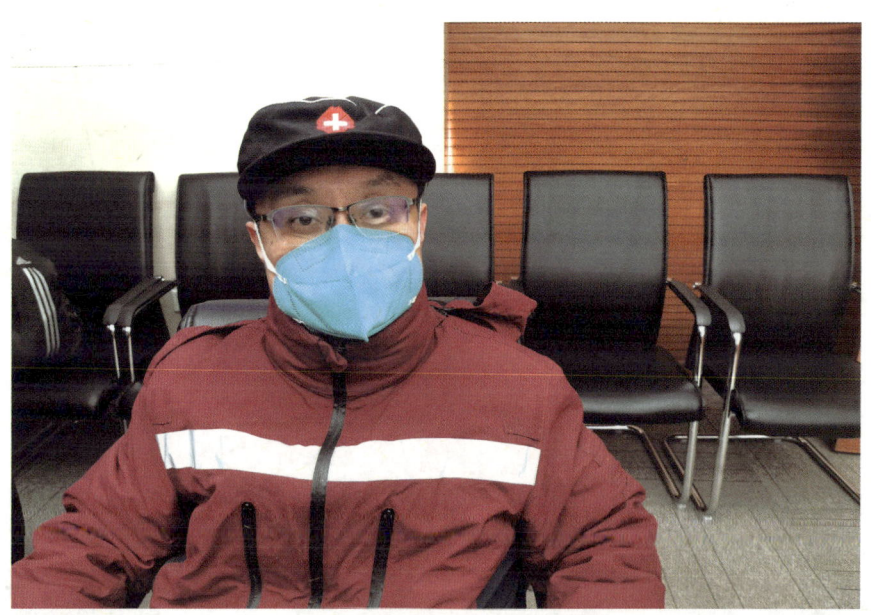

队长崇威

两位队员手拿飞往武汉的登机牌

辽宁抗击
新冠肺炎疫情全纪实

> 中国医科大学附属第一医院心血管内科主管护士　陈琳琳
> 请相信我们

1982年出生的陈琳琳是医大一院心内科主管护士，有20年护士经验的她，是辽宁省国家紧急医学救援队队员。大年初一和初二，她都在值班，并一直关注着武汉疫情，24小时开机待命。2月4日凌晨1点40分，她接到通知后，一夜没睡，紧急做好准备，上午便到医院集合了。她笑着说："我爱人也是医生，支持我去。"不过，因为走得太急，她说："我还没敢告诉妈妈呢。"说到妈妈，陈琳琳的眼圈红了。在桃仙机场，准备出发的陈琳琳说："没什么可怕的。能幸运地被选送到武汉去抗击疫情，我有信心，也请相信我们，加油！"

> 中国医科大学附属盛京医院院内感染管理办公室　王海旭
> 把感染风险降到最低

王海旭平时的工作主要是负责医院感染防控。他说："面对疫情，医护人员救死扶伤。我们感控人员的职责就是保护医护人员，尽我们最大的努力，确保给每位医护人员最大的防护，把感染风险降到最低。"

> 中国医科大学附属第一医院医务部副主任　张　旭
> 我们有信心有决心

张旭是这次辽宁省国家紧急医学救援队的领队，他告诉记者，国家紧急医学救援队不仅参加过国家级灾难救援任务，每年还有两到三次的应急演练，所以在接到国家卫健委的紧急通知后，能够迅速作出响应，完成集结，在第一时间出征。张旭表示，自己会带领队员们一起讲政治、有信念，听从党的指挥，配合当地做好救援工作。同时，也要做好医护人员的安全防护工作，凝聚起战斗力量。"虽然我们面对的是一场硬仗，但我们非常有信心，也非常有决心打赢这场阻击战。"

第五批出征！
500名大连医护星夜驰援雷神山

为全面支持新型冠状病毒肺炎医疗救治工作，按照党中央、省委的部署，2月8日21时，500名大连医护人员分乘飞机，星夜驰援武汉雷神山医院，为武汉前沿打赢疫情防控阻击战补充战斗力量！

医疗队成员、大连大学附属新华医院肛肠科主任孙哲说，医院里已经有两批同事先期到了武汉，他已经做好了充分的思想准备，在做好科学防护的同时，坚决完成驰援任务。"我们在月圆的日子出发，也要和队友们平平安安地回来，与亲人团圆！"

出征记
CHUZHENGJI

临危受命赴火线
▼

▶ **精兵强将，尽锐出战！**

2月8日20时20分，一支来自大连市20家医院、500人规模的医疗团队集结在大连周水子国际机场等待出发！他们肩负重托，将星夜驰援刚刚建成的武汉雷神山医院，为武汉前沿打赢疫情防控阻击战补充战斗力量。

在出发队伍中，"火速驰援湖北，大连白衣战士再出发""不辱使命，坚决打赢

驰援湖北，大连医护再出发

疫情防控阻击战"的横幅，表达了500名大连白衣勇士的共同心声：不负重托，牢记使命，坚决打赢疫情防控阻击战！

▶ 临危受命赴火线仅用3.5小时

500人的医疗队从各医院接到通知、火速确定医护人员名单到全体人员赶赴机场，只用了3个半小时的时间。速度的背后是大连医护工作者响应党中央和省委的号召，用行动践行使命担当的生动写照。

大连大学附属新华医院肛肠科主任孙哲，一身红衣在队伍里格外显眼。他说，集结队伍的时间很短，虽然不是军人，但医护人员在疫情面前也像战士一样"召之即来，来之能战，战之能胜"。"我们中，好多人都还没来得及回趟家，甚至连身份证都没随身带着就直奔机场了。时间就是生命，时间就是胜利，早一点投身一线救治，就有希望早点打赢这场战争。"孙哲信心满满地说。

大连市卫生健康委主任赵作伟说，2月8日下午近4时，大连市接到紧急通知，根据新冠肺炎疫情防治需要，要迅速集结500名医护人员，组成医疗队驰援雷神山医院。

疫情就是命令，以大连医科大学附属第一医院和第二医院为主，全市20家医院参与，在最短的时间内，大连市形成了一支120名医生、380名护士的医疗队。

"国家需要，奉命出征义不容辞！这是医护人员责任所在！"即将踏上"同时间赛跑，同病魔较量"的战斗前沿时，大连医护同声这样说。

▶ 时间紧、任务重，没有半点犹豫

2月8日下午4时多，大连医科大学附属一院骨科护士王家乐在家里寻思着晚上给家人做点什么，驰援湖北的电话来了。

对她的这次出征，她的丈夫、父母早有心理准备。"他们知道，我已3次递交请战书了。"王家乐说。当她向家人宣布这一消息时，大家都很平静，一齐七手八脚地帮她收拾行李。"我一直有上前线的愿望，国家需要我们，我希望到那里能做点事情。"她说。

早早就到达机场的庄河市中心医院赵树宏和何雪娇夫妇，上战场的心情同样迫切。

38岁的赵树宏是医院呼吸内科的大夫，32岁的妻子何雪娇是消化科护士。当新冠肺炎在武汉肆虐时，两口子早就商量好，只要有机会就上前线去。过年期间，他俩特地以夫妻俩的名义向院领导递交了一份请战书。

"我在呼吸内科工作了12年，我爱人做了11年护士，以前也在呼吸科做护理，我们有这方面的专长，在湖北，我相信也很需要，我们的专长能够发挥作用。"赵树宏说。

临行前，他们把4岁女儿交到了爷爷奶奶手中。之前，他们没有向老人透露。通情达理的老父老母没说什么，把他们送下楼后，说，这个任务很光荣，又很艰巨，你们到那边好好干，"最主要的，一定要注意安全"。

对于这次出征，赵树宏说："在这种非常时期，能为国家做点力所能及的事情，这也是我们作为医护人员的一份责任。"

2月8日恰逢元宵节，这是一次"特殊的日子，特别的出征"。21时，500名大连医护带着勇敢和坚强冲向了抗疫的第一现场。在走进安检通道的那一刻，孙哲说，月圆的日子出发，也一定会有圆满的结果，500人凝聚起来的是不可战胜的力量！

辽宁抗击
新冠肺炎疫情全纪实

故事　097

出征：逆行天使

第六批出征！
500名医护人员再援武汉

继2月8日晚大连500名医护人员驰援武汉后，2月9日，辽宁省又派出500名医护人员，从沈阳桃仙国际机场赶赴武汉。

这是继此前派出3支医疗队和1支疾控队后，我省又派出的两支医疗队，共1000名医护人员。

出记

CHUZHENGJI

大爱无疆，一往无前！

▶ "早已准备好，背上行囊就出发！"

大战当前，无须动员，我们早已把一切安排得妥妥当当；
大难面前，一声令下，我们背上行囊就出发！

"我早就做好了心理准备，一直在等待支援的通知。若有战，召必应！作为一名医护人员，现在正是国家和民族需要我们的时候。"2月9日，在沈阳桃仙国际机场候机厅，辽河油田宝石花医院神经内科护士宋研说，医院接到通知后，第一时间研究

部署，仅用1个多小时，就迅速组建了由呼吸内科、重症医学科、心内科、肿瘤科、急诊科等专业学科组成的医疗队。

"我们毅然向前，奔赴武汉，因为那里有更需要救助的人在等待我们！"宋研说。

面对镜头，葫芦岛市第二人民医院的5名"战士"齐声喊：一起去，一起拼，一起赢，一起回！护士蔡丽红的行李箱中有两箱方便面，她告诉记者，昨天晚上接到通知时，商场已经关门了，5个人想办法凑了两箱方便面，这些将是他们的"储备粮"，如果忙得没时间吃饭，可以应应急。

抚顺市中心医院是抚顺市两所新冠肺炎定点医院之一，已经先后有三批医务人员前往武汉。感染科医生李淼说，她在第一批援鄂医疗队出发时就写过请战书，因为"身披白衣，责任使然"。昨天晚上8点多，正在值夜班的她接到通知，虽然时间紧张，但她第一时间做好准备工作。

"我爱人也在医疗战线工作，家人也都表示全力支持，有这么多优秀的战友同时支援武汉，我相信，我们一定能取得胜利。武汉加油！中国加油！辽宁加油！"李淼说。

"我早就做好准备了，一直在等待支援的通知。使命所致，无须动员。"丹东凤城市中心医院重症医学科医生吕述明说，"我省在前方的医务工作者已经疲劳地工作了两到三周了，而且前方仍旧缺乏医护人员，作为重症医学科的一名医生，我得义无反顾地驰援武汉。"

昨夜接"战报"，今晨就启程。华润辽健集团第三批支援武汉抗击疫情医疗队临时党支部的组建工作，是在沈阳桃仙国际机场完成的。在机场送行现场，集团党委研究决定，任命铁煤总医院内科大主任、呼吸内一科主任李作盐为支部书记。之前，辽宁发现的新冠肺炎病例中，有两例就是李作盐和同事们确诊的。临危受命，李作盐虽感责任重大，但也充满自信，"我们这支队伍的成员，都是国企医护工作者。技术强，能打硬仗，危难时刻，我们必须冲上去"。

锦州医科大学附属第一医院党委副书记、院长李振兴说，今天一早，我们医疗队全体集结完毕，紧急驰援湖北。面对当前的疫情，作为医护人员，作为白衣战士，作为一名中共党员，在人民需要的时候，要勇于担当起责任。我们众志成城，一定能够取得最终的胜利！

▶ "我并不伟大，这是我的使命担当"

你们是父母的孩子，也是孩子的父母。

面对疫情，你们没有选择退缩，而是选择勇往直前。

你们的笑容很简单，却让我们十分感动；

你们的话语很朴实，却带给我们无限温暖。

"在别人眼里，我们可能还是孩子，但在自己心里，我们已经完全长大！"在这次驰援中，开原市中心医院奔赴武汉的两名护士都是"九〇后"。1993出生的李晶说："我怕父母担心我，去武汉的事，我没告诉他们，我和他们说，这几天在医院感染科值班，需要隔离一段日子再回家。"1999年出生的张驰说："去武汉我丝毫不犹豫，祖国需要我了，我就得上！"

生于1989年的高英哲是沈阳积水潭医院重症医学科的护士长，虽然年纪不大，

辽宁抗击
新冠肺炎疫情全纪实

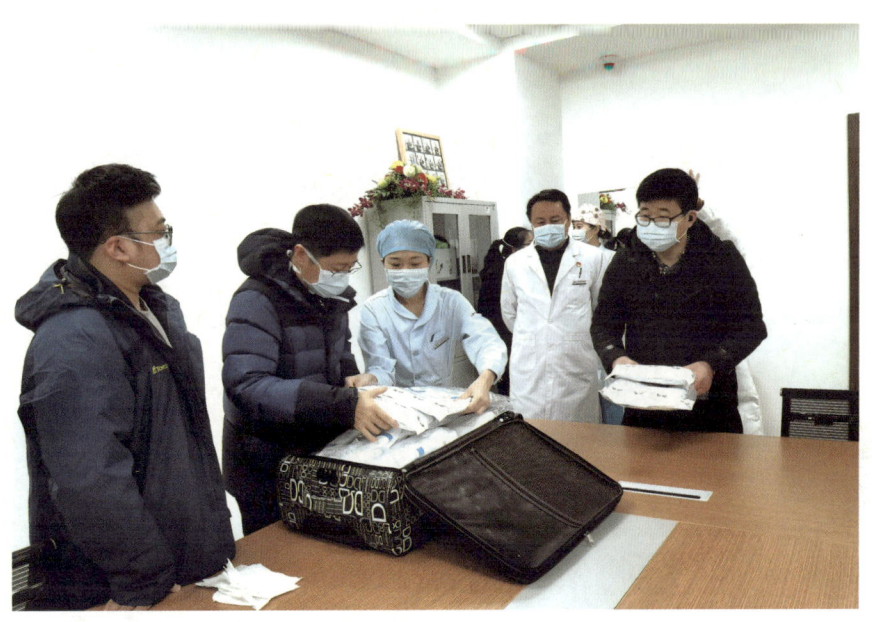

积水潭医院的领导和同事们为高哲送行,为他准备充足的防护用品

出征

但平时肩上的担子一点儿都不轻，遇到事情总是冲在前面。这一次驰援武汉，高英哲又率先请战"出征"。母亲对他去武汉抗击疫情，感到担忧和不舍，他劝慰母亲说："17年前'非典'的时候，我是一名初中生，有那么多的医务人员守护我们的健康，17年后，我作为一名医护人员，也应该勇敢地站出来，用我的专业知识报效国家，做人民健康的守护者！相信我们，一定会打赢这场疫情防控阻击战！"

看到一批批医护人员援驰武汉的消息后，沈阳市第四人民医院护士长董华早早把头发理得很短。昨晚接到出发消息时，她正在家里吃晚饭，最后几个元宵还没吃完，就放下碗筷开始收拾行装。她怕家人担心，没和父母说去武汉的事。"我没有觉得自己有多么伟大，我不过是履行职责而已。我坚信，我们辽宁与武汉的同行们并肩作战，一定可以在这场战'疫'中取得胜利！"

"义无反顾奔赴前线，是我们医护人员的使命担当。"在我省援鄂医疗队出征现场，"使命担当"一词频繁在集结的队伍中响起。

辽宁抗击
新冠肺炎疫情全纪实

华润辽健集团抚矿总医院第三批援鄂医疗队队长李兆群和妻子都在医院的急诊急救中心工作。他是中心内科负责人,妻子是急诊120的护士。元宵之夜,突然接到出发的任务,李兆群很镇定,妻子也表现得十分从容。

"疫情一开始,我俩就做好了上前线的准备。时刻待命,这是医务工作者的使命,也是国企人必须有的担当。这批我上了,她也做好了随时冲上去的准备。"李兆群说。

呼娜是阜新市中心医院的一名护士,在我省组建第一批医疗队驰援湖北时,她就主动请战。这次虽然是临时通知,她早已做好了准备。离家之前,她将4周岁半的孩子送到了妈妈家,虽然也是满心不舍,但还是义无反顾。呼娜说:"我们没有那么伟大,也没有那么高尚,只是觉得国家需要我们的时候,我们就应该上,这是我们的使命担当。"

华润辽健集团铁煤总医院呼吸科护士长李秀英说:"我曾在2011年举办的院首届职工技能大赛中取得了第一名的好成绩,我有扎实的理论功底和过硬的操作技术,

请放心，我一定圆满完成工作任务。选择这份职业就注定要风雨兼程，把青春奉献给护理事业，对此我一直无怨无悔。"

▶ "你的安危让我担心，你的付出大爱无疆！"

虽然你们戴着口罩，我们仍旧看清你们的样子，你们是我们最亲的人。

虽然你们无所畏惧，但你们的安危让我们担心，你们的劳累让我们疼心，你们的付出让人暖心。

你们是守护健康的医护人员，你们是送去希望的白衣天使。

你们，大爱无疆！

"终于等到这一天了！"沈阳医学院附属中心医院呼吸与危重症医学科副主任、沈阳赴武汉医疗队副队长何巍说，接到任务的时候很激动，因为之前沈阳市组织医护人员驰援武汉时，自己就主动请缨希望奔赴抗击疫情的最前线，这次总算如愿以偿。

"男人就应该上战场！"何巍告诉记者，"'呼吸'是我的专业，抗击疫情是我的使命！"

"我是一名医生，救死扶伤是我的职责；尤其我是一名呼吸科医生，更应该到前线去！"沈阳市第五人民医院呼吸内科主任程青说，疫情发生后，她就剪掉了长发，做好了随时出发的准备。"我将一往无前，尽我所能，为这次疫情做最大的贡献。"

敬畏生命，勇于奉献，就是大爱无疆。本溪市中医院心内科护士寇馨元不觉得自己援驰武汉是一件了不起的"大事"。"无论未来是什么，当我选择做一名白衣战士的时候，我就知道，危急时刻，当祖国需要我的时候，我一定会披上铠甲，奔赴前线。"寇馨元说，"妈妈就是一名医生，留在本溪市守护人民群众健康，我奔赴前线驰援湖北，我们母女俩约定，一起加油！"

沈阳市第五人民医院急诊护士李唯一说："我特别庆幸能有这样的机会，把我学过的知识、积累下来的经验带到前线，为同胞们奉献自己的微薄之力。我父亲身体不好，但是得知我要驰援湖北，他特别支持我。武汉加油！中国加油！"

辽宁抗击
新冠肺炎疫情全纪实

故事　107
出征：逆行天使

辽宁抗击新冠肺炎疫情全纪实

"接到医院的通知后,我毫不犹豫地报名了。作为一名医务工作者,非常希望有机会投身到一线中。武汉加油!"本溪市桓仁县人民医院呼吸科副主任医师邢晓雷说。

▶ "有召必应,战之必胜!"

2月9日清晨4时45分,锦州医科大学附属第三医院大厅里回响着铿锵有力的誓言,该院第三批支援湖北医疗队50人再次集结出发。

2月9日,锦州支援湖北医疗队一共有140人,分别来自锦州医科大学附属第一医院的61名医务人员、锦州医科大学附属第三医院的50名医务人员和锦州市第二医院的29名医务人员。2月9日,他们登上飞机驰援武汉雷神山医院。

鲜花、拥抱和泪水,出征前的一幕幕令人感动。在队伍中,有一个女孩默默掏出手机,给朋友们发了一条信息:"我出征武汉了,我是医者,也是党员,必须要做好百姓的盾牌……""如果我有了意外,请帮我照顾父母。"这是她专门发给闺蜜的告别短信,看着令人心碎。

这个女孩叫佟惟屹,是锦州医科大学附属第三医院的一名护士。佟惟屹在向医院递交请战书前曾经抱着母亲哭泣。她对父母说:"我是家里的独生女,我知道这次请战去武汉唯一对不起的就是你们。我是一名医护工作者,我怎能不知道它的危险性,怎能不知道工作的艰辛。但战士就该上战场。这是一场没有硝烟的战争,我是一名白衣战士,理当冲锋在前,保一方平安。也许我的力量是微弱的,但榜样的力量是无穷的,作为共产党员,这个时候更应该给身边的人做出表率。"

据了解,锦州医科大学附属第三医院这支50人的队伍是继今年1月26日、2月2日之后的医院第三批支援湖北医疗队。由重症医学科龚晓男医生任队长,呼吸科张素文护士长为副队长,共由4名医生和46名护士组成。

出征仪式上,领队龚晓男代表全体出征勇士讲话:"武汉疫情严重,牵动着全国人民的心,也牵动着我们医务人员的心,作为一名共产党员,我们深感责任重大,也深知使命光荣,我们会努力全力以赴医治患者,同时保护自身的安全,平安归来!"

第七批出征！
中国医科大学附属第一医院60名医护驰援武汉

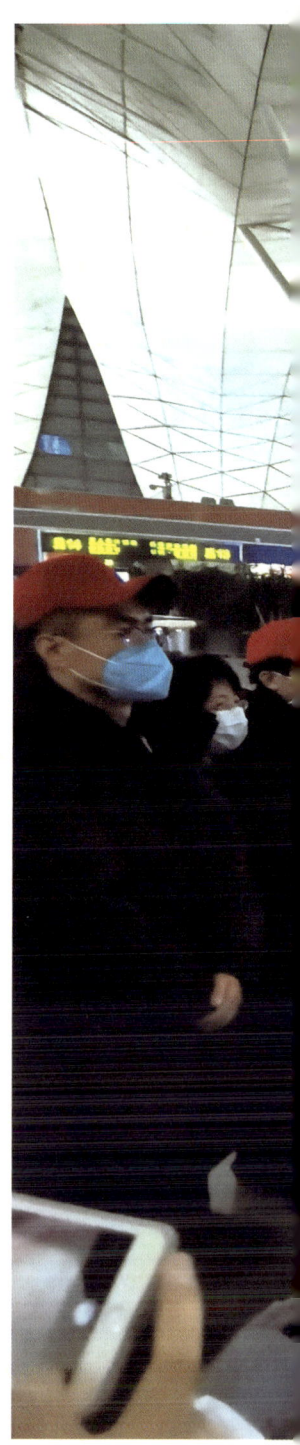

2月9日，辽宁省卫生健康委接到国务院应对新型冠状病毒肺炎疫情联防联控机制（医疗救治组）通知，要求我省从中国医科大学附属第一医院组派医疗队，今日启程奔赴武汉支援湖北新冠肺炎患者救治工作。

此次国家抽组中国医科大学附属第一医院医疗队队员60名，其中临床医师30名，护理人员30名，专业主要为呼吸与危重症医学科、重症医学科、感染科。本次医疗队由中国医科大学党委常委、宣传部长、中国医科大学附属第一医院党委书记王振宁带队。

中国医科大学附属第一医院接到任务后紧急开展动员、遴选队员、准备物资，全院医护人员满怀"召之即来、来之能战、战之必胜"的坚定信心，积极响应，踊跃报名，主动请缨，仅用3小时完成医疗队组建任务，将于9日20时30分由沈阳桃仙国际机场奔赴湖北，驰援武汉。

此前，辽宁省已派出5支医疗队和1支疾控队共1322人驰援湖北，协助湖北武汉开展新冠肺炎疫情的防控工作。至此，我省驰援湖北医疗队、疾控队人数达1382人。

辽宁抗击
新冠肺炎疫情全纪实

故事：逆行天使

出征记
CHUZHENGJI

带着必胜的信念，出征！

生命重于泰山，疫情就是命令。中国医科大学党委常委、宣传部长，中国医科大学附属第一医院党委书记王振宁曾多次送驰援武汉的医疗队出征，这次他要亲自带领医疗队奔赴抗疫的最前线。"这是医院作为国家区域医疗中心应承担的责任和使命，我们一定全力以赴。"王振宁说，他们接到这次命令虽然很突然，但早就有了思想准备，因此在短短的三个小时内就集结完队伍。这次医院共派出了30名医生和30名护士，而且都是从呼吸与危重症医学科、重症医学科、感染科等相关科室抽调的骨干。目前，疫情防控和救治已经到了关键时刻，他们主要是去武汉协和医院的西院区，救治危重症患者。

"这次我带领队员再次驰援武汉，不仅要坚决完成任务，还要一个不少地把他们带回来。"王振宁说，全体医疗队员坚定了奋战到底的决心，一定要取得抗疫的最终胜利。

▶ 集结！没什么好犹豫！

2004年参加工作的医大一院神经外科护士张婧竹有16年的工作经验。她说，今天临时接到通知，非常仓促，不知道去哪儿，不知道去多久，其实心里还是挺忐忑、挺害怕的。但是，"我知道这是正确的决定，这是必须做的，自己还是要勇敢。家里人都告诉了，也都支持我去，我也有信心。我相信我们大家都会平安回来"。

对于此次驰援湖北，中国医科大学附属第一医院神经外科护士长方及男早已经做好了准备，安排好了老人和孩子。她说："作为一名医务人员，这是我们的职责，所以听到命令接到通知后，我立刻随队出征。"之前听前线的同事说，武汉天气冷，要注意保暖，所以方及男特别带了医院备的厚衣服。

辽宁抗击
新冠肺炎疫情全纪实

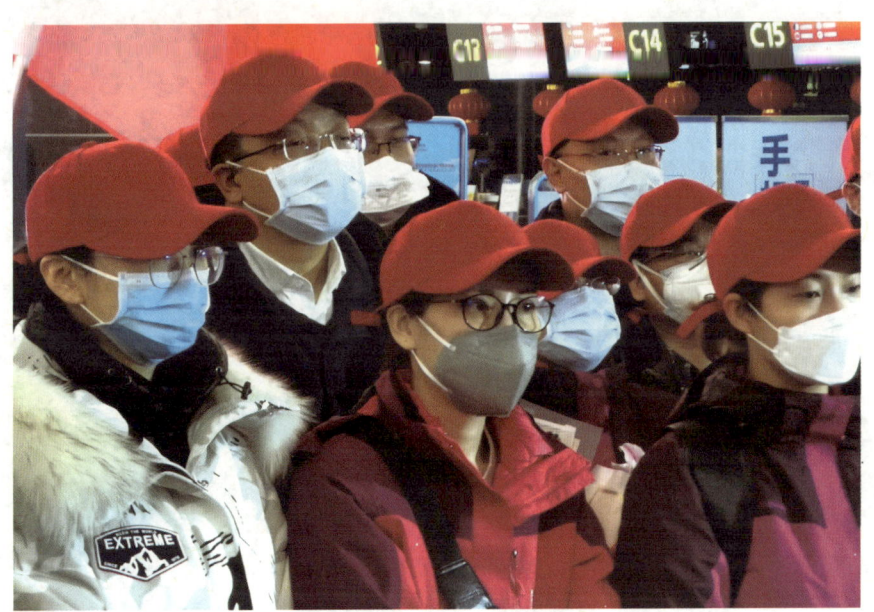

中国医科大学附属第一医院的医护人员带着必胜的信念驰援武汉

辽宁抗击
新冠肺炎疫情全纪实

▶ **出发！带着职责使命！**

"我们来之能战，战之必胜，代表我们的大学，代表我们的医院，代表辽宁人民对武汉人民的爱，出发吧！"出发前，中国医科大学附属第一医院院长尚红鼓励大家。

医大一院护理部副主任高丽红告诉记者，这次武汉的任务，护理工作繁重，需要大量的护理人员。"武汉发生疫情以后，我们时刻准备去前线支援。作为护理部的副主任，我知道这是我的责任，我应该履职尽责有担当，不忘初心，牢记使命，践行护理人员的担当和使命。"

"请祖国放心！我们召之即来，来之能战，战之必胜！武汉加油，中国加油！"医大一院神经外科护士解吉雄坚定地跟记者说。他告诉记者，今天中午接到通知，开始准备，之前就已经做好了充分的思想准备。去那儿一定要打赢这场仗！

▶ **加油！怀着必胜信念！**

"情系武汉，共渡难关！加油！"临行前，战士们大声喊出口号。

口号嘹亮，信念坚决！

2003年"非典"时还在上初二的琚一鸣，没想到有一天自己也会和电视里的白衣天使一样出征到阻击疫情的前线。作为医大一院检验科检验技师，他已经有7年临床工作经验，他对战胜疫情充满信心。他说："我是一名党员，我年轻，身体素质好，我第一时间报了名。很多年过后，我会说，2020年的阻击新冠肺炎，我为祖国做了一份贡献，我会觉得无比骄傲。"

琚一鸣的婚房已经装修好，未婚妻也是一名医生。"她也报了名。等我回来，我们就准备结婚。"琚一鸣说，"我有信心，我们一定打赢这场战役，平安归来。"

医大一院医务部副主任兼呼吸与危重症医学科副教授于娜在机场告诉记者："其实我们这些队员在很早以前，就已经做好了驰援湖北、驰援武汉的准备。请大家放心，我们一定会圆满完成任务。胜利！"她信心满满地握起了拳头。

杨靖岫、董翰博、姜义双、田勇（自左至右），这4名连日来一直战斗在疫情采访一线的记者，也分别奔赴武汉市和襄阳市，深入疫情阻击战的最前沿

出征记

CHUZHENGJI

我们从不缺位！
辽宁日报4名记者随医疗队出征武汉襄阳

▼

抗击疫情，记者也是战士。在时代风云中，新闻人从不缺位。

今天，辽宁驰援湖北重症患者救治医疗队和辽宁对口支援湖北襄阳医疗队乘专机分赴武汉市和襄阳市。与这些白衣战士同行的，还有辽宁日报4名记者。

从1月26日到今天，我省共派出1497名医护人员和疾控专家驰援湖北，彰显了辽宁人的长子情怀和奉献担当的精神品质。为宣传好应对疫情的"辽宁作为"、展示出战"疫"前线的"辽宁形象"，2月11日，省委宣传部牵头组建我省抗击疫情湖北前方报道组。

疾风知劲草，板荡识诚臣。

辽宁抗击
新冠肺炎疫情全纪实

2月11日近13时，报社接到选派4名记者赴武汉和襄阳采访的任务。

"我报名""让我去"……

消息一发出，集团45名记者立即请战，言辞恳切。从动员到报名到确定人选，只用了不到两个小时。

报社迅速为4名记者出征做好后勤保障。从防护服、口罩、消毒液等防护用品，到雨鞋、睡袋、毛巾、牙刷等生活用品，样样齐全。报社还贴心地安排工作人员帮助4名记者家属解决可能遇到的困难和问题，让他们在前方没有后顾之忧。

姜义双是4名记者里的老大哥，做了20年记者，已经"身经百战"。"虽然做了这么久的新闻工作，但面对这场疫情阻击战，我仍然充满战斗激情。"在他看来，讲好战"疫"故事，是新闻人的职责所在。"这次采访任务光荣艰巨，但义不容辞，不仅是记者的职责所在，更是党报人的使命与担当。作为一名共产党员，我一定不负重托，全力以赴，圆满完成这项光荣任务。"

姜义双

从大年初五到今天，杨靖岫已经10次出现在采访一线，仅在桃仙机场，他就用手中的相机，送别了四批辽宁医护人员，共七八百人。"那些医护人员有些还很年轻，他们坚定、义无反顾的眼神始终感染着我，那眼神传递出的信息是：我的生命固然宝贵，可还有更重要的事情需要我，我要去那里！今天，我和另外三位战友也要赶赴那里，请家乡父老放心，我们一定不辱使命，平安归来！"

董翰博已经采访过我省两批驰援湖北的医护人员，其中很多和他一样，都是"90后"。

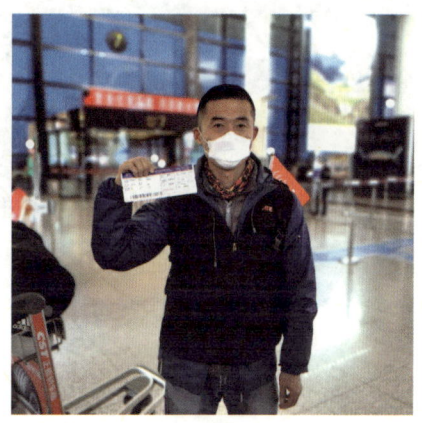

杨靖岫

出征

抵达现场,是记者的天职

辽宁抗击
新冠肺炎疫情全纪实

董翰博说："他们不计报酬、无论生死的精神让人动容，英勇无畏、担当奉献的信心决心令人敬佩。这些逆行者的身影，给了我极大的精神激励，也为我这次出征提供了更充沛的精神动力。"

"抵达现场，是记者的天职。作为年轻记者，我将不忘初心、牢记使命，将镜头与笔触聚焦于辽宁支援湖北襄阳的战'疫'一线，抓重点、显亮点、重特点、攻难点，充分反映辽宁在打赢这场疫情防控的总体战阻击战中的积极贡献。"田勇清楚地记得，大年初二那一天，很多医护人员还没来得及给父母拜年，就急匆匆地收拾起行囊出发了。此时此刻，最惦记这些白衣天使的，不仅有他们的父母、爱人和子女，还有辽宁4300万父老乡亲。"你们，在湖北吃得怎么样；你们，在湖北住得怎么样；你们，现在还缺防护物资吗……带着家乡父老的牵挂，今天，我也成为一名逆行者，用手中的笔和镜头去记录这个时代，向人们最尊敬的白衣天使致敬。"

故事　　　　　　　　　　　　　　　　
出征：逆行天使

第八批出征！
115名医护驰援襄阳武汉

　　继我省千余名医护人员奔赴湖北抗击疫情，守护"雷神山""火神山"后，2月12日，辽宁再次派出115名医疗人员驰援湖北，其中32名医务工作者奔赴武汉，83名医务工作者对口支援襄阳，守护襄阳古城。至此，辽宁已有1497名战士奋战在抗疫一线，与病毒抗争。

出征记
CHUZHENGJI

守住两山，护好一城
▼

▶ **再次驰援武汉，义无反顾**

　　2月12日下午，一支由32名医护人员组成的重症患者救治医疗队，在中国医科大学附属盛京医院整装待发。根据工作安排，这支由12名临床医师、20名护理人员组成的白衣战队，将启程赴武汉大学人民医院，筑起抗击疫情的一道坚固防线。

　　"武汉胜则湖北胜，湖北胜则全国胜。"接到组建医疗队的任务后，盛京医院医护人员满怀"召之即来、来之能战、战之必胜"的坚定信心请战。

中国医科大学附属盛京医院为驰援湖北的医护人员送行

> 盛京医院第二呼吸与危重症监护内科护士　姜晓东
> 我是医护工作者，关键时刻要冲上去

"工作八年了，一直在危重症科工作，经验足；没结婚，没孩子，没负担，父母也支持。"1990年出生的姜晓东，从大年三十起就踊跃报名，强烈要求奔赴抗击疫情最前线，这次终于如愿以偿。

"平时喜欢去健身房，身体素质好。"她告诉记者，"坚持报名的原因很简单，我是医护工作者，关键时刻要冲上去，这是我的职责。"

> 盛京医院呼吸内科主任　赵立
> 哪里需要我，我就在哪里

"我到哪儿都是工作，哪里需要我，我就在哪里。"赵立边匆忙整理行装，边跟记者聊，"现在武汉需要，我就去武汉。"

疫情发生以来，赵立带领她的团队一直工作在最危险的地方，病房收治的就是

新冠肺炎患者。她说:"我平时怎样工作,到武汉同样会全力以赴。医生从事的工作就是救死扶伤,救人是本分也是职责。"

没有什么豪言壮语,但赵立自信满满,"请大家放心,我们去武汉的这些医护人员都是精兵强将,我们一定会打赢这场阻击战,一定会平安归来"。

▶ 对口支援襄阳,首批83名医疗队员出征!

襄阳医疗队医护人员为中国医科大学附属盛京医院整建制选派,医师20名,护士40名,专业为呼吸、院感、重症、急诊等专业。预防人员从省疾控中心选派,实验室检测、流行病学调查、消毒杀虫专业各2名。心理咨询干预人员从辽宁省心理健康预防控制中心选派3名。选派辽宁中医药大学附属医院中医师1名。省卫生健康委副厅级领导任领队。

> 盛京医院副院长、襄阳辽宁医疗队总指挥　刘学勇
> 迎战严峻的疫情，我们有信心

"带着这支队伍去襄阳，迎战严峻的疫情，我很有信心。"作为赴襄阳辽宁医疗队总指挥，出发时分，盛京医院副院长刘学勇更愿意多聊聊自己的"战队"。4台呼吸机，14台高流量氧治疗仪，各类防护物资……除了这些不可或缺的"武器"外，更让他引以自豪的，是队伍中来自医院各科室优秀的医生、护士，"这支队伍，报名积极性高，求战欲望强烈，技术水平过硬，业务能力出色，这是我们战胜疫情的信心基础"。

> 盛京医院急诊科副主任，辽宁对口支援湖北襄阳医疗队副领队　赵宏宇
> 坚决打赢疫情防控阻击战，圆满完成任务

接到去湖北襄阳的通知时，赵宏宇正在医院急诊科上班。"我很荣幸能成为这次

赵宏宇

驰援湖北医疗队的其中一员。"赵宏宇说,自己的请战书早在辽宁第一批医疗队驰援湖北时就写了,从2月初就一直在单位没回家,家里两位近80岁高龄的老人还有12岁的孩子都是妻子一人在照顾,这次去湖北,赵宏宇没告诉两位老人。

"在沈阳我们就冲在抗疫一线,湖北疫情比辽宁要重得多,我们作为支援的医疗队,到湖北之后更应该冲到最前面。"赵宏宇表示,医疗队肩负的是党和人民赋予的使命,他们一定会把人民群众的生命安全和身体健康放在第一位,不负重托,坚决打赢疫情防控阻击战,圆满完成任务。"襄阳加油,湖北加油,中国加油,我们一定会凯旋。"

> 盛京医院重症医学科副主任、襄阳医疗队队长　李国福
> 我们的目标,就是把重症病人从死亡线上拉回来

"这次辽宁对口支援襄阳,省里把最重要的任务交给了我们盛京医院,盛京医院又把这项重要的任务交给60多位医护人员,请襄阳人民和家乡人民放心,我们一定完成任务。"今年51岁的李国福在2008年汶川地震时就去过四川支援,所以这次驰援襄阳,李国福当仁不让。

李国福(左)

李国福说,接到组建对口支援襄阳医疗队的命令,医院很快开会制定方案,到襄阳了解实际情况后还会因地制宜做出调整,医院派出的医护人员大多来自呼吸、重症和急诊科,院里还筹备了呼吸机、吸氧机等相关物资随队支援。"我们的目标,就是把重症病人从死亡线上拉回来,全力降低病死率。"李国福说。

辽宁抗击
新冠肺炎疫情全纪实

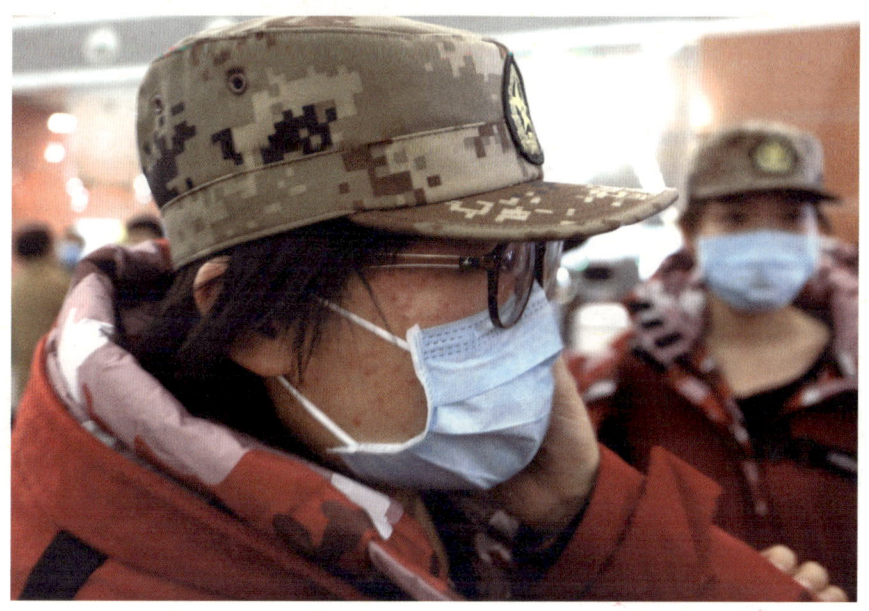

加油，小伙伴！

> 盛京医院心外科护士　张丽萍
> 只要有信心，有细心，就一定能顺利完成任务

"去前线早已做好了心理准备，没有害怕的感觉，也没有特殊的担心。"1986年出生的张丽萍从事护士工作10余年，这次能驰援襄阳，张丽萍信心满满。她说，自己和爱人都是学医的，医院组织第一批医疗队的时候她就报了名。"我去过的科室比较多，平时接触的重症病人也比较多，所以对自己的业务能力有信心。"张丽萍认为，所有工作都有一定的风险，只要有信心、有细心，就一定能顺利完成任务。出征前，张丽萍和同事接受了如何穿脱防护服等培训，还集体剪了头发，"一切都准备好了，我们一定没问题"。

> 盛京医院急诊科护士　白雪
> 有同行伙伴和医院作后盾，我们有信心

没有化妆品，没有漂亮衣裳，只有口罩、防护用品、药品和必需的生活用品，集结前，白雪迅速整理着自己的行李箱。"这是我全部的战备物资，医院都给准备好

辽宁抗击
新冠肺炎疫情全纪实

了，我只需准备心情上战场。"白雪说，虽然对襄阳医疗环境不太熟悉，但没什么好紧张的，有自己同行的伙伴，有强大的医院作后盾，有信心打赢这场抗疫阻击战。

出征前，盛京医院给全体队员做了感控培训，医疗队到襄阳后还要做一天的培训，让每个人都实操各项防护措施。

白雪

> 省疾控中心专家　卢春明
> 我们一定能攻克难关，不辱使命

"对口支援襄阳，我们做好了充分的准备。"省疾控中心对口支援湖北专家工作队领队、中心副主任卢春明介绍，接到工作任务后，省疾控中心即刻行动，抽调7名经验丰富的专家，准备好了去襄阳工作所需的物资、装备。他说："此去襄阳，工作地点变了，工作环境肯定比在家要艰苦，但我们一定能攻克难关，不辱使命！"

和大家一样，主动请缨去襄阳，省疾控中心感染与传染性疾病预防控制所副所长王子江表示，"到襄阳后一定会和当地同行尽力配合，充分发扬辽宁疾控人不怕困难、敢打敢拼的职业精神，靠过硬的技术完成工作任务"。

"驰援襄阳，我的想法很简单。"省疾控中心的赵砚说，"就是四个字：职责所在，既是一名中华儿女的职责所在，也是一名党员的职责所在。"

故事　127
出征：逆行天使

第九批出征!
风雪夜,
233名白衣战士再援襄阳

今夜有暴风雪。英勇的白衣战士,选择今天出发!

无惧山高路远。抗疫前线,刻不容缓!

2月14日,辽宁再派233名白衣战士紧急飞赴襄阳。这也是继辽宁省对口支援襄阳第一批医疗队83名队员奔赴襄阳后,第二批医疗队迅速集结,再次出征。

"一个都不能少地回来!""亲爱的,等你回家!""明天定是艳阳!""放心吧,我们一定平安归来!"……辽报记者在出征现场听到的是一句句感人的话语,感受到的是万众一心、全力抗疫的信心和决心。

出征记
CHUZHENGJI

"襄"信明天,定是艳阳!

▶ **镜头一 辽宁省人民医院**

辽宁省人民医院这次派出了87名医护人员,值得一提的是,一部分医护人员已经在发热门诊工作了快二周,接到通知,不顾疲劳,立即出发。

"接到通知后,不到两小时,报名超过了200人。"省人民医院党委书记白希壮表

中国医科大学附属第四医院为驰援湖北的同事送行，要一个不少地回来！

示，这支队伍一定能够圆满完成任务，请全省人民放心！党支部书记兼医疗队队长朱芳说，作为领队，一定能够把大家安全地带回来！接到集结的通知，呼吸科副主任医师柳立岩把自己六岁的孩子送到姥姥家，带上行囊来到医院。

▶ 镜头二　中国医科大学附属第四医院

医大四院此次派出29名白衣战士。一声集结令，3小时内甚至有些队员1小时内整装集结完毕。

出征仪式上，党委书记金元哲说："你们都是最优秀的白衣天使，也是最勇敢的战士！等着你们凯旋！"刘金钢院长将院旗交到队长陈达手里说：把艰巨的任务交给你们了，一个都不能少地回来！有没有信心？陈达和全体队员大声喊出：有！经过多次请战，心血管内科副主任医师胡巍娜终于有机会回到自己的家乡襄阳了，只

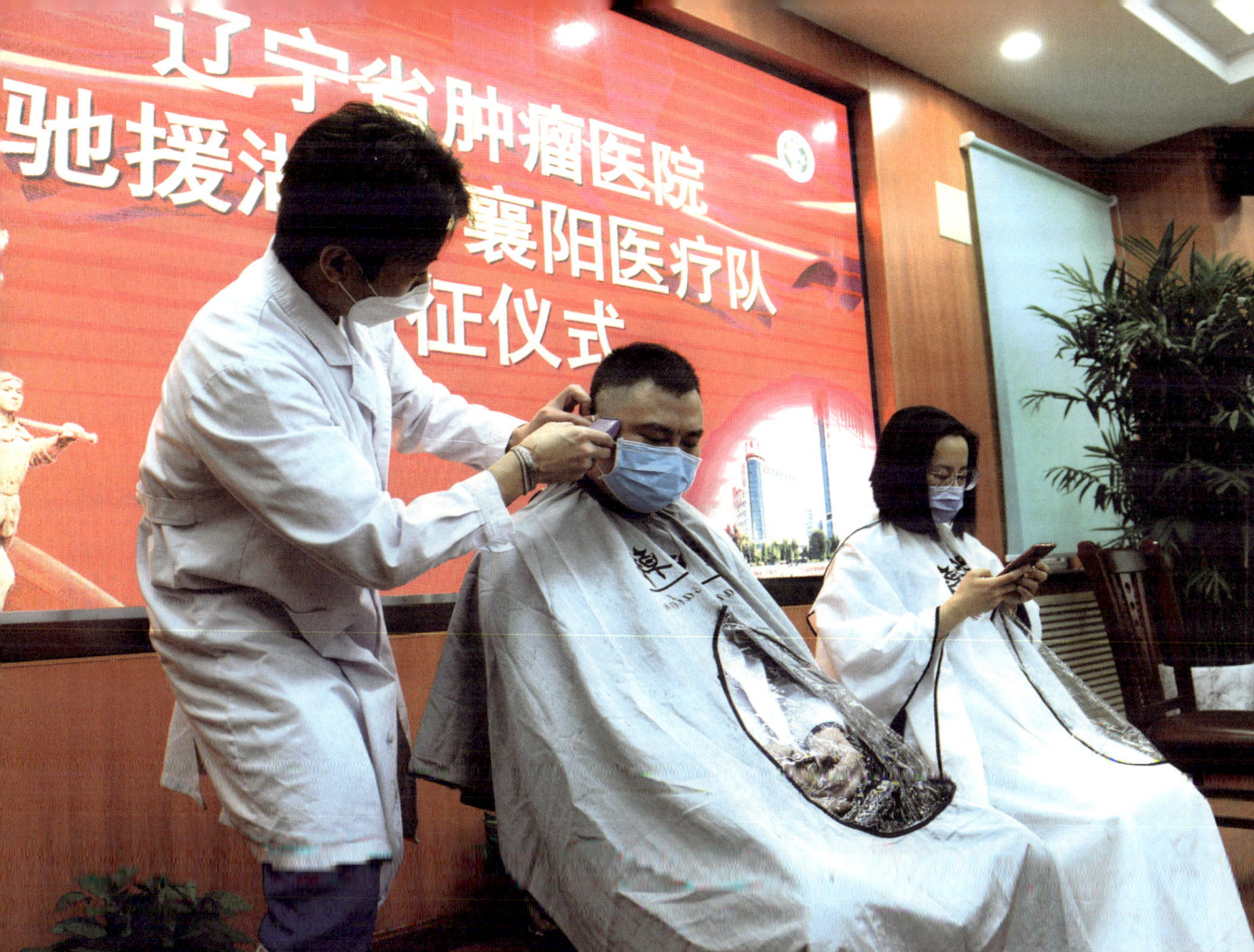

辽宁省肿瘤医院的医护人员为出征做准备

是这一次,她是带着与以往不同的责任和使命回家。"我要用我所学的知识,投入到家乡的战疫中!"她说。

▶ 镜头三　辽宁省肿瘤医院

省肿瘤医院会议室里,13名即将出发的勇士在党旗下集体宣誓:服从命令,听从指挥;立足本职,勇往直前;同心协力,战胜疫情!

作为领队,省肿瘤医院医务部副主任、胸内科副主任医师朱新江告诉记者,13名医护人员分别来自呼吸科、重症科等科室,都是各业务处室的精兵强将。胸外科三病区护士尤博把三岁孩子送回了庄河农村。他说:"没什么可说的,国家需要我了,我要为国家出一份力。""身为白衣天使,我的职责就是救死扶伤,请大家放心,一定不辱使命,坚决完成任务。"省肿瘤医院神经外科护士长郝媛媛说。

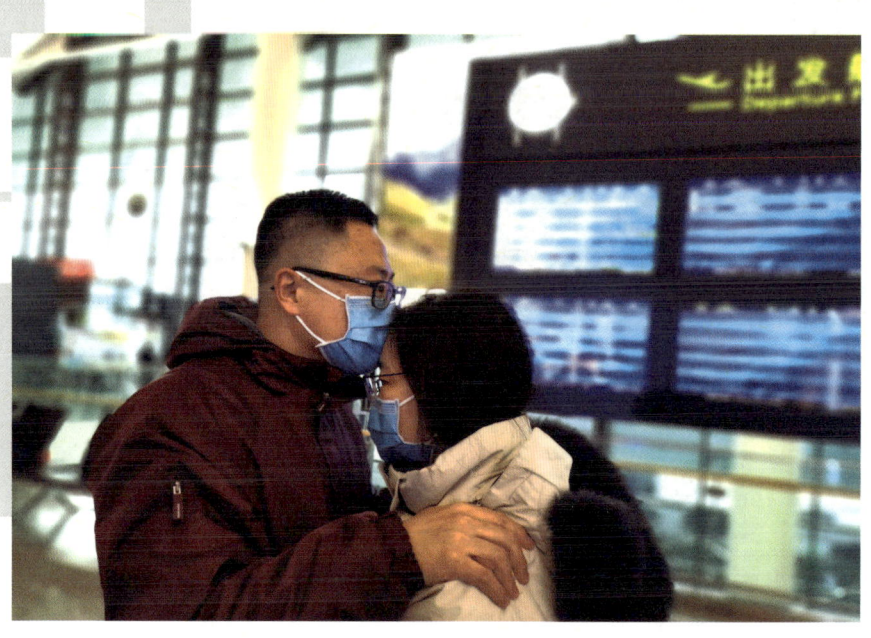

送你出征,等你回家!

▶ **镜头四　辽宁省金秋医院**

辽宁省金秋医院第一党支部书记、呼吸内科医生宁欣是此次出征的一名白衣战士。"记得当时是大年初二,要选派第一批去武汉支援的医疗队员,我第一时间就报了名。没有多想,就是第一反应,觉得这是一名医务工作者,更是一名共产党员应该做的。"

……

他们话语朴实,行动坚定。

暴风雪后,一起拥抱春天!

出征

第十批出征！
109名队员，
为了湖北，再次出征

2月17日16时，沈阳桃仙国际机场，一架银鹰腾空而起，目的地：湖北襄阳。

搭乘此次航班的109名乘客，包括辽宁对口支援湖北（襄阳市）前方指挥部9人及第三批救治医疗队100名队员。

辽宁抗击新冠肺炎疫情全纪实

地处汉水流域的襄阳，历史悠久，有"华夏第一城池"之称。曾经，对绝大多数辽宁人而言，1700公里之外的这座古城是"虽身不能至，然心向往之"的远方。但对今天这些乘客而言，却不是一次浪漫之旅。他们踏上的，是向着荆楚大地的驰援路。他们即将面对的，是一场与新冠肺炎病毒的鏖战，只许胜，不许败！

此次出征襄阳的95名医护人员，分别来自中国医科大学附属盛京医院，辽宁中医药大学附属医院、附属二院、附属三院，以及沈阳市、鞍山市的部分医疗机构，涵盖呼吸科、感染科、重症医学科、核酸检测、CT专业。

和他们一同前往的，还有5名来自省疾病预防控制中心及丹东市卫生健康服务中心的流行病学专业人员。

为了这次出征，这些医护人员已经准备很久了，主动请缨，很多人一直在等待这一刻。他们将与湖北人民在一起，勠力同心，是责任，更是使命！

这次出征，只是辽宁倾力援湖北防疫情的一个缩影。

1月26日，1月31日，2月2日，2月4日，2月8日，2月9日，2月12日，2月14日……

一次次集结精兵强将，辽宁省先后组建9批次医疗队、1支疾控队，2月17日之前已有1730人驰援湖北一线，其中有1410名医疗队员奔赴武汉，分布在武汉市多家医院开展救治工作；另外316人赶赴襄阳市，支援当地救治工作。

没有生而英勇，只是选择无畏。

源源不断驰援湖北的辽宁白衣战士，都在努力与时间赛跑、与病魔较量。在重症病房，全力以赴；在雷神山医院，担当主力；在方舱医院，争分夺秒……

岗位不同，初心如一，他们心中没有"放弃"二字，只知冲锋在前，"把重症患者从死神之手夺回来"，"让更多的病人早日自由呼吸享受灿烂阳光"。

不知归期，勇担使命。"一起拼，一起赢，一起回"，2月17日飞往襄阳的航班，载着无限期望飞向远方。

出征记
CHUZHENGJI

尽锐驰援渡汉水

▼

▶ 送女儿出征，

他只说了句"多吃点饭，保重身体！"

古人话离别诉思念，往往通过写诗表达最深沉的情感。一句"弃捐勿复道，努力加餐饭"，千古流传！

今人踏征程，亲人相送也是情深意长。2月17日的沈阳桃仙国际机场，医生高放的父亲只对女儿说了一句，"多吃点饭，保重身体！"听者泪奔！

高放，鞍山市中医院呼吸科医生，此次踏上驰援襄阳的征程，从钢城到沈城，下大客车进候机厅，父母、7岁的儿子一直全程陪同。

不停地看表，跑前跑后为女儿办理行李托运，高放的父母总觉得还有好多事要嘱托，似乎有无尽的话要说，却不知从何说起。临别，母亲拉着女儿的手说："孩子我们一定帮你带好，你放心！"而一直沉默的父亲只对女儿说了一句："多吃点饭，

辽宁抗击
新冠肺炎疫情全纪实

到襄阳去，迎接一场不能后退的鏖战

辽宁抗击
新冠肺炎疫情全纪实

保重身体！"然后又是默默无语……

医护人员开始集合了，高放拥抱了一下儿子，转身向前，没有回头！老两口带着外孙，就在原地站着、望着，许久、许久……

▶ 襄阳，我来了！再回到家乡，应是春暖花开！

此去1700公里外，定有一场不能后退的鏖战。和高放一同在鞍山集合驰援襄阳的姜珊说，"真希望能为湖北做点什么，尽我所能！"

从1月21日起，这位岫岩满族自治县中心人民医院传染科的副主任医师，就一直在发热门诊值守、加班，度过了一个个"方便面＋矿泉水"的夜晚。

这几天，姜珊的微信头像加了4个字："中国加油！"尽管这么长时间没有休息，她还是写下请战书，最终如愿。

临行前，她在朋友圈写下："襄阳，我来了！再回到家乡，应是春暖花开！"

姜珊和战友们相信，一定会取得胜利！

离别，心中有万千不舍，更有动力无限。

"我查到，襄阳的市花是紫薇花，我的名字也有一个'微'字，虽然同音不同字，但这也是一种缘分。"在得知我省对口支援襄阳时，中国医科大学附属盛京医院呼吸科护士何微就通过各种途径了解襄阳的相关信息，因为她心中只有一个念头：到襄阳去！

"作为负责重症患者的护士，我曾经参与过'非典'患者的救治工作，具备一定经验。"何微告诉记者，"这次请战去襄阳，得到了公公、婆婆，尤其是老公的全力支持。"

"媳妇儿，你是我的骄傲！家里有我，不用担心，我一定全力做好后方工作。"临别时刻，何微的丈夫在她耳边低语，"等你平安回来，我包两年家务都行！"

▶ 襄阳、沈阳，都是战场！

出征或者留守，都是为了"大家"。

不论在襄阳，还是在沈阳，都有千钧重担，无限牵挂。

辽宁抗击
新冠肺炎疫情全纪实

再回到家乡,应是春暖花开

出征

辛禹波和妻子

2月17日午后的沈阳桃仙国际机场候机厅，再次见证了一个个勇士的义无反顾。

紧紧拥抱、牢牢叮嘱、依依不舍，拿着那张直通襄阳的机票，他们奔赴没有硝烟的战场。

让我们记住这些名字：辛禹波、刘智清、石峰……

就要过安检了，送行的妻子和女儿恨不得时间过得再慢些、再慢些，尤其是女儿舍不得爸爸辛禹波，一直紧紧地抓着他的手不放。

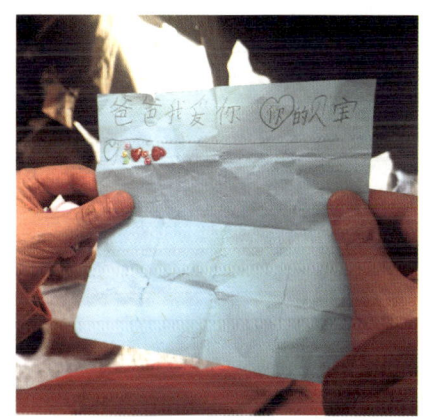

辛禹波的女儿给爸爸的送别"礼物"

"我喜欢爸爸，但妈妈说更多的人需要爸爸。"忍住泪，她连连说，"爸爸加油！"

此时的辛禹波再也控制不住，抱着女儿流下了眼泪。

辛禹波是中国医大附属盛京医院急诊科的护士，多日来一直坚守在医院抗疫一线，已经半个月没有回家。

2月16日，看到爸爸回来，女儿特别开心，但听到爸爸马上要去很远的地方工作之后，她

辽宁抗击
新冠肺炎疫情全纪实

默默地回了房间，亲手做了一张卡片，上面写着："爸爸，我爱你，你的贝宝。"

辛禹波的妻子和他同一医院，本来也要报名去前线。单位考虑他们的家庭需要照顾，就让他的妻子留了下来。"其实，在沈阳，单位的工作并不轻松，家里事也不少，同样得拼！"

"我在医院好好地工作，你到了前线肯定会很累，有空和我们视频，我和孩子会一直为你加油！家里有我，尽管放心！"在机场，妻子崔爽对丈夫刘智清说。

"放心吧！我在前方肯定能打胜仗。后方也是战场，不能麻痹大意。"刘智清的回答言简意赅。

夫妻二人来自同一家医院，二人相约，无论在哪里，都愿贡献自己最大的力量！

行李托运完了，石峰和妻子的话好像永远说不完。"保重身体，平安归来！"妻子再次伸出手，为丈夫整理衣服，弯下腰打开他随身带的背包，一遍遍仔细检查，唯恐落下什么。

"前方我们响应召唤，后方有家人守护家园，我们一定能赢！"这位来自辽宁中医药大学附属第二医院的医生说。

离别时刻，
刘智清与妻子深情相拥

故事　143
出征：逆行天使

第十一批出征！
200名队员飞赴武汉

2020年2月20日，辽宁支援湖北第十一批医疗队200名队员乘包机飞赴武汉。

本次出征是我省在前期派出1830名医务人员驰援湖北疫情防控和救治一线的基础上，集中优势医疗资源，连夜选派医护人员赴武汉，支援重症新冠肺炎患者医疗救治工作。此次支援武汉的200名医疗队员分别来自中国医科大学附属第四医院、辽宁省金秋医院，以及沈阳市、抚顺市、本溪市的36家二级以上的医疗机构，涵盖重症医学科、呼吸科重症医学、传染病等专业，其中主治、副高级以上的医师占比近一半。

截至目前，我省支援湖北医疗队负责救治在院患者1393名，其中危重症病例45名、重症病例430名，开展有创呼吸机处置35例、无创呼吸机20例、高流量吸氧55例、ECMO 1例、CRRT 3例。截至2月19日，我省支援湖北医疗队员累计救治新冠肺炎患者1657名，已有293名患者治愈出院。

辽宁抗击
新冠肺炎疫情全纪实

辽宁支援湖北医护人员包机飞赴武汉

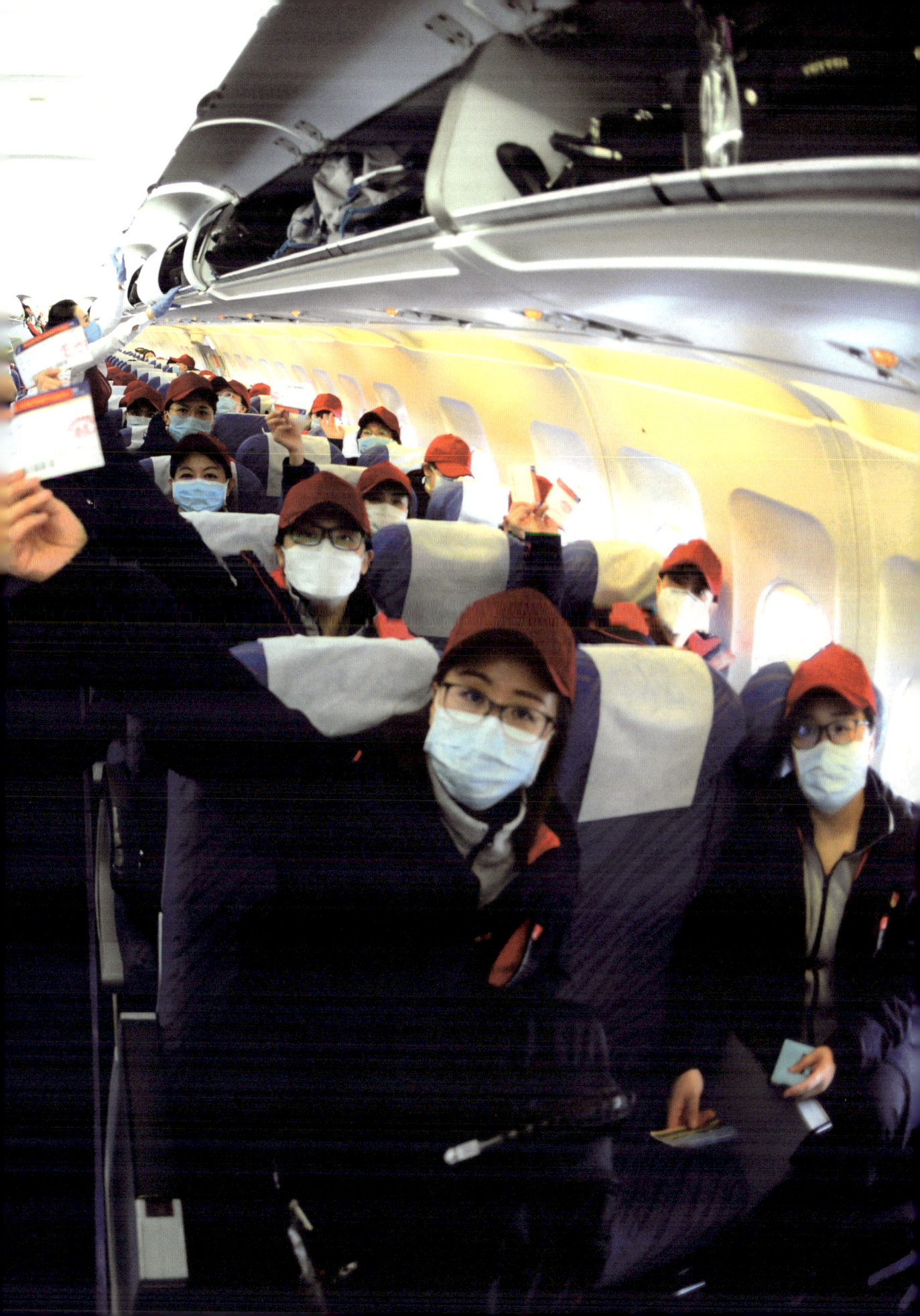

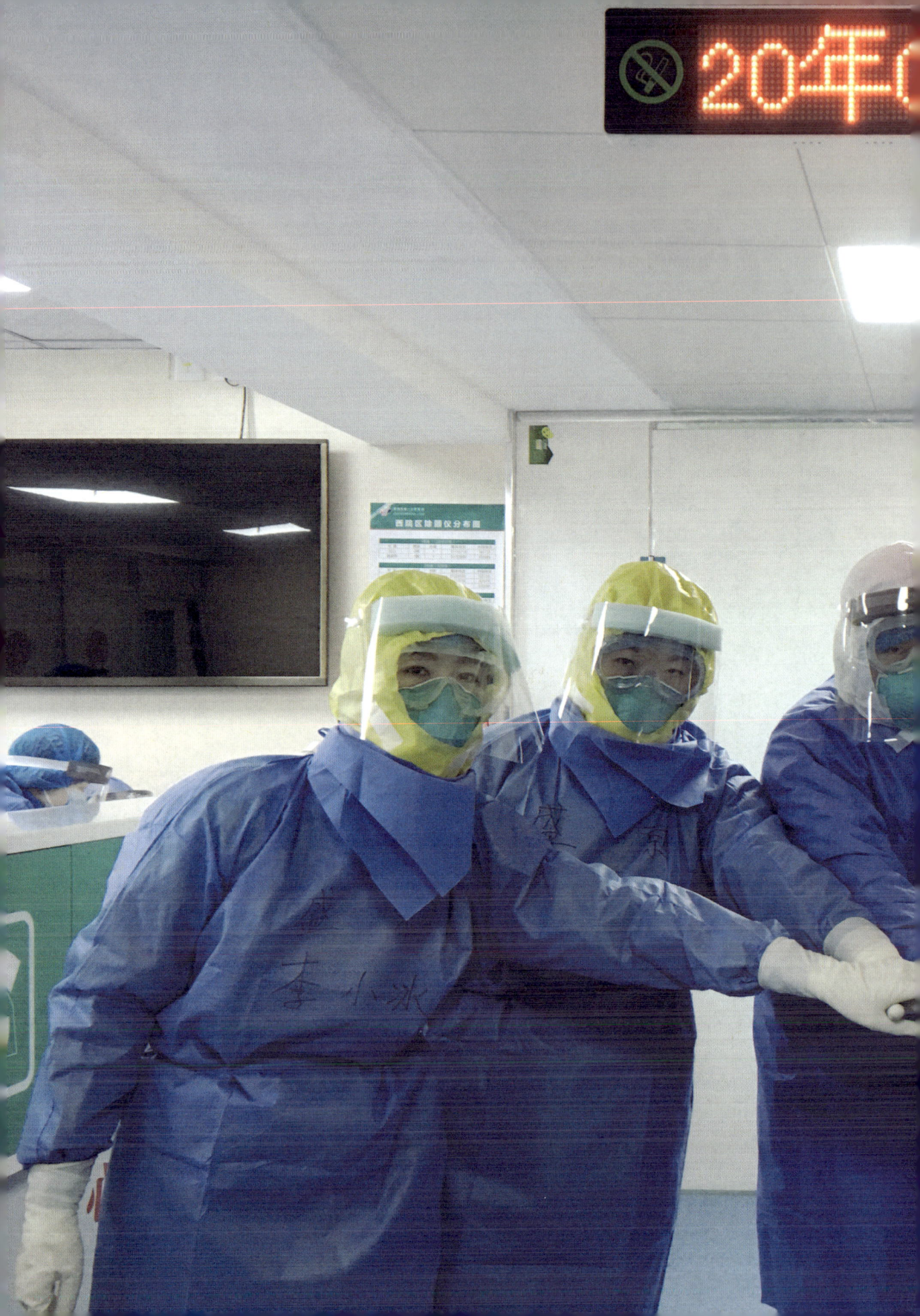

湖北战「疫」前线

扫码看《武汉，无憾》

武汉纪事

1月26日18时25分,辽宁省首批医疗队137名医护人员顺利抵达武汉。

1月27日,医疗队接受国家卫生健康委医院感染和防护的培训,并成立了临时党支部,60多名党员重温入党誓词,40余名非党队员递交了入党申请书。

自28日起,医疗队将全面融入武汉协和江北医院(蔡甸区人民医院),开展患者救治工作。

攻坚克难之际,辽宁支援武汉医疗队无所畏惧,勇挑重担。辽宁支援武汉医疗队总联络人梁宏军在接受记者采访时说,我省1410名医疗队员主要分布在武汉市5家医院开展救治工作。第一批医疗队137名队员主要支援武汉蔡甸区人民医院的协和江北院区、济和院区以及妇幼保健院院区三个院区的5个病区及1个重症病房,约200张床位;支援湖北危重症医疗队118名队员与武汉大学人民医院东院区进行对接,负责危重症患者救治,2月12日紧急奔赴武汉的32名医疗队员作为后援,也在武汉大学人民医院开展工作,共接管70张床位;辽宁省国家紧急救援队医疗队员及方舱车队共49人,在洪山体育场方舱医院B区,与武汉当地以及其他省份多支医疗队联合展开救治工作,目前接管80张床位,计划增加到150张床位;2月9日晚,我省紧急抽调60名医护人员来湖北,他们主要负责武汉协和医院西院区的一些危重症患者救治工作,接管50张床位。

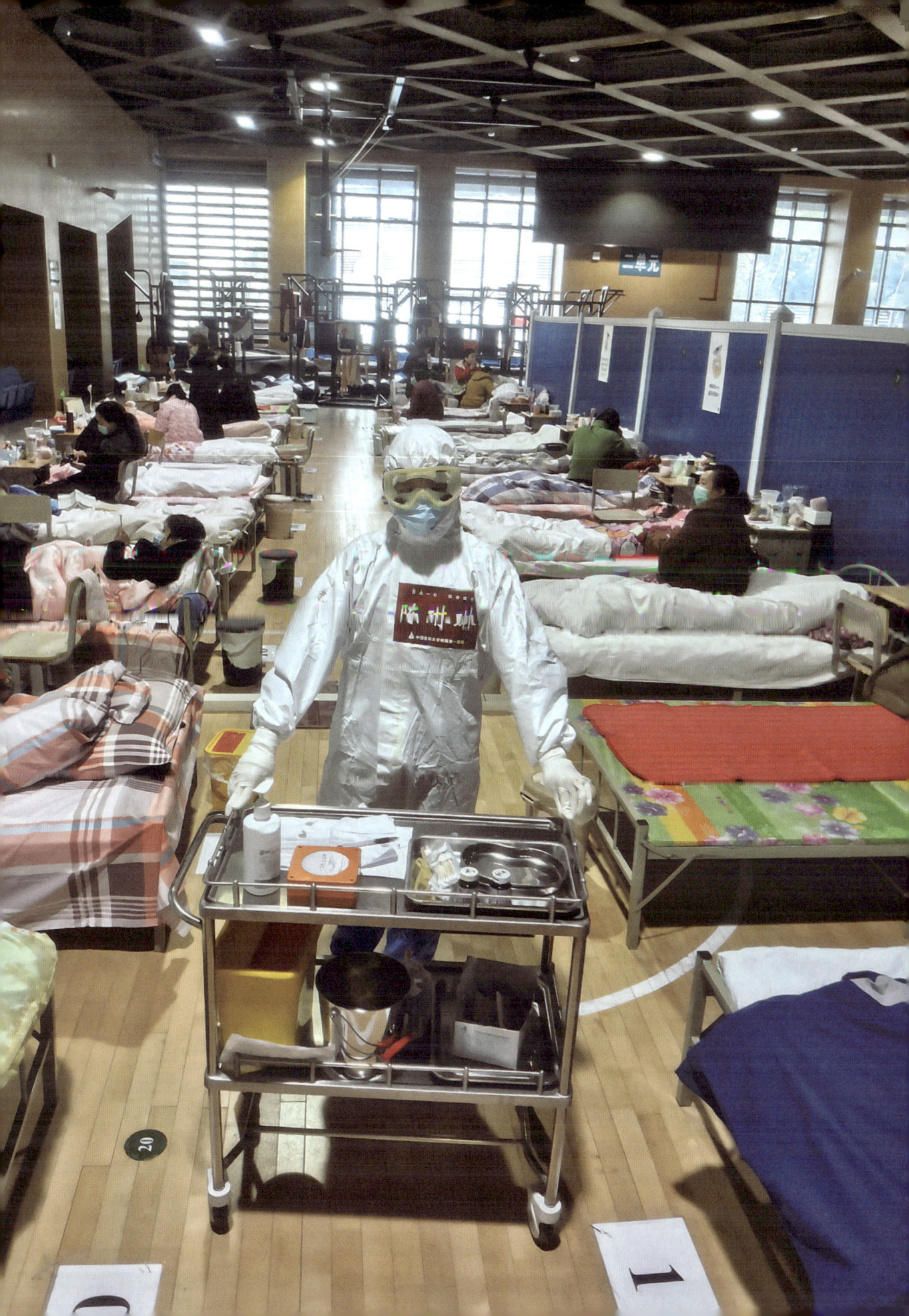

辽宁医疗队员的战"疫"生活

"一级备战，请放心！"

1月28日，中国医科大学附属第四医院呼吸科副主任医师李晶加入武汉抗疫一线，开展临床救治工作。凌晨5点，她就和同组护士陈亮起来备战。

清晨的武汉虽透着阵阵寒意，但李晶和队员们的心里有团火在燃烧。

尽管前一晚参加培训及做各种准备工作忙到很晚，早早起来的她依然精神抖擞，用一贯轻松自信的语气回复记者："燃烧的大脑，悸动的心，赶赴高考一样！别忘了，我们是专业的，而且我们也做了充分的准备！一级备战，请放心！"

李晶所在的第二大队（组）被分到武汉市蔡甸区人民医院进行对口支援工作，该院是武汉新型冠状病毒感染的肺炎救治的定点医

李晶和同组护士陈亮已进入备战状态

辽宁抗击
新冠肺炎疫情全纪实

院之一。李晶所在的酒店距离蔡甸区人民医院三站地,在酒店吃过早餐后,她们就上了当地给准备的公交专车,直奔医院。

"从今天起,我们先熟悉环境、熟悉工作、熟悉操作,准备倒班!"李晶说。穿好防护服的李晶,投入到工作之中。

当记者再次联系到李晶时已经是下午6点,她刚来得及脱防护服,吃口饭,然后再继续投入"战斗"。

李晶说:"这里的医生护士连续奋战了一个多月了,还坚持在岗位上,真的很辛苦!

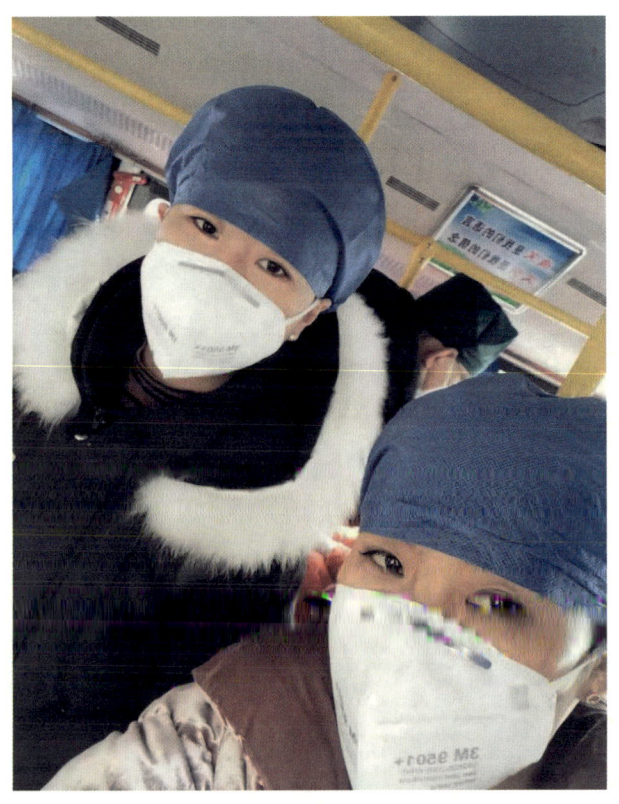

乘坐公交专车前往医院上班

整个病房45个患者,基本满床。我争取早点熟悉这里的工作,提前替换这些疲惫的同行,他们真的是太累了。"

到武汉的第二天,她递交了入党申请书

吴莹薪,沈阳市第五人民医院呼吸科护士,从事护理工作12年,是一名有担当的白衣天使。无论科室遇到任何困难和突发事件,她总是义无反顾、迎难而上。

1月27日,沈阳市第五人民医院吴莹薪到武汉的第二天,上午参加了动员大会之后,进行感控培训。利用休息时间,吴莹薪做了一件她一直都想做的事情,在队员们的见证下,在他乡的土地上,在抗击新型冠状病毒感染的肺炎疫情的特殊时期,

吴莹薪郑重写下了她的入党申请书。

她说:"成为一名光荣的共产党员是我多年的愿望,为此我一直在努力,这次来到武汉,更加坚定了我的决心。我一定不负所托,圆满完成支援工作,以实际行动向党组织递交满意答卷。"

8小时不吃不喝不如厕,怎么挺住的?

从1月25日接到辽宁省卫健委组建首批援助湖北医疗队通知,到1月26日沈阳桃仙机场出征,一天多时间,华润辽健集团2256名医务专家和医护人员挺身而出,

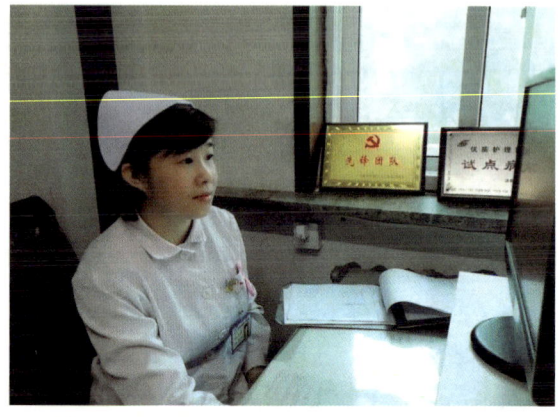

吴莹薪的入党申请书

向集团党委郑重递交请战书。本钢总医院神经内科护士长王亚娜第一个递交请战书。2003年抗击非典时她在隔离病房工作过,"我有经验,我先上!"这位呼吸护理专业的护士长语气坚决。集团阜新矿总医院重症医学科(ICU)"八〇后"护士长田园主动写下请战书:"我是党员,我愿意不计报酬,加入这场无硝烟的战斗!"

经挑选,集团所属抚矿总医院、本钢总医院、阜新矿总医院、铁煤总医院首批12名医护人员敲定,随即成立了临时党支部,队员张波、金珊、王庆玺、王天竹、徐晓轩、王宇婷6名同志火线向党组织递交入党申请书,表达自己坚定的政治信念和政治追求。

1月28日完成集中培训后,12名医疗队员分别被派往武汉协和江北医院、武汉济和医院和武汉蔡甸区妇幼保健院,进入紧张工作中。

辽宁抗击
新冠肺炎疫情全纪实

  按照分工，田园和王宇婷被分到了辽宁医疗队的第五组，组里有来自辽宁朝阳、葫芦岛、沈阳等地的同人共8名，田园任组长。

  武汉协和江北医院地处武汉市蔡甸区，该院ICU病房共计12张床，已经全部住满患者，确诊病例1例，其余11名患者都是疑似病例。由于当地医院医疗任务繁重，当地医护人员很快就会转移下一战场，这里的病人将全部由辽宁支援的医疗队接管。

  厚重的防护装备一层一层套在身上，体感非常闷热，体力消耗也远超平常，全副武装的工作和平时工作状态是完全不同的，一般只能坚持2个小时。但是由于前线医护人员紧缺，任务繁重，加上防护装备缺乏，每个班次要坚持8个小时。

  为了珍惜防护服等物资资源，避免吃饭、上厕所穿脱防护服增加污染概率，8个小时之内，值班人员不能吃饭、不能喝水、不能上厕所。田园和王宇婷储备了方便面、火腿肠等简易食品，以便在上岗前为自己积蓄足够的能量。

田园、王宇婷，走进"疫"区就是投入战斗。从此刻起，八小时与外界隔离

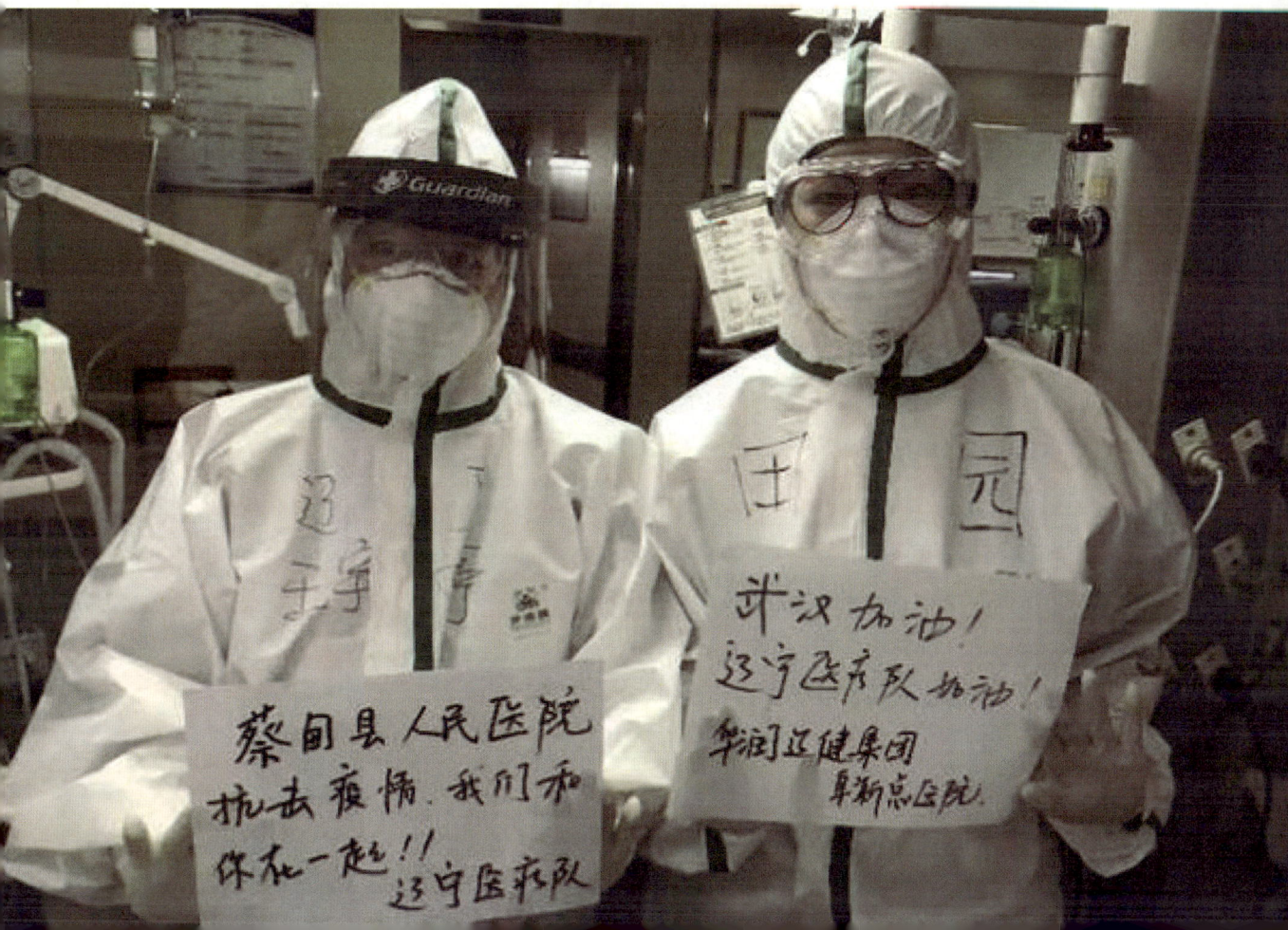

1月30日，大年初六，在正式进入江北医院ICU病房前，田园、王宇婷通过微信发出一张照片和一段视频。走进病区就是投入一场战斗，此刻开始，她们将与外界完全隔离，直到8个小时之后结束值班任务，才会有片刻休息。

前线故事
QIANXIANGUSHI

辽宁人说话挺好听啊！

▼

2月1日，记者连线了目前在武汉协和江北医院工作的锦州医科大学附属第三医院重症监护室护士刘珊珊，听她讲述一线工作。

▶ **与记者的对话**

记者：你最挂念的是谁？

刘珊珊：说实话，这几天我最牵肠挂肚的是三岁半的儿子，因为长这么大除了戒奶送我妈妈那待了七天之外，小家伙就没离开过我身边。走的时候，我轻轻地亲了下熟睡的儿子，小声说："宝宝乖乖，妈妈一定会平安回来的！"

记者：目前工作情况如何？

刘珊珊：我们的战场是武汉协和江北医院呼吸病房，工作节奏很快，每天工作8小时，防护服中衣服全部湿透。不过，工作中总有一些小插曲，有两件特别有意思的小事儿说给你们听听……

▶ **与患者的对话**

小伙儿：你们辽宁人说话挺好听啊。

刘珊珊：还行吧。

小伙儿：谢谢你来支援我们武汉。

辽宁抗击
新冠肺炎疫情全纪实

刘珊珊：没事儿的，这要我们辽宁有啥事儿，你们不也得支援我们嘛。

小伙非常有底气地说：那必须的！

大姨：姑娘，坐这屋歇会儿吧，先别走啦。

刘珊珊：不行啊，还有别人，还得换药。

大姨：你歇会儿吧，看你这姑娘挺好的，要不你留在武汉吧，我给你介绍个对象吧。

刘珊珊：大姨，不行啊，我儿子都三岁半了，介绍对象这事儿成不了啊。

大姨：哎呀，那太可惜啦！其实，武汉要没发生疫情的话，我们武汉可好了，人好，地好，风景也好。

我所在的第一组有22名护士，40多位重症呼吸科患者。所以我们一整天都在"飞奔"，不停地走，不停地忙。但走在病房里听见人家带东北口音乐，就是们你就是锦州人嘛，我一说话，他们就乐，所以当我用锦州人"质疑全世界"的语调向他们询问病情："咋样啊""还发烧不啊"他们就特高兴！作为锦州人，我也挺骄傲的。他们知道我们来自东北，都非常感谢。"非常感谢你们啊，你们都是白衣天使。"我说："我们是战士，只要这里有情况我们就随时会到！"

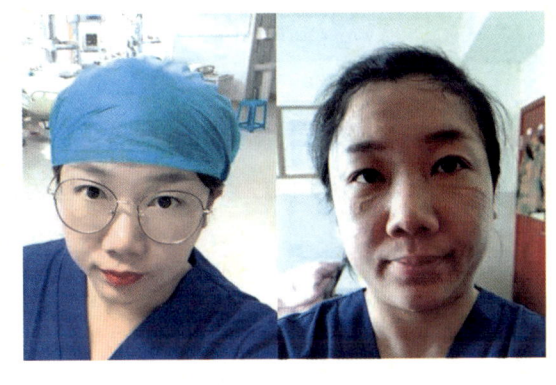

刘珊珊是个积极乐观的锦州姑娘，她用"质疑全世界"的锦州口音安抚了武汉患者紧张的心，舒缓了病房紧张的气氛。刘珊珊说，虽然武汉的工作节奏很快，身体很疲累，但来自医院的领导、同事、身边"战友"、患者和那么多陌生人的爱像一团火温暖着我。

记者看到，她在安全环境自拍的一张摘下口罩照片，虽然脸颊都是压痕，但脸上没有悲伤，只有必胜的信心和决心。

我们来之能战，战之能胜！

从1月26日（初二）晚上8点到达武汉驻地，到经过紧急适应和紧张培训，1月29日（初五）早上5点即开始做准备，然后进驻抗击疫情的最前线——武汉协和江北医院（蔡甸区人民医院），千里救急、驰援武汉的辽宁医疗队队员时刻牵动着家乡人民的心！

2月2日，记者通过简短的战疫日记、前方领队发回来的只言片语了解到，他们最想和家乡亲人们说的就是：请放心！我们来之能战，战之能胜！

爸妈，抱歉没告诉你们

王之余是大连医科大学附属第二医院重症医学科医生，怕父母担心，他在出发之前没有告诉父母。他是家中独子，有身为护士的妻子的支持，王之余决绝地踏上了赴武汉的征程。

同事、同学、朋友甚至治疗过的患者给王之余发来的各种叮嘱和祝福的信息在出发后一直不断，而看到电话上父母的名字闪烁，王之余再也绷不住了，眼睛阵阵泛酸。接通电话，还是那样令人安心的声音。母亲叮嘱他保护好自己，要好好吃饭、好好睡觉，不用担心家里……一贯少言的父亲话却多了："既然去了武汉就别想太多，好好干！"

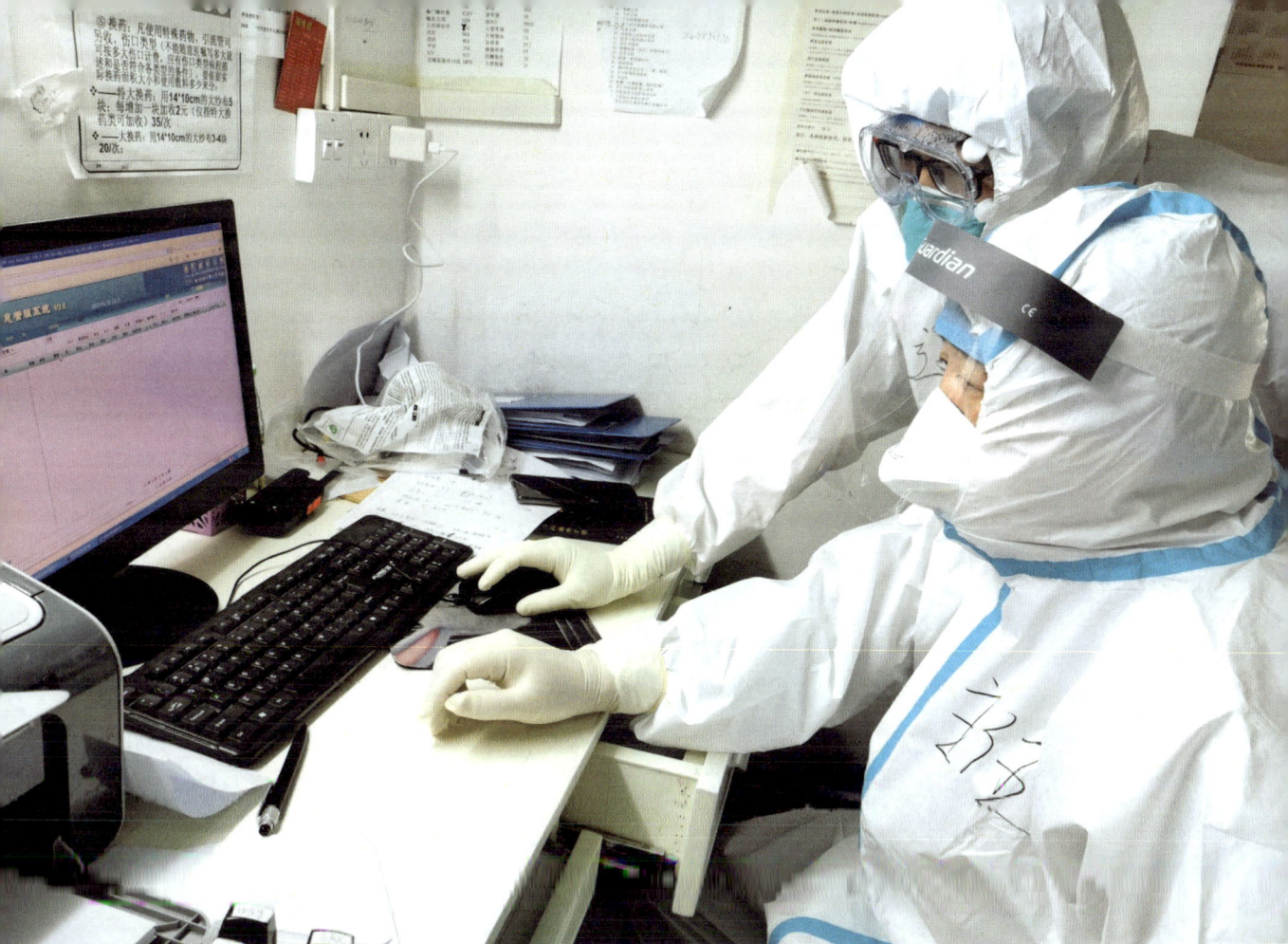

武汉蔡甸协和江北医院辽宁重症团队

被分派到重症医疗组后，频繁消毒、洗手，王之余的手心发白、手背上起了红疹，防护服穿在身上几个小时甚至十几个小时，憋闷感非常明显。想到家乡和家人的嘱托，王之余说温暖又有力量，感觉没有克服不了的困难，"再难也要好好干！一定行！"

没梳妆打扮，我们也是最美的姑娘

赵伟烨是大连大学附属新华医院的护士，到武汉做的第一件事就是剪短了及腰长发。爱美的她到武汉后再没有化过一次妆、没自拍过一次，甚至出发时连支眉笔都没带。

"虽然不舍，但在疫情面前，好不好看真不算什么！头发还可以留。没有时间梳妆打扮，但是我相信，此时此刻的我们是最美的姑娘！"细心的赵伟烨发现，出征的整个团队里最小的1998年出生，"九〇后"的医护人员有25人。

进入协和江北医院的那一刻，她说有紧张、有激动，更多的是满满的热情和对自己与祖国的信心。

"医务工作者无论身处何地，救死扶伤是天职。我们会小心、小心再小心！来到这里就是为了尽自己的最大努力让我们的大武汉从这次疫情中挣脱出去。请家乡人民放心，我们来之能战，战之能胜！"

使命召唤，期待凯旋

在医疗队里，大连医科大学附属第一医院重症医学科博士、教授张永利和护理部护士长戴红都在协和江北医院重症ICU参与救治。两位经过多场重大救治考验的医护人员却以新兵的态度认真做着一切，甚至身兼护理员、消毒员、送检员，她们说："角色多变，责任不变，一切都会好的！"

戴红在外地读书的女儿刚回家三天，她就出发了，懂事的女儿说："放心吧妈妈，我会照顾好自己，你在前线英勇与疫情战斗吧！"戴红说，休息时想起女儿，心里很是安慰，也默默下定决心："使命召唤，党和人民需要我们的时候，一定夺取这场战役的胜利！"

1月31日（初七）上午10时，张永利结束夜班交接，回到驻地。进病房3小时前她就不吃不喝了，要尽可能在病房里不去洗手间，为的是节省防护服资源和时间，保证一套衣服可以穿到值班结束。由于室内温度比较高，工作强度也比较大，护目镜常常因为汗水浸湿而看不清楚。

"工作忙碌又辛苦，但战友们互相鼓励，一起并肩战斗也就不觉得难了。在接下来的日子，还要继续埋头苦干，直到打胜这场战斗！"已经很疲惫的张永利语气依然坚定。

"放心吧，我们很快就会战胜疫情！"

"女儿，要少喝水。"

依照国人的生活习惯，有病没病，都要多喝水，而且要多喝开水。然而在抗击

辽宁抗击
新冠肺炎疫情全纪实

疫情的特殊时期,葫芦岛市的董全祥在和驰援武汉的女儿董颖视频连线时,却略带哽咽地做出上述叮嘱……

"放心吧老爸,我们都买纸尿裤了。工作时间太长,昨天都穿上了。"

视频那头,有着东北女孩爽朗性格的董颖快人快语,乐观且积极。

她说:"现在少喝点水还行。就是穿防护服时间长,总出一身汗,像虚脱似的。"

久伴良医懂专业。董爸爸嘱咐道:"实在不行就喝点盐水,少加点盐。"

"放心!我们的状态都很好,士气都很高。我们一定加油,我们有信心,肯定能很快战胜疫情。"董颖在那边跟老爸做了表态。

"好闺女。家里一切都好,什么都不用惦记。"董爸爸故作轻松地告诉女儿。

其实他知道,孩子是刚刚结束漫长的夜班后,才抽空和家人进行视频连线。董爸爸没告诉女儿,他和老伴一直守着手机,等着她报平安的消息。不愿让女儿分心,只想让孩子得空能休息好,董爸爸说完"工作要细致,安心工作"后主动挂断了连线。

这就是我们可爱的前方医护人员,这就是我们可敬的将士家人。

董颖是葫芦岛市中心医院重症医学科护师。科里的护士长丁欣然说:"在医院护理部发出组建医疗队,驰援武汉的号召后,董颖是第一个主动请缨的。"

作为家人,董全祥夫妇了解女儿,也支持她的决定。在出发前,董颖曾跟父母说:"我决定报名,不是冲动。因为治病救人是医护人员的天职,我是学护理的,懂这个,我还是一名党员……"

女儿自愿报名加入抗击疫情一线战斗,把风险留给自己,把安全留给他人,从董颖出发的那一刻起,董全祥老两口就没睡过一个安稳觉。时时刻刻的牵挂,分分秒秒的不舍,但是面对女儿的选择,深知女儿和同事们的辛苦,董爸爸说:"他们有这份职责,就得这么干。我们能做的,就是不拖女儿的后腿,让她轻装上阵。"

前线故事
QIANXIANGUSHI

辽宁医疗队李宝华医生火线"更名"记

身为医者，无惧疫情，万里驰鄂。

作为我省首批驰援湖北医疗队的成员之一，葫芦岛市中心医院医生李宝华，连日来一直奋战在抗疫最前沿。

在他身上，还发生了一件有趣的事。

进入病区，都要穿上厚厚的隔离服，戴上护目镜。这样，医护人员互相间很难辨识谁是谁。为了沟通工作方便，大家都在衣服外面写上名字。

都是从四面八方紧急集结而来，身边的战友帮李宝华医生写名字的时候，错写成了"李保华"。对此，那人本来非常歉疚。李宝华却笑起来，并夸赞："这名字，改得好！"

"以前，有人问我为啥叫李宝华，我就开玩笑，说自己是中华的宝。"李宝华说，"现在，我要反过来，'保'卫咱大中华。"

就这样，穿着写有"李保华"防护服的李宝华，一直在战斗。

据李宝华介绍，首批驰援湖北的辽宁医疗队经过培训后，分组展开救治。他被分在第五组，在被紧急改造成专门收治新型肺炎病患的武汉市蔡甸区妇幼保健院工作。

由于第五组的武汉当地医护人员都是来自边缘科室，呼吸科专业医生李宝华作为该组的负责人之一，不仅要带班

穿着写有"李保华"防护服的李宝华医生

辽宁抗击
新冠肺炎疫情全纪实

治疗病患，还要对当地医生进行一对一的专业培训。

每一天，都在与时间展开赛跑的他们，有辛苦，也有欣喜。据李宝华讲，他们接诊的患者，刚开始时情况非常不好。经过几天的有效治疗，很多呼吸窘迫的症状已有明显改善，这让他们非常欣慰。

李宝华在"保"卫武汉、"保"卫中华，也有人在保护他。

一天晚上，李宝华医生要上夜里10时的夜班。他晚9时便从酒店出发，走过一座小桥，是个三岔路口，因为路况不熟，不经意中选错了方向。原本十几分钟的路，走了20多分钟还不见目的地，有些着急的李宝华原地直打转转。

这时，一位穿着协防制服的中年男子走过来，问怎么了。李宝华说："您好，请问去妇幼保健院的路怎么走？"

"协防服"男子见李宝华穿着中国卫生标志的冲锋服，怀里抱着医疗物品，并听出他的东北口音，便又问了一句："是辽宁医疗队医生吧？"李宝华答："是啊，我要去医院值夜班，能不能帮忙指一下路？"

"协防服"男子马上说："辽宁医生，请跟我来，我送你过去。"

看到"协防服"男子一脸坚定，李宝华就没拒绝，二人边走边聊。

"协防服"男子说："从新闻上看到，几天前你们辽宁医疗队就来武汉了，就住在附近的莲花湖酒店？"

李宝华说："是啊，我们已经工作几天了。现在疫情紧张，你们害怕吗？"

"协防服"男子回答："我们其实不害怕疾病，只担心帮不上忙！现在，有你们辽宁医疗队和全国各地的支援，我们心不慌……"

聊了大约10分钟，"协防服"男子直到目送李宝华走进医院大门，才悄然离开。李宝华觉得，那个夜晚，武汉的街灯格外亮！

"不只是我们辽宁医疗队在行动，武汉人民、全国人民都在一起保卫、一起战斗。"李宝华充满信心地说，"武汉会好起来的！我们大中华，一定会胜利的！"

都是能扛、能造、
能打硬仗的精兵强将

第一天到达,第二天就接岗。面对严峻的疫情,2月11日,中国医科大学附属第一医院第三医疗队的60名医护人员一到武汉,顾不上舟车劳顿,整建制接管了华中科技大学同济医学院附属协和医院西院区13楼东重症病区。

在他们抵达之前,中国医科大学附属第一医院已经派出了两支医疗队支援武汉,这次派出的医疗队中有30名医生,分别来自呼吸与危重症科、重症医学科、感染科、心外科、胸外科和麻醉科,年龄大多在40岁以下;30名护士也都有丰富的重症护理经验。

绝不放弃一个病人

"都是能扛、能造、能打硬仗的精兵强将。"中国医科大学附属第一医院第三医疗队领队王振宁自豪地说,"我们不仅派出了精锐之师,还把呼吸机等设备也一并带来了。"

50张床位,很快就满员,接下来就是持续高强度的抢救。从早上7点30分上班,有的要到晚上九十点钟才下班,还有不少人常常在深夜被叫回医院,重新投入战斗。

繁重的工作、不可预知的风险、无形的精神压力,时时刻刻考验每一名队员的意志。

辽宁抗击
新冠肺炎疫情全纪实

中国医科大学附属第一医院第三医疗队领队王振宁

辽报记者采访王振宁

原本在隔离病房工作4小时就需要休息的护士王庆，一到看护透析患者，就常常超过6小时。

"绝不放弃一个病人！"王振宁对队员的叮嘱，队员们都铭记在心。

中国医科大学附属第一医院医疗队来之前，虽然集结时间非常短，但也做了充分准备，医疗队员专业全，可以开展MDT等多学科合作，还可以通过远程会诊获得后方支持。医疗队刚到就完成了难度很大的操作，还将带来的4台呼吸机交给医院统一调配。

患难见真情！华中科技大学同济医学院附属协和医院党委副书记汪宏波说："中国医科大学附属第一医院千里迢迢来支援我们，还把那么贵重的医疗设备也带过来了，对辽宁的无私援助，我们武汉人永远不会忘记！"

"有你们在，我们就不怕了！"

走出重症隔离病房，来自中国医科大学附属第一医院呼吸与危重症科的副主任医师刘璠才发现手肿了、耳朵裂了、鼻子破了。大家相视一笑，他赶紧提示："抓紧时间休息！下一轮进隔离病房还需要体力。"

刘璠与他的队友已在武汉协和医院西院连续奋战半个多月了。2月9日下午，在沈阳桃仙国际机场，刘璠与妻子朱然话别："多保重，我和你在一起。"作为医院重症医学科的技术骨干，那天，朱然刚刚成功救治一位新冠肺炎危重症患者。

2月11日，中国医科大学附属第一医院党委书记王振宁教授带领的团队正式接手武汉协和西院13楼东病区的50名重症患者，刘璠穿好防护服，进隔离病房。面对新的环境、新的敌人、新的系统和新的流程，在武汉的工作任务重之又重，但刘璠只是告诉记者："从第一天开始，我们就有条不紊地投入战斗。"

在实践中学习、总结、调整，刘璠所在的医疗团队根据武汉协和西院实际情况制定一系列工作规程和预案，管理规范而严格，保证每位队员知道做什么，也知道怎么做。同时，利用信息化方法快速整理出50名患者的病情特点，依据国家新冠肺炎指南对他们认真地进行评估和制定治疗方案。在武汉协和西院短短的10余天里，

辽宁抗击
新冠肺炎疫情全纪实

来自中国医科大学附属第一医院的医护协同作战,进行了两例气管插管和有创机械通气、第一例肺开放和俯卧位通气,以及第一例胸腔闭式引流,目前已有近10位患者治愈出院。

与死神争分夺秒的赛跑一直在紧张进行,对刘璠来说每天都像在打仗,但"载着饱受病魔折磨的人们驶向生的彼岸,这是医者的职责和幸福"。

看着自己主治的患者露出笑容告别医院,刘璠在驰援手记中写道:"如果疾病是人生的一道汹涌激流,那么医者就是摆渡人,负责把患者带出困境,这需要用心、用情、用时间。驰援武汉,我们只为救护生命而来,就要做武汉疫情的摆渡人!"

"这些天我只能看得到你们的眼睛,但我知道刘教授和他的战友们一定很帅,我想看看这些白衣天使的样子。"这是前几天一位治愈出院患者的心愿。虽然因为出院安排紧张、医护过于繁忙而没有如愿,但这位患者发自内心地说:"辽宁医护是最棒的,有你们在,我们就不怕了!"

重症隔离病房的生死抢救

"指脉氧骤降,病情极不稳定,立即组织抢救!"2月14日下午3时,在华中科技大学同济医学院附属协和医院西院13楼东病区的病房内,一场与死神赛跑的生死抢救正在进行。

来自中国医科大学附属第一医院的王俊教授、张心刚教授,以及武汉协和医院的王晓静医生等人,正争分夺秒抢救一名危重症患者。

"当时情况十分危急!"中国医科大学附属第一医院参与抢救的重症科医生张健事后告诉记者,这次抢救是辽宁支援武汉医疗队抵达后,与湖北医生开展的第三次合作。

据介绍,当天床旁交接班时,一名正在进行气管插管的危重症患者,插管的瞬间指脉氧最低达到60%。"虽然已经上了呼吸机,吸入氧浓度达到100%,但氧合改善不明显,指脉氧最低降至72%,病情极不稳定。""挑战来了!"张健即刻与治疗组的栾正刚、刘璠两位专家沟通,认为患者可能需要上VV-ECMO,得到医疗队队长王振宁教授的认可。

之后,隔离病房之外,ECMO上机的准备工作开始了,人员物资的调动火速进行。隔离病房内,医生迅速调整治疗策略,王俊调整镇静镇痛及肌松药物剂量,避免人机对抗。

"原本是平时再熟悉不过的工作,但在这一身防护服及起雾的护目镜下,一切变得比原来复杂了许多。"张健回忆当时的情景,"好在经过肺复张、保护性通气治疗、调整镇痛镇静药物、联用血管活性药物后,患者血压逐渐稳定,氧合改善,指脉氧逐渐上升至95%以上,患者暂时不需要ECMO治疗了,我们松了一口气。"

这边抢救刚刚结束,那边2病室责任护士通过手台又紧急呼叫:"快来看22床,呼吸困难!"

张健三步并作两步奔到22床旁,开始紧急处置——面罩吸氧提升氧流量,同时进行心电血氧监护,并迅速筛查原因,确定这名女患者属过敏性休克。

立即开始过敏性休克抢救流程,肾上腺素、甲强龙静推,快速扩容,请示上级医师,完成气管插管准备……医护配合完美,抢救一气呵成。最终,这名患者逐渐好转,血压血氧回升,慢慢睁开了眼睛。

QIANXIANGUSHI

与死神较量的勇士

2月16日,记者在武汉大学人民医院见到了中国医科大学附属第一医院重症医学科党支部书记、副主任丁仁彧。作为辽宁支援湖北重症医疗队领队,当天,他正带领着150名战友与病魔鏖战。

从2月4日到2月16日的13天时间里,经过他们的全力抢救,已有13名重症患者好转出院,另有8名极危重患者转为重症患者。

辽宁抗击
新冠肺炎疫情全纪实

与狡猾的病魔较量需要"重武器"。在武汉大学人民医院有来自全国的8支援助医疗队，丁仁彧带领的辽宁队第一个实施气管插管技术，第一个实施血液净化技术，第一个实施ECMO技术，这些都是风险很大的高精尖技术。

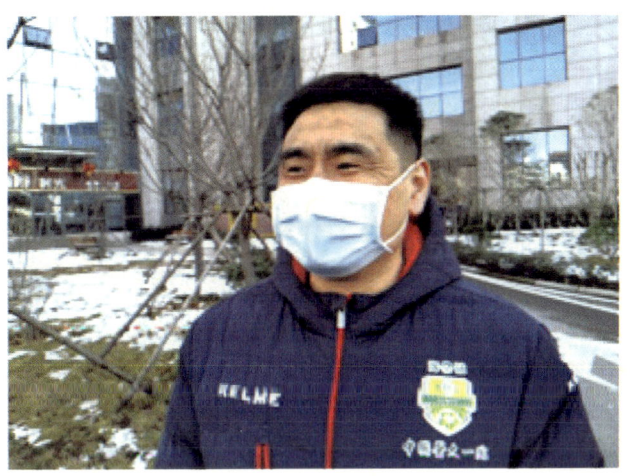

丁仁彧

丁仁彧不仅医术高超，还有丰富的管理经验。来到武汉大学人民医院后，为提升医院管理水平，他进一步完善了医院的治疗流程，建立了重病诊疗规范和三级查房制度，并统一了感控标准。

为提高治愈率，丁仁彧带领团队对接收的患者实行分层治疗，集中优势兵力，实施精准化、精细化、滴定式的诊疗策略，早期识别和抢先救治可能由重症发展为极危重的高危患者，效果明显。2月15日，经过连续几日惊心动魄的抢救，一位85岁的患者从危重病房转出，逃离魔爪。

"从事重症医学的人就像生命的守门员，是守护生命的最后一道防线。"丁仁彧常常对队员说，"对每一个生命都不要轻言放弃，必须要全力以赴。"

来到武汉后，丁仁彧每天只能休息三四个小时，还总在半夜两三点被叫回病房。每次走出病区，他都是浑身湿透、精疲力竭。由于丁仁彧所工作的隔离病房是应急改造而成，还不具备负压系统，气管插管中打开患者呼吸道的瞬间，大量的病毒会喷涌而出，给实施操作的医生带来巨大的感染风险。

尽管所干的工作艰辛劳累并充满风险，但丁仁彧对自己能够从事重症医学很是自豪。"当看到垂危的病人转危为安，高高兴兴走出病房，那是我最开心的时候！"丁仁彧说。

故事　　171
湖北：战"疫"前线

每个人都像勇士一样在战斗

12名医生、48名护士，22天时间里，他们与病魔鏖战，硬是将挣扎在死亡边缘的23名患者拉回到生命的正常轨道。他们就是由沈阳市第四人民医院重症医学科和急诊科主任冯伟带领的辽宁首批支援武汉医疗队重症组。医生都是副主任医师以上的重症医学专家，大多数护士都有副高职称。这是一支专业而精干的重症救治队伍。

1月26日，辽宁首批支援武汉医疗队到达武汉，经过短暂的培训，28日联合武汉蔡甸区人民医院协和江北医院对ICU病房进行整改提升，29日正式收治患者，12张床位，本已满员接收，又额外增加2张。多接收一名患者，就意味着要向负荷极限冲击，这一点，冯伟心里比谁都清楚。

"来就是战斗的！"冯伟说。

然而，这次同他们较量的是一个陌生而又极其狡猾的对手，送来的病人都是危重病人，氧合指数大都不到100 mmHg，甚至有的已降至40 mmHg，呼吸越来越困难，命悬一线。

"辽宁医生给了我第二次生命"

重症组很快根据病情的危重程度决定分别采取早期插管、脉复张、俯卧通气三种治疗手段。

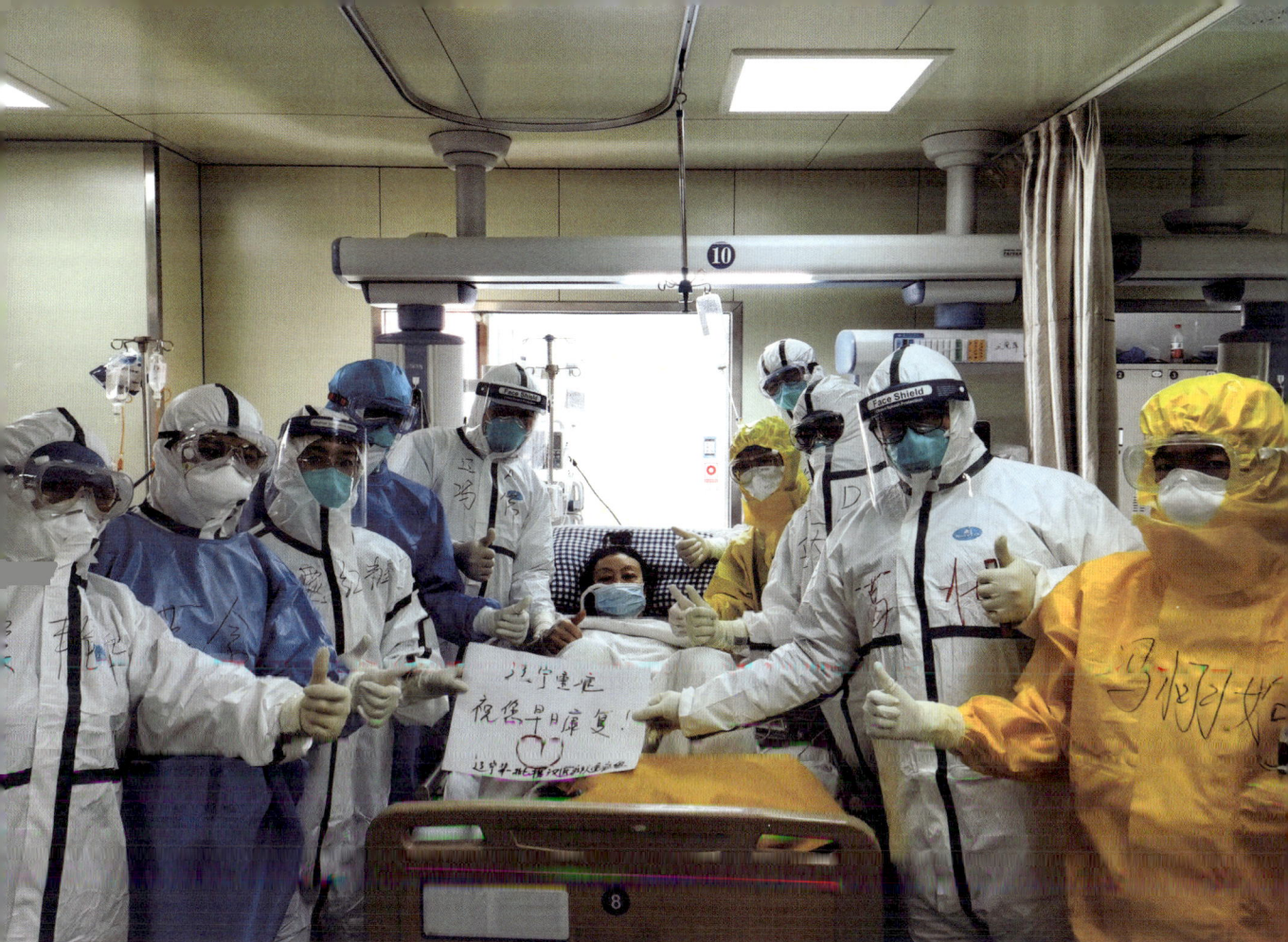

辽宁医疗队重症组在 ICU 病房为患者加油鼓劲

然而，一个个危重症病人，身上插满了各种管子，每次为这样的病人翻身，就需要5名医护人员通力合作才能完成，随后，每4个小时还需要对病人的姿势调整一次，而病房内没有家属也没有护工，病人的吃喝拉撒以及病房的卫生全由医护人员来完成。

一天，从别的病区转来一名66岁的女患者，发热10天，呼吸困难4天，高流量吸氧无效，重症组立即采用气管插管并实施脉复张和俯卧通气救治，5天后，患者的氧合指数由来时的90 mmHg升至300 mmHg，撤呼吸机、拔管成功，呼吸通畅，能说话了。2月17日，这名患者又要转到普通病房了，她激动地说："谢谢你们，辽宁的医生给了我第二次生命。"

20多天来，国家专家组三次来到医院指导，他们对重症组的出色工作非常满意，连连说："患者在这里得到了非常好的救治，你们团队的病人无须转诊！"

表扬的背后，是重症组60名医护人员的坚持和奉献。

早上7点离开驻地，8点接班，晚上6点30分回到驻地，20多天来，重症组的同志超负荷战斗着。其间，为了节省时间，他们把午饭都省掉了；为了节省防护服，人人都穿着纸尿裤上班……

"在这里，我们就是一个冲锋陷阵的战斗队。"

十多个小时不换装的背后

"那天晚上，是王之余值夜班。本来患者转院不需要医生护送，但4名患者都是危重病人，王之余不放心，就跟车来回跑了4趟。空出了床位，他马上又接了4名患者。第二天早晨交接班时，我看他几乎要累瘫了。"2月24日上午，当冯伟讲到自己的队友时，强忍着没让眼泪流下来。

自1月28日接手武汉协和江北医院ICU后，冯伟和59名队友就进入超负荷工作状态，早上7点离开驻地，8点接班，晚上6点才回到驻地。

20多天里，为了争取抢救时间，冯伟和队友们从不吃午饭。其间，冯伟曾连续加班6天，累了就坐在凳子上靠一靠。为节省使用防护服，有的队员甚至坚持十多个小时不换装。脱下防护服后，很多人靴子里都能倒出水来，那是汗水。

一天，冯伟在走廊看见来自

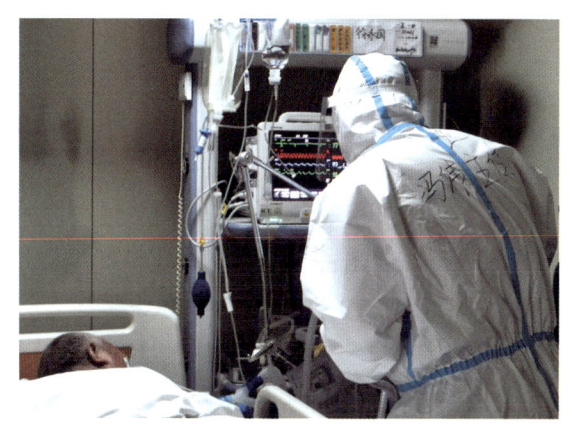

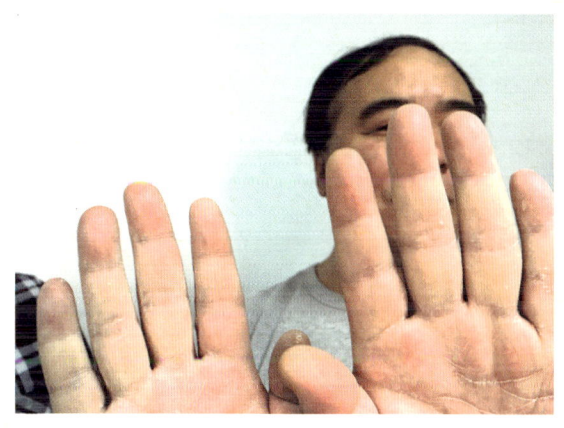

冯伟

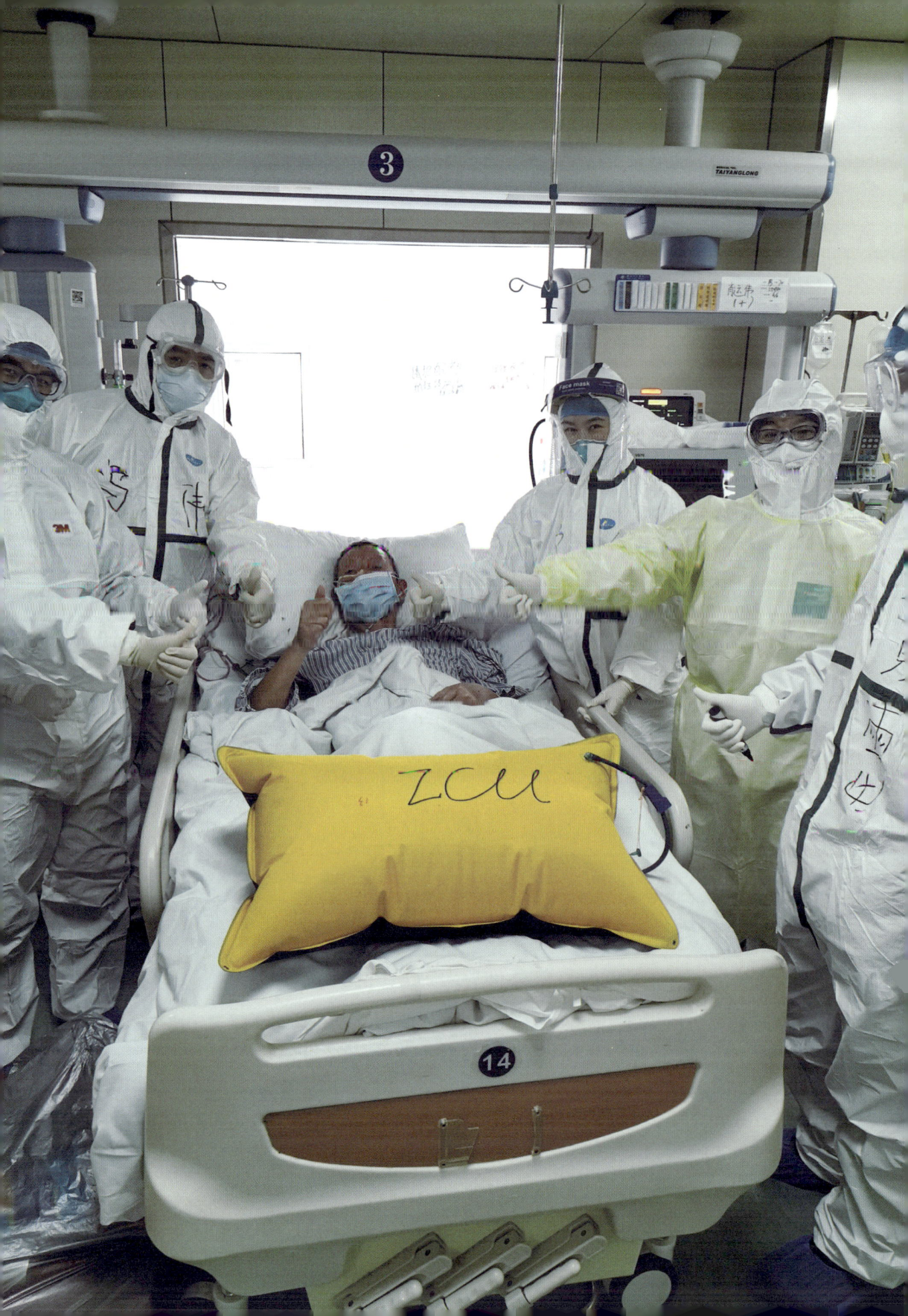

省肿瘤医院的男护士于辉身着防护服正望向窗外,便打招呼说:"出来透透风啊?"于辉却说:"我在尿尿,可我实在尿不出来呀!"听到这话,冯伟当时就流下了眼泪。

"在战'疫'一线,大家付出得太多,每个人都像勇士一样在战斗。"冯伟说。

2月9日凌晨4点,睡梦中的冯伟被电话铃声震醒。值班医生打来电话,说有病人心脏骤停了。

冯伟立即赶到ICU病房。这是一名30岁的患者,病情恶化,呼吸衰竭、心跳骤停。心肺复苏30分钟后,心电监护上的那道直线终于有了起伏。插管、俯卧位通气、肺复张,所有治疗效果均不理想,采用体外膜肺氧合(ECMO)是挽救患者唯一的希望。冯伟当即联系院长,协调转院救治。目送前来接收的救护车远去,冯伟的眼泪又止不住地流了下来。十多个小时的生死时速,总算暂时将这名患者从死亡线上抢回来了。

身在千里之外,忙碌之余的冯伟心头总是惴惴不安。2019年11月初,冯伟父亲被查出肺部肿瘤。来武汉前,他陪父亲做了26次放疗、3次化疗。来武汉之后,只能由弟弟陪老人去做化疗了。现在,每次从视频中看到老父亲因疾病折磨而憔悴的面容,这个勇敢地冲在抗击疫情最前沿的勇士,都会禁不住流下热泪……

QIANXIANGUSHI

四个苹果和一次握手
——谢谢你!来自辽宁的医护

2月15日下午接近5点,武汉市下起了鹅毛大雪,这在武汉还是比较少见的,武汉的司机这样说。

来自中国医科大学附属第一医院护理部副主任高丽红正冒雪走出武汉市协和医院西院区的住院部大楼去等回驻地通勤车,与当天辽宁的冰天雪地不同,武汉市的

辽宁抗击
新冠肺炎疫情全纪实

地面上是脚下不时打滑的雨雪混合物,走起来更加艰难。高丽红今年54岁,是这次医大一院医疗团队60人中年纪最长的老大姐,在她眼里,这群平均年龄才三十二三岁的30名医生和30名护士还都是孩子。

她说她们经常用一个查房软件小视频跟舱内(隔离病房)的医护人员实时沟通患者情况,因为在协和住院的患者全部都是重症,亲人和家属都不能陪伴在身边,他们除了需要专业高效的救治,更需要关注、温情和交流。感染科张欣医生负责14楼西区的25张病床的25名病人,他每次接班的第一件事就是与他负责的所有患者挨个握一遍手,柔声地问一句:"你好啊,现在你感觉怎么样啊?"这个小小的举动让所有的患者十分感动。医大一院团队从2月11日进驻病房以来收治50名患者,截至当天(2月15日)没有出现一例死亡患者。

高丽红说,其实护士们都非常年轻,在家里都还是被宠上天的"宝宝",可在这里却都能把患者当作自己的家人般呵护。护士邓林琳在跟一名患者的交流中得知他特别想吃苹果,然而护士们每天严格的"驻地——病房"两点一线的节奏,不允许外出也没有时间去购物,于是她和队里的姐妹们当天回到驻地,把自己晚餐配发的苹果攒了4个,第二天一早洗干净放进密封袋里。到医院换好防护服走进病房,周野隔着三层手套把苹果放在患者手中时,苹果还带着她的体温。那位患者咬上第一口苹果的时候就禁不住流下泪来。很多患者一开始不知道眼前的医生护士来自哪里,只是听他们的口音与本地人不同。当护士纪丽丽告诉患者他们都来自辽宁的时候,患者都从心底里发出感激之情:谢谢你,来自辽宁的医护!

湖北

点亮生命之舱

2月3日，辽宁省国家紧急医学救援队在接到国家卫健委紧急通知后，仅用一天时间就集结了这支包括5辆救援特种车辆和1辆指挥车，配备29名医药技护及管理人员、20名后勤保障人员的救援队伍，队伍于2月4日抵达武汉。

2月5日，紧急救援队第一时间进入工作状态，与其他3家救援队协同搭建起中国第一座方舱医院——武汉洪山体育馆方舱医院，在当地展开救援工作。这支救援队的队员主要来自中国医科大学附属第一医院，此外还有中国医科大学附属盛京医院

2月17日上午，武汉放晴。
阳光洒在由洪山体育馆改造而成的武昌方舱医院，暖意融融。

辽宁抗击
新冠肺炎疫情全纪实

的医护人员，队伍涵盖急诊科、呼吸内科、重症医学科、感染科和感控专业，队员均具有丰富的临床经验。

截至3月5日24时，武汉洪山体育馆方舱医院辽宁救援队已经累计收治新冠肺炎患者466人，其中213人已经治愈出院。

武昌方舱医院共设3个病区，设计床位800张，用于收治新冠肺炎轻症患者。辽宁国家紧急医学救援队负责B区，在地下二层，设计床位300张。与位于场馆一层的A区和C区相比，B区通风差，床位密集，院感压力大。在这里，辽宁国家紧急医学救援队发挥人员素质高、专业结构全的优势，主动带领两个当地医疗单位，完善医区管理模式，制定医区规章制度，统一医疗、护理、感控等相关标准和运行流程。

辽宁国家紧急医学救援队援助武昌方舱医院侧记

辽宁国家紧急医学救援队有队员49名，其中医生16名，分别来自急诊、心内科、神经外科、重症科、检验科等科室。同时，中国医科大学附属第一医院派遣5辆特种救援车辆和一卡车物资，一并开赴武汉。在这里，辽宁国家紧急医学救援队结合实际，利用现代通信技术，探索治疗新模式。

辽宁国家紧急医学救援队实行"三线医生"医疗模式，即一线医生进舱管床，二线主治医生进舱查房，三线教授处理急危病例和疑难问题。同时，还创新推出"总住院制度"，总住院负责患者信息录入系统维护、病人辅助检查、交接班记录、应对突发事件等；副总住院负责协调病人转院、书写病历、录入当班医生医嘱，实现了管理流程化智能化，大幅减少医护人员的工作量，进而直接减少了感染风险。

辽宁国家紧急医学救援队队长崇巍告诉记者，中国医科大学附属第一医院开通了远程审核X光片，实现了武昌方舱医院临床医生和医大一院影像专家共同完成影像学诊断的目标，提高了诊治质量。

同时，救援队充分利用信息化手段，指定医生开设YY直播。患者通过手机就可以向医生提出疑问和需求，医生在线解答并反馈治疗信息，极大满足了患者的就医需求。

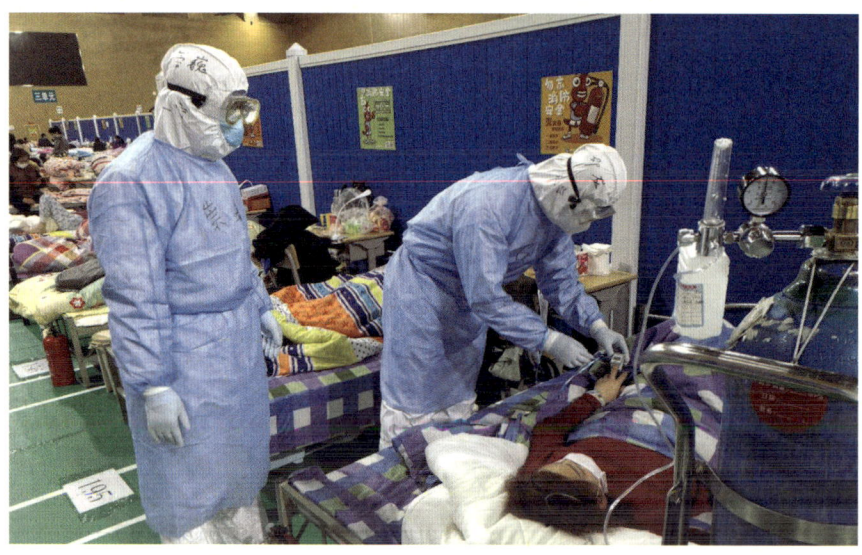

方舱医院更像战争片里的战地医院，病区就在洪山体育馆用于体育比赛的巨大空间内，原来的赛场现在安置的是数百张病床和新冠肺炎患者，由于都是同种类型传染病，患者之间不需要隔离，治疗和生活区都在这里，CT检查、核酸检测等项目在体育馆外的方舱车队进行，病区与外部检查和盥洗的功能区设有专门通道。一眼望去，馆内一排排病床井然有序，患者大都在安静地休息，医护人员则紧张地忙碌着。

辽宁抗击
新冠肺炎疫情全纪实

在辽宁国家紧急医学救援队与当地医疗机构共同努力下,武昌方舱医院救治水平迅速提升,受到多方赞誉。与辽宁医护人员共同战斗的武汉市第三医院医疗队领队李章华说:"辽宁队专业、热心、团结,干事有激情,我们湖北人永远也不会忘记你们在危难时刻的真诚援助!"

2月20日,由辽宁国家紧急医学救援队牵头负责的武昌方舱医院B病区首批治愈的13名患者出院。

一辆价值千万元的大型车载CT驰援武汉

抗击疫情,急如星火。经过张世红、滕浩、刘岩峰、高洋等4位司机两天的接力驾驶,2月21日深夜,由辽宁省委、省政府安排部署,省疫情防控指挥部医疗物资保障组协调controller东软医疗捐赠的一辆价值1千万元的大型车载CT顺利抵达武汉市武昌方舱医院,交付给了驻守在这里的辽宁国家紧急医学救

援队。

辽宁国家紧急医学救援队领队张旭告诉记者，救援队2月4日到达武汉，2月5日进驻武昌方舱医院，随后就开始大批量收治确诊的轻症新冠肺炎患者，病区患者数量很快达到极限。治疗过程中，患者的转诊、出院等都需要精准高效的影像学评估，但各个救援队普遍配备的车载X光机拍出的胸部X光片很难达到上述临床需求。为了解这一燃眉之急，2月14日晚，救援队向队伍的承建单位——中国医科大学附属第一医院发出车载CT的需求。中国医科大学附属第一医院随即将问题反映给辽宁省卫健委，省卫健委立即将问题反映给辽宁省委、省政府，省委、省政府当即安排部署，省新冠肺炎疫情防控指挥部协调东软集团生产。接到任务，东软集团抽调精兵强将，加班加点赶制生产，2月20日，一辆具有5G传输功能的智能化车载CT下线，当晚便从沈阳发车，疾驰武汉。

车载CT到达后，救援队连夜组织专业人员进行调试，2月22日上午就进入了使用状态。据辽宁国家紧急医学救援队队长崇巍介绍，这辆128排车载CT，成像速度快、清晰度高，获取的影像可通过5G传输实现云平台远程会诊，从而大幅度提升了新冠肺炎的诊断与评估的准确率，进而提升其救治率。

张旭告诉记者，这辆车载CT的到来，体现了辽宁人民对湖北、武汉人民的深情厚谊和前线疫情防控的大力支持，我们全体医护人员一定要牢记总书记始终把人民群众生命安全和身体健康放在首位的嘱托，全力以赴救治患者，打好武汉保卫战。

武昌区副区长、武昌方舱医院副院长甘世斌说："辽宁人民给我们提供的不单是人力物力，还有强大的战胜疫情的精神力量。"

来不及告别即赴沙场

"有这么个情况，今天爸爸就要跟全队一起出发去武汉了，我们的后勤保障很充分，你和妈妈不用担心，我们全队人都去。你是家里的大小伙子了，照顾好姥姥姥爷和妈妈。"2月4日上午10时50分，中国医科大学1号楼会议室，辽宁国家紧急医学救援队队长、中国医科大学附属第一医院急诊科副主任崇巍刚刚送走驰援武汉的方

辽宁抗击
新冠肺炎疫情全纪实

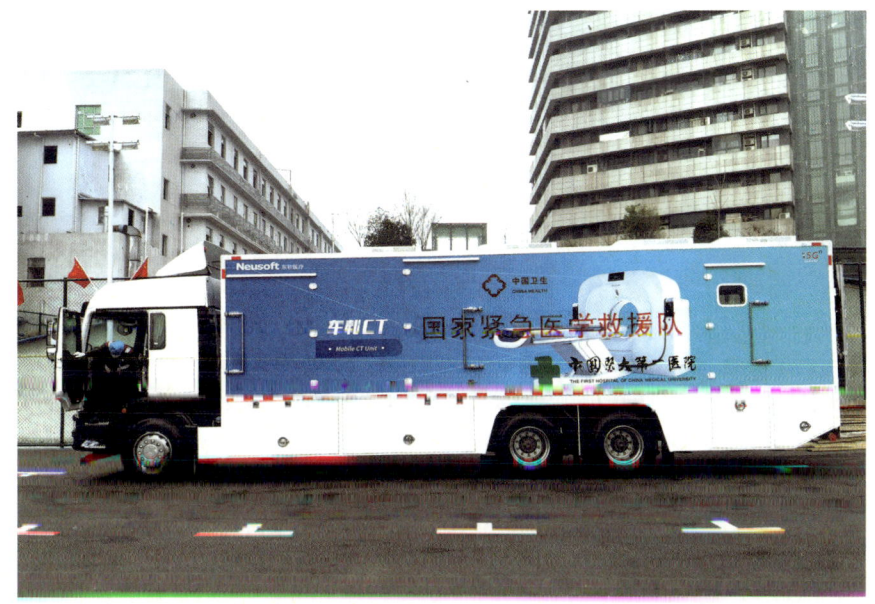

东软集团紧急制造的价值1150万元的大型车载CT机顺利抵达武昌方舱医院

远程会诊现场

舱车队,在会议室里与队员们正在收拾行李的空当,打电话给自己今年准备高考的儿子崇纳谕。因为他从大年三十(1月24日)开始就一直在医院值班没回家,2月4日下午即将飞赴武汉洪山体育馆方舱医院,来不及跟家人告别,他的个人行李早已随时带在身边待命,此刻只能跟儿子和岳父通个电话说明情况。他给人的第一印象就是:这是一个身材瘦削有力、动作迅捷、语速很快的男人。

一眨眼时间已经过去了24天,我在武汉洪山体育馆方舱医院进舱采访,又有两次见到崇巍。每次都看见他急匆匆地辗转于体育馆偌大的病区和医护办公区并不停地接打电话。这一次口罩上方他的眉头舒展了许多。他告诉记者,前几天我省协调来的具有5G传输功能智能化的128排大型车载CT抵达并投入使用后,大幅度提升了新冠肺炎患者的诊断与评估效率,不仅满足了辽宁救援队牵头负责的B病区患者的诊断需求,有时还承担洪山体育馆A、C另外两个病区(湖南、上海医疗队承担的)患者所需的CT检查工作。经过这一段时间的磨合,B病区新冠肺炎患者的救治工作已经步入正轨,截至2月28日,B病区累计收治患者466人,治愈出院患者122人。

让人钦佩的不只是大家的救治成绩,用崇巍的话来说就是:"我为自己能够跟这

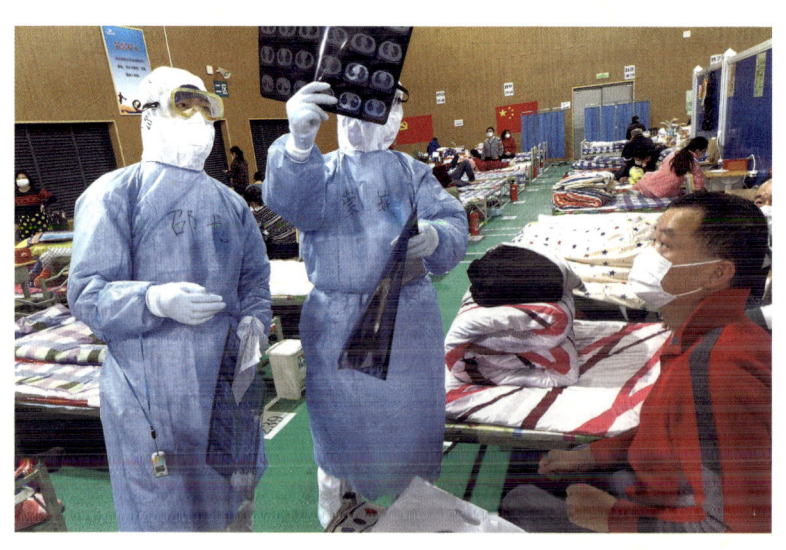

CT设备投入使用,方舱医院的诊断效率提高了
崇巍进舱查看患者的CT检查结果

辽宁抗击
新冠肺炎疫情全纪实

样一批热情、乐观、充满辽宁气质的兄弟姐妹们一起工作而感到自豪！"方舱医院内病友群中的党支部书记蒋师傅表扬辽宁队员们："辽宁的姑娘、小伙子们特别阳光、有朝气，照顾我们无微不至，说话就像讲小品，好有喜感，我们都还听得懂，搞得我们都忘了是在生病住院了呦！"

当记者问到，作为紧急医学救援和急诊人，最应该具备的是什么？崇巍想了想回答道：我们应该是全能的救急救命医生，尽管不知道下一个病人是什么情况；我们应该随时做出正确判断并处置，面对病情又急又重又复杂的患者也能做到"泰山崩于前而不乱"，在有限的时间里对病情的诊治做出正确的选择；能够以应对突发事件为常态，随时接到通知立即就能整队出发。说到这里时，崇巍领着记者到了方舱医院的后身，除了从沈阳开来的几辆方舱车正在工作，还矗立着六七顶印着"中国卫生"或"中国医科大学附属第一医院"标识的白色大型帐篷，里面的折叠床分两列排开，一顶帐篷能睡七八个人。他说，来之前不清楚这里的条件到底怎么样，我和队员们已经做好了在户外露营的打算，虽然没有真正用上，但是我们紧急医学救援队就是这样：出发得再急，也不打无准备之仗。

在我眼中，崇巍和他的队员们更像是一群军人。

方舱医院里的"知心网红"

"小才老师，我还需要做核酸检测吗？"

"小才老师，我的 X 光片啥时间出来？"

"小才老师，得了新冠肺炎有啥症状，什么药能预防？"……

每天早8时到9时，晚8时到晚9时，才权医生 YY 直播都会准时上线。武汉武昌方舱医院里的患者点击微信链接或者登录 YY 语音直播平台，就能看到一个戴着眼镜的帅气小伙儿，耐心地为患者解答各种问题。

小伙儿名叫才权，来自中国医科大学附属第一医院，是辽宁国家紧急医学救援队队员。2月11日，辽宁国家紧急医学救援队牵头负责武昌方舱医院 B 病区。随着病房的平稳运行，患者数量不断增加。

方舱医院收治的是轻型和普通型患者，多名患者在同一个病房接受治疗。因此，必须建立起医患双方有效沟通的渠道。

"为什么我先来的，不先给我做核酸检测？"

"我什么时候能做核酸检测？"

"我的胸片拍完了，什么时候能出结果？"

……

才权

得不到及时回答，患者心里就会有波动。不理解、不明白的问题积压在心里，如不及时消解，就会形成巨大的心理隐患。

这并没有难倒辽宁国家紧急医学救援队，队员们马上想到了视频直播。何不用网络直播的形式，让医生面对面地直接和患者交流，从而拉近医患双方的距离？才权积极能干，口才好，耐心细致，当仁不让地成了直播第一人选。于是，才权医生YY直播就诞生了。

YY直播一开通就受到患者的热烈欢迎，不仅本病区的病友认真收听，有时候连其他病区的病友也听。才权的知名度迅速提升，很快成了方舱医院里的"知心网红"。

才权的直播每天都是耐心回答患者提出的问题，很多问题带有共性。直播了几天后，才权发现提问题的越来越少，患者的紧张情绪在不断缓解，烦躁的心情也在不断平复。

直播的效果超出预期。通过直播，才权及时了解掌握了患者反映的大量问题，成为病房改进管理、优化流程的第一手珍贵资料。根据这些反馈，辽宁医疗队很快形成了一份《方舱医院工作流程细则——2020.02.18第一版》，用于指导病房实际工作。

直播开播后，大家发现查房效率高了。因为机械、烦琐的问题已经被才权回答

辽宁抗击
新冠肺炎疫情全纪实

自己画个棋盘也能来一盘

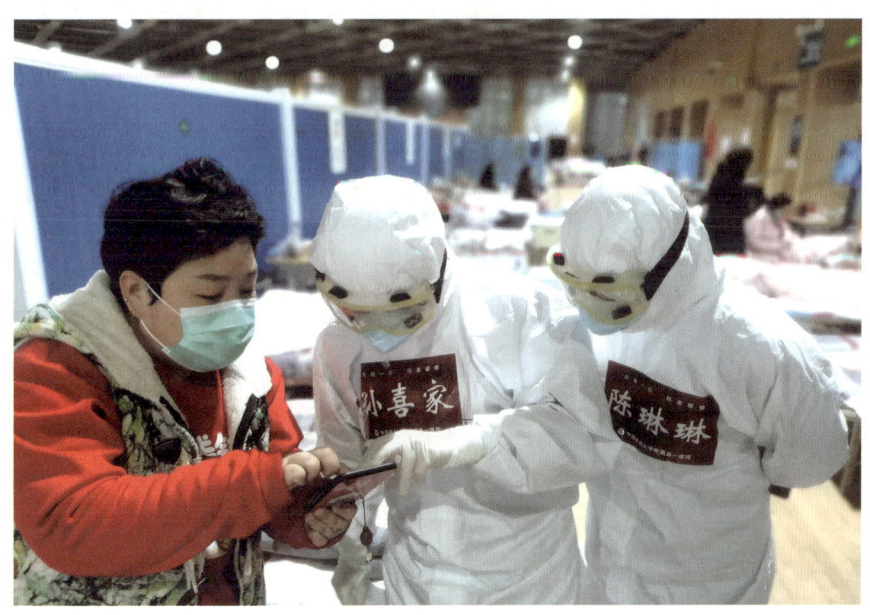

孙喜家医生通过患者手机里的 CT 影像资料为她解释病情

得差不多了，查房医生可以腾出时间回答些更有价值的问题，查房效率大大提升。

辽宁国家紧急医学救援队队长崇巍告诉记者，在方舱医院开通YY直播，让医生和患者面对面，实现了信息对称，消除了患者疑虑，十分有助于患者的康复。

QIANXIANGUSHI

方舱医院病区亲历记

我是辽宁日报记者杨靖岫，2020年3月3日是我到武汉采访的第21天，第四次采访武汉洪山体育馆方舱医院辽宁国家紧急医学救援队。此前虽曾两次穿隔离衣到达半污染区内，但始终未曾真正进入患者所在的病区内部拍摄。其中主要原因还是记者的防护水平不达标，毕竟每位医护在进舱前都经历过至少5天的专业培训才能上岗，需要能够正确穿戴防护装备，脱防护装备更是易出问题，稍有不慎便会造成感染。

今天，我的这个愿望终于实现。来自中国医科大学盛京医院的感控专员王海旭亲自指导我穿上三级防护服：多次六步手部消毒后先把N95口罩戴好，检查气密性后，再外戴普通外科口罩，外罩蓝色隔离衣，隔离衣外是白色防护服，护目镜压在防护服的连衣帽上，连同口罩一并压实，检查气密性。脚上鞋套之外是防护服，最外面一层是一次性蓝色塑料靴套，摄影设备罩上一层防护塑料袋（这使得照片画质大打折扣，但实属无奈）。

队长崇巍（中国医科大学附属第一医院急诊科副主任）和护士长赵鑫（中国医科大学附属第一医院手术室护士长）陪同（更主要的是保护我）进舱查房。进舱前负责整个病区感控的值班专员用记号笔在我的防护服手臂上方写了一个"进"字，说明我的防护水平达到要求可以进舱。

在这个巨大的空间里，很多患者卧床休息，床头摆着他们的中药和苹果等，也有坐床头看手机或打电话的，有坐在椅子上舒展身体做运动的，有去场外看电视的，

辽宁抗击
新冠肺炎疫情全纪实

经过王海旭老师手把手指导，近一小时的严谨操作，杨靖岫看起来已经与正规进舱的医护人员无异了

有来回走动聊天的，有准备吃饭的，有正在做功课的学生，甚至还有两位老兄自己画了一幅棋盘下象棋……一种时空错乱感，若不是他们中大部分戴着口罩和通道里穿白色防护服的医护走过，我几乎感觉这里就是生活着几百人的一个巨大的现代部落族群。

今天是孙喜家（医生）和陈琳琳（护士）当班，陈琳琳推着药车从通道里走来时，孙医生正搀着病伤的脚步小抛走向一位患者，通过患者手机里的CT影像资料为她解释病情。

看到队长崇巍和护士长赵鑫身上的名字，很多患者忽然兴奋起来，纷纷放下自己正在进行的活计围拢过来，有人拉着护士长的手问自己哪天能出院，有人拿出CT片子给队长崇巍看。

一位女患者看起来脸色发红，气喘得比较急，崇巍马上拿出仪器为她检查脉搏和血氧，跟她说，你还是挺重，但你别着急，我今天就安排你转院；另外一位四五十岁的男性患者很焦虑地跟队长说：崇队长，你看我都住院半个月了，怎么还是咳嗽啊？说着就咳了几下。崇巍跟他说，这个你别担心，从片子情况看你并没有加重，还在好转的过程里，这两天再给你做一次核酸检测，上一次不是已经转阴了吗？我估计不用多久你就能出院了。

眼见着患者越围越多，崇巍就逐个为每位患者解读。说也奇怪，方舱医院辽宁队管辖病区内开设有一套医生YY直播系统用以直接解答患者疑问，大家用得也很方便，但每次赶上医生查房，这种没有距离的直接见面还是能够给患者带来巨大的心理安慰，一位患者操着武汉腔说："我们就是想直接从崇队长的口里听到自己的病情实际在好转这句话。"

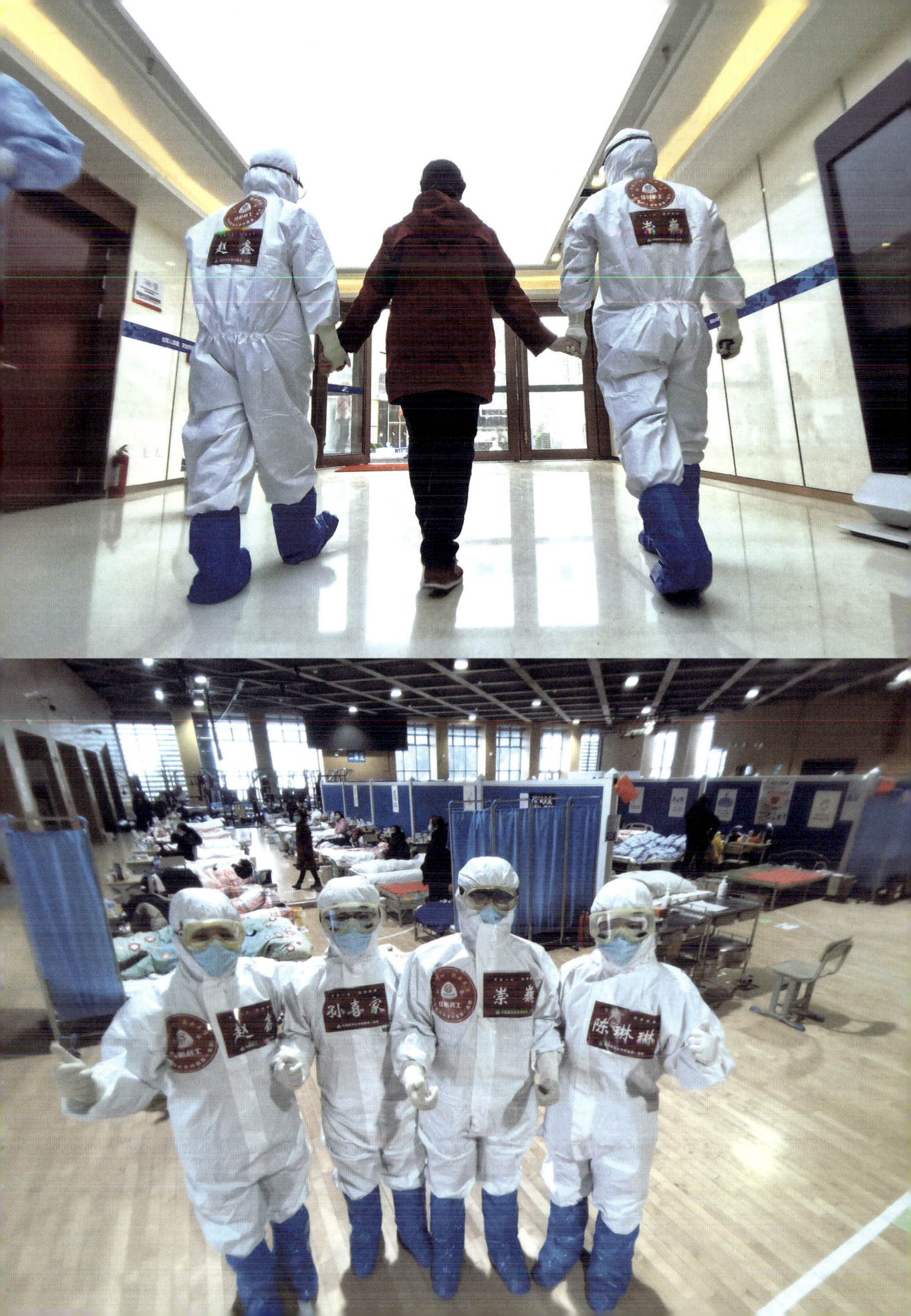

辽宁抗击
新冠肺炎疫情全纪实

面对患者们的关切，崇巍还专门为大家讲解了关于新冠肺炎是自限性疾病的具体概念，他说："新冠肺炎是自限性疾病，住进咱们方舱医院的患者都是轻症和普通型病症，大部分人可以靠自身免疫力自愈，所以大家要保持乐观的情绪，心情好再加上我们精心治疗，大部分人都可以很快治愈出院的。"他这么一说，患者们都很开心地互相加油鼓劲了。

不经意间3个多小时过去了，查房即将结束。一位女患者跟护士长赵鑫说："我这两天感觉挺好，想让你和崇队长带我到门外走走行不行？"护士长和崇队长一边一个拉着她的手走向A区门外患者通道，体育馆内的人造光源稍显昏暗，通道外的阳光均匀地漫射在出口处，显得无比温暖和敞亮。

出舱前在感控专员的指导下，我们一层层地脱下手套、靴套、防护服和隔离服，最后是两层口罩，其中每两个步骤之间都要彻底地进行手部消毒，护士长担心我技术不行，还替我在后面脱下防护服免得感染。我在惴惴不安中终于解放了，赫然间看见崇队长爽朗的笑脸和护士长美丽的面庞，上面都有口罩印痕，这两人的笑容瞬间征服了我，赶紧借着昏暗的灯光按动快门记录下这美好的一刻。

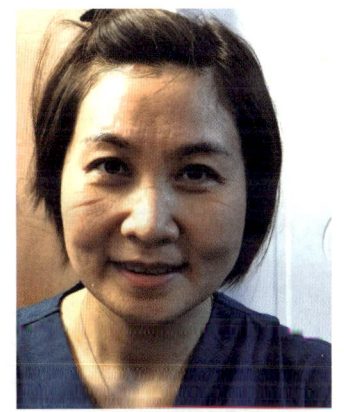

赵鑫

崇巍

武汉洪山体育馆方舱医院(左下角为方舱车队)

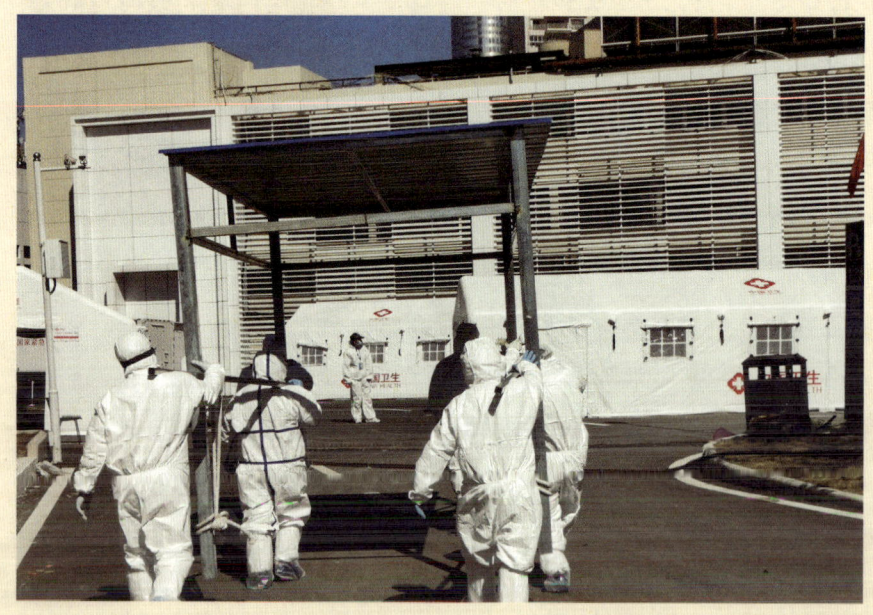

为方舱医院搭建临时通道

辽宁抗击
新冠肺炎疫情全纪实

武汉洪山体育馆方舱医院辽宁医护为自己准备的野战帐篷

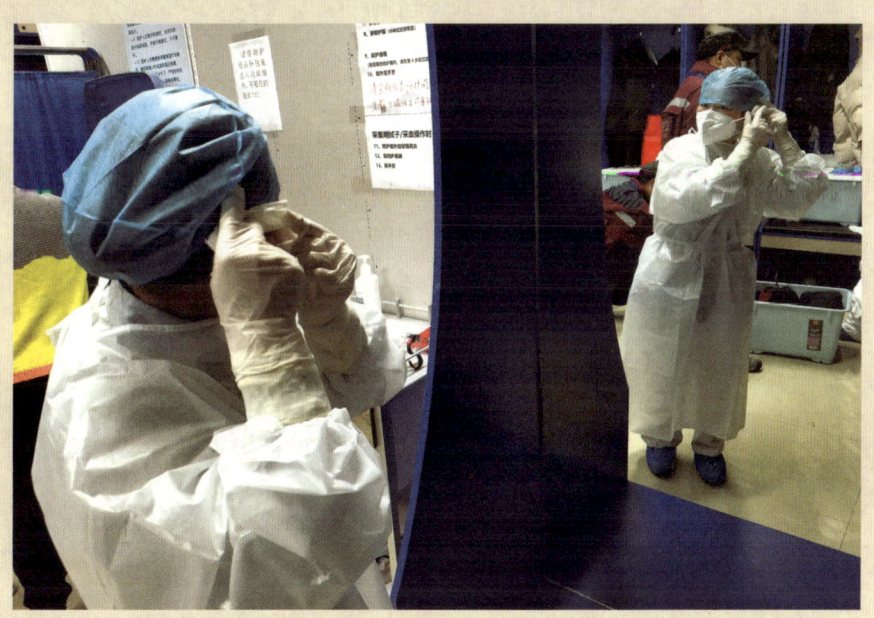

武汉洪山体育馆方舱医院的洁净区内正在换防护服的医生

守护"雷神山"

"为祖国分忧,为武汉加油,为辽宁增光,为人生添彩!"

2月13日下午3点左右,来自朝阳市援助湖北的医疗队,在走进武汉雷神山医院时,齐声高呼,坚毅的目光中透着坚定和自信。

当日,辽宁医疗队有近900名医务人员在雷神山医院进行接诊准备工作,包括医疗物资准备、生活物资准备、防护物资准备和设备调试等。

雷神山医院采取边建设边收治患者的模式。记者在雷神山医院建设现场看到,"与时间赛跑,为抗击疫情作贡献"的大幅标语悬挂在工区,在建处热火朝天、紧张忙碌,而建好的病区已开始接收患者。

辽宁雷神山医疗队联络员李壮告诉记者,雷神山医院共有32个病区,辽宁医疗队将陆续接管其中的17个病区,一共780张床位,有1013名队员进驻,这些队员由大连医科大学、锦州医科大学和全省14个市的医护人员组成。2月12日,辽宁支援武汉医疗队已在雷神山医院接收病人,争取2月14日晚6时接手13个病区,并开放其中的10个病区,形成400人的救治能力。

全力以赴,尽锐出战。截至2月12日,我省医疗队员在湖北共负责救治411名新冠肺炎患者,另外,已有121名患者出院。

穿上防护服
就担起了责任与使命

2月14日中午，武汉雨过天晴，阳光洒满大地，也让雷神山医院多了几分春天的气息。

这一天，对于急切进入雷神山医院接受治疗的新冠肺炎患者无疑是值得期待的。雷神山医院位于武汉市江夏区黄家湖畔，远远望去，一座座灰色的板房依次排开，就像一个巨大的工厂厂区。雷神山医院整体参照战地医院形式，采用模块化设计，主要包括医疗用房区、医护保障区、医疗辅助区，总用地面积约328亩，建筑面积7.99万平方米，并借鉴"非典"时期"小汤山医院"经验建设，只设住院部不设门诊，全院共计划建设病区32个，设床位1500张。

紧张有序，做好接诊准备

"快，帮我检查下防护服！"

"你的护目镜没贴紧。"

……

武汉雷神山医院A8病区充满了紧张忙碌的气氛，医护人员正相互帮着检查防护用具的穿戴是否达标。

2月14日上午，A4至A13病区辽宁医疗队的医护人员正在做接诊前的最后准备。

辽宁抗击
新冠肺炎疫情全纪实

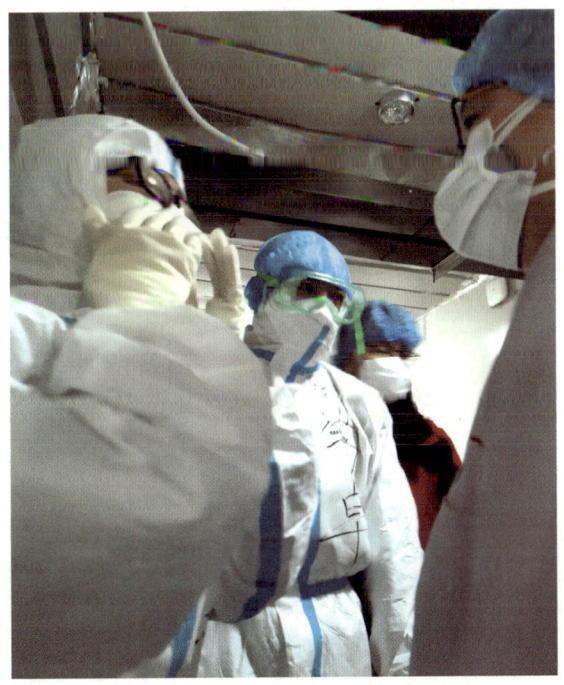

穿好防护服，互相检查有无暴露处

这10个病区就要开放接诊患者了。

负责A8病区的是大连医疗队，领队徐英辉最担心的还是队员的安全防护问题。"一定要把防护工作想在第一位。"徐英辉一边查看大家防护措施是否到位，一边不住地叮嘱着身边的同志。

在一个个"厂房"内设有若干个病区，记者在A8病区看到，病区设有缓冲间、负压病房和ICU房，缓冲间内有换衣间、水槽、洗浴间，每个负压病房有两张床位，配备有墙壁式吸氧吸痰装备和心电监护设备，环境整洁，通风和照明都和大医院没有区别。院区ICU房内设有病人通往病房的专用通道和医护专用通道。

2月12日，A8等病区按照设计标准刚建好，大连医疗队便立即进驻，全体医护人员随即投入到病区建设和物资准备当中。为了抢时间，那些天，大家从早上忙到深夜，加班加点，终于在2月13日晚顺利通过验收。

雷神山医院按照国际标准建设，设有重症科和传染科，共有32个病区，救治对象为各医院发热门诊和住院确诊的新冠肺炎患者，医院只设住院不设门诊。辽宁医疗队将接手17个病区，一共780张床位，由来自大连医科大学、锦州医科大学和全省

2月14日,在武汉雷神山医院,辽宁支援湖北医疗队队员穿上防护服,准备接诊

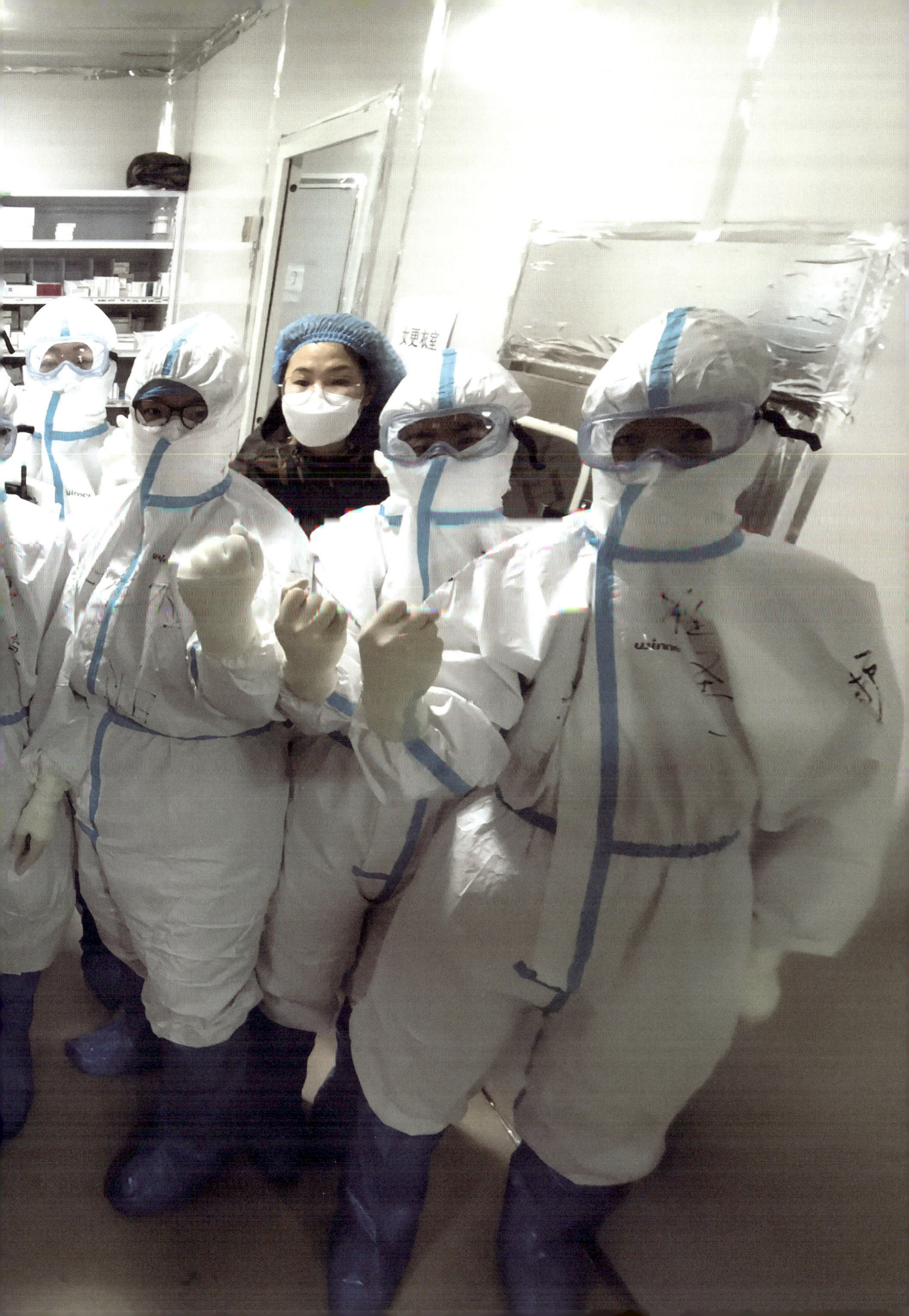

14市的1013名医护人员组成。

在大连医疗队的511名医护人员做好全部接诊准备的同时，在A11病区，病区主任程青正带领队员搬运防护用品，紧张地清理病区残留的物资。

程青告诉记者："负责A11病区的51名队员中，有10名医生，他们都是单位骨干，10名医生有的来自重症科，有的来自感染科，全是副主任医师以上。"目前，A11病区有40张床，当晚已开始接诊。

奋战在A9病区的医疗队，由来自营口市和辽阳市的医护人员负责，在建设病房的关键时刻，医护人员不计代价、忘我工作，他们只有一个念头：让更多患者早日康复，早日回归正常生活。

在A8病区一个重症监护室门口，来自大连市中心医院重症医学科的高凯就像一名投入战斗的战士，目光坚毅，充满自信。"我一定倾尽所学，尽自己最大努力，救治更多的患者！"高凯的激动超越了曾经的紧张。

有患者在微信朋友圈中写道："今天辽宁医疗队接管雷神山医院多个病区，对我们来说就多了一份希望，让我们内心更踏实。"

辽宁雷神山医疗队联络员李壮告诉记者，截至2月14日17时，辽宁雷神山医疗队进驻的13个病区中，10个病区按计划全部开放，400个床位，已收治148名患者。

集中力量，全面开诊

辽宁支援雷神山医疗队是雷神山医院最大的医疗队。2月9日抵达武汉后，不顾旅途劳顿，辽宁医疗队积极与雷神山医院进行对接，同步部署驻地防控和岗前培训，明确了医疗队的工作制度、物资后勤保障及相关防护措施。同时，辽宁医疗队根据雷神山医院实际施工进度，接收工作与施工进度同步推进，做到完工一个病区、接收一个病区、筹建一个病区、验收一个病区、开诊一个病区，实现"五个一"同步实施，在最短时间实现开诊。2月12日，大连医疗队接收的A13病区率先接诊，是辽宁支援雷神山17支医疗队最先接诊的病区。截至2月18日22时，辽宁支援雷神山医疗队分管的17个病区全部开放接诊，形成780人的收治能力。

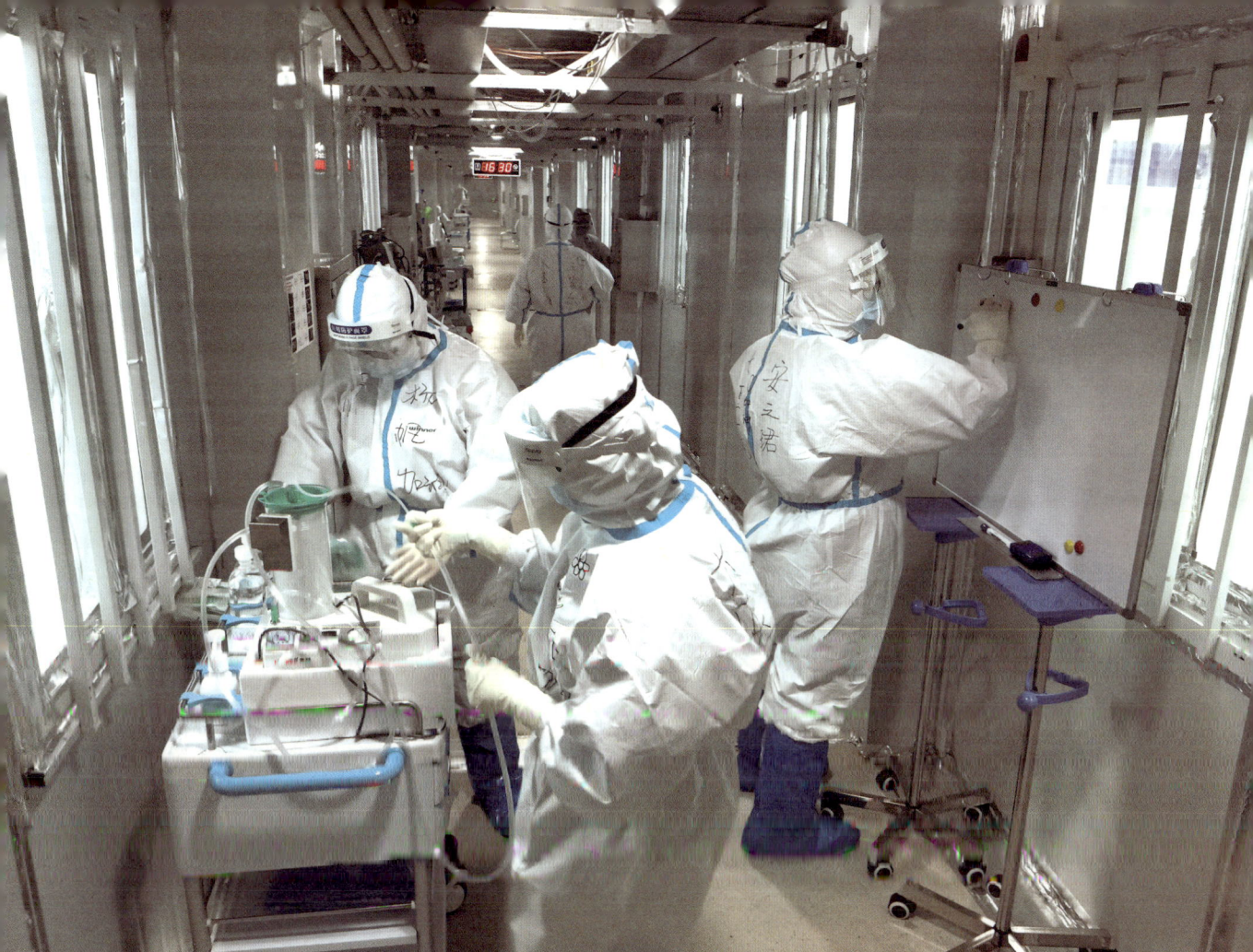

雷神山医院辽宁医疗队负责的17个病区全部开放收治病人

按照"应收尽收"的收治要求,辽宁医疗队接收的17个病区不分病情轻重,也不分年龄大小,全面接收患者。截至2月18日,共收治患者649人,其中497名患者是由辽宁医疗队收治的。

提升救治水平,注重人文关怀

据辽宁支援雷神山医疗队总指挥徐英辉介绍,全面开诊只是迈出了救治患者的第一步,下一步辽宁支援雷神山医疗队要集中力量提升救治水平,着力提高救治率,降低死亡率。为此,2月17日,辽宁支援雷神山医疗队专家组结合国家发布的诊断标准,总结实践经验制定的诊治方案中,创新应用了叙事医学、共情医学等新理念。同时,辽宁医疗队将充分利用大连医科大学在中医学科上的国内领先优势,加大中西医结合救治的分量。

大量病例说明，免疫力是患者战胜病魔的关键要素之一。为此，辽宁医疗队将对患者加大营养治疗，对不同的患者提供不同的营养，快速提升患者的免疫力。针对一些患者存在的心理问题，辽宁医疗队多措并举，因人施策，加大对患者的心理疏导力度，增强其战胜疾病的信心。

目前，雷神山医院辽宁病区收治的患者以老年人居多，最年长的97岁。这些老年患者除有新冠肺炎症状外，还患有很多慢性病。目前辽宁医疗队已经组建了专家会诊组并开通了远程会诊，医护人员可以通过远程会诊系统及时与远方的医护人员共同为患者进行诊治，并对危重患者实施积极的有针对性的治疗。

据悉，下一步辽宁支援雷神山医疗队还将依托大连医科大学、锦州医科大学的高级专家，建立医院专家会诊及危重症患者抢救工作机制，并开始着手与大连医科大学和锦州医科大学各附属医院建立远程会诊，帮助更多危重病人早日康复。

前线故事
QIANXIANGUSHI

雷神山辽宁负责病区第一位患者治愈出院

2月18日12时30分，武汉雷神山医院辽宁负责病区第一位患者治愈出院！

这位72岁的男性患者2月12日晚收入由大连医科大学附属第一医院负责的雷神山医院A13病区。

出院前，大连医科大学附属第一医院的医护人员准备了鲜花，祝老人早日康复。同时，专门为老人购买了适合他的牛奶、高钙奶、巧克力和水果。

据了解，这位患者既往无基础疾病，1月21日左右开始咳嗽，活动后气短，1月31日肺CT提示双肺周边散在渗出，下叶条索影，2月2日双肺斑片影较前进展，于2月2日、2月6日、2月9日在武汉大学人民医院三次核酸检测均为阴性，2月12日晚收

辽宁抗击
新冠肺炎疫情全纪实

雷神山辽宁负责病区第一位患者治愈出院，与医护人员合影留念

入雷神山A13病区。

　　大连医科大学附属第一医院A13病区主任李艳霞介绍，他们这段时间给患者抗病毒、中药等对症治疗，同时加强心理沟通、心身干预并以共情医学的模式增加与外界联系，适当放松训练；引导患者关注日常生活及治疗。患者呼吸困难很快缓解，复查肺部炎症明显吸收，近一周无发热及咳嗽，饮食、睡眠好。经中南医院程真顺及杨义斌会诊同意，安排患者今日出院。

别怕，
我们一起战斗！

雷神山医院收治的患者多为重症患者，没有家人陪护，医护人员除对患者进行插管等医疗处置外，还要进行监护等生活护理。为减轻患者的心理压力，医护人员更注重人文关怀，每天会为患者准备各种水果和写有祝福语的心形卡片；为便于患者与医护人员沟通，每个房间都会把医护人员的联系方式写在病房的提示卡上。

"别怕，我们一起战斗""春暖花开，咱们一起赏樱花""武汉是英雄的城市，武汉人民是英雄的人民"……走进雷神山医院辽宁医疗队负责的病区，你会发现，在走廊的墙壁上，甚至是医护人员洁白的防护服上，一幅幅温馨的卡通漫画和一句句鼓舞人心的话语，让你走进病区时原本紧绷的神经顿时松弛下来。

有温度的辽宁医疗

辽宁雷神山医疗队接收的患者有60%是中老年人，因为没有家人陪护，不少人情绪低落、焦虑不安，十分不利于康复治疗。为减轻患者的心理压力，缓解患者情绪，增强战胜疾病的信心，辽宁雷神山医疗队专家组结合国家发布的诊断标准，总结实践经验，将共情医学、叙事医学等新理念纳入治疗方案中，用于患者的辅助治疗，进而提升治愈率，降低死亡率。

辽宁雷神山医疗队各支队积极落实专家组制定的方案，纷纷采取各种措施加大

辽宁抗击
新冠肺炎疫情全纪实

医疗队员正在漫画墙上作画

故事　205

湖北：战"疫"前线

心理疏导和人文关怀力度，让患者放松心情。

大连医科大学附属第一医院医疗队的孙冬、刘倩、韩雪、李雪、王楠、刘晨曦，大连医科大学附属第二医院医疗队的刘玉等具有绘画专长的医疗队员立即行动，他们先在纸上构思，作品成熟后，便开始在走廊的墙壁上、队友的防护服上创作。

俗话说，良言一句三冬暖。很快，一幅幅生动的卡通漫画便呈现在患者眼前。画面上"大连海蛎子来喽！""热干面加油！""中国加油、武汉加油！""保护你，就是保护大武汉"等口号，让不少患者信心倍增。有的患者也高兴地拿起笔，在卡片上或医护人员的防护服上写下祝福的话语。

医疗队员正在漫画墙上写字

随着一名又一名患者治愈出院，共情医学等治疗新理念也在辽宁雷神山医疗队不断得到丰富发展。辽宁医疗队管理的17个病区从走廊到隔离病房，到处充满着积极向上、乐观自信、医患共情、其乐融融的昂扬斗志和必胜信念，冰冷洁白的走廊变成了展示辽宁医疗队团结一心、众志成城的文化长廊，让武汉人民感受到有温度的辽宁医疗。

"她们就是我们的天使！"

病毒无情，人间有爱。武汉雷神山医院每天都上演着令人感动的爱心故事。在A3病区的患者群，有这么一则微信："自从我们来到这里，遇见了辽宁医疗团队，就好像在漫漫长夜见到了光明"，"她们就是我们的天使！"字里行间，尽是信任与感激。"6小时值班很快结束了，和同事乘车赶往酒店，武汉的下午阳光明媚，我们的谈话轻松自在。一位医生大姐说，雷神山的好几位患者已经康复出院啦，这难道不是我们的曙光吗？"

辽宁抗击
新冠肺炎疫情全纪实

和多数在雷神山医院工作的同行一样,来自东港市中心医院的感染科医生姜明也有写日记的习惯。前几天下班后,他真实地记录了自己那一刻的想法。

姜明所在的雷神山医院A3病区2月16日开诊,由丹东市援湖北第三支医疗队28名队员与来自本溪、抚顺两市的部分同人共计50人一同接管。首批进入病区参与救治工作的医护人员共9人,包括东港市中心医院重症医学科的副护士长李作华和技术骨干徐颖。

在雷神山医院的工作"确实比较辛苦",李作华在日记中写道:"下班的时候,多数战友的衣服都是湿透的,厚厚的防护装备让每一项常规操作都变得不太容易,就连走路也要在保证工作效率的基础上尽量放慢一点儿,以避免活动量大、耗氧过多而导致呼吸费力、缺氧。"

"所有重症患者的咽拭子、输液、护理、监测、宣教、心理疏导、垃圾分类运送、CT都由我们来完成。"这是徐颖的工作,任务繁重,而且危险。可在她看来,只要患者病情好转、情绪稳定,所有劳累又算得了什么。

"29床李叔叔,我接诊的第一位重症患者,血氧从原来的89%到现在的96%,别提为他多高兴了。"2月23日,徐颖通过微信给记者发来这么一段话,"特别是戴着两层手术手套,用留置针给他输液时,我找准他细细的血管,一针见血,调节滴数,心里的石头落地了。他夸我扎针一点都不疼,还要和我合影留念。"

"不知不觉,来武汉已经14天了,各项工作有条不紊地展开了。大家同甘苦、共努力,迅速融入了A3病区这个大家庭之中,成为了荣辱与共、不分你我的一家人!"2月23日与记者交流时,姜明说,"这一家人当然也包括

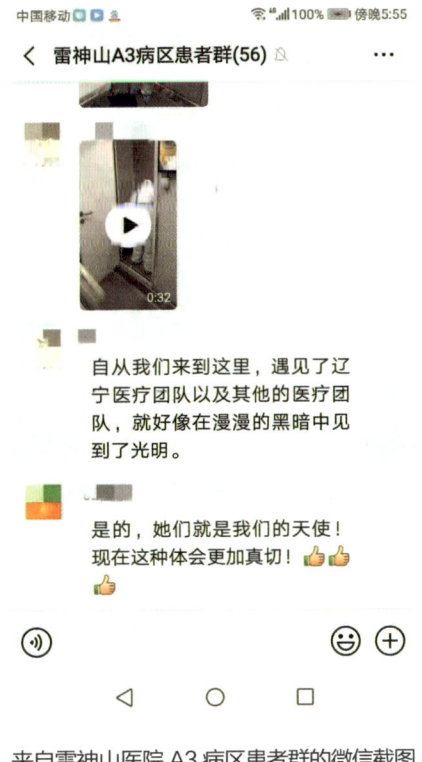

来自雷神山医院A3病区患者群的微信截图

我们救治的患者。"

这些天，辽宁医护人员精湛的医术、敬业的态度、热情周到的呵护，感染、感动着患者，给他们以温暖、力量、希望。

A3病区11床的刘姓患者，入院时确诊新型冠状病毒性肺炎1周，发热及咳嗽、胸闷症状较为明显，入院时静息状态下指脉氧92%，呼吸频率32次/分，氧合指数低于300，属于重症肺炎。经过医护人员精准投药及细心护理，这位患者迅速转入病情恢复期，发热等症状完全好转。为了表达自己的感激之情，他叫儿子特地从家中取来了准备多日的一幅画，名曰《春》，寓意春回大地、福满人间！

31床一位60周岁的女患者，来的当天"神色慌张，情绪激动，而且还百般刁难护士，反复调床"。面对这样的患者，医护人员坚持一条原则——不抛弃、不放弃。他们了解到，老人和家人已失散1周，先后换了几家医院，由于没随身携带充电器，担心一直联系不上家人，她就产生了异常焦虑的心理。"当我们把自己的充电器给她的时候，老人哭了，而后她再也没有滋事，完全配合了我们。"姜明意识到，"患者需要的不仅仅是医疗救助，也需要人文关怀与心灵上的沟通，感情的沟通！"

2月22日10时30分，李作华在A3病区患者群里发了一句话："等到春暖花开，一起摘下口罩，露出美丽笑容！加油！"回应她的，是一个又一个跟帖、点赞。

"因为爱心、耐心，疲惫的灵魂才能活力如初。"徐颖表达了大家共同的心愿，"携手共进，我们定能早日打赢这场战'疫'！平安凯旋！"

又是一天下夜班的时间到了，卸下那套"装备"后已是凌晨3点，联系上公交车司机，听到对方主动打招呼说"你们辛苦了"时，李作华再次觉得"心里暖暖的，瞬间那些苦和累都飞到九霄云外"。在日记里她这样记录，"此时的武汉，街道冷清、寂静，但因为逆行者的到来而越发温暖。"

辽宁抗击
新冠肺炎疫情全纪实

YIXIANBOBAO

辽宁"黑科技"亮相雷神山，
医护人员实现"隔空喊话"

经大连医科大学附属第一医院杨延宗教授及其团队加班加点安装调试，2月26日，武汉雷神山医院所有病区都用上了由大连团队研发的智能化医疗系统。工作人员可通过智慧医疗音视频实时互联互通会诊会议系统与在隔离区内的医务人员视频通话，大幅度提升了医院的信息化管理水平和医疗诊治效率。

辽宁支援雷神山医疗队抵达后发现，由于传染病救治的特殊性，每个病区分成"隔离区"和"非隔离区"，不同工作区域之间严格区分阻隔，隔离病房内外的医护人员只能用对讲机沟通，信息不畅。同时，病区内部、病区之间讨论病情分析病例资料也存在同样问题，严重影响了诊疗效率。

针对这一问题，徐英辉迅速与大连医科大学附属第一医院杨延宗教授取得联系，商议解决方案，火速组织研发团队。随后，杨延宗教授带领技术人员和设备日夜兼程赶赴武汉雷神山医院，加班加点首先在辽宁医疗队负责的病区安装上该系统。

据介绍，通过这一系统，医护人员进入隔离区后，只需戴上无线耳麦，便可同非隔离区的"战友"保持实时通话和视频面对面，并可通过移动Pad分享病例资料；非隔离区和医疗队办公室、行政中心的工作人员，则可随时通过大屏幕看到隔离区内的实景情况，实现多点、多地无接触、无障碍、不间断交流。这套系统同时解决了可视化沟通和远程诊断的难题，使诊疗变得更高效、更科学。

用专业和温暖的护理给患者信心

脱下防护服,他一口气喝下四瓶矿泉水

2月25日,在武汉雷神山医院A11病区,记者见到了沈阳积水潭医院重症科护士长高英哲。这是时隔16天后,记者再次与这位男护士相遇。2月9日清晨,记者曾到高英哲家跟拍并到沈阳桃仙国际机场为他送行。他说,在武汉这半个多月,虽然很疲惫,却很充实,自己的技术绝活派上了用场。

与半个月前相比,高英哲并没有太大变化,只是在口罩上方的部分露出明显的黑眼圈。

"昨夜下班交班时,三层防护服全湿透了,几乎虚脱,一口气喝下4瓶矿泉水,才缓解了口渴的感觉。"高英哲说,这些天回到驻地就一个念头——睡觉。他本打算用日记记录下这一个个特殊的日子,但因为没时间,最后只能在朋友圈里记个大概了。

高英哲所在的病区有40张病床,中老年中重度患者居多,而且有十几位是生活不能自理的老人。作为护士,除了正常的扫床、输液等工作外,还要负责老人的生活护理,如换尿不湿、喂饭、翻身等,还有几个病人双目失明、聋哑、有精神类疾病,照顾起来更需要耐心。

"因为穿着三层防护服,戴三层手套,输液穿刺时手感特别差,平时能轻松感觉

辽宁抗击
新冠肺炎疫情全纪实

到的血管现在很难找到,护目镜和面罩也影响视野清晰度,这就需要多年练就的绝活、用更长的时间去感觉血管的位置,争取一次成功。"高英哲说,"最危险的操作应该是核酸取样了,因为要使用棉签棒直接面对患者的咽喉,一些敏感的患者在轻触之下就会咳嗽,病毒飞沫会直接喷到面屏上,防护不当极易直接感染。"高英哲很庆幸,自己6年重症护理积累的经验,让他内心踏实了不少,再加上来武汉后连续5天专业技能培训,现在他进行这类操作时已经不紧张了。

承担雷神山医院 A11 病区护理工作的高英哲

病区里共有41名护士,只有两名男护士。说起男护士,高英哲说他有女护士不具备的优势,比如可以全天候不受影响地工作;力气比女护士大,给病人翻身之类的操作更加得心应手。

记得出发离家前,高英哲抱了抱母亲,面色轻松地说了一句:"照顾好丢丢(家里的宠物狗)哦,别让它瘦啦!"现在说起母亲,高英哲又笑了:"就没见过像我妈这么心大的,每天在电话里宽慰我,'没事的儿子,你能行,不用紧张,丢丢也没瘦'。"说到这里,他突然停住了……

并肩战"疫"的护士姐妹花

从自己所在的武汉雷神山医院到位于武汉市蔡甸区的华中科技大学协和江北医院有多远？来自葫芦岛市中心医院的"九〇后"护士孙晓晶给出了三个答案："用时最短，41公里；红绿灯最少，51公里；备选，47公里。"

之所以这么明确，是因为这是目前她和双胞胎妹妹孙晓莹之间的距离。

都说双胞胎心有灵犀，果不其然。2月24日上午，记者分别采访这对姐妹花时，她们都说了这么一句话，"同城难相见，同心抗疫情"。

就在1月26日，从小到大几乎形影不离，参加工作后也在同一所医院的姐妹俩开始了"最长的一次分别"。疫情肆虐，使命召唤，孙晓莹率先驰援武汉，开始在协和江北医院的重症监护室奋战。

2月9日，当初和妹妹一起主动请缨的孙晓晶也飞赴武汉，姐妹俩终于如愿在抗击疫情的最前线携手并肩。

到武汉一安排停当，孙晓晶赶紧和妹妹微信通话，知道了两所医院间至少有58分钟的车程。

此后的这些天，姐妹俩平均三天才能联系一次，"因为工作起来都非常忙，班也碰不到一起"。

孙晓莹和队友们负责护理科室里的14名重症病人，由于病人需要高流量吸氧，每床需要准备两三筒氧气筒，更换非常频繁。没有手推车的时候，她得扶着几十斤重、和自己几乎同身高的氧气筒，一步一步挪到床旁。

为了减少去卫生间的次数，医护人员会选择在上班前两小时少喝水甚至不喝水，都穿上纸尿裤。"这样虽然很辛苦，但是可以用更多的时间来抢救患者。"孙晓莹说，每班需要连续工作8小时，穿着防护服就好像做汗蒸。

虽然到武汉的时间相对较短，每班6小时，但孙晓晶的工作强度一点也不低。就以2月18日为例，上午她和队友们再次验收病房，"每处细节都不能放过，既要保证患者舒适，也要保证医护人员的安全，以最佳状态进行救治"。当天下午4时，她所在的雷神山医院C11病区开诊，当晚将28名患者收治完毕。

辽宁抗击
新冠肺炎疫情全纪实

忙里偷闲时,姐妹俩就"互相报下平安,让对方照顾好患者,提醒做好自我防护"。

彼此聊得最多的,还是如何为患者提供优质护理。孙晓晶觉得,"除了患者本身的病理生理需要治疗外,他们会恐惧、悲观、无助,这时最需要我们的关爱,通过我们的亲情关心、共情治疗,患者才能心情舒畅,更愿意配合护理,才更有助于其康复"。

妹妹对此有同感。有一位重症阿姨刚进病房时,有明显的呼吸困难和缺氧等症状,上班时作为责任护士,孙晓莹除为患者采取各项治疗和护理措施外,还帮助其翻身、为其叩背、吸痰和处理排泄物。经过治疗和护理后,这位患者症状渐渐减轻,转入普通病房时,孙晓莹鼓励她:"您要保持好的心态,积极配合之后的治疗,肯定会治愈出院的。"

"每天都在护理重症病人,看着他们饱受病毒折磨的样子我非常难过和伤心。每当有患者病情好转、转危为安的时候,对我来说就是最好的鼓励和动力!"孙晓莹感叹。

"我能从他们的眼神中看到他们活下去的渴望!他们有时会望着我流泪,当我走过去为他们擦拭掉眼泪时,他们会很吃力地向我眨眨眼睛,嘴角会露出来一丝微笑。"孙晓莹说,"看到这一幕,我就有一种动力和必胜的信念,心中只有一个念头,现在的我就是战士,上战场就要临危不惧、冲锋在前,这样才能肩负起白衣战士的使命。"

孙晓莹和队友们的辛苦没有白费。

虽然重症病房床位始终满满当当,但这些天已经陆续转出十多位患者。

为了使命而出征,虽苦虽累,孙晓晶却觉得浑身充满了力量。这几天,居住地楼下的梅花开了,她与妹妹共勉:"梅花迎着风雪开了,寒冬就要过去了。咱们要像这傲雪的寒梅,在没有硝烟的战场上做勇敢的逆行者,携手战胜困难,早日迎来春暖花开的那一天!"

前线故事
QIANXIANGUSHI

5省市交警接力护送，40台"辽宁造"救护车运抵武汉

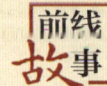

经过3天3夜、1700多公里风雪无阻的艰难行驶，在辽宁、天津、河北、河南、湖北等五省市交警的接力护送下，今日10：20，40台华晨雷诺金杯负压救护车终于抵达武汉！

从大年三十接到工信部紧急生产20台负压式救护车的指令，华晨集团就在第一时间联系浙江、天津等外地相关零部件厂商，开会部署恢复生产，立刻通知相关岗位技术人员和工人返岗。

大年初一，华晨集团所属生产专用车的企业华晨雷诺金杯、沈阳专用车、大连专用车生产基地全面进入准生产状态，从基础车辆确认、负压系统预订及采购、相关专用改装件准备、生产人员组织、改装产品质量及性能保证、相关资金准备、物流发运等各个环节进行组织，并开始对基础车型进行改装。

负压救护车，是利用技术手段使车内气压低于外界大气压，空气在自由流动时只能由车外流向车内，而且负压还能将车内的空气进行无害化处理后排出，避免更多的人感染，在救治和转运传染病等特殊疾病患者时，可以最大限度地减少医务人员交叉感染的概率。

经过10天的紧张生产，2月5日，首批15台负压式救护车下线，并按照工信部的指令发往各地。与此同时，面对纷至沓来的订单，华晨集团所属相关企业全面复产，夜以继日加紧生产。

疫情无情人有情，武汉疫情牵动着国人的心，许多公司和个人致电华晨要求赶工生产疫区急需的负压式救护车捐助武汉。此批40台负压救护车就是美的集团采购的，要求争分夺秒驰援武汉，全面参与"应收尽收"的攻坚战。

辽宁抗击
新冠肺炎疫情全纪实

2月13日傍晚，华晨雷诺金杯40台负压式救护车在沈阳集中起运，在辽宁交警的护送下连夜发往武汉。然而，由13辆货车组成的运输车队刚刚离开辽宁，一场持续的暴风雪就扑面而来。车队行驶到天津路段，高速公路封闭，运输车队被迫驶离高速，下道等待。

运输车队立刻主动联系当地政府及交警部门。天津交警了解到情况后，迅速派出警力，开放高速公路，并全程护送这批满载抗疫前线急需物资的车队快速安全地前进，之后河北交警接力护送。车队抵达河南省际交界处时，让车队司机感动万分的是，河南的交警已在等候他们，为车队司机送上热水、面包，并立刻同样一路为运输车队进行全程护送引导。车队司机张春田师傅感动地说，大疫面前真情无阻，出发时对疫情的担心，被这一路的支援所感动，让我们全身充满了温暖和力量。

"万众一心、众志成城"或许是这支特殊的运输车队行进的真实写照。为保证安全，沿线地区的交警无缝接力，迎着狂风暴雪实时引导车队以安全车速向湖北方向前进。

2月16日凌晨，车队抵达河南津港高速灵山段，接到河南交警信息的武汉交警引导车队已经等候在那里，司机们简单地吃了武汉交警带来的食品后，车队就迎着曙光继续进发！

故事　215
湖北：战"疫"前线

最好的礼物就是亲手交给患者的"出院证明"

"今天的天空很蓝,今天的空气很新鲜,今天的雷神山很温暖。"

2月22日,是锦州医科大学附属第一医院医生王政华到武汉雷神山医院支援的第13天,也是她最开心的一天,因为她的第一例治愈患者出院啦!

"政华姐姐,我终于能看到你的样子了。"即将走出雷神山医院的患者激动地对她说,"在这个特殊的时候相遇,能够得到你拼尽全力的帮助,姐姐真的是我这辈子最难忘的'生死之交'!"

她们是医患,在雷神山A12病区十几天的相处让彼此信任;脱下病号服、防护服后,她们更是朋友;相互搀扶走过的这段抗疫之路,艰难却温暖。

2月22日,患者临走前拉着王政华的手依依不舍,不停地说:"我真舍不得你,但又真心希望你们早些回家,这么多天你们太辛苦了。"

"其实这位患者入院时就引起了我的注意,她和妈妈都是新冠肺炎患者,一起来到雷神山医院,我们特意给她们安排在了一个房间。"在2月23日的日记里,王政华写道。

一开始,这位患者经常因为一些小事找医生询问,看起来十分焦灼,但是查看各种指标却发现病情控制得很好,因此王政华觉得患者有可能是焦虑。而患者的心理疏导又是治疗成功的关键,因此王政华打算先同患者做朋友。

"我是第一次密切接触新冠肺炎患者,我也有点紧张,还没有想出该怎么安慰她。

辽宁抗击
新冠肺炎疫情全纪实

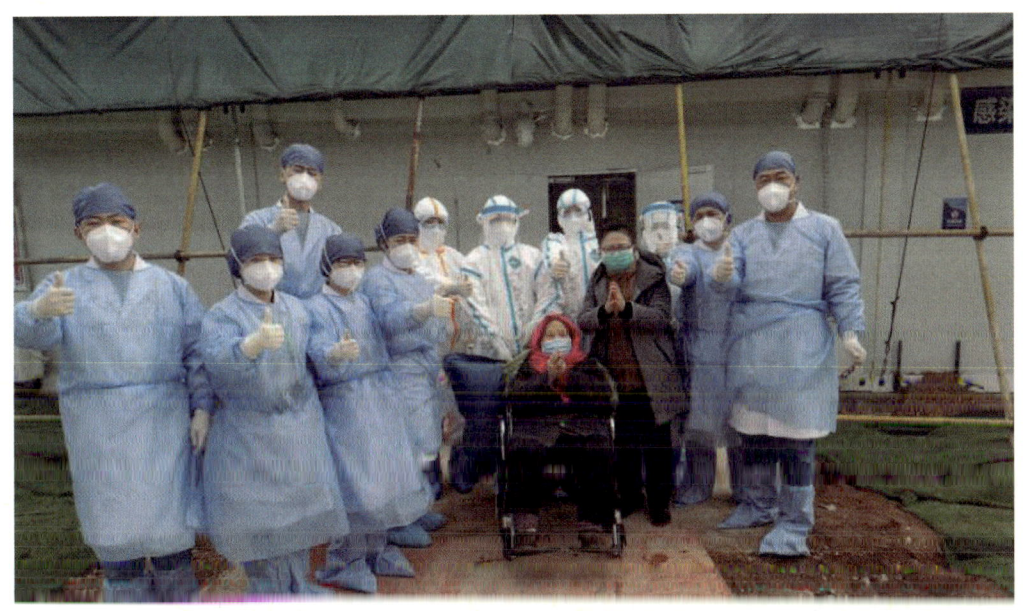

2月13日，在辽宁医护人员的精心照顾下，全国年龄最大的新冠肺炎危重患者出院

进病房后，我看到几张便签，忽然有了办法。给她传张'小纸条'吧！"

"患者刚刚接过纸条时有点意外地'哦'了一声之后便钻进了被子。而等我走出病房，再路过她的窗前时，她已经站在窗前看着我了，我又马上把我的电话写在一张纸条上，提示她加我的微信，她一下子就明白了。"每当回忆起和患者的第一次接触时，王政华总是感到很欣慰。

通过交流，王政华了解到，患者的爸爸是位食道癌患者，在疫情期间因病情加重而过世，她跟妈妈料理完爸爸后事，却发现母女二人也都被感染了新冠病毒。突如其来的打击让她不知所措，变得异常焦虑。

了解这些以后，王政华每天都和她主动交流，上班的时候，会格外关注她。

"我发现她其实特别开朗，她和我一样喜欢唱歌，喜欢臭美，喜欢喝茶……我给她看我来雷神山之前长发飘飘的照片，她流着眼泪说：'姐姐，你真好看，现在也好看。'"王政华和这位患者一起约定，"等疫情过去，一起留长头发！"

慢慢地，患者逐渐放下了心理负担，开始坦然面对自己的病情，经常主动告诉医护她自己的感受和身体变化，会主动上网搜寻一些科普的知识向医护求证，还会鼓励自己的妈妈。心情一天天变好,她笑了,她妈妈也笑了。

"日子一天天过去,好消息一个接一个,连续两次核酸检测结果都已经显示阴性,接着肺部CT结果显示肺部炎症明显吸收,经过雷神山医院专家组的评估达到了出院标准——准许出院!"

"当我把这个好消息告诉她的时候,她却高兴不起来。眼中满是牵挂和不舍,她拉我到一旁,怯怯地说:'姐,我能再陪我妈住两天吗!'"听到这些,王政华的心一阵酸楚,强忍着眼泪,拍着患者的肩膀说:"傻妹妹,有我在,我一定替你好好照顾你的妈妈。你现在需要做的就是集中隔离结束后,回到家好好收拾屋子,整理心情,在家等妈妈回家!"

"出院那天,看到母女深情拥抱的那一刻,看到她转身看向我的那一刻,看到她提着行李走出雷神山医院的那一刻,我再也控制不住,一行热泪夺眶而出⋯⋯"那一幕,一直留存在王政华的记忆深处。

YIXIANBOBAO

"你们守护着患者,我守护着你们"

战"疫"一线,有这样一群人,他们不在临床工作,却时刻与病毒进行斗争;他们不直接参与病人救治,却时时把医患的安全放在心尖⋯⋯他们就是医护人员口中的"守护神"——默默奉献的感控员。

辽宁省肿瘤医院疾病预防与感染控制办公室的刘丹是一名感控员,作为辽宁省首批支援湖北医疗队的一员,从1月26日启程奔赴武汉到2月26日,她已经在战"疫"一线坚守了一个月。

在这一个月的时间里,刘丹每天早晨在医护人员到达对口支援的医院隔离病房之前,为他们做进入病房的准备工作,不仅要对防护服、隔离衣、护目镜等物资逐

辽宁抗击
新冠肺炎疫情全纪实

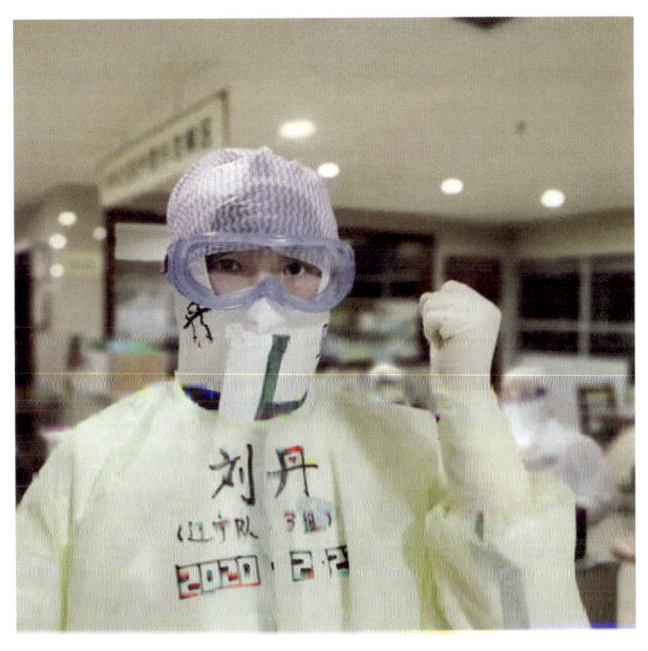

一进行检查,还要协助医护人员按照操作规范穿戴防护用品,之后还要穿戴好防护用品进入隔离区,为医疗人员做好检查督导工作……特别是在手卫生上,刘丹更是时刻紧盯大家,确保不放过任何一个细节,不遗漏任何一个隐患。

"从院感角度看,进入隔离病区开始工作,手卫生就变得非常重要。医生查房、护士打针,每天要不停地接触不同患者,稍有不慎,细菌和病毒就会通过医务人员的手被带到很多地方,对患者和其他医护人员造成影响。"刘丹说,从进入病区的第一天,她就对自己所在组的全体医护人员进行了手卫生培训。

为了提醒大家不忘记手卫生,刘丹在医生办公室门上、护士站等地方都贴上了"手卫生关键时刻"标语,给大家以警示。她每天都和其他医护人员一起查房,出病房那一刻,立即提醒大家注意手卫生,查房后,她总比别人先一步到达医生办公室门口,监督每一个人对手进行消毒;护士扎针时,她也总是在门口默默守着,如果谁扎完针没有及时消毒,她就会悄悄走过去提醒一下……天天被人这样"盯梢",起初大家都有些不习惯,时间久了之后大家已经习惯身边有刘丹这个"小啰嗦"。渐渐地大家不用提醒,都会自觉进行手卫生了。

习惯养成了,手消剂消耗量就变得非常大,手消剂空瓶现象时常出现。每天,刘丹都要在病区走廊巡视手卫生设施,发现空瓶便提醒工作人员更换,后来看他们太忙,刘丹干脆自己动手更换。

"手消挂架都夹得非常紧，每次拆卸和安装手消剂都非常费劲，但只要能保护队员的安全，再苦再累都值得，还好我是个女汉子，柔弱女孩还真干不了这粗活儿。"刘丹说得很轻松，但其实她也从没干过这样的"粗活儿"。

"我想告诉队友们，请你们放心去救病人，让我们来做你们的守护者！"刘丹说。除了做好全组的感控工作之外，刘丹还成了"医生助理"——负责写病志、出院医嘱等，并负责做好出院患者的居家防护等相关事宜。"每天都过得异常紧张而充实，常常是一抬眼，两三个小时就过去了；又一抬眼，天都快黑了。虽然每天都累得腿像灌了铅一样，但是随着越来越多的患者症状明显缓解甚至被治愈，我的成就感满满的。"刘丹说。

2月22日，刘丹负责的一位大姐治愈了。当这位大姐得知自己终于能出院时，十分兴奋。当天上午，刘丹去给她做出院健康宣教时，她已经整理好行囊、穿好外套了。刘丹笑着说："姐，您也太着急了吧？现在报告单还没出来呢，最快也要等到下午……"大姐笑着说："行行行，能出院就行，啥时候走都没问题！"

大概半个小时后，刘丹给这位大姐送诊断书和出院小结的时候，发现她突然像换了一个人似的，脸上写满了忧伤。刘丹询问缘由，大姐说她刚刚得知根据统一部署，社区会在自己家门贴上"确诊病例"的标识，一时间心理压力巨大、顾虑重重。于是，刘丹便耐心地开导她："大姐，这次疫情来得突然，波及范围广，所以才会采取最严格的隔离控制措施。您也知道，现在新增感染病例持续减少，治愈率和出院率每天

辽宁抗击
新冠肺炎疫情全纪实

都在升高,这充分说明了隔离的必要性。试想一下,如果当初您自己也能提早防范,也许就不会被感染了。"

在刘丹的鼓励和安慰下,大姐的心情慢慢好了起来,又露出了开心的笑容。临走时,大姐紧紧拉着刘丹的手,动情地说:"感谢辽宁医疗队能在这么危险的情况下来武汉帮助我们。你们医疗水平高、服务态度好,作为患者,真的是非常非常感谢你们……"说着说着,她又流下了激动的眼泪。刘丹说:"大姐,您别哭了,我们只是做了医者应该做的事儿。咱们辽宁医疗队来到武汉只有一个目的,就是帮助武汉人民早日走出困境!"

刘丹告诉记者,"一方有难、八方支援"不只是一句口号,而是实实在在的行动。辽宁医疗队的全体医护人员正在用实际行动诠释"敬佑生命、救死扶伤、甘于奉献、大爱无疆"的崇高精神。

战襄阳

2月12日88人、14日233人、17日109人、22日4人。在中央发出对口支援湖北各市、州的号令后,辽宁向武汉派出1600余名医疗队员的同时,又分4批集结了434名优秀医护人员驰援襄阳。在呼吸科、重症科、急诊科、感染科精英全面对接襄阳7家医院救治病患基础上,辽宁还派出中医、儿科、防疫三支特种部队,在沈阳的58人专家团队24小时待命远程会诊,全力完成守一座城的庄严使命。

扫码看《襄阳,向阳!》

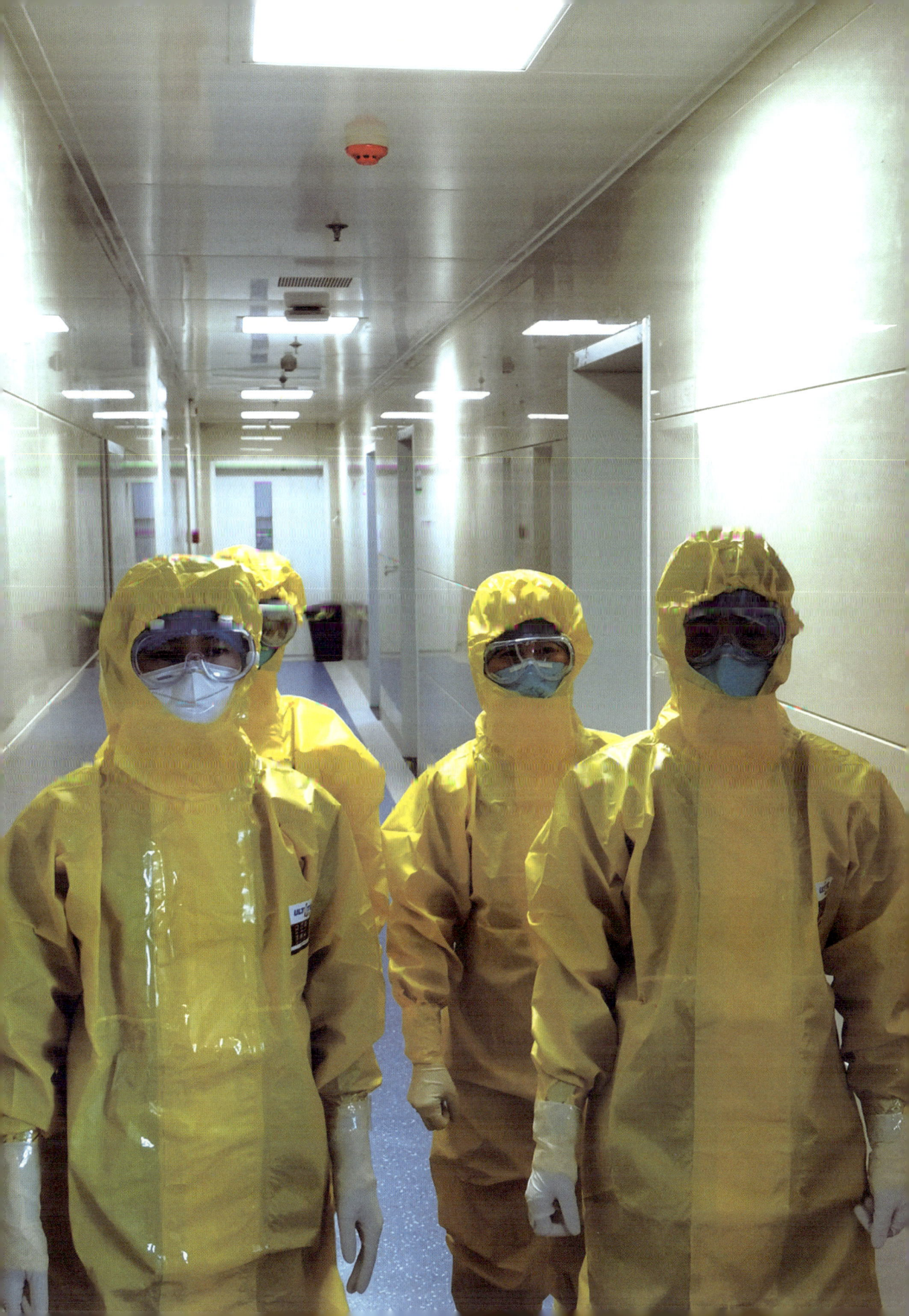

援襄医疗队
迅速进入"临战状态"

为了患者，快些，再快些！带着急切的心情，2月13日，辽宁省援襄医疗队分别前往襄阳市中心医院、市第一人民医院和市疾控中心，马不停蹄、紧锣密鼓，进行岗前培训，摸清实际情况，制定工作方案，力求以最短时间开展救治工作。

在襄阳市中心医院、市第一人民医院，当地专家分别为部分援襄医疗队员进行岗前培训，授课内容包括新冠肺炎重症病例医疗救治、院感防控和密接管理等。队员还进行了实操演练，并通过座谈交流，充分了解两家医院的病人收治、医疗需求情况，并就如何提高收治率、治愈率，降低感染率、病亡率提出意见建议。

据我省援襄医疗队队员、中国医科大学附属盛京医院副院长刘学勇介绍，医疗队摸清情况后，目前已经初步计划在襄阳市中心医院、市第一人民医院分别成立重症疑似病例病房，拟建立专家会诊机制。

作为本次支援的重要组成单位，辽宁省疾控中心工作队制定了支援襄阳的工作手册，明确了队伍的工作制度、物资后勤保障及防护措施。在襄阳市疾控中心，辽宁省疾控中心工作队和当地队伍顺利对接，结合队员的专业和襄阳实际情况就下步协同工作模式进行研讨。双方目前形成了初步工作计划，辽宁省疾控中心工作队争取用最短时间熟悉襄阳全市防控业务工作情况，配合当地疾控中心开展督导调研，聚焦薄弱环节，形成调研报告，以便更科学、更精准、更高效地开展工作。

5、6、7层是确诊患者病房，8、9、10、11层是疑似患者病房

参与病房改造工作

当前襄阳疫情防控压力仍然很大，病房改造是抢救急危重症患者的前提。2月14日，辽宁援襄医疗队的部分队员来到襄阳市第一人民医院、市中心医院，进行实地考察，并就重症疑似病例病房改造工程提出意见。

"目前当地医院对确诊病例和疑似病例做了分类管理，收治管理工作比较到位。但我们也发现，疑似病例的重症患者都是分布在各个病房的，不利于集中救治。"辽宁援襄医疗队队员、中国医科大学附属盛京医院副院长刘学勇介绍，根据辽宁援襄医疗队几位专家的现场观测，现有病房经过适当改造，就可以达到专门收治重症疑似病例的病房要求。

改造后的病房需要达到"三区两通道"的标配，"三区"即清洁区、污染区和半

在襄阳市第一人民医院，医疗队与院方就具体改造内容和要求进行沟通，并提出具体意见

辽宁抗击
新冠肺炎疫情全纪实

污染区,"两通道"是指医务人员通道和病人通道。病房改造后,将对患者的救治和医护人员的防护起到重要作用。

集中优势力量,实行"分片包干"

兵贵神速。承载着省委、省政府的期许,担负着4300万父老乡亲的重托,辽宁省第二批援襄医疗队抵达襄阳后加快工作步伐。2月15日,针对第二批援襄医疗队派驻点多面广的情况,医疗队工作组经过细抗策划,与襄阳方面积极沟通,决定将当地的援助范围从12家医院减少至7家,以求更高效地开展临床防治救治工作。

按照辽宁省指挥部提出的"分片包干"有利于统一指挥、统一调度的指示精神,医疗队经过与襄阳方面沟通协调,确定将我省第二批援襄医疗队按支援医院的有关情况,以整建制包1个县(市)、包部分市属医院病区的方式进行安排。调整后,医疗队承担4个县(市)和3个市属医院部分病区的工作。

医疗队工作组表示,此举旨在使我省派出的队员在基本不打乱原有单位建制的情况下,更能集中优势力量、减少磨合时间,更快更好地投入医疗支援工作中,同时,也更有利于人员管理、院感防控和物资调配等。

每天都有新部署、每天都有新举措、每天都有新进展,第一批援襄医疗队队

中国医科大学附属盛京医院驰援襄阳的医疗设备

员也在与时间赛跑,为即将开始的救治诊疗工作加紧准备。2月14日、15日,部分第一批援襄医疗队队员进入襄阳市第一人民医院、市中心医院,深入临床一线实地调研,与院方人员对照图纸详细沟通,按传染病医疗流程进行布局,根据新冠肺炎诊疗流程细化功能分区,共同制定了具体解决方案并改造进度表,全力保障疫情救治

需要、保障患者及医护人员安全。目前，两家医院正在抓紧时间调整和改造。

争分夺秒救治病患，全力以赴开展诊疗

在经过三天有针对性的培训和准备之后，2月16日，辽宁援襄医疗队的4名医护人员正式进驻湖北省襄阳市中心医院东津院区新冠肺炎疑似患者重症病房，开展救治工作。

当天下午，首批辽宁援襄医疗队的部分队员来到襄阳市中心医院东津院区二号楼，进一步熟悉诊疗流程、患者病情，为正式进驻病房做"热身准备"。

手卫生、戴医用防护口罩、戴护目镜、戴内层手套、穿防护服、戴全面性防护面罩……在病房外的清洁区域内，经过近40分钟的防护程序后，4名医护人员互相鼓励，进入病房对接诊疗护理工作。据介绍，此次选中的4名医护人员均为护理人员，全部来自中国医科大学附属盛京医院，按照受援医院所需及"优中选优"的原则确定人选。

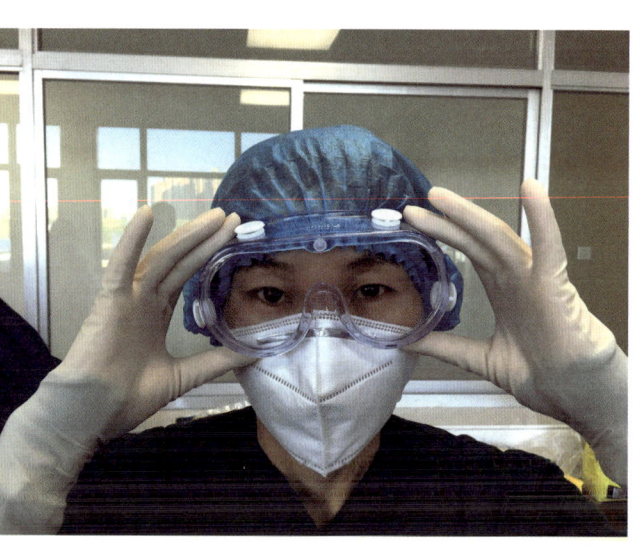

迅速进入战斗状态，缘于高效务实的临战准备。抵达襄阳后的几天里，通过多次实地考察、详细了解新冠肺炎病人救治情况，第一批辽宁援襄医疗队对受援医院提出了诊治流程、病区设置、患者管理、医疗防护等方面的改进措施和建议。同时，第一批辽宁援襄医疗队进一步加强了消毒防护流程的战前演练，建立起相互监督督促、组长个别指导、队长过筛检查的三级监督机制，最大限度确保医护人员进入临床后的安全防护。医疗队还进行了受援医院电子病历使用培训、完善交接班制度等，尽快适应当地工作节奏，为迎战疫情做好充足准备。

更多的"战友"也在为尽快投入抗疫一线作出努力。据辽宁援襄医疗队工作组

辽宁抗击
新冠肺炎疫情全纪实

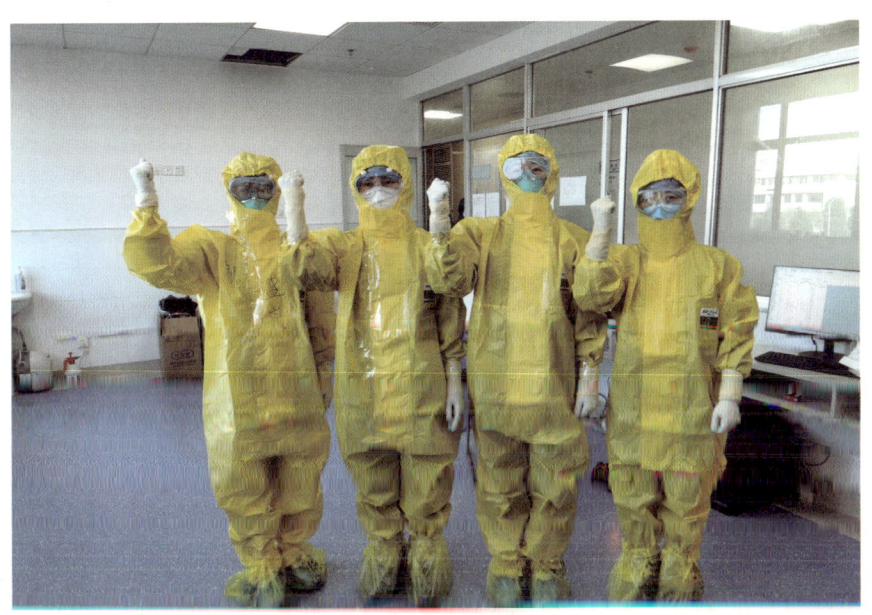

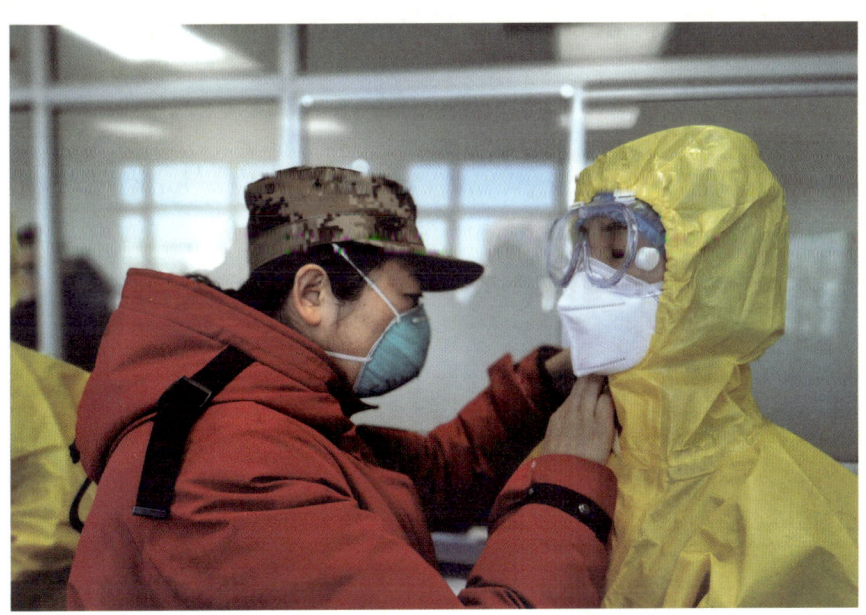

2月16日，辽宁援襄医疗队的4名队员
正式进驻襄阳市中心医院东津院区，开展救治工作

介绍，目前第一批医疗队队员正在快速开展与受援医院的对接工作，并同步加强防护流程的实战演练，确保对口支援有力有序开展。

YIXIANBOBAO

云端携手，并肩战"疫"

越来越多的"科技利器"在辽宁战"疫"一线亮剑。为落实辽宁省疫情防控指挥部的部署要求，提升湖北襄阳市新冠肺炎疫情防治能力和救治水平，2月17日，设在中国医科大学附属第一医院的"辽宁—襄阳新冠肺炎远程会诊中心"正式开通，辽宁省首次与襄阳实现新冠肺炎疑难危重症患者救治远程会诊。

在襄阳市中心医院东津院区远程会诊中心，该院重症医学科的相关负责人与辽宁援襄医疗队医疗救治专家组的有关负责同志通过屏幕、佐以影像，向中国医科大学附属第一医院多位专家详细介绍了3名新冠肺炎确诊病例危重症患者的病例特点、既往史、门诊资料、诊疗计划等相关情况。参与远程会诊的后方专家来自呼吸与危重症医学科、重症医学科、感染科、中医科等部门，他们根据自身专业，积极参与讨论，一一对患者状况进行分析研判，提出应对方案。

按照襄阳方面的描述，当地在救治这3名患者的过程中遇到瓶颈，应用诸多可应用的药物和技术之后，其症状始终难以缓解。对此，辽宁省新冠肺炎省级医疗救治专家组组长、中国医科大学附属第一医院呼吸与危重症医学科主任王玮教授介绍，通过此次会诊，他们梳理出患者病情控制不佳存在几种可能：一是病毒感染本身没有控制住，病情在继续发展；二是后续继发了感染或出现机化性肺炎；三是合并了心功能损伤。这就需要进行准确判断，按照不同的可能性来进行诊治。

中医药学是中华文明的瑰宝。在疫情防治中，坚持科学标准，遵循中医药发展规律，积极发挥中医药防病治病的独特优势和作用，是辽宁援襄医疗队诊疗患者的

辽宁抗击
新冠肺炎疫情全纪实

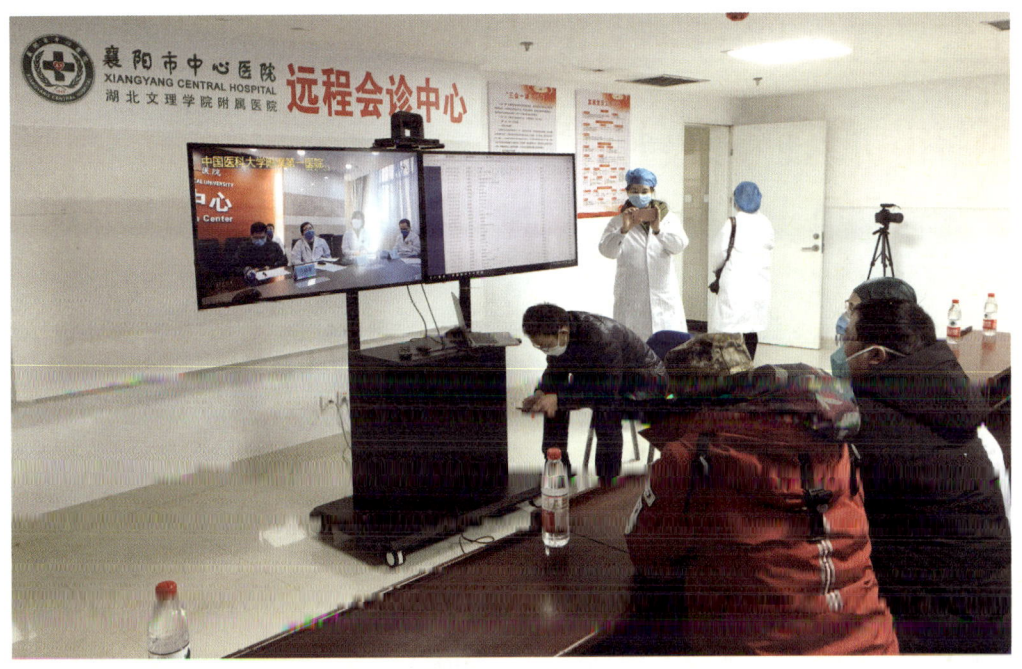

特点之一。在远程会诊现场，辽宁援襄医疗队的中医专家也参与其中，提出有针对性的诊疗方案。

辽宁援襄医疗队工作组相关负责人表示，在疫情防控中，远程会诊打破了时间和空间的限制。两地远程会诊中心的开通，让来自辽宁的顶尖医学专家、优质的医疗资源与襄阳新冠肺炎疑难危重症患者的诊疗需求对接，就能够更有效地提高治疗效果，降低危重症患者死亡率，更好地完成党中央交给我们的对口支援任务。

辽宁援襄医疗队队员全部派驻受援医院

一批又一批，提速再提速。2月18日，辽宁省对口支援湖北省襄阳市新冠肺炎防治工作前方指挥部召开第一次全体会议，通报了三批辽宁援襄医疗队的总体情况、工作进展，谋划了下一步工作。目前，第三批100名辽宁援襄医疗队队员已派驻至当地4家医院。至此，辽宁援襄医疗队队员416人全部分配完毕。

据介绍，三批队员分别来自我省中国医科大学附属盛京医院、中国医科大学附属第四医院、辽宁中医药大学附属医院、辽宁中医药大学附属第二医院、辽宁中医药大学附属第三医院、辽宁省人民医院、辽宁省金秋医院和辽宁省肿瘤医院、辽宁省精神疾病预防控制中心等9家省属医疗机构和沈阳市9家、鞍山市12家市属医疗机构的呼吸、重症、儿科和院感等专业的医护人员，以及辽宁省疾病预防控制中心和部分市疾控机构的预防人员。416名队员包括医生156人，护士202人，技师5人，预防38人，管理人员15人。

按照我省疫情防控指挥部提出的"分片包干"有利于统一指挥、统一调度的指示精神，医疗队经过与襄阳方面沟通协调，确定将我省前两批援襄医疗队按支援医院的有关情况，实行整建制包4个县（市）、包部分市属医院病区的方式进行安排。调整后，医疗队承担4个县（市）和3个市属医院部分病区的工作。

目前第三批医疗队队员作为这4个县（市）和3个市属医院部分病区的补充力量，已按需求分别安排到襄阳市中心医院、襄阳市第一人民医院、南漳县人民医院和襄阳市疾控中心开展工作。

辽宁抗击
新冠肺炎疫情全纪实

接管襄阳市第一医院部分病区

尽锐出战，争分夺秒，辽宁援襄医疗队救治工作再次取得重要进展。

2月18日上午，在与当地医护人员进行工作交接、做好防护措施后，来自辽宁援襄医疗队的4名医生、5名护士全面接管襄阳市第一人民医院西院区11楼病区，集中收治疑似病例重症患者。此次接管，共有32名医疗队员参与轮值，分别来自中国医科大学附属盛京医院和辽宁中医药大学附属医院等医疗机构。

提已接管病区的辽宁援襄医疗队队员、中国医科大学附属盛京医院急诊科副主任赵宏宇介绍，目前病区内有14名疑似病例重症患者，他们已经对这些病人逐个进行查体、询问病情，根据相关化验做了药物调整。

赵宏宇表示，接管这个病区的团队人多来自急诊科、重症监护科、呼吸科、感染科，

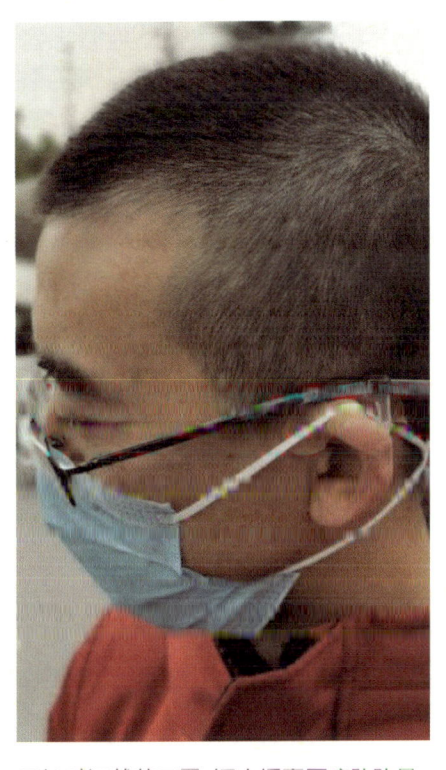

因长时间戴着口罩，辽宁援襄医疗队队员、中国医科大学附属盛京医院急诊科副主任赵宏宇的耳朵被磨破了

专业对口，对于重症患者的救治有着较为丰富的经验，可以为这个病区提供帮助，满足患者诊疗需求。

针对这些重症患者随时可能出现的突发情况，辽宁援襄医疗队队员也做了相应预案。辽宁援襄医疗队队员、中国医科大学附属盛京医院护士长崔赢对未来的救治工作充满信心。她表示，团队来襄阳之前做足了心理准备和应急预案，接管之前又加强了相应的培训，操作熟练程度高，目前正在按部就班地开展诊疗护理。

越来越多的队员陆续投入抗疫战斗中。目前，辽宁援襄医疗队队员正在尽最大努力加快与受援医院进一步对接，深入医院了解情况，并加强消毒防护流程的战前演练，全力以赴完成党中央交给辽宁的对口支援任务。

进驻襄阳新冠肺炎疑似患者儿科病区

早一秒救治，就是对生命最大的负责。2月19日，在与当地医护人员进行工作交接、做好必要防护措施后，辽宁援襄医疗队的部分队员正式进驻湖北省襄阳市中心医院东津院区2号楼新冠肺炎疑似患者儿科病区。

襄阳市中心医院东津院区2号楼内设三个新冠肺炎疑似患者儿科病区，目前患者数量为90余人。医疗队进驻后整建制接管其中两个病区，包括64名儿科患者，其中年龄最小的仅6个月，年龄最大为14岁，多数年龄在2岁到6岁之间。

新冠肺炎疫情形势严峻，儿童作为特殊群体，更是重点防护对象、救治对象。据辽宁援襄医疗队队员、中国医科大学附属盛京医院儿科教研室副主任、儿科重症副主任许巍介绍，这次疫情，儿科在症状发生、流行病学以及影像学表现上都与成人有所区别，特征不及成人明显，临床表现呈现多样化。

"儿科患者病情变化十分迅速，可能两三分钟前还在嬉戏玩闹，之后就会发生新的、突发的临床表现，包括呼吸困难、气胸等紧急情况。"许巍说，目前所驻病区的儿科患者重症病人数量不多。

整建制接管，集优质资源，派精兵强将，是辽宁援襄医疗队的特点。许巍称，此次进驻儿科病区的医生团队有10人，都进行过长时间系统、规范化的培训，并且是从业经验比较丰富的住院医师、主治医师，在处理一般的突发情况时，技术上基本不会有问题。如果遇到极其疑难情况，包括病因诊断、病理判断和治疗药物选择困难等，团队内还有多名高级职称的专家，可以进行讨论和会诊。

儿科患者护理上同样存在难度。此次进驻病区的护士团队有9人，工作年限都较长。辽宁援襄医疗队队员、中国医科大学附属盛京医院儿科专业护士长刘杨认为，目前条件有限，儿科患者通常只有一名家属陪护，注意力很难被分散，而且相对封闭的空间会加重家属和孩子的恐惧和焦虑，所以加强情绪疏导，成为护理工作的关键一环。"我们会用温馨的话语、表情、手势来尽量帮助他们消除恐惧，这对他们来说，是一种心理支撑。"刘杨说。

辽宁抗击
新冠肺炎疫情全纪实

辽宁援襄医疗队全部进驻受援医院病区开展救治

早一分救治，早一点康复。2月21日，辽宁医疗队队员正式进驻襄阳枣阳市中医院新冠肺炎确诊患者病区。至此，我省援襄医疗队全部进驻受援医院病区开展救治。

辽宁援襄医疗队共支援襄阳市县两级7家医院，能够以如此快的速度进入"战斗状态"，缘于前方指挥部的科学调度，各支队伍不畏辛劳、连续作战的工作作风。特别是在襄阳县级医院救治能力相对薄弱的情况下，大家全力以赴，在最短的时间内啃下了制定方案、完成病房改造等"硬骨头"。

辽宁援襄医疗队相关负责人介绍，各项工作的顺利推进，也与辽宁援襄医疗队队员业务精、能力强、专业广密不可分。

纵观辽宁省医疗队，共416名队员。其中，医生156人，具有高级职称80人，占比超过50%，护士202人，疾控等其他人员50人。此外，还有8名省内极具知名度的业界专家。

"专业广"体现在辽宁援襄医疗队不仅包括救治核心专业的呼吸、重症、感染等专业专家，还有协同学科的中医、心理、疾病控制、院感人员。为了在救治上取得最好效果，我省还派出了3个特色救治团队。一是中医团队，这是一支由辽宁中医药大学附属医院41人组成的医护队。二是儿科救治团队，我省从中国医科大学附属盛京医院抽调10名儿科专家、11名儿科护士组成全国第一支新冠肺炎儿童患者救治医疗队。三是防疫团队，这次我省共派出了38名疾病预防方面的专家，协助襄阳市县两级疾控部门开展实验室核酸检验、流行病学调查、受污染场所消毒消杀等工作。

截至2月20日，我省医疗队共负责治疗新冠肺炎确诊患者108例，疑似患者178例。目前，辽宁援襄医疗队精神饱满、士气高昂，大家纷纷表示，一定不负重托、不辱使命，为打赢疫情防控阻击战作出贡献。

襄阳当地为辽宁医疗队提供充足的物资保障

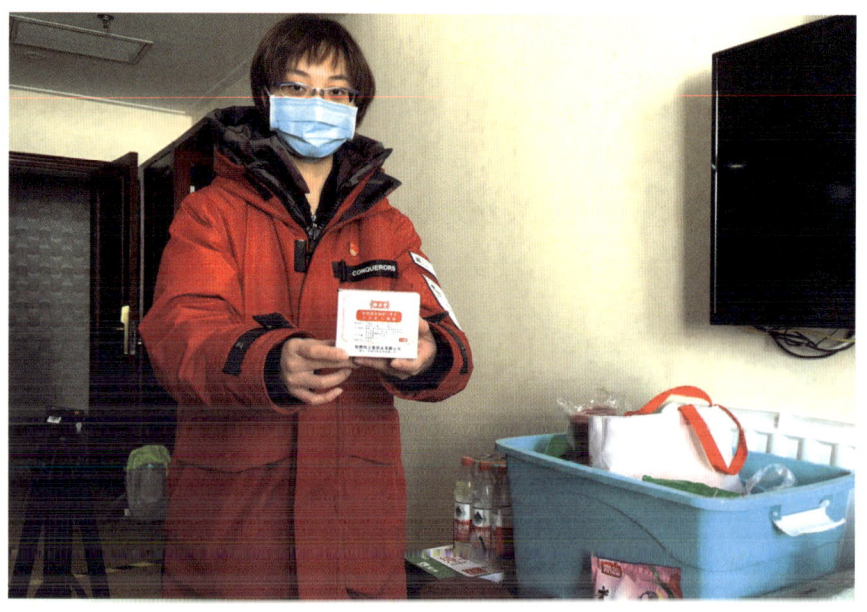

中国医科大学附属盛京医院干诊科杨华向记者展示当地提供的新冠肺炎防护用品

辽宁抗击
新冠肺炎疫情全纪实

YIXIANBOBAO

辽宁援襄医疗队中西医结合救治患者效果明显

▼

2月21日，是辽宁援助襄阳医疗队成员、辽宁中医药大学教授于睿接手襄阳市第一人民医院西院区首日。早上8点刚过，还没来得及正式进入病房，她就通过视频连线，开始询问新冠肺炎疑似患者的解剖状况。

"漏不漏鼻涕？""有没有口干口苦？""最近大小便都正常吗？""把舌头伸出来给我看看"，请过细细询诊，于睿了解到此前患者通过服用中药，已经有效缓解反复低热和咽痛症状。这说明，当地医生与辽宁援襄医疗队合作，进行中西医结合治疗的效果正在显现。

襄阳市第一人民医院党委书记叶恒波说，医院收治新冠肺炎患者全部使用中药治疗，目前有些重症患者已经转成轻症。

辽宁援襄医疗队队员、辽宁中医药大学副校长关雪峰说，有关数据显示，中医药参与新冠肺炎治疗成效显著。以沈阳救治中心为例，57例确诊病例有56例采用中西医结合治疗，其中46例以中药汤剂治疗的患者临床症状均明显改善，且没有继续发展成为重型及危重型患者。

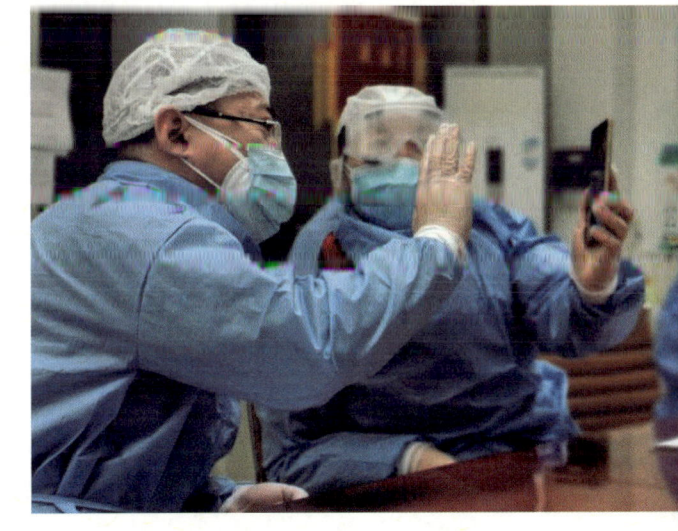

辽宁援襄医疗队医生通过视频观察患者病情

于睿告诉记者，他们这个由13名医生和25名护士组成的团队，分别来自辽宁中医药大学和中国医科大学附属盛京医院。接下来，将会在这里展开口服中药、艾灸熏蒸和贴敷疗法，全方位开展中西医结合治疗。与此同时，她还从辽宁中医药大学带来古法保健操，既能活络筋骨又能恢复和增加免疫力，可以增强患者战胜病魔的信心。

从侧面
向病毒进攻的他们

战斗在抗疫一线的"病毒猎人"

面对面,却看不见,还要时刻提防对方出其不意的"攻击"。

在辽宁援襄医疗队队员、省人民医院检验医学科主任赵鸿梅的职业生涯中,很少遇到数量如此庞大且凶险狡猾的"敌人"。

新型冠状病毒,一个发病缓慢但"步步为营"的入侵者。赵鸿梅现在的工作,是在襄阳市公共检验检测中心P2实验室,对新型冠状病毒样本进行核酸检测。

病毒核酸检测,是新冠肺炎患者确诊及疑似解除最重要的病原学依据。作为检测人员,赵鸿梅他们不仅要对感染者或疑似感染者的样本进行分析,还要对检验过程中产生的高危险废物进行处理。

"我们是离病毒最近的人。"赵鸿梅说。尽管不直接接触病患,他们却和病毒短兵相接,是抗疫一线的"病毒猎人"。

近距离,意味着高风险。

病毒核酸的提取、检测,需要接触确诊或疑似患者的生物样本。样本开盖、核酸提取的震荡、离心都有可能产生含毒的气溶胶。

"危险还来自未知,病毒可能不止一种。"辽宁援襄医疗队队员、省疾病预防控制中心检验检测主任技师雷露说,患者情况复杂,样本中或许还潜伏着其他种类病

辽宁抗击
新冠肺炎疫情全纪实

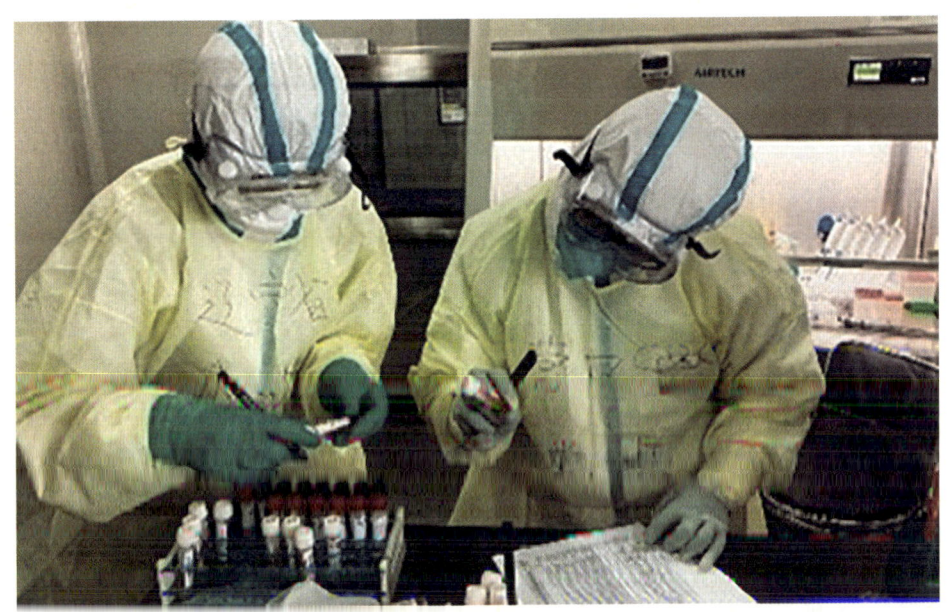

辽宁援襄医疗队队员在进行新冠病毒核酸检测

毒"摆兵"。

病毒凶恶，却也不堪一击，在实验室，高温是剿灭它们的利刃。

提取样本后，检测人员会将样本放置在孵育箱中的试管架上，用56℃的高温进行水浴灭活30分钟，让病毒的威力大大减弱，以减少对人员和环境的危害。

然而，实验室里的三级生物安全防护，也让检测者经常浑身湿透。

辽宁援襄医疗队队员、营口市卫生健康事务中心工作人员党一兵记忆最深的是，有一次她的护目镜片形成了两道"水幕"，她只能透过"水幕"的缝隙，才将5微升剂量的核酸注入九十六孔板中。

辽宁援襄医疗队队员、本溪市卫生健康发展服务中心工作人员张玥说，核酸提取、扩增等每一步都要小心翼翼。而注意力高度集中，对检测者的体力耐力无疑也是一种考验。

截至2月22日，辽宁援襄医疗队疾病防控组累计完成新型冠状病毒核酸样本检测633份。辽宁援襄疾控队队长卢春明说，这场战"疫"，一线医护人员是在努力减少"存量",而疾控是在努力控制"增量"。

觉 氏说,每查出一名确诊病例,她心里都是 沉:怎么又查出来一个!

但同时,她又有一丝欣慰,因为早一点、快一点、多一点检测出结果,患者可能就多一分痊愈的希望。

助力打赢战"疫"的"心灵捕手"

房间变得幽暗、闷热、逼仄,四面的墙壁不断向中间挤压,让人感到呼吸困难、急促。

疫情发生后的一段时间内,刁某生活在这样的精神世界中。她断定,新冠病毒正在侵入她的身体。

"我的症状严重,必须要进重症病房。"刁某奔向医院。

血常规、病毒核酸检测、肺部CT扫描……多项筛查结果显示:刁某未染新冠肺炎。

另一种疾病正在她的体内蠢蠢欲动。

"这是一种常见的焦虑症表现,医学上称之为急性惊恐发作。"辽宁援襄医疗队队员、中国医科大学附属第一医院精神医学科主任医师王哲说,面对肆虐的病毒,像刁某这样开启"自吓模式"的人不在少数。

疫情影响的不仅是身体。在襄阳,一场心理战"疫"在同步进行。数次穿行于"红区",王哲等人冲锋在抗击疫情最前沿,全力支援当地开展心理疏导和救援工作。

2月26日,接到襄阳市中医院紧急会诊的请求,王哲、王璐、土舒三名辽宁援襄医疗队心理援助团队成员走进新冠肺炎确诊病例隔离病区,对一名情绪发生剧烈波动的患者进行心理干预。

"有人在监视我,我儿子的生命在受到威胁。"确诊感染新冠肺炎后,患者朱某神经系统的防御罩被突破,恐惧和焦虑在体内扩张,甚至出现幻觉。

王哲表示,朱某的症状表现属于急性应激障碍,在外界环境突然发生变化以后,他的情绪、意识判断、记忆力产生了剧烈变化。

这种情况下,靠简单的心理抚慰,例如"话疗"很难奏效。"需要依靠规范的药

辽宁抗击
新冠肺炎疫情全纪实

医务人员之间通过线上交流缓解紧张情绪

物治疗才能使患者神经系统恢复正常。"王哲说。

随后的会诊中,王哲的团队给予患者一些抗焦虑的药物,予以医学处置,患者情绪逐渐平稳。

在王哲看来,个体应对重大突发事件时,往往无所依从,紧张无助的情绪会逐渐蔓延。这时心理恢复的力量,可以帮助他们渡过难关。这也是这次心理援助团队支援襄阳的意义所在。

不只患者,奔忙在襄阳疫情防控一线的医护、疾控等工作人员,也因为节奏快、强度大,承受着不小的身心压力。

"医务人员的心理问题是我们团队援襄工作重点之一。"辽宁援襄医疗队队员、辽宁省精神卫生中心的王璐和王舒表示,目前正通过组织线上交流的方式,让医务人员相互鼓励,沟通感情,增强心理上的相互支持。

截至2月27日,王哲的心理援助团队已进行精神科会诊11次,接听患者心理咨询热线35次,主动回访患者心理热线200余人次,微信平台回答患者和医护人员咨询50

余人次。目前已覆盖60余名辽宁援襄医疗队队员和70余名襄阳本地一线医护人员的心理保健服务。

2月27日,在襄阳一社区有密切接触史的隔离区内,正在了解病情的王哲和同事们接到了当地居民送来的一袋子"暖宝宝"。"听说你们是辽宁来支援的,这是我们的谢意。"

这温暖一幕让长期从事心理治疗工作的王哲感触颇深,"其实最好的心理干预方式,是人性化的关爱关怀"。

疫线播报
YIXIANBOBAO

发挥整建制优势,累计收治304人,
辽宁援襄医疗队已治愈100名新冠肺炎患者

2月27日,湖北省新型冠状病毒肺炎疫情防控工作指挥部召开第34场新闻发布会,本报记者通过远程视频连线方式,对辽宁援襄医疗队在救治力量安排布局上有何特点、优势等问题进行了提问。

辽宁省对口支援襄阳市前方指挥部副指挥长、辽宁省卫生健康委员会副主任陈艳兰就此问题进行了回答。陈艳兰表示,本次对口支援,整建制派出、进驻、接管是辽宁医疗队的主要特点。突发重大公共卫生事件中,重症患者的救治要求是集中患者、集中专家、集中资源、集中救治。通过派出学科综合团队、护理团队,整建制接管医院或病区,有利于为重症患者提供多学科整体化的治疗方案。具体到襄阳,按照辽宁与宁夏医疗队"分片包干、对口包县"的对口支援方案,辽宁援襄医疗队提前研判,针对我们派出医院整建制人员多、专家强、学科全等特点,在基本不打乱原有单位建制的情况下,有针对性地组建了7个医疗分队,支援3个市属医院和4个县医院,将医护和其他专业人员合理配比派出,实现了多学科协同,队伍不仅包括

辽宁抗击
新冠肺炎疫情全纪实

呼吸、重症、感染等专家，还包括中医、心理、院感人员。这样组建不仅彼此熟悉、配合默契，而且治疗理念相近，可以减少磨合时间，非常有利于发挥协同治疗效果、发挥专家在重症救治中的作用。

　　记者从发布会上了解到，截至2020年2月27日，辽宁精锐医疗队管理的16个病区，有床位474张，累计收治患者304人，临床治愈患者100人，高峰期收治确诊患者91人，其中重症、危重症11例，已成功收治重症、危重症3例，成功完成1例ECMO患者脱机。

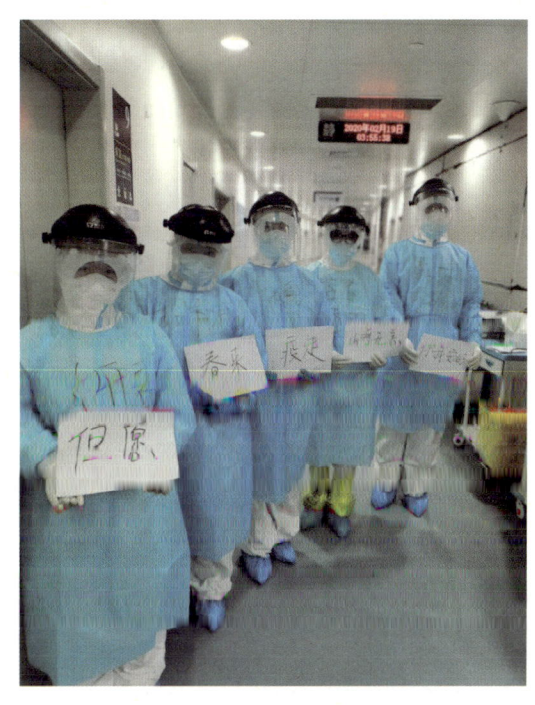

但愿春来疫走，山河无恙，你我安好

故事　243
湖北：战"疫"前线

辽宁儿科医护战士在襄阳

绽放在战"疫"前线的姐妹花

这些天,襄阳市中心医院新冠肺炎疑似患者儿科病房里,宝宝们多了两位长相几乎一样的"妈妈"。

她们叫綦美艳、綦美玲,一对双胞胎,是中国医科大学附属盛京医院儿科护士。2月14日,作为辽宁援襄医疗队队员,二人共赴前线,并肩战"疫"。

2月28日上午,是綦美艳当班。虽然早已对孩子们的病情烂熟于胸,但她仍然认真查看监测数据,细心记录。

"年龄最小的患者才半岁,大多集中在2岁到6岁之间。无法准确表达病情变化,更多的只能靠仪器来说话。"綦美艳说。

忙碌一上午,綦美艳全身已被汗水浸透,脱下防护服后,脸上、手上、耳朵上,尽是勒痕和湿疹。

这时,正准备接班的綦美玲迎面走来。短暂的交接,是姐妹俩难得的独处时间。

从小到大,她们形影不离,一起读书、一起努力,参加工作又在同一个单位。

此次支援湖北,她们又一起递交了请战书!而这之前,二人早就定下了婚期。如果不是疫情影响,明天,就是綦美艳出嫁的日子,妹妹的大喜之日则在4月份。

"听妈妈讲,我们是早产儿,是叔叔阿姨们以精湛的医术和精心的护理,保住了

辽宁抗击
新冠肺炎疫情全纪实

我们的生命。"

父母一次次的讲述，在她们幼小的心灵中播下了理想的种子：长大后成为白衣天使！

终于，姐妹俩考入了中国医科大学。这所共和国的"红医摇篮"，让她们不只学到了本领，更在革命传统的熏陶中接受了精神的洗礼。

正是融入血液的理想信念，使她们在祖国需要时，毫不犹豫地选择了"出征"。

在家中，姐妹俩是父母的宝贝；在前线，姐妹俩是宝贝们的"父母"。发自内心的疼与爱，换来的是宝贝们对姐妹俩的信任与依赖。有娃下写了一封"爱的快递"让姐妹俩签收，信封上写道："不要害怕，不要恐惧，我相信，我们能赢！"

爱的回报，让綦美艳、綦美玲常常眼含泪水。在姐妹俩眼里，这是最宝贵的礼物，值得永久珍藏……

儿科病房里的"疫"外惊喜

变形金刚，芭比娃娃，玩具手枪，遥控汽车……

昨天上午，襄阳市中心医院东津院区儿科病房的小朋友们收到了一份特殊礼物——21箱崭新玩具和儿童读物。

疫情来势汹汹，成人患者的心理状态尚且面临冲击，儿童患者的情绪波动更需特殊注意。辽宁援襄医疗队队员、中国医科大学附属盛京医院小儿普外护士长刘杨说，目前条件有限，儿科患者通常只有一位家属陪护，注意力很难被分散，而且相对封闭的空间会加重家属和孩子的心理负担。

"这些孩子住院已经达到7天，大多出现不同程度的焦虑症状。"刘杨说。

为此，辽宁援襄医疗队紧急开出"心理处方"——由中国医科大学附属盛京医院志愿者连夜准备玩具和儿童读物。

27个小时后，变形金刚和芭比娃娃顺利抵达襄阳。

刘杨说，辽宁援襄医疗队的医护人员按照孩子的年龄、性别来对玩具和图书进行分类，满足不同年龄段儿童的需求。

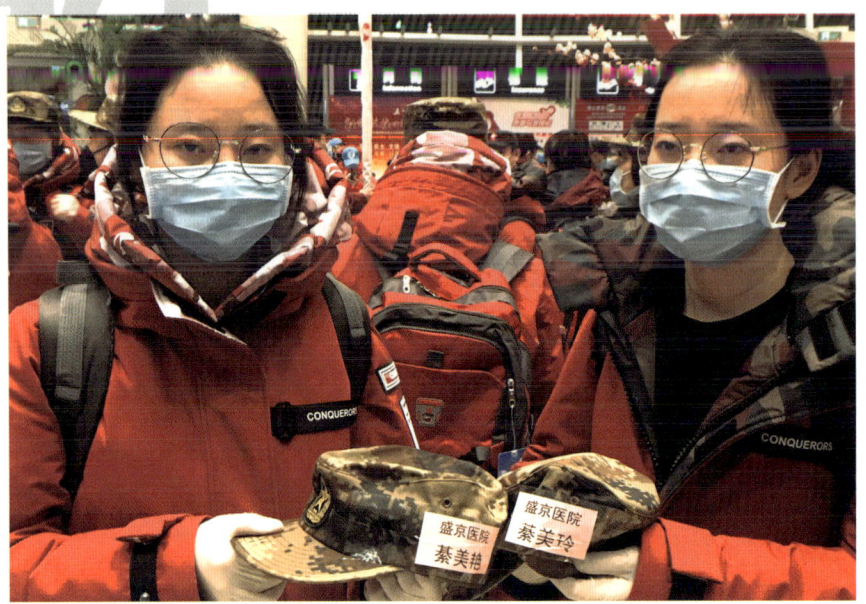

绽放在战"疫"前线的姐妹花

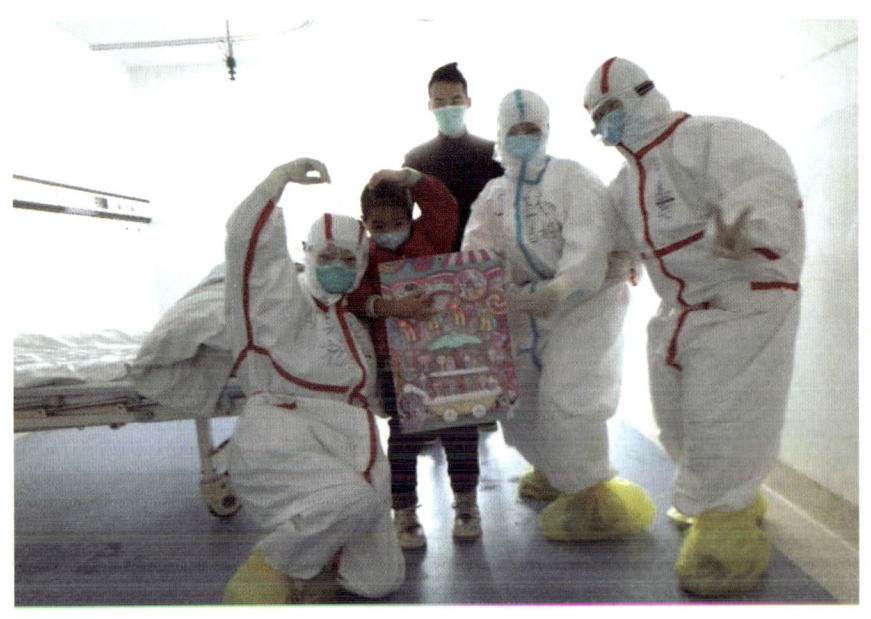

辽宁援襄医疗队队员与小患者开心互动

辽宁抗击
新冠肺炎疫情全纪实

"家长还不知道,希望给他们一个惊喜。"送玩具进病房前,刘杨和同事们一直在保密。

"这是从辽宁运过来的?太有纪念意义了!"一位家长兴奋地说,这礼物十分珍贵,值得珍藏。

孩子们则迫不及待地打开包装,开心极了。几个年龄稍大的孩子用双手比出心形。

"我们会不断地向心理专家学习、请教,为宝贝们穿上厚厚的心灵'防护服'。"刘杨说,这里面,最有效的干预,是爱……

我来自辽宁，
我是襄阳人

离开家乡20年，胡巍娜没想过会以这样的方式再回到襄阳。

2月14日，在襄阳刘集机场，胡巍娜再次踏上这片让她魂牵梦萦的土地。

胡巍娜是中国医科大学附属第四医院心血管内科主治医生，也是我省援襄医疗队的一员。她生于襄阳、长于襄阳。

按照我省疫情防控指挥部指示精神，医疗队整建制支援襄阳市4个县（市），胡巍娜所在的中国医科大学附属第四医院负责枣阳市。

2月20日，经历了连续几天加强消毒防护流程的"战前演练"，胡巍娜即将正式进入"战斗状态"。

目前，胡巍娜和她的同事正在与枣阳市中医院进行全方位对接，熟悉掌握病区内50余名新冠肺炎患者的基本情况，为进驻病区开展救治做最后的"热身"。需要注意的是，病区内大部分患者来自当地农村地区，多有浓重地方口音。

设施条件有限尚可解决，医患交流难题咋解决？胡巍娜的"家乡人"身份发挥了作用。

"语言是我的优势，我会帮助大家积极沟通。"胡巍娜说，作为当地土生土长的孩子，她会尽力帮助同来的医疗队员熟悉襄阳、适应襄阳、喜欢襄阳。

其实派胡巍娜来襄阳，并非只因地域关系。

胡巍娜说，新冠肺炎患者容易出现合并心血管疾病，还有很多患者长期存在冠

辽宁抗击
新冠肺炎疫情全纪实

心病、高血压和心脏衰竭等基础病。作为心血管内科主治医生，她既有中国医科大学老年医学博士学位，且曾赴国外进行研修，拥有多年临床工作经验。

在辽宁学习、工作、生活了20年，胡巍娜说，融入辽宁人血脉基因里的"长子情怀、忠诚担当"深深影响了她。

"我有责任、有义务为我的家乡人民奉献我的力量，我希望去前线，用我所学的知识报答我的家乡父老和我的祖国……"疫情发生后，胡巍娜不断递上《请战书》，最终如愿。

为什么我的眼里常含泪水？因为我对这土地爱得深沉……

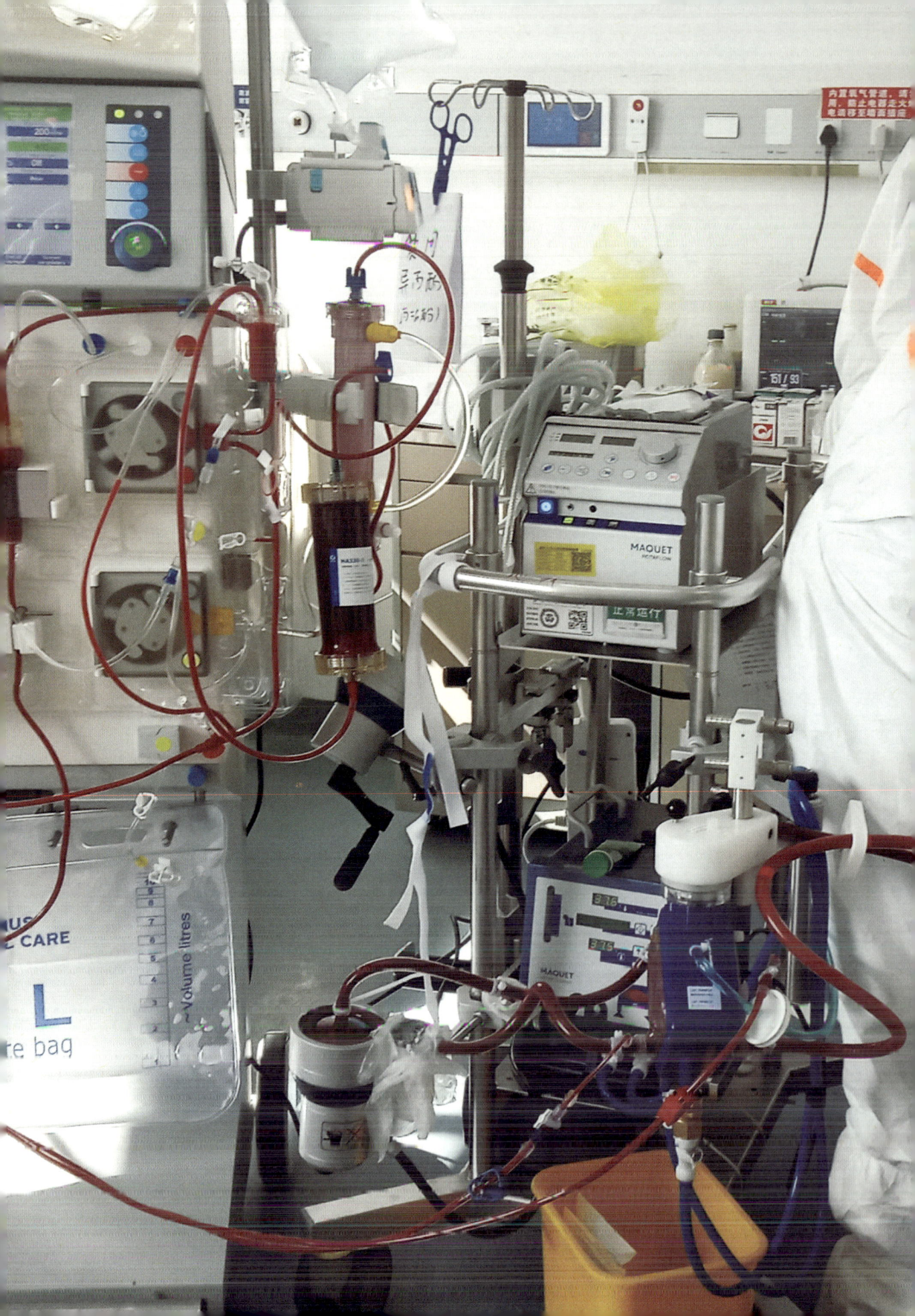

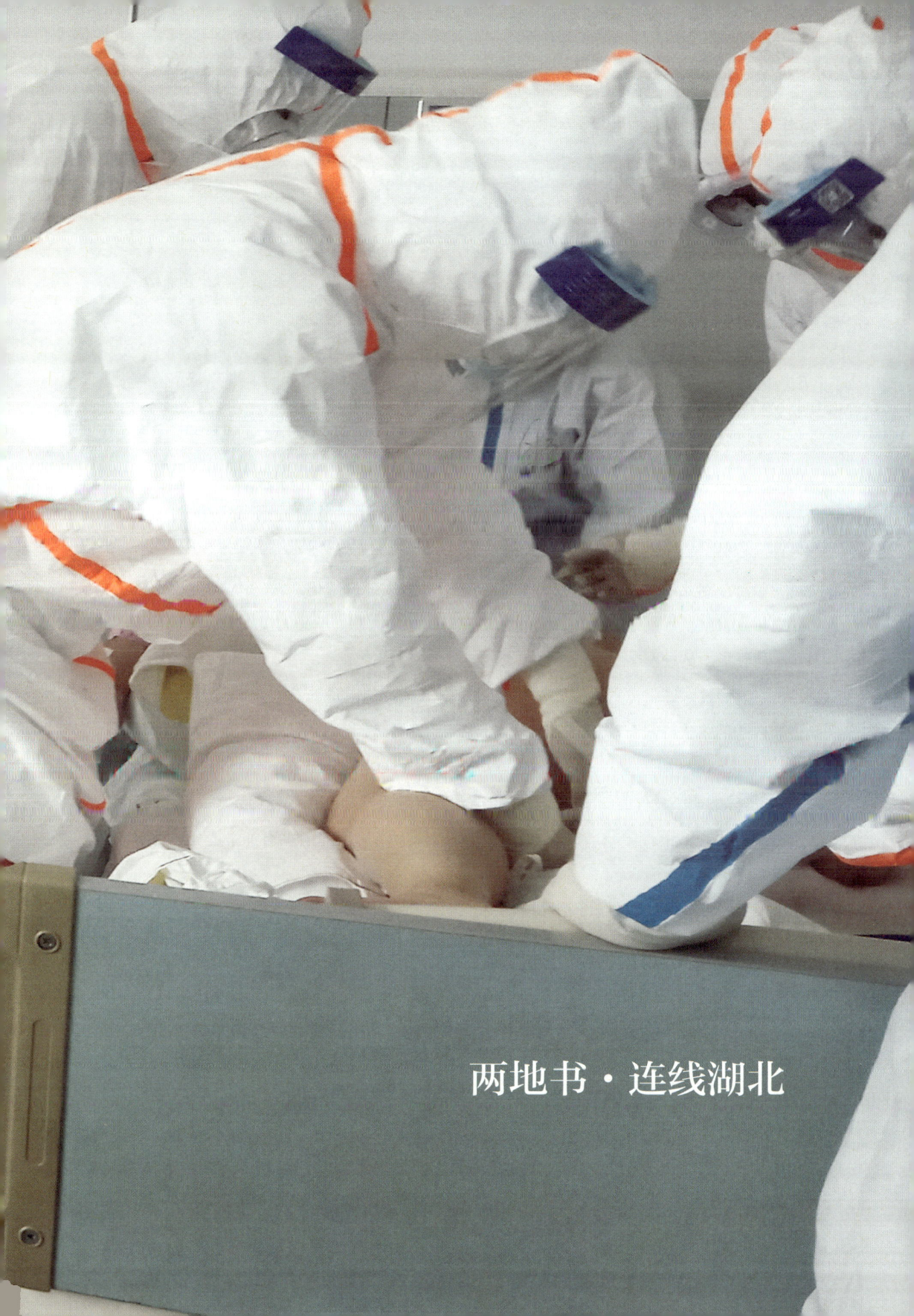

两地书·连线湖北

他微笑着，
沈阳这些医护人员瞬间哭了

他在湖北疫区，虽然疲惫却幸福地笑着。一周过后的他，从一个帅小伙变成了大胡子叔叔。视频连线现场，沈阳医学院附属第二医院的医护人员哭了。一周以来，全体医护人员昼夜奋战，正在打一场辽宁抗击疫情阻击战。

2月2日，辽报记者和沈阳医学院附属第二医院的医护人员一起，与远在湖北疫区前线的张汝峰进行视频通话。这也是张汝峰驰援湖北后，第一次与医院同事们进行视频连线。

"你的胡子！你的胡子咋这么长了啊？"视频接通后，张汝峰的老师、呼吸重症医学科主任陈丽萍哽咽着问道。作为老师，陈丽萍比别的同事更加关心她的学生，关切之情溢于言表。

"我的胡子确实有点长了啊。不太好看了，是不？这些天，经常吃一口饭的时间都没有，更没有时间去买刮胡刀了。医院今天刚刚收了两个确诊病例，我们全天都在战斗状态，可以说是分秒必争，全力以赴。一整天，我们都没敢喝水，天天都穿纸尿裤的……"

医院党委副书记、纪委书记刘洋说："医院的全体员工向你问好！希望你注意防护，早日归来！"医务部主任杨洋说："张汝峰，我是杨洋啊，你看见我没？我们都关心着你啊……"

张汝峰用手抹着额头的汗说："我在这里一切都好，同事们放心吧。就是因为有

辽宁抗击
新冠肺炎疫情全纪实

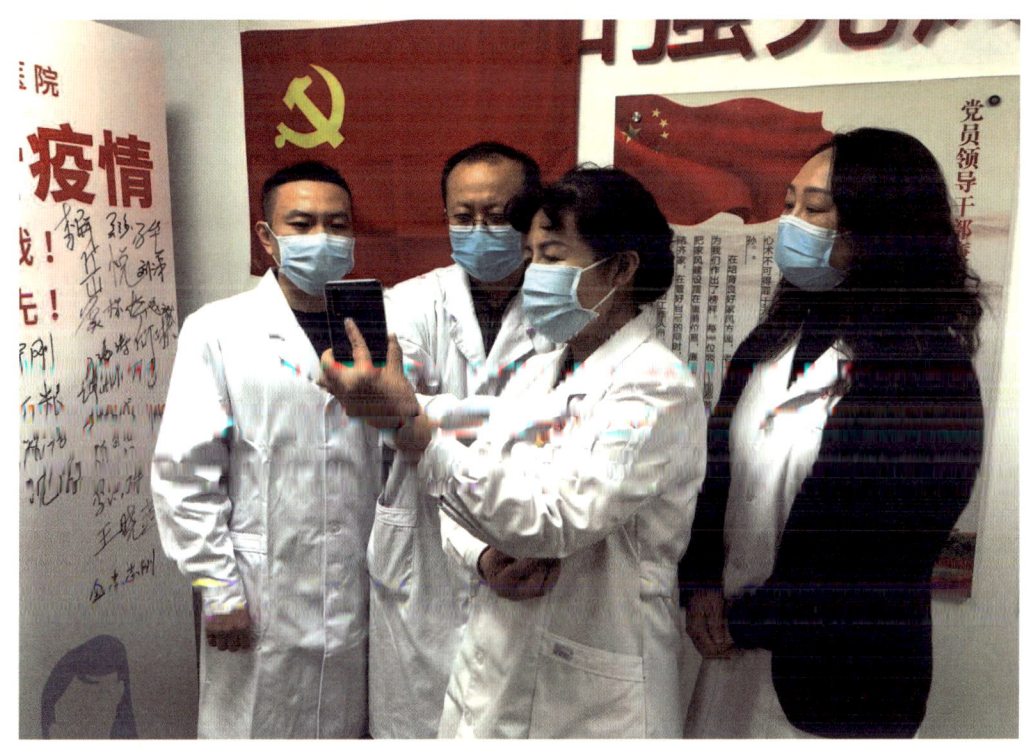

医护人员与张汝峰连线

点胖,那个防护服,穿着太紧了啊,一点都不透气。第二批医疗队啥时候来啊?你们快点来啊,缺人手啊……"说到这里,他的老师陈丽萍哭着离开了现场。记者和现场的其他人一起,都落泪了。

张汝峰是一名共产党员,也是一名久经战场的勇士。2003年,他冲锋在抗击"非典"一线,他每天穿着4层防护服,半个月之内体重降了15斤。2008年,他远赴汶川参加抗震救援医疗队,经历一次次余震的生死考验,夜里伴着大雨睡帐篷,在医护人员少的情况下,他又当主治医生,又当护理员,又当搬运工。2011年,他作为沈阳市卫生局援疆医疗队队长,对口援助新疆塔城,将精湛的医疗技术带到祖国的西部。这一次,张汝峰被任命为辽宁省医疗队医疗二组组长,带领15名医疗队员负责济和医院6楼病区。他每天都穿着厚重的防护服,在重症监护室一干就是11个小时,全程不喝水、不吃东西。他说:"我是共产党员,我必须冲在前!"

今天，
他们隔空"比心"，
画出最美的爱

今天是2月14日，一个情侣爱人之间相互表达爱意的日子。此刻，中国医科大学附属第一医院的几对夫妻，丈夫都战斗在武汉抗击疫情一线，妻子则坚守在沈阳救治患者。虽相隔千里，但心心相连，他们把思念全都寄托在对彼此的支持与鼓励之中。

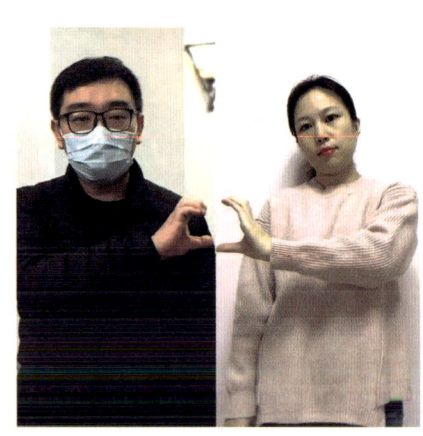

尹超夫妻

夫　中国医科大学附属第一医院重症医学科　尹超 – 武汉大学人民医院东院区

照顾好自己和孩子，辛苦了，家里有你我放心！

妻　中国医科大学附属第一医院核医学科　张凤伟

尽好医生的本职，你是我的骄傲，是孩子的榜样，照顾病人的同时也要保护好自己。

夫　中国医科大学附属第一医院麻醉科孙喜家 – 武汉市武昌区洪山体育馆方舱医院

辽宁抗击
新冠肺炎疫情全纪实

因为有你，方能砥砺前行。武汉加油！中国加油！

妻　中国医科大学附属第一医院血液净化室　伊春雨

世界很大，幸福很小，如期而至的不止春天，还有疫情过后的你，我心目中的英雄！

———

孙青夫妻

夫　中国医科大学附属第一医院心脏外科　李良 – 武汉大学人民医院东院区

老婆，在这个特殊的节日里，你我都奋斗在抗击疫情的第一线，虽然我们相隔万水千山，但你就在我身边，我们一起战胜疫情。

妻　中国医科大学附属第一医院儿科　方林娜

在这个特别的节日里，不期待你的礼物，只期待武汉人民早日康复，抗疫战斗早日吹响胜利的号角，把你平安地送回我身边。

———

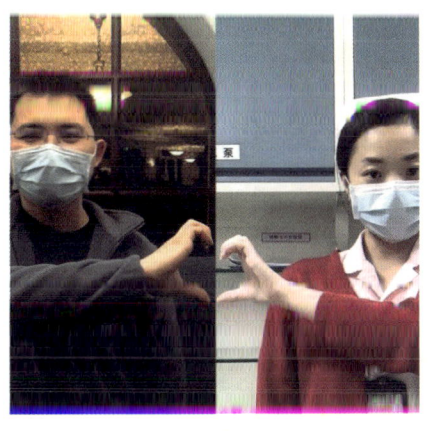

李良夫妻

夫　中国医科大学附属第一医院急诊科　董赢 – 武汉市武昌区洪山体育馆方舱医院

没有你的后勤保障，就没有我的冲锋陷阵，你辛苦了！

妻　中国医科大学附属第一医院妇科

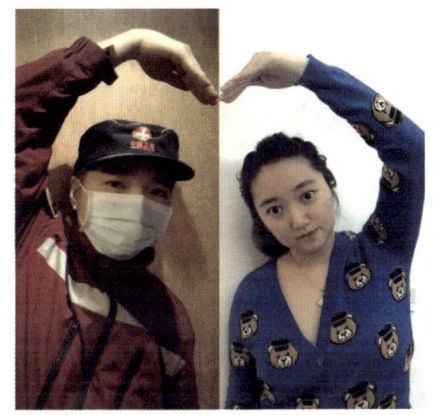

董赢夫妻

故事　湖北：战"疫"前线

姜紫曦

在我的眼里你是最帅的逆行者，是两个孩子学习的榜样，是我的骄傲，愿勇士们都可以早日回家！

——

夫　中国医科大学附属第一医院急诊科　邵龙－武汉市武昌区洪山体育馆方舱医院

我来到疫情前线，你当起了超级妈妈，家里家外辛苦你了！

妻　中国医科大学附属第一医院急诊科　毕洪坤

爱你，我的超级英雄！

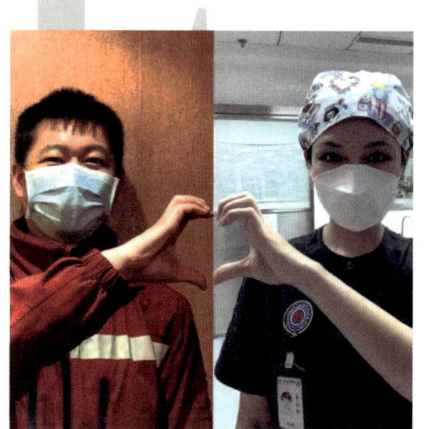

邵龙夫妻

——

夫　中国医科大学附属第一医院神经内科　王鑫－武汉大学人民医院东院区

老婆，你辛苦了，你平安就是我最大的幸福，共同抗击疫情，武汉加油！中国加油！

妻　中国医科大学附属第一医院胸外科　谷一

鑫哥加油！在家等你！早日凯旋！

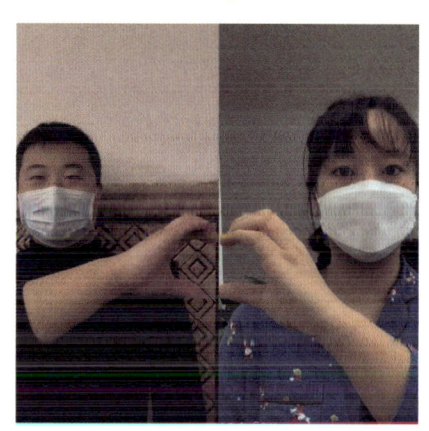

王鑫夫妻

——

辽宁抗击
新冠肺炎疫情全纪实

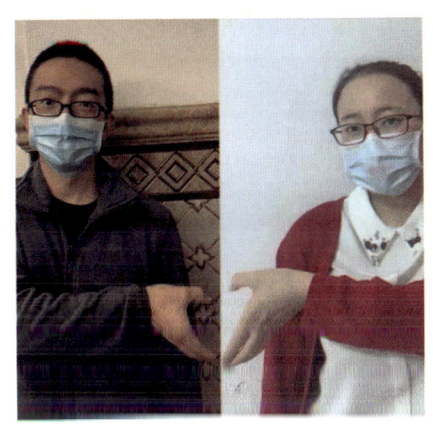

乔璋晓夫妻

夫　中国医科大学附属第一医院呼吸与危重症医学科 乔璋晓 – 武汉大学人民医院东院区

照顾好自己和两个孩子，等我回家。

妻　中国医科大学附属第一医院呼吸与危重症医学科 王艳

你是我的骄傲！平安归来，永远支持你！

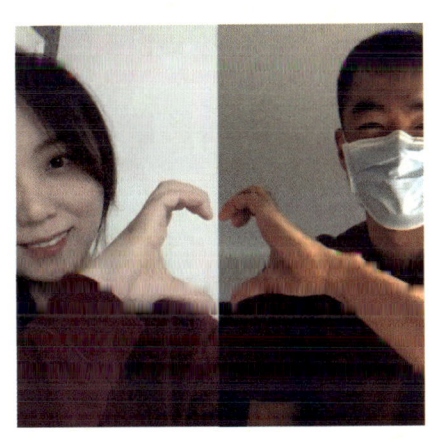

王冠夫妻

夫　中国医科大学附属第一医院放射科 王冠 – 武汉协和医院西院区

逆流而上的除了我们的队伍，还有我对你的思念，老婆，等我回家！

妻　中国医科大学附属第一医院肿瘤内科 李蕾

你保护武汉，我保护家，老公，等你回家！

中国医科大学附属第一医院至今已累计派出3批次100余名医护人员，奔赴湖北疫情最重的第一线，同样的战场，同样的心愿。为了守护人民健康，为了早日结束这场疫情，他们战斗在第一线，度过了一个难忘的2月14日。

"爸爸，加油！"

2月19日晚9时50分，大连医科大学附属第二医院驰援武汉蔡甸区人民医院医生王之余拖着疲惫的身体从病房走出来。

记者抓拍了他脱下防护服、摘下口罩的一瞬间。经过一天的忙碌，王之余的脸上已布满汗珠，留下深深勒痕。他低头看了一眼手机视频，眼角便泛起泪花。

这是一段由大连医科大学附属二院录制的视频——《致我的"超能战队"》，视频内容是十几个孩子给前线的爸爸妈妈送上祝福，也有王之余的宝贝萱萱。

"爸爸，加油！"……

每天争分夺秒从死亡线上抢救病患，王之余没有余力去触碰情感。而这一刻，两地连线，心心相印，一切疲惫、所有紧张，都被这句爱的问候融化了。

大连

"爸爸去哪了？"留守在家的萱萱问妈妈。

"去湖北啦，打怪兽呢。"妈妈回答。

"爸爸什么时候回来？"

"过两天，就两天，宝贝。"

"两天那么久……我想爸爸。"

辽宁抗击
新冠肺炎疫情全纪实

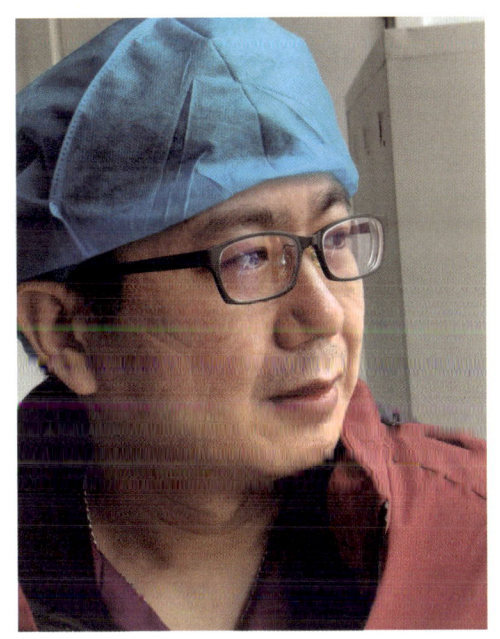

大连医科大学附属第二医院王之余

……

在这场战役之前,萱萱只知道爸爸是一个拯救病患的医生,却不知爸爸还是一名能战斗的超人。

想爸爸时,萱萱会翻看王之余的朋友圈。她知道,爸爸在忙完后会在朋友圈发信息与自己互动。

看着爸爸穿着防护服的照片,萱萱相信爸爸就是一名超人。她问妈妈,爸爸去打怪兽了,那我能在动画片里看到爸爸吗?

……

2月12日,是萱萱宝贝的生日,王之余在朋友圈里发了两张照片,一张是裹在防护服里的自己,一张是动画片《超人陆战队》里的大白。

"萱萱宝贝生日快乐!愿你一切都好!第一次缺席了你的生日,也缺席了你爷爷70岁生日,等爸爸打败了病毒怪兽,就可以回家给你和爷爷补办一个生日,有你喜欢的蛋糕和礼物哦!无论何时,爸爸都是你的大白,一直守护着你,唯愿你无疾无忧,快乐长大!爱你哦!"王之余在朋友圈里留言。

"爸爸,加油!中国加油,武汉加油!"萱萱对手机里的爸爸说。

武汉

王之余和战友们在武汉已经工作满20天。

在这些天里,王之余凭借自己多年在大连医科大学附属第二医院ICU工作的经验,结合疫情诊治方案,全身心投入工作。20天里,他每天从生死线上抢回病患,连续8小时不吃不喝不上厕所,他果真就变成一名超人。

出发前，因为怕父母担心，王之余并没有将去武汉的消息告诉父母。王之余说，不养儿不知父母恩，自从自己有了孩子，他就更加了解父母对孩子的一片心。"我怕他们担心。"

王之余的妻子是一名护士，妻子理解他，支持他，临行前对他说，你就放心吧，家里还有我呢，我保证把萱萱和老人们照顾得好好的。

可是，驰援武汉的事儿并没有瞒住父母。王之余说，有一天他忙完看手机，才发现手机都要被打爆了，好几十个电话都是来自父母和亲友们的。

"我给父母回了电话。电话里，妈妈反复叮嘱我要保护好自己，好好吃饭，好好睡觉，不用担心家里。"王之余说，本来就少言寡语的爸爸说得不多，他告诉我，既然到武汉了就别想太多，好好干！

"是呗，既然来了，我就好好干！"王之余说，我就是这么做的。

"宝贝，爸爸会加油！"王之余对视频中的萱萱说。

"累了，我就想起我的萱萱、父母和妻子，还有亲朋好友们的话，好好干，一定赢！"王之余说。

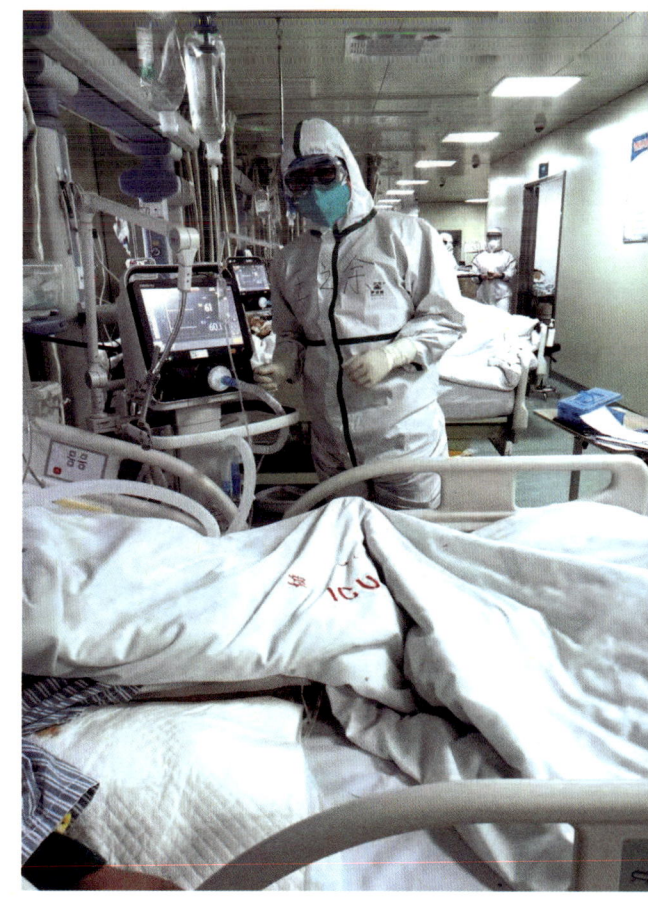

穿上这身战服，王之余就真的变成了超人，八小时不吃不喝不上厕所

辽宁抗击
新冠肺炎疫情全纪实

"假医生"的真心话

"假医生"的真名叫贾佳，是中国医科大学附属盛京医院重症医学科的一名医生。他和118名战友于2月2日从沈阳出发抵达武汉市人民医院。

为了方便患者辨认，他每次进病房都在防护服上写上自己的名字。

有一次，患者叫他"贾医生"，患者笑了，他也笑了。

为了让患者开心，后来，他就直接在防护服上写上"假医生"。

"假"医生还有个好习惯，每天坚持写一篇日记，日记记录了他工作中的点点滴滴，也记下了他的心路历程。

"假"医生不假，日记里说的都是他的真心话。

第1天

2月2日　星期日

今天到达武汉，入住宾馆，取完托运的行李和医疗防护物资已经是深夜了。我小心翼翼地把房间里可能接触到的地点都进行了消毒，安顿下来，这里，就是未来几个月的家了。去年9月，我与武汉有过一次邂逅，那时我来参加中国医师协会重症医学医师分会会议，来之后才知道"一桥飞架南北，天堑变通途"的壮阔。武汉的市民是那样的爱它，坐在出租车上，司机会跟你聊上整个路程，言语中洋溢着对武汉的喜爱。

第2天
2月3日　星期一

一整天的培训，反复重复着穿防护服、戴手套、脱防护服、摘手套、洗手、洗手、再洗手的动作，毕竟保护好自己，才能更好地救治病人，这是各级领导对我们的再三嘱托。酒店的工作人员私下里问队员："你们害怕吗？"队员们笑嘻嘻地回答说，不害怕。这些稚嫩的面孔啊，你们到底知不知道你们将要面对的是什么？

酒店的经理通过私人关系联系

贾佳和他的队员们启程出征

到了一个理发师，愿意来酒店帮大家理发。一个姑娘喃喃地说道："我这过年刚刚花500块钱烫的美美的头发，难道就这么咔嚓一剪子就没了吗？"我说姑娘，你命都不要了，还要这个头发吗？她笑嘻嘻地问："贾老师，有那么严重吗？别吓唬我啊。"

经过了一整天的调整，酒店已经从原来的营业模式，彻底变成了防控院感的模式：门口设立了污染缓冲区，电梯旁摆上了污染垃圾桶和生活垃圾桶，各个角落都有洗手消毒液，自助餐按我们的要求变成了盒饭，服务生按照我们的要求将定期打扫变成了按需打扫，大堂设立了请领区，摆满了洗手液、香皂、矿泉水，以便医护人员按需领取。明天上午计划对每一个队员进行穿脱防护服的考核，不合格的一律不许上岗，重症医学的兵，一个都不能少！

辽宁抗击
新冠肺炎疫情全纪实

第3天
2月4日　星期二

下午接到通知，今天16点就要正式入驻医院，全面接管两个病区的医疗和护理。医生每8个小时一班，护士每6个小时一班地进行倒班。我们各个组的组长和即将上岗的医护，乘坐着酒店为我们提供的大巴车，经过15分钟左右的车程，来到了武汉大学附属人民医院的东院区。就在我们刚到达四病区时，一名患者血氧饱和度降至50%了，我们的医生护士立刻穿上防护服，开始抢救。

第4天
2月5日　星期三

昨天从早上8点一直奋战到今天凌晨3点，回宾馆时下起了淅淅沥沥的小雨。阴冷的武汉配上小雨，连我这种膀大腰圆的大汉都瞬间被打透了，更别说瘦小的女队员。到了酒店更是搞受向果树喷农药般的待遇，真的是"醍醐灌顶"啊。

病心敢配上北点，护理士们的走脑就想忙想忙了，出白一小居一小师师师用用证，查体问病史，给处置。很多来援助的都是重症医学的专家，好多的主任都是快50岁的人了，早就不用干这种临床一线的活儿，但他们都能迅速投身一线工作，一点一点地查体，一剂一剂地开药，一个一个地码字。

第5天
2月6日　星期四

不论是医护生活区，还是隔离病房内，都是冷极了。由于不能开空调，加上每班 N 次的喷洒消毒，整个走廊湿气极重。隔离病房内，为了感控，所有窗户都开着。病人裹着被子在床上睡觉，护士只能蜷在一旁瑟瑟发抖，但是薄薄的防护服，是挡不住里面一颗颗火热的心。

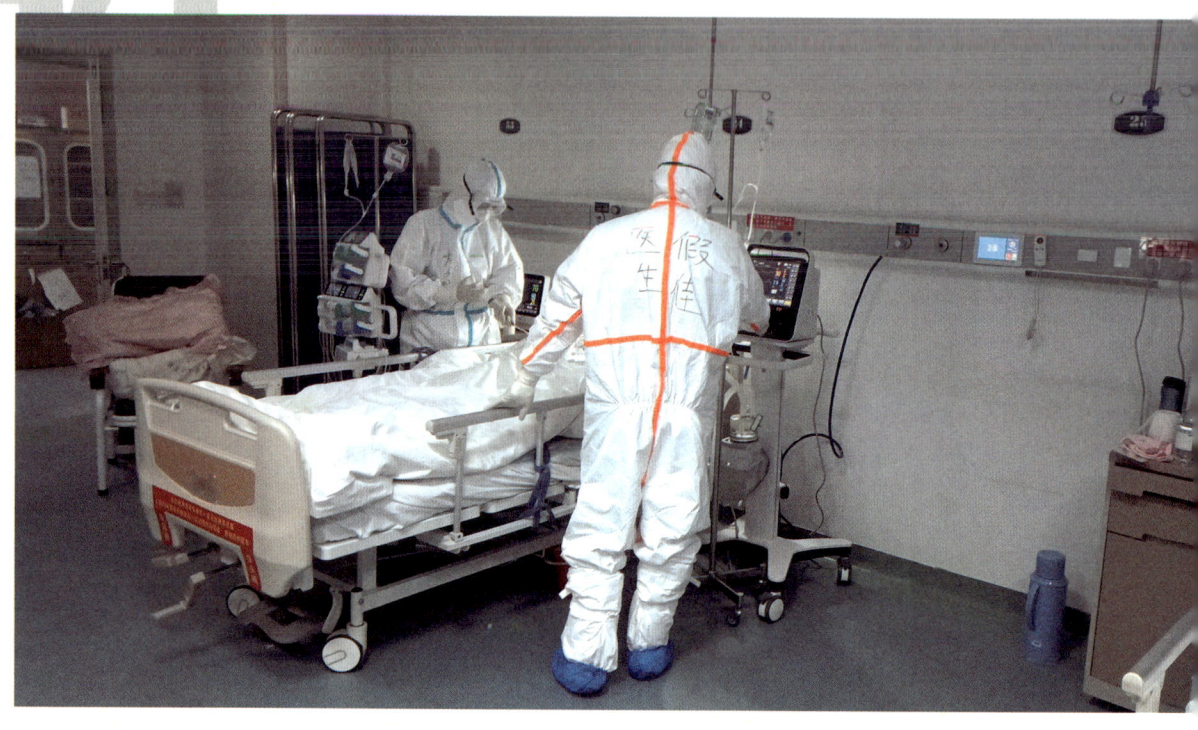

夜班中的"假"医生

第11天
2月12日　星期三

来了武汉，管理轻重混合的病人时，发现轻患也需要关注，他们往往心理上多少都有压力，尤其是目睹了邻床的病人去世，心理的压力就更大了，这个时候医生是他们唯一的希望，看见自己的医生就像看见了偶像一样，哪怕是我这个"假"医生。

来之前，了解我的人都劝诫我，让我不要意气用事，不要逞能，但这都是一名重症医学大夫印在骨子里的东西啊，摆在手边，让人怎么能袖手旁观啊，就好像一个会游泳的人看见别人落水了，会本能地去救人。以前不太理解那些英勇的事迹，认为那些人多傻啊，明知道前面有危险还往前冲，现在知道了这些都是本能，是一个职业的从业人员印在骨子里的东西。

辽宁抗击
新冠肺炎疫情全纪实

第12天
2月13日　星期四

我现在无比怀念前几天的天气。今天武汉是个艳阳天，气温骤然升高到接近20摄氏度，结果今天进隔离区时，不到5分钟就在护目镜内产生了雾气，这雾气实在让我难受，看不清东西，仿佛近视眼忘记戴眼镜一样，十分难受。

新来援助的医生护士已经开始培训了，很快就会融入我们的生活吧，这样我们人手紧缺的情况就会有所改善。今天我的一个患者出院了，这也是我们自从接管两个病区以来，治愈的第一个病人。

第13天
2月14日　星期五

我这粗心的大白羊忘记了跟爱人说节日快乐了，但武汉的宾馆很细心地为大家准备了大蛋糕，还统一为在2月份过生日的同事准备了小小的生日仪式。厨师长说，现在物资比以前丰富了，我们会尽可能地给大家准备好吃的，你们是对湖北人民有大帮助的人，我们不会忘了你们的！

第14天
2月15日　星期六

路上没有行人，没有车，才更仔细地欣赏了一下市容市貌。武汉的路很干净，一尘不染的，绿化做得也很好。阳光从树丛间洒下来，照在一尘不染的路面上，不知名的落叶树上。不知名的灌木被修剪成各种形状，茂密的绿色让人忘记了这是冬天。青绿色的路砖，缝隙里的小草在倔强地生长着，仿佛在告诉我们人类毕竟是大自然的过客，它们才是地球的主人。人类可以肆意地改变地球的容貌，但却要懂得敬畏大自然，否则就会被大自然教训。

第15天
2月16日　星期日

今天要参加每两天一次的各个医疗队与武汉大学人民医院之间的通气会。这会以前都是丁队去开，但昨天他另有重要任务，于是我就临时取而代之去参加。落座后，我仔细地打量着周围的各位，都是各个支援医疗队的领队，有新疆的，有四川的，有重庆的，有浙江的，还有很多我不太认识的医疗队代表。坐在我右边的是武汉大学人民医院的副院长，再往右端坐着一位老奶奶，看起来就是个老专家。她戴着口罩和帽子，眯着眼，盯着眼前的手机，然后时不时地在本子上写着什么。

各个医疗队都介绍了自己的诊疗情况，收治患者数，重患的抢救经验和目前的需求等等，我也提出了自己想解答的问题。院里对每个问题都细心地解释，能改进的予以积极改进，有争议的则举手表决，少数服从多数。大家讨论完毕后，副院长说："下面请李兰娟院士讲两句吧。"

这时我才发现坐在右面那个老奶奶就是著名的李兰娟院士。她看起来真的没有任何气场，但谈起话来铿锵有力，用江浙一带的口音一字一句地给大家讲解抗击新冠肺炎的浙江经验。这些经验是她进驻ICU后总结出来的，并没有用来去写论文，换知识产权，而是无私地推广给参与救治重患的每一个医疗队，每一个医务工作者，这才是真正的"大医精诚"。

会议结束后，我私下里问了她关于康复者血浆治疗和人工肝治疗的问题，她都仔细地给我讲解。怕我听得不仔细，她又加了我的微信，然后推送给我一个她助手的名片，让我有问题再问她的助手。当然，我也顺手蹭了一张合影，然后开心地回去上小夜班，奋战到深夜。

第18天
2月19日　星期三

很多人都问我，为什么不写写病人的情况，为什么都是个人生活方面的和一些趣

辽宁抗击
新冠肺炎疫情全纪实

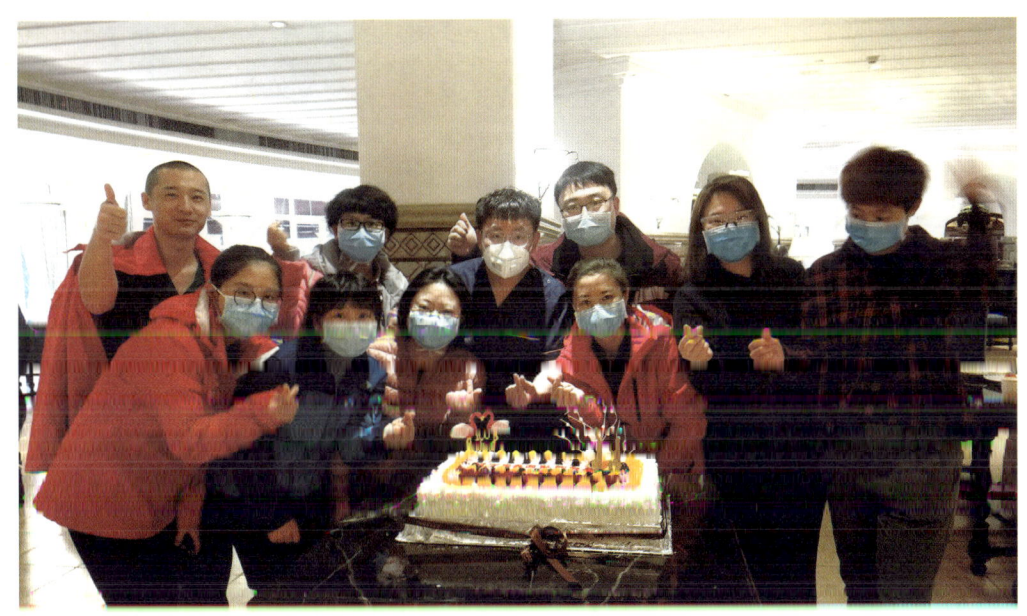

情人节这天，宾馆为大家准备了大蛋糕

事？其实不是我不想写，而是我想把一些好的东西，一些美好的感受呈现给大家，而不想让大家面对医护每天必须面对的一些揪心的东西。生活还是美好的，不是吗？

今天就说一说让我最牵挂的一个病人，暂且叫他小飞吧。他是一个体格健壮的男患，只有35岁。第一次我们去接诊时，他并没有躺在病床上，而是坐在边上的椅子上休息。我们进病房时见到床上没有病人，便问他病人去哪了，他笑着说："我就是病人。"

每天，他的妻子都打来电话询问病情，告诉他家里一切都好，让他好好养病，家里儿子乖巧得很，叫他不要担心。他高兴地挂掉电话，脸上全是幸福的表情。

只是病魔不会怜悯，它只会夺走人最心爱的东西。小飞的病情越来越严重，呼吸也越来越费力。查房时，看见他氧气的流量已经打到很高了，还是坐在那里费力地喘着。他说："我是一个病人，你们不要嫌我说话断断续续，这是我所有的力气了。"后来，病魔不断侵蚀着他的肺子，胸片上显示双肺已经全白了，还出现了少许的气胸。氧合指数不断地下降，不得已我们只好为他行了气管插管，上了呼吸机。

他的妻子每天都打来电话。她哭着问还有没有什么好办法，看到电视上介绍了新的药物，她就打来电话询问能不能用一下，尝试一下。我们也为他尝试了各种可能的治疗。我们请来了血管外科的主任。为了减轻他的炎症反应，我们又尝试了血液吸附滤过治疗，为了让他的肺子尽快地好起来，我们每天几次地将他翻过来，又翻过去。

疾病肆虐时，这是医生能做的所有事情。希望疾病烟消云散，武汉拨云见日之时，回首将生命托付给我们的一个个患者，我们能够拍着胸脯说，我已经为他做了我所掌握的一切。

第19天
2月20日　星期四

不知不觉，来到武汉工作满18天了，感觉自己像一个战士，每天就是宿舍（宾馆），战场（医院）两地来来往往。疫情暴发时，前线的医生护士便是战时的编制，

疫情期间的武汉街路

辽宁抗击
新冠肺炎疫情全纪实

血肉之躯便是武器，知识是射出的子弹，将疫情这个敌人消灭。

很多患者在陆续康复出院，又有新的病人住进来，不过出的多，入的少，是不是战斗很快就会结束了呢？家里那边又派了新的医疗队，听说是去支援第一批的队员，在武汉奋战了快有一个月了，是该歇歇了！

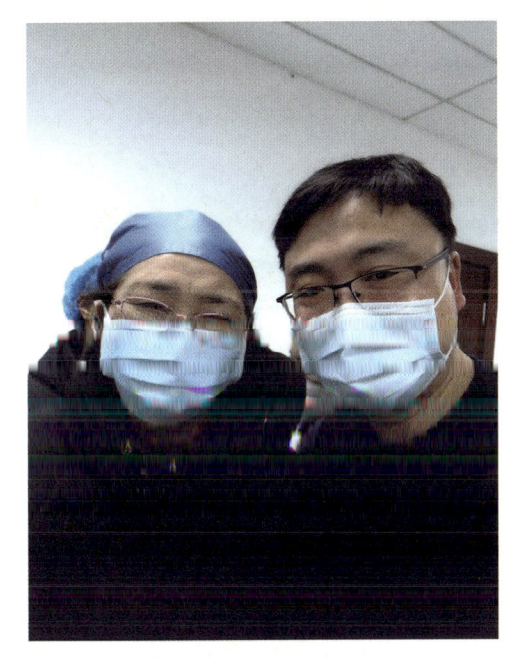

贾佳医生与李兰娟院士的合影

随着跟病区的病人们打交道时间加深，我对他们的方言也越来越熟悉了。刚来时，对年长的武汉人说话完全听不懂，问病史需要邻床的年轻患者当翻译才行，现在，80岁的老爷爷老奶奶说话我都能听懂90%，已经完全不需要翻译了。武汉人说话很有意思，特点就是愿意在倒数第三个字或者形容词上拖长音。比如说"那里有那么多的水果"，东北人一般都把"那么"改成"老"，然后重读，而武汉人就会把"那么"拖长音，变成"那里有那……么多的水果"，很有特点。还有他们愿意用"搞"这个词。普通话里的"弄"这个字，东北人愿意用"整"，而武汉人愿意用"搞"这个词。比如说"弄点洗洁精"，东北人就说"整点洗洁精"，而武汉人就会说"搞点洗洁精"。

那天提到的那个药剂师小姑娘，病情在见好，心情也开朗了许多，昨天查房时，她说有个小小的请求，想吃一个小小的苹果。今天，我们护士给她送去了两个大大的苹果，她开心极了！

观点

宁可十防九空，
不可失防万一

统计显示，截至2020年1月28日18时30分，辽宁累计报告新型冠状病毒感染的肺炎确诊病例34例，28例普通型、6例重型。这表明，我省疫情防控形势依然严峻，正处于刻不容缓的紧要关头！

此次疫情，是一场突如其来的遭遇战，虽看不见硝烟，却直接关系人民群众身体健康、生命安全。连日来，全省上下深入学习贯彻习近平总书记关于疫情防控工作重要讲话和指示精神，按照中央决策部署及省委省政府工作要求，切实把疫情防控工作作为当前最重要最紧迫的工作来抓，以非常之举应对非常之"疫"，强化基层基础，狠抓联防联控，见事早、行动快、出手狠，取得了初步成效。

但是，我们更要清醒地看到，目前疫情防控仍处于早期散发阶段，春运期间的人口大范围密集流动，春节期间的走亲拜年，加之对新型冠状病毒认识还十分有限，都给防控工作带来了极大的困难和挑战。各地区、各部门、各单位务必深刻认识到这场硬仗的复杂性、艰巨性，绝不能存在任何厌战情绪、麻痹思想、松懈心态，立足最坏的打算、做最充分的准备、赢取最好的结果，宁可十防九空，也不可失防万一！

在我省，一张密织经纬、覆盖城乡的防控网正在铺就。但，再万全的战略战术，都要靠"战士"来落地落实。无论摸底排查，还是救治保障，哪怕漏掉一个疑点、疏忽一个环节、留下一个死角，都会影响防控效果。日前，我省防控指挥部下达了

辽宁抗击
新冠肺炎疫情全纪实

第1号令。"军令"如山,其中的每一项、每一条必须不折不扣贯彻好、执行好,任何敷衍塞责、阳奉阴违,都是失职渎职,都要严查严惩。要落实好严防严控、联防联控、群防群控措施,特别对于返乡人员和外来人员,进行健康登记、跟踪健康状况,早发现、早报告、早治疗、早隔离,切实做到"内防扩散、外防输出"。农村点多、线长、面广、人散,是薄弱环节、重点区域,基层党组织和广大党员要发挥战斗堡垒作用和先锋模范作用,全力以赴做好防控各项工作。

大事难事看担当,是成是败在状态。考验面前、"火线"之上,只要各级党员干部守土有责、守土担责、守土尽责,坚守岗位、勇于冲锋、作出示范,就能有效引领群众、动员群众、组织群众、凝聚群众。社会各界也要理解、支持、配合、参与防控工作,从我做起、行动起来,干群同心形成强大合力,万众一心筑牢道道防线。

这场战"疫",必须要赢,一定能赢!

YIXIANWEIPING

▶ "躲"得过初一,也一定"躲"得过十五

早晨离家去采访,猛然发现楼下停着一辆商务车,鄂A+++++,赶紧拨打营口市"抗疫"线索举报电话,大约15分钟,接到回复电话:车主本地人,牌照武汉的,最近一次去武汉是2019年8月。

要么15分钟之内摸清了这辆车的底,要么早就对它"门儿清",无论哪种情况,这样的防控能力,这张密织到"点"的网,让人放心。"疫情就是命令,防控就是责任",集中统一、步调一致,全国一盘棋,营口只是一个缩影。

宅在家里就是切断传播途径,每一个人都"躲"得过,全民就"躲"得过。春节假期即将结束,不利的因素是大量人员返程,流动防控比静态防控难度大;有利因素是全社会防控意识已经达到"战时状态",防控机制已经被激活,防控经验丰富,乘坐各种交通工具的防控攻略几乎尽人皆知,"走出来""走进去"的每一个人都会

观点 273

有明确"疫情身份证"、都会被"刷体温",每一个"流动场景"都会成为"流动社区"。制度优势,最终一定能让病毒躲开我们。

▶ 不知道你是谁,却知道你为了谁

昨天上午开始,一段只有14秒的短视频,在葫芦岛市众多网友的微信、抖音中被广为传、转、赞。

视频中,一位女子,戴着蓝色的口罩,背着沉重的音响,循环播放着防疫科普知识、抗疫相关内容,在社区里坚定地行走。提醒着每位居民:减少外出活动,做好个人防护。

没人知道她的名字,在寥寥的文字介绍中,能获得唯一有关身份的信息是:龙港区的一位社区工作人员。

多年前,诞生于抗洪抢险战场的一首《为了谁》被广为传唱。当疫情凶猛来袭,葫芦岛龙港区的这位基层社区干部,再度让大家想起了那句歌词:我不知道你是谁,我却知道你为了谁。

疫情阴霾笼罩中华大地,要想"海阔天空",先要脚踏实地。

在呼吁别人不要出门的时候,不知有多少基层党员干部冲锋在第一线、战斗在最前沿,他们毅然决然,却又默默无闻。谁人不是父母心头的宝,哪个不是家里牵挂的人。此时此刻,大家都懂得,远离他人保健康,藏在家中最安全。可是,他们更深知,关键时刻,为了群众,我不干谁干、我不上谁上?

也正是有了基层党员干部挺身而出、勇挑重担,党的政治优势、组织优势、密切联系群众优势,才能转化为防控疫情的强大力量;有了基础党员干部扎实工作、努力付出,才能扎牢联防联控防疫网,打赢这场遭遇战!

"疫"是无情,人间有爱。

因为有他们在,我们更能读懂什么是先锋、什么是旗帜。

因为有他们在,我们更能体会什么是初心、什么是使命。

辽宁抗击
新冠肺炎疫情全纪实

人人尽责
也是有效"疫苗"

这个春节，一场新型冠状病毒感染的肺炎疫情迅速在全国多地蔓延开来，辽宁亦受波及。实时更新的数据、治疗手段的进展、物资保障的力度，疫情的每一个变化，都牵动着公众的心。

疫情就是命令，防控就是责任。省委、省政府坚决贯彻落实习近平总书记关于防控新型冠状病毒感染的肺炎疫情重要指示和中共中央政治局常委会会议精神，扛起责任、挺膺担当，全面部署我省疫情防控工作，全省上下闻讯而动，防控措施高效展开，一场疫情防控阻击战全面打响。

狭路相逢，无路可退。当前，正是阻断疫情蔓延扩散的关键阶段，隔离传染源、封堵"传播路"是当务之急。要实现这一目标，必须把网眼织密、让部署落地，但仅靠政府、医护、企业等几支"劲旅"难以完成，需整个社会广泛动员、充分参与。只有心往一处想、智往一处谋、劲往一处使，才能以最快速度筑起铜墙铁壁、形成围剿之势。

疫情突袭，人民群众既是直接承受者，也是防控最大主力军，可以说，人人都是"防线"，个个都是"尖兵"。这就要求，各地区各部门在做好排查、管控、救治、保障等工作的同时，更要把形势政策向群众讲清楚，把危害影响向群众讲明白，把措施办法向群众讲透彻，服务好、引导好、组织好、动员好社会的每个细胞。

而对于公众来说，则应人人都掌握科学的防控知识，提升自我保护意识，主动遵守防控要求,站好各自的岗、把牢自家的门。包括勤洗手、少出门、戴口罩、不聚集、莫传谣、远野味等防范"秘笈",都简单易行,只要时时谨记、处处做好,人人负责、人人尽责,就是为疫情防控作出了贡献。

人看人、户看户,群众看党员、党员看干部。各级主要领导干部是疫情防控的"指挥官",要时刻奋战在抗击疫情第一线、工作在疫情防控最前沿,与人民心连心、手牵手、肩并肩,百姓就有了战斗的主心骨、定心丸、导航仪。

病毒凶未已,万马战犹酣。在疫情防控的关键时刻,只要我们把人民群众的觉醒作为疫情防控的最大力量,把人民群众的参与作为最有效的"疫苗",万众一心、团结一致,同时间赛跑,与病毒决战,终会夺取全面胜利。

YIXIANWEIPING

▶ 每个口罩都是一道防线

清晨,见一位大爷小区内遛弯儿,未戴口罩。物业人员上前劝阻,大爷却"理直气壮":"哪那么容易传染,这么大岁数了啥没见过,还怕病毒?"

这位大爷的想法和行为并非个例。无论大家怎么劝,有的人就是不往心里去。为此,甚至有网友做了一套"中老年人戴口罩劝说指南"。

为啥不听劝,无非几种原因:少关注,对疫情严峻性认知不够;太自信,经验主义占了上风,认为一辈子没戴口罩也没得啥病;存侥幸,总觉得被传染是小概率事件,与己无关;嫌麻烦,不习惯,不愿改变。

疫情面前,不怕一万就怕万一。多少人拼着命在前线救人、在一线严防死守,就是怕"万一"发生。而在后方的绝大多数,做好自己,也是为大局作贡献。

无数个小小的口罩,是抵御"洪水"最有效的沙石。社区是我家,防疫靠大家,战胜"新冠",人人有责。

辽宁抗击
新冠肺炎疫情全纪实

正如沈阳某小区条幅所写：以前蒙面像坏人，今戴口罩好邻居！

▶ "不行动"就是行动

疫情来袭，大家纷纷响应号召，戴口罩、勤洗手，不串门、不聚会。

对此，有人在"朋友圈"调侃："帮不上忙的，在家老实坐着，就是为社会作贡献、就算保家卫国。"

确实，如此的"不行动"，是抗疫的应有行动。

正如我们经常提到的有效的"不行动"，就不用把个人情绪带在肩、冲锋在前的行动，小你身，而相提供在确诊病例信息通道的不堵，我们坚决做到有效的"不行动"，就其干部联防联控、死看死守的行动，才不会增加额外压力；我们坚决做到有效的"不行动"，也是为整个战役的后勤保障、群众日常供给，做出我们最大的支持。

治愈人数超过死亡人数，对病毒的科技攻关有新进展，其实利好消息在不断传来。但是，疫情毕竟还没有完全消散。

从目前情况分析，这场战役，可能不是一个冲锋就能大获全胜的。历经了疫情突来，我们惊讶、错愕之后，现在大家更需要的，是冷静、坚定，但这不等于可以放松警惕。

"不行动"也是行动。我们同舟共济，凝聚力量，就能构筑起防控疫情的钢铁长城。我们一起与时间赛跑，与病魔较量，必然可以有效遏制疫情蔓延势头。

共享阳光的日子，一定为期不远。

保持"跟我上"的战斗姿态

大事难事见担当，危难时刻显本色。如今在我省各地，无论是救死扶伤的医疗机构，还是保障物资供应的各行各业，无论是机关企事业单位，还是广大社区乡村，党员干部冲锋在前的身影处处可见。那高高飘扬的党旗，让我们对打赢这场疫情防控阻击战更有信心、更有底气。

各级党组织和广大党员干部是人民群众的主心骨，是人民群众的坚强依靠。我们党拥有强大的政治优势、组织优势、密切联系群众的优势，每遇大事难事，都是党团结带领广大人民群众攻克一个又一个困难，取得一个又一个胜利。2003年战胜"非典"疫情，新时代取得举世瞩目的经济发展成就，还有即将全面打赢的脱贫攻坚战，都是将优势转化为胜势的例证。所以，在这场突如其来的疫情面前，我们必须全面加强党的领导，各级党组织和广大党员要发挥积极作用，带领人民群众坚决赢得这场没有"硝烟"的战役。

眼下，疫情数据的每一次变化都牵动着无数人的心，专家认为，防控疫情的形势依然严峻复杂。日前中央印发《关于加强党的领导、为打赢疫情防控阻击战提供坚强政治保证的通知》，对在防控疫情中加强党的领导作出部署，省委、省政府也提出了明确要求。在这危急时刻，全省各级党组织和广大党员干部要以疫情为号令，按照坚定信心、同舟共济、科学防治、精准施策的要求切实做好工作，牢记人民利益高于一切，挺身而出、英勇奋斗、扎实工作，经受住考验，切实做到守土有责、

辽宁抗击新冠肺炎疫情全纪实

守土担责、守土尽责。

具体而言，我们要科学调度、统一指挥，坚持疫情防控一盘棋，形成各部门各单位既各司其职又密切配合的防控工作格局，最大限度凝聚防控合力。要保持"跟我上"的战斗姿态，深入防疫一线去、深入最危险的地方去，真正查实情、解难题、聚信心、暖人心。要筑牢战斗堡垒，当先锋作表率，发扬不畏艰险、无私奉献的精神，广泛动员群众、有效组织群众、团结凝聚群众，全面落实联防联控措施，构筑起群防群治的严密防线。

疫情防控是"试金石""磨刀石"。领导干部的政治素养好不好、思想境界高不高、工作能力强不强，都能通过这场战役显现出来。我们要在疫情防控第一线考察、识别、评价、使用干部，让能担大任者尽其所能，让庸碌无为者尽现其形。通过这次洗礼，让更多德才兼备的党员干部成长起来，挺起未来辽宁振兴发展的脊梁。

沧海横流方显初心本色。疫情是考验，担当见忠诚。各级党组织和广大党员干部要积极行动起来，为了打赢这场战役，我们义无反顾、一往无前！

YIXIANWEIPING

▶ **是速度，更是态度**

2月3日23时，省新型冠状病毒感染肺炎集中救治沈阳中心新建的临时隔离病房和医务人员休养区建设完工并交付使用。

从某种意义上说，抗击疫情，我们所做的一切，都是在同时间赛跑。只有做到早发现、早报告、早隔离、早治疗，我们才能在夺取这场战"疫"的最后胜利中更加主动。这就要求，落实抗击疫情的各项措施都要突出一个"快"字，在保证质量、符合要求的前提下，凡事讲究速度。

从决策、设计、组织施工到交付使用，仅仅八昼夜！同时间赛跑，建设集中救治沈阳中心临时隔离病房和医务人员休养区，这是辽宁写下的答卷。

坚决遏制疫情蔓延势头，全省上下迅速行动，联防联控不留死角，加班加点不舍昼夜，全社会都在奔跑着向前冲。

"疫"情如水火，时间不等人。抗击疫情就要拼速度。速度的背后，是态度！

看看请战书上那一个个鲜红的手印、口罩背后那一张张憔悴的脸、镜头里面那一双双粗糙的手……"害怕，但不胆怯""责任使然""我不会后悔的"……"要我干"和"我要干"，被动和自觉，效果和结果会截然不同。

态度决定一切！有了迅速集结而成的强大的物质和精神力量，坚定信心、排除万难，我们必将战胜疫情！

辽宁抗击
新冠肺炎疫情全纪实

用大爱书写
辽宁人的奉献与担当

抗击疫情，大爱担当！

日前，我省又紧急组建了两批医疗队，随时待命支援湖北。这是继1月26日首批由137名医护人员组成的驰援队伍奔赴湖北战场后，我省医护人员的又一次迅速集结。

千里驰援，前赴后继！

这场疫情突如其来，急、难、险、重"四合一"，不给人以准备的余地，甚至没有思考的空间，必须召之即来、来之能战、战之必胜。在党中央坚强领导下，省委、省政府全面动员、全面部署、全面加强工作，全社会迅速投入这场战"疫"之中。于是，我们看到的，是一个个"逆行者"的身影——"疫"对面来，我迎上去！这其中，医护人员冲锋在前，其他各行各业迅速跟进，他们勇挑重担、默默奉献，战"疫"不分时间、不分场地、不分人群，在辽宁大地上共同唱响了一曲抗击疫情的英雄赞歌。

疫情就是命令！农历除夕，华晨集团接到国家工信部下达生产首批30辆负压救护车任务的指令，一线员工立即终止春节假期，迅速返岗投入生产；辽宁方大集团向湖北省新型冠状病毒感染的肺炎疫情防控指挥部捐赠2亿元，所属东北制药向沈阳市慈善总会捐赠2万瓶VC咀嚼片；大连大商集团向大连市慈善总会捐赠6000万元……

人是要有一点精神的。

观点　281

战"疫"当头,本视效益为生命的各类企业义无反顾地承担起了社会责任。在春节这个最重要的传统节日里,很多人放弃了享受天伦的机会,在凛冽的寒风中严密排查、不遗不漏,在生产车间加班加点、紧张劳作,在大喇叭里传递疫情信息、发出声声劝慰……和那些奋战在抗疫一线的医护人员一样,他们都有一副"宽肩膀"!

听听他们怎么说——"有重症患者我必须冲在前""企业少赚点算什么""与家人少团聚几天又算什么"……面对疫情,辽宁人顾的是大局、算的是大账。

沈阳一个社区的922户居民向武汉捐款41263元,但谁都不愿意留下自己的名字。他们说:"如果一定要留名,就说我们是辽宁人!"

"我们是辽宁人",这不是豪言壮语,却重若千钧,疫情面前没有旁观者。万众一心、众志成城,在抗击疫情中奋勇担当,进一步磨砺真本事、硬作风,我们的事业将无往不胜。

YIXIANWEIPING

▶ **呼唤更多"平凡英雄"**

2月3日一大早,岫岩满族自治县牧牛镇镇长李树龙打开办公室的门,发现地上"躺"着个信封,打开一看,内有1200元钱,上写:"无名小卒"为抗击疫情捐款。后经了解,捐款人是牧牛村一位农民,叫龙春阳。

龙春阳曾是村里的建档立卡贫困户,在享受公益性岗位、农村低保等政策并发展蘑菇养殖后,摘掉了"穷帽"、拔掉了"穷根"。眼下,他虽然还算不上富裕,但他也想尽一份力量回报社会,于是决定捐出一个月的工资,这份沉甸甸的真情打动人心。

同样的故事,在全省各地也在不断上演。在阜新,知阳教育负责人谷春梅开着车"转遍"了阜新交通岗,将想方设法"淘"来的防护物资送给一线民警;在沈阳,

辽宁抗击
新冠肺炎疫情全纪实

北顺城路朝阳街路口的公交车车队,一位女士骑着电动车为司机送来几包N95口罩和一大桶消毒液,转身就走;在本溪,75岁的"米花妈妈"陈淑兰,买来价值2.5万元的防护物资,捐给了医院。

这些善举,让人不禁想起一首老歌:灿烂星空,谁是真的英雄,平凡的人们给我最多感动。

没有水滴的聚集,哪有大海的浩瀚。特殊时刻,我们呼唤更多的"无名英雄"。以平凡的你我,造就不凡的中国。

牢固树立"一盘棋"思想

从2月1日的数字看，我省新型冠状病毒感染的肺炎确诊病例还在增加，抗击疫情形势依然严峻，容不得丝毫懈怠。

这是一场没有硝烟的保卫生命健康之战！省委、省政府坚决贯彻习近平总书记重要讲话和指示批示精神，把人民群众生命安全和身体健康放在第一位，举全省之力抗击疫情。从医疗救治到物资保障，从联防联控到网格管理，从信息发布到知识普及，我省全面落实抗击疫情各项措施，横向到边、纵向到底、全向到位，对疫情形成了"围剿之势"。

实践告诉我们，抗击疫情过程中，全社会就像一台机器，在"发动机"的引领下，各环节务必紧紧咬合，才能高效运转。每个部位、每个"零件"，都要牢固树立"一盘棋"思想，着眼大局、胸怀大局、服务大局，守土有责、守土担责、守土尽责，才会形成强大合力。

所谓"一盘棋"，就是要在统一领导、统一指挥下统一思想、统一行动，科学判断形势、精准把握疫情，坚定信心、明确责任，做到有令必行、有禁必止。要深刻认识当前疫情防控工作的重要性、严峻性、紧迫性、复杂性，以高度的政治责任感和使命感，把措施办法落实得再快一些、细一些、实一些，时时事事处处"满格电""在状态"。

所谓"一盘棋"，就是既独立作战，又不各自为战，要协调配合、相互支持、彼

辽宁抗击
新冠肺炎疫情全纪实

此补位，宁可向前一步交叉重叠，也不退后一步形成空隙。战"疫"中，可预知的和不可预知的问题时有发生。我们已经并将继续面对一个又一个坚固的"堡垒"，唯有扔掉"小算盘"、时刻"算大账"，万众一心、如臂使指，才能真正实现联防联动联控，才能逢山开路、遇水架桥，进而迅速解决问题、堵塞漏洞、填补空白。

"同心山成玉，协力土变金"。疫情面前，只要在党中央的坚强领导下，把关守口、共克时艰，就没有什么困难不可战胜。

YIXIANWEIPING

▶ "跨界"背后是担当

沈阳站新装了红外热像仪；大东区红十字会收到10万个新型冠状病毒核酸检测试剂盒；武汉来了5吨微生物消毒液……大家可能想不到，这些产品竟出自高端装备、干细胞药品、船舶制造等企业之手。

疫情面前，加都有了合理解释。为满足防疫需求，这些高新技术企业都能"跨界"，转产市场上急缺的防疫品，为湖北等疫区提供物资保障。

这批产品有着共同特点：都是限量款。尽为高技术衍生品，为保护人民生命安全，这些高新技术企业不惜用"大炮打蚊子"。

如此"兴师动众"，背后是企业家的责任与担当。

疫情面前，很多产量较低的小众产品，成了消耗量极大的紧缺品，平时产量自然跟不上战时需求。这就需要相关企业挺身而出、临时客串，特别是处于研发链条上游的研发型企业，"转身"将更快、更巧。

德厚者流光，业勤者流芳。"勇换赛道"，让大家看到了老工业基地的智慧与担当，跑出了防疫战场上的辽企加速度。

观点　285

▶ 道是"无情"最有情

疫情袭来，需要战士，呼唤勇士。

阻击疫情，守土有责，守土尽责。

连日来，总能看到、听到这样的消息：

阜新市中心医院业务骨干张宇的丈夫工作也很忙，无法照顾家中老人和孩子，可她还是主动请缨，驰援武汉；病房刚刚住进患者，辽阳市结核病医院烈性传染病房的护士李佳诺却接到爷爷去世的消息，非常时刻，这个"从小在爷爷身边长大的大孙女"选择了留在工作岗位……

看似"无情"的选择背后，其实展现的是最为无私的人间大爱。

在他们看来，疫情是人类共同的敌人，战胜疫情是不可推卸的责任！人人尽一份力，战胜疫情就多一分保障。

此时此刻，岂止在医疗卫生战线。全力战"疫"，"舍小家，为大家"成为群体性的选择。

警察"无情"，有人"扔"下身患重病的家人，有人把幼子托付给家中的老人……逆行，直奔一线。

小区门卫"无情"，不论是平头百姓，还是暗访的政府官员……不合规定，一概拒之门外。

道是"无情"最有情！

坚守岗位、尽职尽责，他们用实际行动诠释了自己的家国情怀。

**辽宁抗击
新冠肺炎疫情全纪实**

以科学态度必胜信念
筑起"心理堤坝"

抢购囤积生活用品、每天服用感冒药以避免被传染、在家里自制塑料袋防护服、嗓子有点疼就夜不能寐……疫情面前，千分小心、万分注意是对的，但杯弓蛇影、疑神疑鬼则是过犹不及了。

研究表明，心理暗示会直接影响人的情绪、智力和生理状态，过度焦虑恐慌会让你甚至是身边人方寸大乱、无所适从。在全民战"疫"的关键时刻，筑起"物理防线"之外，"心理堤坝"同等重要。

不正确的心态，多源自对科学的一知半解。新冠病毒的特征、传染源、传播方式、消毒方法等信息，国家相关部门已多次通报。事实也证明，谨慎注意将有效降低感染风险。有些人，不相信政府的客观判断，不仔细阅读权威报道，到处搜索未经证实的新奇信息，甚至热衷试用偏方，最终只会让身心俱疲、得不偿失。

面对疫情，要听从号召与部署，少外出、不聚会、戴口罩、勤洗手。但防疫是为了健康生活，不要本末倒置。总感觉自己不舒服、总怀疑身边人患病了……长此下去，没病也吓出病了。

部分产品出现暂时性短缺，要理性对待。疫情来得太快，又逢春节，急需品产销链条反应稍有迟滞是必然的。每个行业切换到"应急状态"都有过渡期。

目前，政府正在采取多种措施调配物资，口罩、消毒液等相关生产企业也在加班加点、日夜赶工，情况正在变得更好。至于与我们生活密切相关的"米袋子""菜篮子""肉盘子",更是储备丰盈,供应充足。辽宁的猪肉、禽肉、禽蛋每月供给量远超需求量,蔬菜也是如此,不仅能保供,还可外调,根本没必要在家里存一大堆,吃新鲜的多好。

只要有信心,黄土变成金。在无坚不摧的中国人民面前,没有过不去的坎。要相信党和政府,相信科学的防控举措。大雨突袭,如果每一段堤坝都很坚固,洪水就将变成一条大河。不被自己打垮,就没什么能打垮我们。

YIXIANWEIPING

▶ 变"要我防"为"我要防"

最近,随着疫情的持续、春节假期的延长,"宅"在家10余天的少数市民对疫情防控有些麻木,自我约束变得放松,开始耐不住"发霉的心情",有了外出散散心、透透气的渴望。

殊不知,疫情防控正处于关键时期,返程返岗的高峰交织叠加,防控形势依然严峻复杂。越是在这个关键当口,越要严格自律自爱,唯有彼此负责、相互关爱,才能抵御疫情、共克时艰。

广大医务工作者奋勇争先、冲锋在前,以仁爱之心和精湛医术救治病患。广大基层工作人员守在小区门前、村屯路口,坚守岗位,昼夜查验,用身躯筑起"城墙",守护在百姓面前。

而身处"后方"的"普通人",也有属于自己的一份责任。

不造谣、不信谣、不传谣,时时想社会,处处顾他人,不给抗疫前线添乱;谢绝访客邀约,婉拒宴会吃请,守住"里不出、外不进"的家门防线,不做"行走的传染源";疫情防控靠大家、也为大家,每个人都管好自己、做好防护,同样可以尽绵薄之力为防控大局作出贡献。

侠之大者,为国为民;侠之小者,为友为邻。每个人的能力有大有小,但每个

辽宁抗击
新冠肺炎疫情全纪实

人的责任不可缺位，变"要我防"为"我要防"，用自律筑起"防火墙"、织密"防护网"，既呵护自己健康，又保护他人无恙。

只有人人自律才能抵挡风雨，只要人人尽责终能迎来阳光。

▶ 借"疫"发财，良心何在？

原价16元一个的N95口罩卖到了38元且无合法进货凭证，本来15元一袋的一次性口罩涨到了85元……2020年1月31日，辽宁省市场监管局公布了7件哄抬价格、不明码标价的违法典型案件，其中6件涉及药店高价售卖口罩。对这些商家我们实在想问上一句，发"疫情财"，你的良心不会痛吗？

而比涨价更加让人痛恨的是，随着正规防疫用品的脱销，又出现了无良商家生产销售假冒伪劣产品。在极度紧缺的情况下，人们无暇分辨真伪，甚至将"三无"产品一抢而空。

在灾难面前，再大的"商机"也要遵循社会公德，再多的"利润"也要问问自己的良心。串通涨价、囤积居奇、制假售假，这些行为就是在发"疫情财"甚至"国难财"，无异于在"天灾"时制造"人祸"。

这是一场没有硝烟的战争，无论哪个企业与个人，都有责任与义务自觉投入战"疫"中来。发"疫情财"，冒犯了公众情感，扰乱了市场秩序，也触犯了法规。日前，我省下发文件，对疫情防控期间防疫商品价格实行管控，我们有信心看到，监管及执法部门很快将更多不法者绳之以法、严惩不贷。

良心是企业发展的灵魂，诚信是企业生存的根本。疫情只是一时的，病毒终将被我们打败。不管是做大生意还是小买卖，只有积极履行社会责任，坚守职业道德，才能获得消费者的充分信任，从而收获更多的长期利益。

防"谣"也是抗疫

当前正值新型冠状病毒感染的肺炎疫情防控关键时期,每天的疫情动态都牵动着亿万人的心。在全省抗击疫情的战场之外,另一阵地的斗争也从未停歇。社交媒体上谣言四起,再次凸显特殊时期舆论引导的重要性。

当下,人人都是"信息源",个个都有"话语权"。任何一条新闻、一个观点,只要涉及大众关切,就有可能如亚马孙雨林的那只"蝴蝶",轻扇一下翅膀,最终传导为一场风暴。它可能是"利器",可以促使一些问题快速解决、推动社会进步。它也可能是"凶器",经过"裂变式传播",给公众带来恐慌、不理智等负面情绪。谣言,无疑属于后者。

疫情发生以来,网上谣言可谓层出不穷、花样百出,有"多戴几层口罩才可以防病毒""抽烟喝酒可以防止感染新型冠状病毒"等误导公众的"防治秘笈",有"又有某某地封城"等影响稳定的虚假信息,在疫情动态已成国人"集体敏感"的现实之下,一经发出,迅即便会掀起不小的波澜。

"粉碎"谣言,需综合施策、多方发力。政府层面,要信息更透明、反应更迅速,及时、准确地回应百姓关切,最大限度压缩谣言生存空间。要重拳整治、精准打击,让造谣者付出沉重代价,让更多人不敢碰触"高压线"。各级领导干部更要增强互联网思维,适应网络舆论生态,顺应新媒体传播规律,听民意、解民忧,走实走好网上群众路线。同时,媒体的"主力军"更要冲上"主战场"、抢占"主阵地",通过

辽宁抗击新冠肺炎疫情全纪实

报网端微屏，以老百姓喜闻乐见的传播形式，第一时间发布官方信息、权威声音，以公信力、影响力对谣言形成"围剿"之势。此外，公众也应该学习科普知识、增强防范意识、提高辨别能力，不信、不转，这也是为抗疫作贡献。

令人欣慰的是，近年来，我省应对突发公共卫生事件的机制更完善，媒体报道的专业度明显提升。此次疫情面前，正确声音始终占领着舆论高地，对谣言形成了"围剿"之势。而医护人员最美逆行、国内各地守望相助、海外华人慷慨解囊等报道，则令人不断收获感动，坚定必胜信念。

别让"谣言"扰乱战"疫"大局，是我们每个人的责任。

YIXIANWEIPING

▶ **信心是战胜病毒的"特效药"**

千里驰援，一批批支援湖北的辽宁医务人员在临行前喊出"战'疫'必胜"的口号，带着决绝的信念尽锐出征；挺进最前线，他们用微笑和鼓励，令一个个焦虑者心神笃定。信心，在最危险的地方传递，点亮一座城市的希望。

疫情防控是一场持久战，考验着每一个人的信心。病患有了信心，就会消除恐慌心理，积极配合治疗；医护人员有了信心，就会轻装上阵，把精力集中到切实有效的救治中；民众有了信心，就会保持定力、敬业值守，为打赢战"疫"提供坚强支撑。

当下，包括来自辽宁的医护人员、紧急物资正从四面八方向湖北集结，这不仅令受助者暖心，更提振了人们攻克时艰的信心。这信心，来自党中央的坚强领导和周密部署；这信心，来自白衣战士"倘有急需，余必接济"的医者仁心；这信心，更来自社会各界的同舟共济、守望相助。

既要防控有力
也要工作有序

度过一个"加长版"的假期，2月3日，省内各地各部门开始上班。返岗第一天，单位全面消毒、体温逐个监测，同事之间不聚集、不开会、不握手，戴着口罩、保持距离，道一声"过年好"，温馨而又安全。

上班了，就要立刻收心归位，迅速进入状态。疫情依然严峻，防控压力不小，同时，改革发展稳定的担子也不轻。一些机关和企事业单位，更是保障社会高效健康运转的关键部门，责任重大、任务艰巨，必须以饱满的精神、十足的干劲投入工作，做到疫情防控和日常业务两手抓、两不误。

防控，得做好"自家的事"、扫好"门前的雪"。各单位首先须对员工身体状况、假期出行情况等进行统计摸底，登记排查，做到心中有数、妥善安排。对办公场所等公共区域的集中消毒也要加强，对进入区域人员要进行体温监测等。上班就餐，要安排好盒饭或简餐。特殊时期，各部门在保证疫情防控正常开展和机关基本运转的基础上，可执行错峰上下班，实行弹性工作制。对一些无须到单位完成的工作，可以居家办公，通过手机、网络、视频等渠道和方式灵活完成。

当然，不论以何种方式办公，都要做好本职工作。今年是决胜全面建成小康社会、决战脱贫攻坚之年，是"十三五"规划收官之年，去年的省委经济工作会议、今年初的省两会，已经明确了思路举措、重点任务，要按照既定部署，对照年度目标，排工期、抓落实。要在做好防控工作的前提下，全力支持和组织推动各类企业复工复产。要聚焦脱贫攻坚战最后堡垒，结合推进乡村振兴战略，以疫情防控为切入点，加强乡村人居环境整治和公共卫生体系建设。特别是要更加关心关注企业运行情况、百姓民生诉求，更加深入地走进基层一线，更加充分地倾听企业家和群众心声，更加主动地为他们解决实际困难和问题，绝不能以防控为由懒政怠政。只有这样，才能最大限度地降低疫情对经济社会发展的冲击和影响。

艰难困苦，玉汝于成。疫情防控没有退路，经济发展必须向前。只要我们坚守各自的岗位，牢记初心使命，勇于担当作为，履职尽责，携手攻坚，风雨过后，辽宁的明天，中国的明天，定会更好。

YIXIANWEIPING

▶ **弹性工作制下思想别有"弹性"**

为应对和抗击新冠肺炎疫情，一些党政机关和事业单位实行弹性工作制，提倡居家通过手机、网络、视频等方式开展工作，这是阻断病毒传播的有效手段，非常之举。但在家上班也是上班，一定要时刻"在状态""满格电"，且不可思想上也有了"弹性"。

当前，防控和抗击疫情是党和国家头等大事。作为党员干部，人在家中，却要胸怀大局，在"知""行"方面与中央决策及省里要求"同步更新"、保持一致。决不能成为"小道消息"的接受者，甚至是传播者。

此外，在家办公，远离单位，缺少直接的监督，更需慎独、慎微。要自觉做到在单位与在家一个样、领导在与不在一个样、人前人后一个样，情为群众所系、利为群众所谋，自觉把责任和担当作为抗击疫情的磨刀石。

同时，党员干部也要做好自身的防疫工作，始终科学防控、理性防控，好的地方要保持和发扬，不好的地方要加以纠正和改进。这也是带头示范、引导群众的实际行动。

坚决打赢
保供这场硬仗

面对仍在蔓延的疫情，做好重点物资保障、稳定消费市场供应，是当前疫情防控工作的关键环节、重中之重。

物资供给关乎"军心"民心，决定战"疫"成败。医用物资供应稳定，"前线"才会"粮草"充足、战斗有力，才能有效降低病死率、提高治愈率。生活物资供应稳定，才能保证百姓"米袋子""菜篮子""肉盘子"丰盈，使群众心态平和，社会大局稳定。

对此，省委、省政府高度重视，多次召开会议，科学安排、周密部署。各地区各部门各单位立足优势、上下联动、左右协同，千方百计筹集调配。防疫物资方面，我省在不断拓展采购渠道、获得多方支援的同时，深入企业，全面摸排，对具有生产能力的特事特办、加快审批。日前，一大批企业已经开工复工、正在日夜赶工，且初步形成了可喜的"联合链条"，一定程度上缓解了供需压力。生活物资方面，我省强化生产指导服务，全力打开"运输通道"，供应总体充足、平稳有序。

然而，我们更要看到，目前，全省医疗物资保障和群众防控需求仍然面临严峻形势。一线医护工作者片刻不能离开医用防护服、医用防护口罩和护目镜等，这些物资消耗量大、消耗速度快，一直处于"紧平衡"状态。受人员陆续返工返岗影响，生活必需品保供面临的局面更为复杂，任务更加艰巨。同时，局部流通不畅，也使一些农产品开始出现"卖难"问题。

辽宁抗击
新冠肺炎疫情全纪实

这些，都要求我们务必深刻认识做好稳供应工作的极端重要性和紧迫性，不断提升应急保供能力。

稳供应，要千方百计增加物资采购和生产。当前疫情防控形势严峻，随着时间推移，国内采购和国际进口的难度将逐步加大。这就需要加强物资保障的预见性、前瞻性，深挖潜能，全力扩大物资采购和存储规模，同时动员企业加快复工复产达产扩产，以充足的准备应对可能到来的疫情突发情况。

稳供应，要摸清市场底数，加强监测调度。知道缺什么，才会有的放矢补什么。这就需要深入开展市场调查，强化协作联动，了解商品库存在哪里，调运由谁组织、到货由谁衔接，确保关键时刻、极端情况下生活必需品找得到、调得快、用得上，以稳定的货源消弭断供等谣言，传递抗击疫情的信心。

对医护人员，多提供一只口罩，就是多一重保护；对普通百姓来说，宅在家里吃得饱、吃得好，也是有效的"疫苗"。供应稳，打赢这场疫情防控阻击战才会更有信心、更有底气、更有力量。

YIXIANWEIPING

▶ **村封闭，路别断**

面对蔓延的疫情，对村庄进行封闭，是阻断病毒传播的有力举措。我省最严"30"条中就明确提出，本村（小区）居住人员一律凭证出入并测体温，外来人员和车辆不得进入，做到"里不出、外不进"。

然而，却有个别地方把省里的这一要求落实"歪"了。他们不仅封了村，还用摆柴草垛、堆土山等方式，硬生生地把路也给断了。这种极端行为，貌似安全，实则存在隐患。首先，将自己变成了孤岛，若村里有人突发疾病或出现火情，可能贻误最佳救治救援时机。更重要的是，作为交通网络的"末梢"，微循环不畅，也会导致防疫物资、"菜篮子"产品运送受阻。

观点 295

对此，交通运输部早就强调，要做到"一断三不断"，即：病毒的传播渠道要断，公路交通网络、应急运输绿色通道和必要的群众生产生活物资运输通道不能断。我省也明确，不得擅自采取封闭高速公路、阻断普通国省干线公路、硬隔离农村公路等措施阻碍公路交通。

战"疫"之中，交通运输是疫情防控的重要一环、关键所在。辽报君提醒大家，一定要科学防控、理性防控，隔离病毒，别隔离生命通道。

▶ 慎终如始，则无败事

慎终如始，意为谨慎收尾，如同开始时一样。疫情防控，尤需这种态度和精神。

和全国一样，经过全省上下共同努力，我省疫情防控工作取得了明显的阶段性成效。然而，这绝不意味着可以刀枪入库、马放南山，我们远没到"鸣金"之时。

目前看，世界各国疫情蔓延较快，复工复产也带来了国内、省内人员流动和聚集增加。这些，都使防控工作面临着新压力、新挑战，形势依然严峻复杂。但随着时间的推移，个别人却精神头儿不那么足了、警惕性不那么高了，这种苗头倾向，切不可有。

疫情发生以来，我们每个人都为阻断病毒传播作出了贡献。特别是前线的同志们，始终处于高度紧张的工作状态，昼夜忙碌、特别辛苦，身心都十分疲惫。可目前的疫情，还容不得我们有半点厌战、畏难情绪，稍有懈怠，"敌人"就可能反扑。近日，局部偶现的"倒春寒"，就是现实教训。所以，我们必须像疫情发生之初那样思想不疲、劲头不松、措施不软，如此，才会把一切可能出现的"反弹风险"消灭在萌芽之中。

咬紧牙关、坚持到底，慎终如始，则无败事。

辽宁抗击
新冠肺炎疫情全纪实

用实际行动
诠释忠诚担当

疫情如令，任重如山。

元宵夜，辽宁医疗队紧急集结，驰援武汉。来不及与家人告别，匆匆收拾行囊，在不到24小时的时间里，14个市千余名医护人员，分三批飞赴战"疫"的最前线。

"大敌当前，无须动员。"面对召唤，辽宁医护人员前赴后继，朝着最危险的地方前进、冲锋！

"特殊时期，哪里需要，我们就到哪去。"义无反顾投入这场阻击战的，岂止是医疗战线！

非常时刻有非常之举。连日来，全省上下深入学习贯彻习近平总书记关于疫情防控工作重要讲话和指示精神，按照党中央决策部署及省委、省政府工作要求，众志成城，共克时艰。不分时间、不分场地、不论职业，辽沈大地，随处可见"逆行者"、奉献者的身影。

一方有难，八方支援。危急时刻，辽宁人全力以赴，为防控大局发光发热。这是一场全社会的"总动员"：第一时间，130吨大白菜由沈阳"走铁路"紧急运至武汉，为疫区解生活物资燃眉之急；华晨汽车集团生产的首批负压救护车，紧急发往防疫一线；"3小时发货、18小时安装"，生产高端医疗设备的东软医疗创出"不敢想象的速度"；东北制药春节期间全员返岗、日夜赶工，将防疫急需药物源源不断发往全国各地；本溪75岁的"米花妈妈"，拿出多年积攒的2.5万元购买医护物资，希望"能为国家做点事";沈阳中航社区922户居民自发向疫区捐款4万余元,当记者问起大家的姓名,他们异口同声,"就写我们是辽宁人吧"……一桩桩、一件件,无不展现着辽宁风采、作出了辽宁贡献。

舍小家、为大家。这就是辽宁!这就是辽宁人!在每一个紧要关头,辽沈儿女一直展现出忠诚于党、忠诚于祖国的坚定信仰、真挚情怀。尤其是这次抗击疫情的严峻斗争中,我们遇到困难不低头、面对挑战不退缩,不怕接硬任务、主动啃硬骨头,用实际行动诠释着忠诚与担当。

精神的力量是无穷的。流淌在4300万人民血液里的这种精神,也必将推动辽宁在全面振兴、全方位振兴的征程上战胜一个又一个挑战!

YIXIANWEIPING

▶ 我能读懂你的背影

2月9日清晨,沈阳夜色尚未褪尽。沈阳积水潭医院重症科护士长高英哲收拾好行囊、整理好思绪,离开家门时,他抱了抱母亲,很轻松地说了一句,"照顾好丢丢(他家的狗)哦,别让它瘦啦"。转过身,高英哲迈着坚定的脚步,走进薄薄夜色中,没有回头……

放在平时,这样的告别就像是一次假日旅行。而这次,却是紧急集结,奔赴前线。在母亲不舍与牵挂的目光中,高英哲远去的背影,令无数人落泪。

一位网友在留言中写道:我能读懂你的背影。作为记者,我们更能读懂。因为,这些天来,我们已经用文字和镜头记录了1300多名白衣战士一往无前、义无反顾的逆行身影。

谁不是血肉之躯?谁的生命有"备份"?面对生死危难,谁不害怕?"我害怕得哭了,但我不胆怯",一位医护人员在他的微信朋友圈里写道。一名1998年出生的医护人员在告别亲人时哭着说"害怕",却转身冲进了战场。"哪有什么无所畏惧,

辽宁抗击
新冠肺炎疫情全纪实

只要国家需要我们，我们将义无反顾。"那是勇士的背影，那是担当的逆行，那是使命的诠释。

"高英哲们"，一个个平凡的个体让我们惶恐的内心不断平复，"高英哲们"的背影，让这个迟来的春天充满希望。

"其实我们没有那么伟大，没有那么高尚，只要国家需要我们，我们就应该上"。他们心里有家，更有国。

▶ 今天，爱的表白是等你平安归来

2月14日，一个特殊的日子，本应是很多情侣登记结婚的日子，是给爱人送玫瑰花的日子，是没有名牌包包的女孩跟男友撒娇的日子。

可对于奋战在抗击疫情第一线的医生护士们来说，只能在与爱人、家人的分离中度过。

就在今天下午，辽宁第二批对口支援襄阳医疗队的200余名医生护士即将踏上征程。这份大爱，值得所有人为他们送上最美好的祝福。

这份祝福，最准确的表达就是，愿你平安归来。

同他们一样，网络短视频里，隔着手机屏幕，透过隔离病房玻璃窗，无数的妻子、丈夫们向战疫一线的医生护士们、向被病痛折磨的病患们表达深意：

"媳妇，你平安归来，我包一年的家务！"

"亲爱的老伴，加油！"

"今天，我欠你一个婚约，今生，我用一生去守护。"

伸出双臂，向远方的爱人送上一个深情的拥抱，这个姿势也许将成为今天最令人动情的style。

爱在遥远的云端，心却贴得更近。疫情阴霾之下，爱更加简单纯粹。

这，也许不是这个特殊日子里最"经典"的样子，却一定是爱情最美好的样子。

奋力夺取疫情防控与经济发展双胜利

建立职工实时健康档案、全面消毒杀菌、设置隔离室、购置防护物品……在做足了防控准备的前提下，2月10日，辽宁企业大面积复工复产。厂矿车间里，机轰鸣、人穿梭，再现繁忙景象。

抓好企业复工复产，是落实习近平总书记重要讲话精神的具体行动，是做好"六稳"工作的重要内容，是完成今年经济社会发展目标的当务之急，是为疫情防控提供更好保障的客观需要，事关企业信心底气、事关辽宁全面小康、事关全国发展大局，是笔"大账""长远账"。连日来，我省多次召开会议，并印发疫情防控指挥部令（第5号）和支持中小企业生产经营若干政策措施的通知，对复工复产提出要求、作出部署、进行指导，各地要认真学习、深刻领会，结合实际、精准施策。

眼下，疫情防控形势依然严峻，复工复产又不可避免会增加人员流动与聚集。可以说，摆在各级党委政府面前的，是一道紧迫的课题、一项艰巨的任务、一次严峻的考验。面对新的挑战，我们一定要把问题考虑得更充分一些、把举措制定得更周全一些、把工作落实得更细致一些，严格标准、严格程序、严格排查、严格监测，确保实现"两手抓、两手硬"。

受疫情影响，部分企业生产经营出现暂时性困难，需要支持、渴望帮助。要深刻认识到，当前，企业的信心比黄金都重要，只有帮助他们渡过难关，辽宁经济才会平稳健康发展。要关注、关心市场主体的生产经营，以真情实感、出真招实招，

辽宁抗击新冠肺炎疫情全纪实

将省里制定的25条政策措施进一步细化实化具体化，加大财政支持力度，减轻企业负担，降低运营成本，加强土地、资金、人才等要素保障，让企业看得见、摸得着、拿得到。

要改进作风、靠前服务，利用电话、网络等非接触办公方式，密切跟踪企业运行状况，第一时间掌握、解决他们的所急所需所盼，多想利企惠企的好办法，多做雪中送炭的暖心事。

当然，企业也要增强大局意识、全局观念，把确保疫情防控到位、先作为复工复产的前置条件，把保障员工身体健康、防止病毒扩散蔓延作为首要工作，主动担责、悉心履责。我省已经发布了第一版《企业复工疫情防控指南》，其中的七大方面71条具体提示，每一项都要记牢做好，作为刚性要求落实到各环节、各班组、各岗位。

阳光总在风雨后。只要政企同心同德、同向同行，就一定能共克时艰、化危为机，夺取疫情防控与经济发展双胜利。

YIXIANWEIPING

▶ 网上办，是对营商环境的一次检验

眼下，正是战"疫"吃劲的关键时刻，为减少人员聚集，继续做好疫情防控，尽管假期结束，相当一部分党政机关和事业单位的工作人员以及普通百姓，仍旧"在家待命"，远程办公。

门不出，事照办。省政务服务大厅某窗口工作人员居家办公，利用网络10天审批了100多件跨省大件运输许可项目申请；全省公安机关提供"网上办、掌上办、预约办、邮寄办"服务，百姓在家就能办理治安、户政、出入境等公安业务；还有企业开办、司法服务、税费缴纳等等，都可以不出门，在线上完成……

目前，新冠肺炎疫情已持续一个多月，统筹做好疫情防控和经济社会发展，既是一次大战，也是一次大考。考验面前，各行各业"网上行动"，既有效隔离了病毒传播渠道，又保证了社会正常运转，无疑是正确选择。

但也要看到，我省一体化在线政务服务平台建设尚在推进中，全省政务服务事项还未"应上尽上"，"网上办"触角不够"四通八达"。尤其在当下，多数人不能出门、大企业复工复产的形势下，急需强化网络服务平台功能，拓展服务范围，加快推进网上审批、不见面办理；要进一步加大工作力度，用非常之举，尽快破除信息"烟囱"和"孤岛"，在更大范围实现"一网通办"，让数据多跑腿，群众少出门，高效解决生产、生活所需。

特殊时期是"危"也是"机"。正如2003年的"非典"推动了淘宝、京东的快速崛起，今天的战"疫"也同样给了训练我们战斗力、协同力和推动科技进步的机会。

非常时期，需要各级政府和党员干部既有责任担当之勇，又有科学防控之智；既有统筹兼顾之谋，又有组织实施之能。"门不出，事照办"，既是软实力，也是硬实力，更是特殊时期对营商环境、服务效能的一次考验。

辽宁抗击
新冠肺炎疫情全纪实

切不可有"松口气"的错误想法

经过20余天的全民动员、日夜鏖战，疫情防控的好消息正在不断传来：在全国，湖北以外新增确诊病例8连降；在我省，物资保障更加有力，治愈患者持续增多。但我们也要清醒地认识到，当前，疫情防控正处于胶着对垒状态，而且面临着新的困难和挑战，全省上下一定要绷紧弦、别松劲、一鼓作气、奋战到底，确保万无一失，取得全面胜利。

疫情发生以来，我省各地区各部门各单位高度紧张、异常辛苦，但随着时间的推移，特别是在疫情出现积极变化的情况下，个别干部难免会产生厌战情绪、懈怠心理，认为可以"松口气""歇歇脚"了。而一直"闷"在家里的民众，看到身边没有感染者，也可能不再像最初那么紧张，于是放松了警惕。

这种盲目乐观的态度要不得。眼下，疫情防控形势依然严峻，我们对病毒的认识、把握都有一个不断深化的过程，疫情本身也会有各种难以预料的变化和发展。而且，随着假期结束，大量人员开始返程、返工、返岗，"流动性""聚集性"大幅提升，疫情扩散风险随之加大。这些都告诉我们丝毫麻痹不得、马虎不得，务必要把困难估计得更大一些，以战时状态、战斗作风，盯住重点地区、重点人群，打好"组合拳"、下足"绣花功"，把工作做得更实一些、更深一些、更细一些。

对于各级党委和政府部门来说，无论是建立健全区县、乡镇（街道）、城乡社区等防护网络，还是做好疫情监测、排查、预警、隔离等工作，都需要项目化、清单化、责任化，确保有人抓、有人管，抓到底、管到位，把自己的"责任田"盯住、看住、守住，切实做到补短板、堵漏洞、清盲区、堵死角。各级领导干部特别是党政"一把手"，要带头贯彻落实党中央决策部署以及省委、省政府的工作安排，把责任扛起来，把使命担起来，身体力行、率先垂范，叫响"跟我上"、做到"向我看"，为百姓守平安，为大局作贡献。

疫情如洪水，人人是堤坝。对于广大群众来说，要支持、理解和配合政府的防控举措，做好个人防护与隔离，把防控网织得密密实实的，不给疫情传播留下一点缝隙。

一场战争，没到最后关头，就不能轻言胜利。让我们发扬特别能吃苦、特别能战斗的精神，再努努力、加把劲儿，共同击退新冠病毒，一起迎接春暖花开。

YIXIANWEIPING

▶ 防控形势更严峻，"心理拐点"不能有

连续9天无新增病例，121名确诊患者中88人已治愈出院，2717名密切接触者中2705人解除医学观察。

辽宁的疫情数据，着实令人高兴。可有的人，光凭这几项增减，就认为已经万事大吉，可以"鸣金收兵"了。于是，思想的"猴皮筋儿"一点点松了起来。疫情拐点还没到，"心理拐点"已出现。

这么想，是光看到了风平浪静的"表面"，没看到暗流涌动的"下面"。

看看省疫情防控指挥部在昨天的新闻发布上的判断吧：尽管目前我省疫情防控相对好转，但随着复工复产，人员流动性和聚集性增大，全国出现多起复工复产后聚集性疫情，邻近国家近日报告的确诊病例数快速增加，我省疫情防控工作更加严峻复杂，疫情防控工作仍面临很大的不确定性和防止反弹的巨大压力。

也就是说，我们目前所处的阶段只是"相对好转"，最大、最难的任务是"防止

辽宁抗击
新冠肺炎疫情全纪实

反弹"。

再看看指挥部是咋强调的：绝不能有麻痹思想、厌战情绪、侥幸心理、松劲心态，要保持思想不松、力度不减、标准不降。

可见，谈论胜利，为时尚早。相反，在最吃劲的关头，做不到万无一失，就可能一失万无，这绝非危言耸听。

防控工作，就像一个长长的链条，每个环节都得"咬死"。

对各级党委政府来说，就是既抓实抓细疫情防控，又抓紧抓好复工复产，保群众健康，让经济平稳；对企事业单位来说，就要把新修订的"20条"记牢做好，一点都别差，差一点都不行。而对咱老百姓来说，就是不聚集、不聚餐、少出门、戴口罩。亲朋好友、火锅大串、春光美景，再想念、再喜欢、再向往，都不差这几天。

俩字：挺住！

心理疏导
也是抗疫重要一环

随着时间推移，疫情形势出现积极变化，公众心理随之发生变化，必胜的信心越来越足、防控的意识越来越强，但同时也存在着一些不容忽视的非健康情绪，必须引起重视，迅速进行疏导，做好人文关怀。

疫情对不同群体会产生不同的心理影响。奋战在抗疫一线的医护人员、基层干部、科研人员，工作任务重、节奏快、压力大、负荷高，日积月累，难免会焦躁。内心脆弱的被感染患者，可能会悲观绝望，加重病情。有的人长时间"憋"在家里，人际关系疏离，也容易焦虑不安。这些，如果不及时消解，都会对防控大局甚至社会稳定造成影响。所以，某种程度上，心理疏导也是抗疫的重要一环。

心理疏导，要做到全面覆盖。目前，省心理咨询师协会、省高校心理健康教育研究会、省青年志愿者协会、社会工作服务团队等均开通了援助热线，成果日益显现。面对庞大的需求，应继续统筹各类资源、整合各方力量，把"供给"做优做强，努力构建全方位、立体化的心理干预和疏导机制，做到便捷高效、有问必答，确保电话打得通、问题说得清、答复讲得透。

心理疏导，要切实精准有效。给思想"解扣"，服务对象千差万别，不可能凭一把钥匙打开所有"心锁"。这就要求我们必须不断加强舆情研判和信息收集，及时掌握倾向性、苗头性问题，进而从"个性"中梳理"共性"，区分不同群体进行"画像"，以提高工作针对性、实效性。而具体到个人，对待每位来访者，"心灵工程师"们应

辽宁抗击
新冠肺炎疫情全纪实

带着耐心和爱心，认真倾听、深入了解、及时抚慰，帮助其实现心理的再平衡。

此外，各地各部门要及时发布权威信息，回应群众关切，认真做好增信、释疑、解惑工作，加强对健康理念和防治知识的宣传教育，帮助百姓提升科学素养、增强防控能力。对于冲在一线的"逆行者"，要充分考虑他们的承受能力，统筹安排、科学调配，合理安排轮休，做好后勤保障，以最大限度缓解身心压力。

当然，心理疏导终究是外力，自我心理调适才是更强大的力量。疫情虽然凶猛，只要每个人都以积极健康的态度去应对、去战斗，就一定能打赢这场硬仗。

YIXIANWEIPING

▶ 有爱，什么都不怕

返程归岗，父母因担心乘坐公共交通工具有风险，尽管年过六旬仍坚持驱车四百公里护送。父母走后，我打开冰箱，看见那一冰箱的爱，顿时模糊了双眼。

疫情之下，改变了我们每个人原有的工作和生活状态，在这种特殊时刻，从前我们习以为常的、认为理所应当的爱，如今变得无比珍贵。

无数医护工作者、公安民警、社区工作人员在合家团聚之时冲到了防疫战的第一线，数不清的人坚守在普通工作岗位为防控疫情尽力，用实际行动表达了对祖国和人民的热爱。

一些爱心人士和企业捐款捐物，有一分热，发一分光，支援武汉及各地医院抗击疫情，祖国大地各处涌动着爱心，奉献着无私的爱。

许多工作单位的领导通知员工在家线上办公，自己却坚持每日到达单位完成工作，以身先士卒的精神诠释着对员工的关爱。

亲戚朋友得知我们口罩告急后，将自家并不充足的口罩赠送给我们，礼虽轻，情义重，雪中送炭的背后是他们对我们的疼爱。

患难见真情，一场疫情，让我们每天都在被这些人感动着，也时时牵动着。

观点　307

应急响应降级
防控意识别降

继全省实行分区分级精准防控后，昨天，省疫情防控指挥部发布第7号令，决定将应急响应级别由一级应急响应调整为省级三级应急响应。这表明，我省疫情防控工作已进入新阶段。但应急响应降级不等于"警报解除"，取得初步成效更不等于全面告捷，全省上下仍要绷紧弦、拉满弓，绝不能有盲目乐观、松劲懈怠的错误思想。

近一个月来，面对新冠肺炎这场遭遇战，全省上下认真学习、深入贯彻习近平总书记重要讲话和指示批示精神，将党中央决策部署落实到疫情防控的各领域、各方面、各环节，为保障人民群众生命安全和身体健康，付出了极大的努力。按照省委、省政府具体安排，各地区各部门狠抓落实、精准施策，广大党员干部冲锋在第一线、战斗在最前沿，"白衣天使"无私奉献、英勇奋战，全省人民积极支持、密切配合，社会各界同心同德、同向同行，迅速凝聚起众志成城、共克时艰的强大合力，织就横向到边、纵向到底、全向到位的防控网络。截至2月21日24时，全省已连续5天无新增病例，治愈出院66例。成绩殊为不易，经验弥足珍贵。

然而，这并不代表我们可以停停步、歇歇脚。从全国看，疫情发展拐点尚未到来。从辽宁看，随着企业开复工、恢复正常生产生活秩序，人员"流动性"和"聚集性"风险隐患增加，形势依然严峻复杂。紧要关头，尤其不能放松警惕，一定要做到思想不松、责任不松、措施不松、工作不松，确保全省统一防控向分区分级精准防控平稳过渡、有序衔接，不断巩固成果、扩大战果。

辽宁抗击
新冠肺炎疫情全纪实

做好防控工作，关键还是在于"严""实""细"三个字。就面上来说，各市要按照省疫情防控指挥部第6号令的要求，结合所辖县（市）区实际，制定具体指导意见。县（市）区也要根据所辖街道、社区、村屯实际，以及企事业单位的特点，制定具体操作方案，突出针对性、有效性，做到可操作、可执行。就点上来说，要坚决守住"省际边界""厂矿车间""社区村屯"这几道防线。要加强对入辽车辆、人员检疫查验、测温和信息登记工作，确保省外病例"零输入"。企业复工复产后，要与新修订的"20条"逐一对照、全面落实，决不能发生聚集性传染。社区村屯要管住重点人、放开健康人，既不搞"一刀切"的封闭措施，又防止高风险地区人员流入。

我们坚信，只要全省上下继续保持战时状态、战时标准、战时作风，万众一心、真抓实干，就一定能打赢这场人民战争、总体战、阻击战。

YIXIANWEIPING

▶ 口罩，还摘不得！

在辽宁，与抗击疫情有关的好消息正不断传来，全省连续6日没有新增病例，出院患者越来越多，应急防控也调整为省级三级应急响应。

疫情防控工作进入新阶段，并不意味着可以放松警惕。

网上传的一个帖子提醒得好："解封，是为了复工复产，不是为了走亲访友……切记坚持少出门、戴口罩、勤洗手、不聚餐、不聚集。"

可偏偏就有人置若罔闻。这不，昨天记者去小区的超市买菜，一个来回不到3000米的距离，却见到好几位不戴口罩的邻居。显然，这其中多数人不是临时下楼即刻返回的，遛狗者有之，锻炼者有之，最不可思议的，还有几家人走在一起，好像要出去体验一下"解放"的感觉。

好任性！戴口罩的习惯刚刚养成，这就要告别了？讲真，这口罩一时还摘不得。毕竟，疫情还没有完全结束呀。一旦遇上点风吹草动，后果你可以想象！

观点 309

为了阻击疫情，我们付出了沉重的代价。现在在公共场所、人群密集处就急急摘下口罩，不仅是麻痹大意，更是对所有人的不负责任。切记，坚持就是胜利，不要让无数人的努力功亏一篑！

上海医疗救治专家组组长张文宏说："在目前这个特殊时期内，在最近的一个月到两个月吧，我希望大家还是要做好防火防盗防同事。"

"三防"之外，我倒是觉得，还有个"防"须牢记，那就是"防自己"——口罩不能摘，好习惯不能改！

因为，憋着，是为了疫情过后更为畅快地呼吸！

心定，方能行稳。疫情防控越是到最吃劲的时候，就越需要信心的撑持。信心可以驱散"我太难了"的焦虑，击败"我心态崩了"的恐慌，更能汇聚"中国必胜"的昂扬斗志。信心有了，动力满了，干劲足了，还有什么困难不能战胜？还有哪一个冬天不能逾越？

"每个平凡的春天，无不经历了寒冬惊心动魄的历练"。只要我们上下同欲、合力致远，就一定能迎来花开疫散的春天。

▶ 好久不见，十分想念，请离我远点！

继企业复工复产、商场开门纳客之后，今天，许多行政事业单位也开始正常上班，辽宁的生产生活正在有序恢复。

告别"宅"日子，回到办公室，一个月未见的人们，真想坐在一起唠唠知心嗑儿，真想来个热情的拥抱，或者至少得握个手吧！

且慢！疫情拐点尚未到来，防控仍不能有丝毫怠慢，即便是同事中亲如家人的好兄弟、好姐妹，此刻也需要克制。

要知道，"狡猾"的病毒，最喜欢通过人与人的"亲密接触"来寻找新宿主。

一个月以来，我们"防"字当头，推动疫情阻击战取得阶段性成效。但目前尚未"全胜"，不可"收兵"。特别是正常上班后，人员再次大范围流动、集聚，风险陡然增加。稍有不慎，就可能前功尽弃。

有效的防护，除戴口罩、多洗手、勤通风等操作外，还有互相之间保持1米以上的距离，减少开会，分头办公，各自就餐。这是对自己、对他人负责，更是为防控大局作贡献。

好久不见，十分想念，请离我远一点！

距离产生美，应是当下最经典的画面。

大疫中，
书写辽商大义

除夕接到负压式救护车生产任务，华晨集团立刻召回员工采购研发，12天后，第一批产品下线；得知武汉医院急需CT机，东软医疗3小时发货、18小时完成装机；沈阳三生制药以"疫"为令，加班加点，生产抗疫一线紧急药物……疫情发生以来，辽沈大地上，众多企业在大疫中书写大义，成为一支不可或缺的抗疫"主力军"。

爱国敬业、守法经营、创业创新、回报社会，这是企业家精神的集中体现。面对突如其来的疫情，辽宁企业家用实际行动，对这16个字进行着看得见、摸得着的诠释。

战"疫"，既是一场救治战，也是一场供给战。防护物资、药品器械，这些前线所需的"粮草""弹药"，都得由企业来研发、来生产。面对国家召唤，辽宁一批企业不计代价、不惜成本、不提困难，火速研发、紧急扩产、临时"跨界"。病房里缺救命的呼吸机，沈阳一企业除夕备料、初三开工；口罩难求，11家辽企连夜办理手续组织生产……各地企业"上下游"同时发力、"大中小"各展所长，寻找"切入点"，奉献光和热。有人说，战胜恐惧是因为知道自己要做什么，克服万难是因为知道自己该做什么。车间里机器的轰鸣、忙碌的身影，就是企业家最好的回答。

得，赖于国之发展；舍，为了国之需求。面对人力支出增加、物流费用提高，辽宁很多企业仍坚持延迟收款、平价销售、免费捐赠，在关键时刻，"为国分忧"是他们价值排序的第一位。据不完全统计，目前全国辽商捐款已超4亿元。大米、水果、蔬菜，防护服、消毒液，救护车、急用药，几乎每天都有饱含着企业大爱的物资，

辽宁抗击
新冠肺炎疫情全纪实

从辽宁源源不断地发往湖北等地区。

又何止今天！回首来路，抗洪抢险、抗击"非典"、抗震救灾……但凡祖国危难，辽商从未缺席。

成长于精神沃土，绽放在时代枝头。辽宁，共和国工业长子。这里，榜样的力量无处不在。雷锋、郭明义、罗阳……长长的"英雄谱"照亮了辽宁的道德星空，更积淀出老工业基地的厚重底色。于辽宁企业家来说，"长子情怀、忠诚担当"溶于血液、与生俱来。

为众人抱薪者，必为众人铭记。面对企业家的付出与奉献，我们在感动之余，应该以更加有力的举措去尊重他们、关心他们、爱护他们、支持他们，以充足的阳光雨露，让他们在"经济森林"里茁壮成长。这样，辽宁振兴才会有坚实的基础与支撑。

YIXIANWEIPING

▶ **危中寻机，补齐产业短板**

2月15日，一批产自沈阳盛实的医用N95口罩被运往湖北。从除夕筹建应急生产线至今，盛实已生产口罩超过20万个。

无独有偶，丹东的医用防护服、辽阳的隔离面罩、大连的医疗器械、沈阳的应急药品……大批来自辽宁的轻工产品，成了危急时刻防疫一线医护人员手中的"武器"。前几日一项统计数字表明，全省口罩日总产能26万只、隔离服日产量6700件、无纺布日产能36.67吨。

以"重"见长的老工业基地，轻工业一直是产业短板，特殊时刻保质保量供应，惊喜之余还让人看见了该领域的辽宁潜力。

发展就像旋转的硬币，总在双面交换。通过组织防疫物资生产，借力补齐轻工、医药、纺织、消费品等产业的发展短板，加快调整产业结构，在坏消息中寻求好出路，辽宁正逢良机。

从销售看，瞬间爆发的市场需求将为企业壮大带来机遇。从生产看，疫期物流不畅、复工不同步等不利因素将为省内企业抱团儿取暖、信息梳理、加强合作建立渠道。从管理看，此时正是相关部门摸清底数、看准问题、精准服务的关键时刻。

目前，我省已梳理出防护用品及原材料、药品、医疗器械等5大类26种产品的一批重点企业，它们都将是未来产业发展的领头羊。

诚然，补齐产业短板并非朝夕可达，抓住机遇的同时还得长久发力。如同耕种，及时雨只解一时之渴，唯有精准滴灌才能常保丰收。将短期对接变长期合作，疫情过后企业仍需在技术、质量、服务等方面久久为功，才能越走越远。

▶ "加油"何妨有诗意

"辽河雪融，富山花开；同气连枝，共盼春来"。2月10日，日本富山县向辽宁省捐赠1万只口罩，装口罩的纸箱子上写着这样诗意的文字。

无独有偶，"青山一道同云雨，明月何曾是两乡"的诗句，印在了日本京都府舞鹤市捐赠给大连市的防护物资包装箱上；"山川异域 风月同天"的诗句印在了日本运往湖北物资的包装箱上。

被网友用"暖哭了"来刷屏的日本义援诗，让人想起了多年前曾经很熟悉的那句话：中日两国一衣带水，文化同宗同源。中国古诗词里凝结着最复杂的文化密码，只有浸淫其中才会深刻体会。日本朋友，你们用短短数言传递的丰富情感，中国人民收到了，也读懂了！

这是一种深远的文化认同，更是一种并肩作战的命运共同体意识。这场突如其来的疫情，是对整个人类社会的挑战，一想到"海内存知己"，一想到有人"与子同袍"，奋战在抗击疫情第一线的中国人民就不孤单，就更要"咬定青山不放松"，"精诚石没羽，岂云惮险艰"！

在严峻的疫情面前，物质的保障至关重要，精神层面的支持同样不可或缺。危急关头，信心比黄金更重要，只有恒心、定力、勇气才能让我们最终打赢这场战"疫"。于此之际，我们需要用"中国加油""武汉加油"的口号激励自己，更需要用诗意来对抗生活的残酷。这也是日本义援诗所要表达的另一重意蕴吧。

脱贫攻坚
不能缓一缓、等一等

贫困人口脱贫，是全面建成小康社会的底线任务和标志性指标。然而，在收官之年起步之时，新冠肺炎疫情给这项工作"冲刺"设置了障碍、带来了挑战。面对这种情况，各地各部门要充分认识到脱贫攻坚的特殊重要性、现实紧迫性，决不能因抗疫而产生缓一缓、等一等的思想，务必尽锐出战、一鼓作气、乘势而上，确保全面小康路上不漏一户、不落一人，确保交上一份经得起历史和群众检验的优异答卷。

党的十八大以来，我省脱贫攻坚取得了重大胜利。至去年底，15个省级贫困县全部摘帽、1791个贫困村全部销号，贫困发生率也由建档立卡之初的5.4%下降至0.06%。但这并不意味着我们可以盲目乐观。目前，全省未脱贫人口，都属艰中之艰、难中之难，已脱贫人口中，仍有一批存在较大返贫风险。再则，波及全国的疫情，也会对贫困群众外出务工、农畜产品外销、扶贫产业项目复工等产生阶段性影响。

眼下，疫情防控仍处于紧要关头，脱贫攻坚也进入了"倒计时"阶段。算一算，距年底仅剩10个月，形势逼人、目标催人，越是在即将"撞线"的时候越不能摔跤、掉速、跑偏。各级干部慢不得、歇不得，必须分秒必争、苦干实干，用脚下的泥、衣上的灰、身上的汗、心中的情，换来群众的笑。

关于脱贫攻坚，年初以来，我省多次召开会议进行安排部署，日前又出台了《关于做好新冠肺炎疫情防控期间脱贫攻坚工作的意见》。可以说，时间表、任务书、施工图均已明确,关键在不折不扣落细落实。

今年,脱贫攻坚的重中之重是打好"歼灭战"和"巩固战"。对于剩余的未脱贫人口,要一户一户分析原因、研究对策,坚持一把钥匙开一把锁。特别是无劳动能力和弱劳动能力者,通过统筹各类社会保障政策,实现应保尽保、应兜尽兜。对已脱贫人口要开展全面排查,做好监测预警,进行动态管理,将返贫人口和新发生贫困人口及时纳入帮扶。要转换思维、创新举措,产业就业拓空间,志智双扶强信心,着力提高贫困群众内生动力、发展能力。要密切跟踪分析疫情对脱贫攻坚的影响,采取更有针对性措施,做好劳务输出、产销对接、精准帮扶等工作。

脱贫攻坚,最关键在个"实"字。脱贫质量关乎民生福祉、决定小康成色,容不得半点马虎。要坚持问题导向,查找漏洞缺项,列出清单,逐项整改,全部销号。要严格执行退出标准和程序,防止表面文章、形式主义,杜绝数字游戏、弄虚作假,确保真扶贫、扶真贫、真脱贫。基层扶贫干部工作辛苦、条件艰苦、生活清苦,须严管厚爱结合、激励约束并重,让有为者有位、吃苦者吃香、流汗流血牺牲者流芳。

凡做事,将成功之时,其困难最甚。但越是关键时刻,越要冲得上去、豁得出来。只要思想不松、干劲不减,就一定能夺取疫情防控的最终胜利,攻下脱贫攻坚的最后堡垒。

YIXIANWEIPING

▶ 让"两个一公里"之间更通畅

近期,我省个别乡村出现农产品滞销的情况。往年"高价不愁卖"的优质蔬菜、水果,因受疫情影响走不出村,部分种植户愁容满面。

我省是北方温室蔬菜生产大省,四通八达的乡村物流网络,农产品的"最先一公里"与"最后一公里"之间本应十分顺畅。但疫情之下,外地采购商、采购车常被"拒在村外",难以靠近生产基地。而在村内,成熟的果菜找不到"出口"。

辽宁抗击
新冠肺炎疫情全纪实

　　影响不止在眼前。产区出货量低,生产主体的积极性会下降,采购商的热情会打折。影响再传导到终端市场,可能出现因供应不足导致的产品价格再上涨。

　　不让农产品供求圈"生态失衡",我省已果断行动。迅速摸清农产品滞销底数,在省内外发布待售产品信息。组织省内大型商超、生鲜超市等流通主体加大采购力度;帮助外省采购商协调防疫隔离等问题;借助新媒体渠道让供需"点对点"对接……多措并举下,"存量"迅速消化。

　　目前,我省多地制定了切实可行的物流车辆运行管理办法,确保了越来越多的农产品运输车辆能开到田埂上、大棚前,实现疫情防控和农产品流通两不误。

　　愿田间地头的好农货,畅其流,尽其值。

把春季农业生产抓紧抓实抓细

春风起,农事忙。辽沈大地,备耕正酣。

今年是全面建成小康社会目标实现之年,是全面打赢脱贫攻坚战收官之年。春季农业生产,事关农民收入、粮食安全,事关经济运行、振兴步伐。特别是在疫情对经济社会造成较大冲击的现实背景下,做好这项工作,稳住"三农"基本盘,显得尤为重要。

一年之计在于春。但在这个万物复苏的季节,一场特殊的遭遇战却给"春种一粒粟"带来了一些不可抗、意料外的困难和挑战。农村地区人员流动频繁,企业用工紧张,流通环节不畅,集中培训停办……这些影响,几乎是全链条式覆盖。所以,如何在一个战场打好两场战役,考验着各地区各部门的智慧与担当。

为春耕备足"粮草""弹药",抓紧农资生产是第一要务。各地应在精准研判疫情基础上,分区分级管理,有力有序推动农资企业复工复产。各级农业农村部门应主动靠前服务,帮企业解决用工缺口、原料采购等难题,助春耕用种、化肥、农药等按时保质生产。

让农资尽快下摆入户,需要畅达从车间到田间的物流通道。既要按照"不聚集,少接触"原则防疫情,也要避免过度干预造成人为添"堵",确保农资运输"大动脉""微循环"畅通。

不合理的"土政策"要解锁,不得阻碍正常的农事活动。要支持农户在做好防

辽宁抗击
新冠肺炎疫情全纪实

护的前提下,分时下地,分散干活。对返乡人员,应鼓励其就近参加农业生产,在家门口增收。

技术下乡不能停。为减少疫病传染可能,可利用广播电视、网络微信、抖音快手小课堂等方式将培训由"地头"搬到"网上",从"面对面"到"屏对屏",让专家在线看田、在线指导成为新潮流。

防疫劲头不能松。各地应严格落实各项防控举措,在保证农业生产的同时减少不必要的村民出行,动员村民参与群防群控,严防疫情输入。各地应持续普及防疫知识,采取科学有效消毒措施,防患于未然。

为抓紧抓实抓细春季农业生产,我省多次召开会议、连续出台文件,精心安排、周密部署。各地要认真学习领会、抓好贯彻落实,用非常之举、下非常之功,把农业基础打得更牢,把"三农"领域短板补得更实。

我们相信,经过"历练"的春种,必将在金秋压弯收获的枝头。

YIXIANWEIPING

▶ 慎终如始,则无败事

慎终如始,意为谨慎收尾,如同开始时一样。疫情防控,尤需这种态度和精神。

和全国一样,经过全省上下共同努力,我省疫情防控工作取得了明显的阶段性成效。然而,这绝不意味着可以刀枪入库、马放南山,我们远没到"鸣金"之时。

目前看,世界各国疫情蔓延较快,复工复产也带来了国内、省内人员流动和聚集增加。这些,都使防控工作面临着新压力、新挑战,形势依然严峻复杂。但随着时间的推移,个别人却精神头儿不那么足了、警惕性不那么高了,这种苗头倾向,切不可有。

疫情发生以来,我们每个人都为阻断病毒传播作出了贡献。特别是前线的同志们，始终处于高度紧张的工作状态，昼夜忙碌、特别辛苦，身心都十分疲惫。可目前的疫情，还容不得我们有半点厌战、畏难情绪，稍有懈怠，"敌人"就可能反扑。近日，局部偶现的"倒春寒"，就是现实教训。所以，我们必须像疫情发生之初那样思想不疲、劲头不松、措施不软，如此，才会把一切可能出现的"反弹风险"消灭在萌芽之中。

咬紧牙关、坚持到底，慎终如始，则无败事。

记录

抗击疫情·辽宁在行动

新型冠状病毒感染的肺炎疫情在多地出现，引发广泛关注。按照中央有关部署要求，辽宁省委省政府组织各级各部门积极行动、迅速响应，形成防控疫情的强大合力，广大党员干部模范带头，积极深入一线开展联防联控、排查摸底、宣传动员等工作，以对党和人民高度认真负责的态度，誓要打赢这场关系到人民群众生命健康的疫情防控战。

▶ 沈阳
对城市出入口通行车辆实施调整分流

为全力做好新型冠状病毒感染肺炎疫情防控工作，有效切断病毒传播途径，从2020年1月28日18时起，沈阳市对沈阳市城市出入口通行车辆实施调整分流，对出入城车辆和人员进行疫情集中监测。

▶ 大连
大连市教育局再推8项措施防控疫情

1. 推迟开学（开园），取消召集日；2. 停全市职业院校学生实习；3. 暂停举办一切聚集性活动；4. 暂停校园场地对外开放；5. 强化疫情监测；6. 加强健康教育；7. 完善应急预案；8. 加强组织领导。

▶ 鞍山
免费向群众发放疫情防控法律知识宣传手册

鞍山市司法局迅速而动，成立领导小组，启动应急预案，加急印制《新型肺炎防控法律知识50问》宣传手册10万册，分批向全市乡村（社区）免费发放。

▶ 抚顺
26家发热门诊24小时应诊

抚顺市共设立26家发热门诊，各发热门诊规范接诊、筛查并提出诊疗处置意见。其中市中心医院设置了预检分诊处，落实预检分诊制度。各定点医院制定了专项应急预案，启用门诊应急隔离病房，配备应急医护人员，已做好了急救设备、药品以及防护用品的准备，发热门诊24小时应诊。

▶ 本溪
多管齐下保供应稳物价

1月28日，本溪市召开专题会议，对保证农副产品和生活必需品供应充足，满足百姓日常生活需求，进行再部署。

▶ 丹东
景区景点已经全部关闭

截至1月28日，丹东市景区景点已经全部关闭。丹东机场设立了人员观察室，进出口测体温设备已到位运营。公交、客运均按照要求全部停运，凤城市火车站卫生检疫已经开始。高速公路丹东境内23个高速口均设立了专用观察室。

▶ 锦州
逐户排查疫情

锦州市充分发挥5553名专兼职党建网格员作用，全面摸清武汉返锦人员底数，第一时间对所负责网格逐户开展大排查工作，确保不漏一户、不少一人。

▶ 铁岭
铁岭市红十字会开辟通道接收社会捐赠

按照铁岭市新型冠状病毒感染的肺炎疫情防控指挥部的总体部署，铁岭市红十字会积极防控新型冠状病毒感染的肺炎疫情，1月28日，铁岭市红十字会发布通告，全面开展捐赠接收工作。

辽宁抗击新冠肺炎疫情全纪实

▶ 葫芦岛
禁止畜禽养殖场（户）到集贸市场销售活畜禽

1月28日，葫芦岛市农业农村局发出"致畜禽养殖场（户）的一封信"，郑重提醒各畜禽养殖场（户），不要到集贸市场销售活畜禽、不要私自宰杀活禽。

▶ 大连
在每个区市县设立1处隔离场所

1月29日，记者从大连市新型冠状病毒感染的肺炎疫情防控指挥部获悉，为全面落实联防联控措施，坚决打赢疫情防控阻击战，大连市将在每个区市县设立1处隔离场所。

▶ 鞍山
依法处置编造传播谣言案18人

1月29日，记者从鞍山市公安局获悉，针对网上出现的疫情谣言，鞍山不断加大动态巡查监测，对故意编造谣言、制造恐慌、严重扰乱社会秩序的违法行为，第一时间落地核查，依法从严从重打击。截至目前，鞍山在网上巡查舆情信息共3万余条，已依法处置编造传播谣言案18人，其中：行政拘留5人、治安罚款1人、教育12人。

▶ 丹东
录制手语版"防控指南"；排查武汉返丹学生

针对听觉障碍学生和市民，丹东市教育局与市残联录制了手语版"新型冠状病毒感染的肺炎预防指南"，做到了宣传不落一人、覆盖不留死角；截至1月29日中午，丹东市共排查出316名武汉返丹学生信息，已经报送市卫健委，并由所在学校报属地疾控，目前正在隔离观察中。

▶ 阜新
阜新市民捐款捐物共战"疫"

阜新市启动重大突发公共卫生事件一级响应后，广大市民纷纷捐款、捐物，诠释出危难之时的众志成城、大爱无边。1月29日，"辽宁好人·身边好人"孙立英、辽宁省最美志愿者刘景瑞分别捐款1000元。82岁的刘景瑞老人告诉记者，疫情就是命令、防控就是责任！作为一名共产党员，虽然不能亲上一线，但愿尽一点微薄之力，为打赢疫情防控阻击战作贡献。

▶ 铁岭
防控疫情，铁岭县蔡牛镇这样做

十五间房村村民黄继友停办66岁寿宴，青东村正在进行整村消毒，防保站走村进户为重点观察人群监测体温，各村每日3次通过大喇叭宣传疫情防控知识……连日来，铁岭县蔡牛镇上下一心，合力抗击疫情，守好生命防卫线。

▶ 锦州
公布办税电话，呼吁网上办税防疫情

1月29日，国家税务总局锦州市税务局公布防控新型冠状病毒期间各纳税服务厅的联系电话，还编了一段朗朗上口的顺口溜，"涉税事、线上办，非必须、不窗口，到大厅、先预约，戴口罩、重防护"。

▶ **朝阳**

朝阳市妇联开通疫情心理辅导公益热线

"疫情发生后，你是不是反复刷手机，不断查询各种疫情信息？是不是担忧自己及家人的健康安全，甚至到了影响日常生活的程度？每个家庭如何在心理上应对新型冠状病毒感染的肺炎疫情呢？如何共同打赢疫情防控阻击战，如何提高心理免疫力？"针对上述诸多问题，1月29日，朝阳市妇联开通新型冠状病毒感染的肺炎疫情心理辅导公益热线，有以上问题的人可以寻求专业的心理援助，拨打妇联公布的咨询电话。

▶ **沈阳**

启动13个出租车消毒点

为有效切断病毒传播途径，按照重大突发公共卫生事件一级响应要求，沈阳市公安局集中优势警力，在对重点人员进行深入排查的同时，全面开展入城查控工作，在全市启动30个疫情查控点位，21个国省公路调流点，会同卫生防疫部门进行疫情监测，严防疫情输入。

▶ **大连**

疫情实时动态手机应用上线

为便于广大市民及时、全面、准确了解大连市防控疫情动态，充分反映全市相关工作进展，1月30日，由大连市委宣传部主导开发设计的"大连战疫正在直播"手机应用，正式上线运行。

▶ **鞍山**

积极组织企业恢复生产，保障物资供应

鞍山成立了应急物资供应保障工作领导小组，下设综合协调组、医药物资保障组和防护器具保障组等专项工作组，统筹做好防控应急物资的生产调度和应急处置工作。

▶ **本溪**

本溪市党员郑重承诺：坚持"十带头，十做到"

1月30日，本溪市共产党员作出郑重承诺：充分发挥党员先锋模范作用，坚持"十带头，十做到"，以实际行动积极投身防疫战前沿阵地，坚决打赢疫情防控阻击战。

▶ **营口**

启用医疗垃圾焚烧厂，主城区设置废弃口罩回收桶

1月30日，记者从营口市获悉，营口市已紧急启用医疗垃圾焚烧厂，对医疗垃圾进行集中、专业的焚烧处理。目前，焚烧厂运行情况良好，出车前、医疗垃圾上车和下车分别进行消杀，垃圾进车间直接焚烧。

▶ **阜新**

街道社区总动员，联防联控抗疫情

连日来，阜新市民在朋友圈里纷纷转发"如果有政府、社区工作人员、医务人员不分时间地询问您的情况，请您积极配合他们的工作，为了控制疫情，他们舍弃与家人的团聚，不分昼夜地默默付出。让我们一起努力，尽快取得这场战役的胜利！"

辽宁抗击新冠肺炎疫情全纪实

▶ 铁岭
对各类市场进行"地毯式检查"

自新型冠状病毒感染的肺炎疫情防控工作开展以来,铁岭市委、市政府高度重视,细化职责,强化措施,组织市场监管系统全力做好疫情防控工作,全市共成立209个检查小组,出动执法人员2333人次,对各类农贸市场、超市、餐饮、药店及其他重点场所进行"地毯式检查",做到不留死角,不落一家、一人。

▶ 葫芦岛
电力抢修人员24小时待命,全力保障医院供电

1月30日,国网葫芦岛市郊区供电公司组织党员服务队对辖区内发热门诊医疗机构以及综合医院供电设施和8条10kV线路开展了保电特巡。记者获悉,为确保地区疫情防控工作顺利开展,抢修人员已经24小时待命,加强对重要用户供电电源及自备应急电源配置的监督管理,确保医院供电线路的可靠运行。

1月 31

▶ 沈阳
36支应急分队派驻医院保障运行安全

1月31日,沈阳市按照"1+3"模式("1"是1名医院设备设施负责人,"3"是2名应急部门包保责任人和1名消防包保责任人),组织108名干部组建36个应急保障小分队,实名制落实发热门诊和定点医院应急设备设施运行保障责任,全部点对点对接,启动每日巡查保障。

▶ 大连
紧急预拨抗击疫情物资采购资金1000万元

针对目前抗击新型冠状病毒感染的肺炎疫情的有关物资紧缺情况,为保障抗击疫情所需的口罩、防护服、消毒液等物资供应,1月31日,大连市提前预拨资金1000万元,用于紧急组织抗击疫情所需物资采购工作。截至目前,大连市各级财政部门已拨付抗击疫情财政补助资金12666.8万元,其中市财政已拨付资金8108.3万元,有力保障了大连市抗击疫情工作的资金需求。

▶ 鞍山
多部门联动火速投产地产隔离服

面对防疫物品紧缺的现状,海城市西柳镇鑫盛服装厂具有生产的条件和能力,但苦于无第一类医疗器械生产备案凭证资质,无法生产。1月31日,鞍山市市场监管局立即采用应急预案,启动绿色通道,在各部门的努力下,仅在半天内就为鑫盛服装厂办理了有关手续,当日开始生产。目前,该企业拥有30台机器,招募员工15人,启动机器15台,日生产隔离服约1000套。

▶ 本溪
下发第4号全民战"疫"命令

1月31日,本溪市新型冠状病毒感染的肺炎疫情防控指挥部下发第4号命令,要求全市各县区、各单位广泛发动群众开展个人防护工作,通过群防群控、群策群力共同打赢抗击疫情阻击战。将展开严密的督导检查,对落实不力的单位和个人,予以严肃追责问责。

▶ 丹东
海关快速验放海淘口罩，保证及时送达

1月31日，丹东进出境邮递物品监管中心接收到节后首批从沈阳转运来的国际邮件。接到通知后，为保证防疫物品及时投送到百姓手中，丹东海关提前赶到工作现场，全速开展监管工作，于当日上午完成全部邮件验放，其中包括个人寄递口罩49件，共计1.7万只。

▶ 锦州
北镇530余个大喇叭在224个村响起来

在北镇市疫情防控领导小组的统一指挥下，他们利用广播电视、"北镇发布"微信公众号、北镇融媒APP等官方媒体，每天不间断地播报推送战"疫"工作的最新要求，科学普及防疫知识，及时公开发布抗击疫情工作信息。同时还专门编录了顺口溜、快板书、动漫歌曲等宣传品，利用农村大喇叭、宣传车、手机短信等形式，开展全面深入、广泛立体的宣传，打通疫情防范宣传服务的最后一米。目前，北镇市26台宣传车在城乡街巷巡回宣传；覆盖全市224个行政村的530余个大喇叭循环播放；全市41万手机用户接到了市疫情防控领导小组的提示短信。

▶ 营口
专门发文，大石桥市划拨百万党费战疫情

1月31日上午，大石桥市委组织部从市管党费中划拨100万元到全市13个乡镇党委、4个街道党工委、相关市直部门党组（党委），用于支持开展抗击疫情工作。

▶ 阜新
社区采取四级网格化管理，提供送货上门服务

连日来，阜新市各级党组织全部行动起来，对外来人口和返乡返工人员进行细致排查。在各级公路卡口检测24625人，在火车站累计测量体温4392人次，未发现发热人员。全市各社区采取四级网格化管理，实行隔离对象与超市联网提供送货上门服务，保障日常用品供给等情况。全面开展公共场所消毒工作，目前已完成601家单位消毒工作，消毒面积162.14万平方米，使用消毒剂917.81公斤。

▶ 辽阳
试剂厂紧急复产，加班加点生产消毒液

在防疫物资出现短缺的情况下，具有生产防疫消毒液的条件和资质的辽阳太子河区驻区企业东方试剂厂，立即召集工人加班加点，将其库存的原料生产出防疫消毒液40桶，尽数捐赠给太子河区。

▶ 铁岭
加强医疗废物收运处置监管

医疗废物收集运输处置工作是抗击疫情的重要环节。铁岭生态环境系统强化医疗废物收集、运输、贮存、处置各个环节监督管理，切断新型冠状病毒感染的肺炎医疗废物二次扩散污染的渠道。

▶ 朝阳
设置8个独立集中医学隔离观察点

目前，朝阳市疫情防控指挥部采取7+1模式，设置8个独立集中医学隔离观察点（医院），分别

辽宁抗击新冠肺炎疫情全纪实

承担全市和各县（市）区医学隔离观察工作。

▶ 盘锦
村支书孙迎军自掏腰包为村民发口罩

新型冠状病毒疫情牵动着全国人民的心，各地严防死守、严阵以待。为减少村民外出，盘锦市大洼区西安镇王家塘村党支部书记孙迎军自费购买了3000只口罩，全部免费发放给本村村民，切实提升村民自我保护意识。

▶ 葫芦岛
觉华岛封航，"生命线"不封

海岛需要封航，但群众的"生命线"必须贯通。把人民群众生命安全和身体健康放在第一位，葫芦岛海事局兴城海事处与当地港口管理部门、乡镇街道，共同建起紧急沟通联络处置机制，确保海岛虽然处于封航状态，但陆岛运输航线这条"生命线""民生线"保持畅通。

▶ 沈阳
开通抗击疫情线索投诉举报电话

2月1日起，沈阳市开通抗击疫情线索投诉举报专线电话、电子邮箱等专用诉求通道，面向全市征集各地区各部门在抗击疫情工作中不担当、不作为、慢作为，责任落实不到位、防控不力、推诿扯皮、敷衍塞责，以及搞形式主义、官僚主义等问题线索。对涉及缓报、瞒报、漏报疫情，有令不行、失职失察，落实防控措施不力，导致疫情扩散等严重后果的重要问题线索，经查证属实的，依法依规严肃问责，严肃处理。

▶ 鞍山
暂停办理机动车、驾驶人业务；海城西柳、南台两大市场延期开市

2月1日起，鞍山暂停办理全市机动车、驾驶人业务，近期需要办理业务的，可通过"交管12123"APP网上申请办理，相关证件采取邮寄；原定于2020年2月1日（农历正月初八）上午开市的海城西柳、南台两大市场延期开市，具体开市时间另行通知。

▶ 抚顺
在全省率先开辟疫情感染工伤认定审批"绿色通道"

抚顺市日前出台了《抚顺市因履行工作职责感染新型冠状病毒肺炎的医护及相关工作人员工伤认定办法》，在全省率先开辟因履行工作职责感染新型冠状病毒的肺炎工伤认定"绿色通道"，在全市实行网上24小时申报业务，如遇紧急情况，可随时上报，审批人员会及时受理。

▶ 本溪
进一步部署对外埠来溪、返溪人员开展大排查

2月1日下午，本溪市召开新型冠状病毒感染的肺炎疫情涉及人员大排查工作部署会议，要求发动一切力量、调动一切资源，举全市之力，确保筛查排查工作全面细致、准确到位。重点对1月15日零时后，所有外埠来溪、返溪人员，包括截至目前离溪人员开展拉网式排查、网格化管理。目前，各县区已积极行动起来，强化排查措施，细化工作举措等，及时把准确数据汇总到排查组。

全市各镇村防疫经费和物资紧张和不足的情况，营口市委、市政府高度重视，此次标准为每个乡镇10万元、每个行政村2万元。

▶ 丹东

多措并举解决抗疫防护用品急需难题

针对抗疫防护用品急需现状，丹东市多部门配合，想方设法帮助企业启动疫情防护用品生产，解决防护品急需难题。市场监督管理部门与商务、工信等部门密切配合，在深入调研基础上，确定5户重点帮扶生产防护用品企业，针对企业生产许可方面的问题，立刻启动应急许可审批机制，实行特事特办、容缺受理。

▶ 盘锦

把家政课堂从线下转线上

盘锦市妇联利用新媒体平台开通家政培训网络课堂，把服务妇女创业就业的工作从线下转移到线上来，既教授了科学卫生保健知识和技能，又有效避免人员聚集而带来的安全隐患。此次培训从2月1日到2月8日，共建立了9个学习群，有2306名妇女参与互动。课程涵盖了中式营养餐、花样面点、居家保洁、婴幼儿早期教育、老人及婴幼儿家庭护理、产妇乳房护理、母婴护理等内容。

▶ 营口

向644个村发放重大疫情防疫经费1788万元

2月1日上午，营口市紧急调拨重大疫情防疫经费1788万，以现金形式发放到全市50个乡镇的644个村。并组织成立了13个临时协调小组，在1天之内把资金发放到各乡镇村。针对

▶ 阜新

成立巡回督导小分队

自1月31日阜新市发现1例输入性病例后，全市上下众志成城，在原有基层联防联控小分队基础上，以各乡镇、街道为单位，组建巡回督导小分队，进一步强化基层防控，强力推动抗击疫情工作全覆盖、无死角、无盲区。督导小分队坚持人防技防相结合，目前已奔赴一线开展督导工作，查阅信息、排查人员，形成督查台账，第一时间反馈至县区疫情防控指挥部办公室，打通群防群控"最后一公里"。

▶ 辽阳

41家大型超市库存充足物价稳定

疫情发生以来，辽阳市迅速行动，积极抗击疫情。为保证市场供应，白塔区在41家大型超市和连锁超市，成立3个检查监测小组，每天对各企业的生活必需品库存、价格，经营场所的消毒、防疫进行督促检查，确保生活必需品储备充足，经营场所整洁。目前，白塔区域内41家大型超市和连锁超市库存充足，进货渠道畅通，市场价格稳定，没有消费者抢购现象发生。

▶ 铁岭

志愿者积极投身抗击疫情服务中

疫情发生以来，铁岭调兵山市的爱心志愿者积极行动，充分发挥自身特长，以饱满的热情投身到抗击疫情的志愿服务活动中，向社会

辽宁抗击新冠肺炎疫情全纪实

传递着正能量。多名志愿者来到调兵山街道东调村，帮助村里悬挂宣传条幅，在路口协助村干部登记进村车辆人员信息。志愿者还制作了大量有关抗疫的科普知识、典型事例等内容的小视频，在快手等新媒体迅速传播，成为抗击疫情的小指南。

▶锦州

22家二级以上医疗机构启动发热门诊

锦州市22家二级以上医疗机构全部启动了发热门诊和预检分诊，组建了医疗救治专家组和疫情防控专家组，确定了锦州医科大学附属第一医院和锦州市传染病医院为锦州市新型冠状病毒感染的肺炎医疗救治省级和市级定点医院。在机场、车站、高速路口等地点设置消毒卡点13处、体温检测点29处，对武汉来锦人员实施拉网式排查和登记造册，并逐一落实了相应防控措施。

▶朝阳

派出7个督查组重点督查18家定点医院

2月1日，朝阳市卫生健康委员会派出7个督查组，分赴各县（市）区的18家定点医院，对医院感染控制工作进行督查。督查组采取现场查看、走访、询问的方式对各定点医院督查，通过对新型冠状病毒感染的肺炎疫情应急预案及落实等情况检查督导，确保定点医院各项疫情防控措施落实落地，保障人民生命安全。

▶葫芦岛

划拨市管党费200万元支持抗击疫情

2月1日，葫芦岛市委组织部决定，划拨市管党费200万元，积极支持抗击疫情工作。这笔党费主要用于3个方面：一是慰问战斗在疫情防控斗争第一线的医务工作者和基层党员、干部；二是支持基层党组织开展疫情防控工作，包括购买疫情防控有关药品、物资等；三是补助因患新型冠状病毒感染的肺炎而遇到生活困难的党员、群众。

2

▶沈阳

4小时一调度，力保抗疫物资供应

沈阳市成立八部门联合组成的物资保障工作组，一方面积极组织生产企业扩大产能，另一方面全力组织货源，增加供货量。针对防护、检查、诊断、治疗等关键环节和定点医院、发热门诊、医疗观察点等关键部位，对N95口罩、一次性医用口罩、防护服、试剂盒等几类物资进行重点保障，对省、市定点医院等36家医疗单位的库存、需求、进货情况，每4小时进行一次调度，全力保障供应。目前，相关物资正陆续到达，投入市场。

▶大连

12355开通专家热线陪青少年共同抗疫

2月2日，国家二级心理咨询师姜云来到大连12355青少年服务台接听热线，疏导因疫情引发的青少年心理恐慌和焦虑等问题。每天9:00至17:00，持续开通12355专家咨询热线，15名专家将轮班值守，提供自我防护、心理减压等咨询服务。服务台还组织专家团队，依托

12355家长学习群、喜马拉雅APP等载体，积极开展微课讲座、线上咨询，引导全市青少年、家长，特别是一线防疫工作人员做好日常防护和心理防护。

▶ 鞍山
暂停办理不动产登记业务

鞍山市不动产登记中心及所属各办事窗口从2月3日至9日暂停办理不动产登记业务，10日起，各不动产登记窗口恢复对外办公（届时，视情况再做调整）。在暂停对外办公期间，因特殊原因必须申请办理不动产登记业务的，由申请人电话预约，鞍山市不动产登记中心开辟绿色通道。

▶ 抚顺
985个公共文化服务机构全部关闭

截至2月2日，抚顺全市985个公共文化服务机构已全部关闭，95家互联网上网服务场所、239家娱乐场和27家A级景区全部暂停，取消游客2533人，对在境外游客9人实行全程跟踪。抚顺21家星级饭店已暂停营业17家。市场综合执法队分3组每天实地走访督查，共检查各类经营单位288家。

▶ 本溪
各级财政投入抗疫资金10529万元

截至2月2日16时，本溪市各级财政共投入抗疫资金10529万元。本溪市将抗击疫情资金放在优先保障位置，按照"急事急办、特事特办"原则，紧急筹措资金，第一时间拨付，满足抗击疫情的资金保障。目前，本溪已建立全市抗疫资金调度日报告制度，动态掌握各级财政资金投入情况，确保用于抗疫的财政资金及时快速有效到位。

▶ 丹东
新增两家消毒液生产企业，加班加点保物资供应

丹东市深入挖掘企业潜力，生产抗疫应急物资，市工信局及时联系并协助丹东药业集团办理临时生产许可证，并由丹东药业集团对当地获赠的应急用20吨95%浓度酒精进行加工以便医用急用，从2月1日开始，企业已陆续向丹东市卫健委交付75%乙醇医用消毒液。截至2月2日，丹东市消毒液生产企业新增两家生产企业。眼下，企业正在加班加点全力保障抗疫应急物资供给。

▶ 锦州
开设"空中课堂"，确保学生"停课不停学"

2月2日，锦州市出台"空中课堂"建设实施方案，确保"老师离校不停教"，学生"停课不停学"。锦州在智慧教育云平台上建立了本地课程资源中心，开设"空中课堂"，采取网上直播授课＋学科教师全天候在线辅导答疑模式。同时，云平台提供了丰富的教学资源和服务功能，完全能够满足各学段学生线上自学需求。

▶ 营口
民政514万元应急资金直拨182个社区

营口市民政部门赴6个县（市）区，为全市15个街道及下辖全部182个社区发放疫情应急资金514万元，拨付标准为每个街道10万元，

辽宁抗击新冠肺炎疫情全纪实

每个社区2万元。由此，营口在为全市50个乡镇的644个村发放1788万元重大疫情防疫经费的同时，实现了城区应急资金发放的全覆盖，确保第一时间将党和政府的关心、关爱发放到街道和社区手中。

▶ 阜新

搭建云视讯沟通平台，视频会开到乡镇社区

为了最大限度地减少会议同时不影响工作部署效率，阜新市快速搭建云视讯沟通平台，通过视频会议的形式，连通两县五区以及阜新市卫生健康委员会等69个关键节点，高效沟通、快速协同。阜新蒙古族自治县利用云视讯向所辖1个社区、35个乡镇传达省委关于抗击疫情的工作部署，参会人员共计500余人次。彰武县利用云视讯召开电视电话会议，共设24个乡镇会场，参会人员1000余人。

▶ 辽阳

党员干部分片包干抗击疫情

辽阳市要求全市各级党委（党组）全面动员基层党组织和广大党员，用好"五包五促"活动载体，分片包干，带头做好抗击疫情工作。党员干部要冲锋在前，投身一线，把好排查第一关口；带头抓好政务服务窗口防控；深入开展城乡卫生整治行动，坚持垃圾分类处理、日产日清，做好垃圾存放和转运点的消毒工作。

▶ 铁岭

倡议网上办事

2月2日，铁岭市营商环境建设局、铁岭市行政审批服务中心联合发布倡议书，号召广大市民网上办事"不见面"，非急需"不现场"。市民可登录"铁岭政务服务网"搜索可在线办理事项，待申报材料准备齐全后上传或寄递给中心办事窗口申请办理。

▶ 朝阳

北票市30个乡镇大喇叭"硬核"喊话很管用

"没事别总往外跑，在家待着也挺好，微信电视看新闻，看书学习多思考，关车原都下了啥，开春有啥好想法，趁着机会想想看，一年别比一年差。"在抗击疫情的关键时期，北票大多个乡镇大喇叭的"硬核"喊话很管用。目前，北票市30个乡镇264个行政村的378个广播大喇叭全部集体发声，虽然乡音浓浓，喊话各异，但都是好言相劝，情真意切，成为村干部抗击疫情的利器。

▶ 盘锦

办理社会保险推行"不见面"服务

盘锦市人力资源和社会保障局、盘锦市医疗保障局和国家税务总局盘锦市税务局联合发出通知：办理养老保险、医疗保险等社会保险业务，推行"不见面"服务。市民可登录盘锦人力资源和社会保障局网上办事大厅、盘锦智慧人社手机APP或电话咨询办理等以"非接触式"的方式办理。或通过辽宁省电子税务局"特色服务"下的"社会保险费申报"系统进行社保费的申报与缴纳工作。

▶ 葫芦岛

党员抗疫前线当先锋

哪里任务险重，哪里就应该有党组织坚

记录 333

强有力的工作,哪里就应该有党员当先锋做表率。葫芦岛市委印发《关于在新型冠状病毒感染的肺炎疫情防控工作中充分发挥基层党组织战斗堡垒作用和共产党员先锋模范作用的通知》,号召广大党员做到"五个带头",即带头做好深入排查、带头开展防疫救治、带头进行广泛宣传、带头开展聚集管控、带头维护社会稳定。

2月3日

▶ **沈阳**

针对新冠肺炎,实行工伤即时认定

面对疫情,沈阳市制发了《关于对参与处理新型冠状病毒感染肺炎疫情过程中被感染的工作人员有关保障工作的通知》。对沈阳市辖区内参与处理新型冠状病毒感染肺炎疫情工作过程中(含因工作需要被派往外埠参与处置新型冠状病毒感染肺炎疫情的)被确诊感染的机关、企事业、医疗机构工作人员,人社部门将实行工伤即时认定,受理后在1个工作日内即可作出工伤认定。

▶ **大连**

要求进入本市人员必须如实填写《健康申报书》

2月3日下午,大连市新型冠状病毒感染的肺炎疫情防控指挥部发布第4号令,要求进入本市人员必须如实填写《来连人员健康申报书》。要求所有通过机场、火车站、港口、公路进入本市的人员,积极配合政府相关部门做好疫情排查防控工作,不配合或虚假、拒绝填报《健康申报书》,阻碍医疗救护人员、疫情防疫人员、警务人员等为预防、控制疫情所采取的各项措施等行为的,公安等有关部门将依法严肃处理。

▶ **抚顺**

线上抗疫覆盖上千家庭

抚顺市妇联以线上服务(网络、电话)为有力抓手,围绕抗击疫情工作面向全市妇女及家庭开展全方位的科普宣传与个性化咨询服务。他们通过微信等传播方式在家教群、工作群、朋友圈推送《传染病的预防》《做不焦虑的父母》等微课音频,覆盖家庭达千余户。

▶ **本溪**

临时扩大医保支付范围,推出14项医保举措

本溪市向社会公布14项医疗保障举措,解决医患后顾之忧。其中,对确诊及疑似患者医疗费用在基本医保、大病保险、医疗救助等按规定支付后,个人负担部分由财政全额补助,医疗机构先救治后结算。开设绿色转诊通道,并临时扩大医保支付范围。结合临床需求,及时将相关药品和医疗服务项目临时性纳入医保基金支付范围。对确诊患者按国家《新型冠状病毒感染的肺炎诊疗方案》,全部按甲类临时性纳入市医保基金支付范围,并临时取消支付限制。

▶ **丹东**

足不出户网上办理营业执照

丹东市向广大企业和市民发出通知:在抗击疫情期间,尽可能到网上办理营业执照登记

辽宁抗击新冠肺炎疫情全纪实

注册业务，即便是要线下办理业务，也要做到即办即走，减少停留。目前，丹东市已经实现网上办理营业执照登记业务，市场主体登记全程电子化全覆盖，营业执照设立、变更、注销，均可足不出户轻松办理。

▶ 营口
鲅鱼圈区"小网格"筑牢"大防线"

营口鲅鱼圈区将网格化管理运用到抗击疫情工作中，把党员、志愿者、楼道小组长都充实到"基层网格员"队伍中，集中力量，宣传防疫知识、传递权威信息等，引导群众科学防范，不传谣、不信谣，实现百姓"琐事不出网格、小事不出村社"。

▶ 辽阳
调整政务服务窗口业务办理方式抗击疫情

自2月3日起，辽阳市调整政务服务窗口业务办理方式，采取"网上办理、预约办理和非急事缓办"相结合方式，最大限度减少窗口现场办理事项，避免人员聚集接触带来的交叉感染风险，全力构筑抗击疫情严密防线。涉及行政审批、公安服务、不动产登记、人力资源和社会保险、医疗保障、婚姻登记业务等方面。

▶ 阜新
市直机关党员干部下沉社区齐战"疫"

从2月3日起，阜新全市各市直机关党员干部深入社区协助开展疫情联防联控工作，补齐社区人手不足的短板。市直各部门、各单位在保证抗击疫情工作正常开展和本单位正常运转基础上，由班子成员带队组织人员，按照对接表主动深入相关社区，编入社区党支部，接受社区基层党组织的统一领导。充分发挥共产党员的先锋模范作用和带头作用，把联防联控工作落到实处。

▶ 铁岭
招募50名心理咨询师援助抗疫

2月3日9时，铁岭市招募的50位抗疫心理援助志愿者开始轮流值班，为当地有需求的市民提供一对一在线心理辅导。市民可以通过3个渠道获得心理援助志愿者的服务：一线医护人员和家属，可以通过铁岭市卫健委向所在医院发布的志愿服务信息进行心理辅导；重点地区和重点人群可以通过县（市）区文明办联系心理援助志愿者团队择机、择地进行心理辅导；有心理压力的市民可以关注"文明铁岭"微信公众号并留言"请求心理辅导+手机号（微信号）"。

▶ 锦州
义县107秒抗疫短视频风靡全城

勤洗手、戴口罩、多通风、不信谣……这两天，一条107秒超级实用的抗疫短视频在义县市民的手机中快速传播，这条义县融媒体中心用时一天半制作的《抗击疫情·我们在行动》公益广告言简意赅地介绍了抗击疫情的相关知识。短片中主持人的话语平易近人，传播实用的知识，一播出就得到义县人的好评，纷纷转发。

▶ 朝阳
确保患者不因费用问题影响就医

2月3日，记者在朝阳市医疗保障局了解

到，为全力做好抗击新型冠状病毒感染肺炎疫情工作，朝阳市医疗保障局结合实际，采取三大举措，最大限度保障人民群众生命安全和身体健康，确保患者不因费用问题影响就医；确保医院不因费用问题影响救治；确保药品供应量充足。

▶ 盘锦

14家零售企业发布承诺：稳价保供抗击疫情

盘锦域内大商投资管理有限公司盘锦分公司（新玛特、麦凯乐）、辽宁兴隆百货集团有限公司等14家零售企业面向全市消费者发出郑重承诺：积极组织货源，加强与主要供货商、生产基地等货源渠道的紧密联系，确保蔬菜、粮油、肉蛋奶、饮用水等生活必需品充足供应，并按照日常市场价格进行销售，不脱销、不涨价。积极创新经营模式，开展电话预订、网络APP预订服务项目，引导消费者减少出行和聚集。克服困难开门营业，保证居民生活必需品供应，满足居民日常生活需求。

▶ 葫芦岛

对废弃防护用品实施严管严控；疫情防控期间辖区内禁放烟花爆竹

2月3日，葫芦岛市新型冠状病毒感染的肺炎疫情联防联控指挥部发布第5号命令，明令对废弃口罩、防护服等废弃防护用品实施严管严控。命令明确，医疗机构负责对本机构口罩、防护服以及其他医疗废弃物进行分类和存储；医疗垃圾处理中心负责垃圾转运和无害化处理；生态环境部门负责对医疗垃圾处理中心的监督。

同一天，葫芦岛市紧急下发通告：在新型冠状病毒感染的肺炎疫情防控期间，葫芦岛市辖区内一律禁止燃放烟花爆竹，对违反上述规定燃放烟花爆竹的单位和个人，相关部门将依据有关法律法规予以严厉处罚；构成违反治安管理行为的，由公安机关依法给予治安管理处罚；构成犯罪的，依法追究刑事责任。

2月4

▶ 沈阳

破获一起涉案超100万元特大销售假冒注册商标口罩案

沈阳市公安局经济技术开发区分局2月2日在浑南区某地查获一黑加工点，当场扣押假冒注册商标的成品口罩2万只、半成品口罩6万余只，用于生产口罩的机器设备10余台等，涉案总价值100余万元。2月3日，黑加工点业主杨某迫于法律威严，主动向公安机关投案自首。经审讯，犯罪嫌疑人杨某交代其在春节期间先后向辽宁等地生产销售假冒某知名品牌口罩8万余只。

▶ 大连

又1例确诊新型冠状病毒感染的肺炎患者出院

2月4日，大连又有1例确诊病例治愈出院，这是我省第2例治愈出院的新型冠状病毒感染的肺炎确诊病例。这名36岁男性患者入院后，经大连市市级专家组科学制定方案，医护人员精心诊治和护理，三次新型冠状病毒核酸检测阴性，肺CT复查炎症吸收明显，连续8天体温

辽宁抗击新冠肺炎疫情全纪实

正常，经专家组会诊，符合国家卫生健康委员会新型冠状病毒感染的肺炎确诊病例出院标准。

▶ 鞍山
"三网"合力坚决打赢疫情防控阻击战

鞍山市"三网"合力，坚决打赢疫情防控阻击战。织就"疫情防控网"，全市各医疗机构、疾控机构、紧急救援中心周密部署，从发现可疑病例后的临床诊断、实验室核酸检测到转运、救治全链条进行部署和演习，并成立5人的疫情防控专家组。织就"医疗救治网"，组建25人的医疗救治专家组、10人的重症患者医疗救治专家组，确定了33家发热门诊和3家病例收治定点医院，发热门诊日平均就诊量近200人次。织就"科普宣传网"，在全社会营造共同应对疫情联防联控、群防群控的有力氛围。

▶ 抚顺
10万志愿者联防联控战疫情

抚顺市文明办向全市人民发出《关于动员全市人民积极行动起来防控新型冠状病毒感染肺炎疫情倡议书》后，得到全市志愿者们的积极响应。他们自发组织起来，参与疫情监控检测、返乡群众排查、疫情防控宣传、卫生清洁消杀等工作。据不完全统计，全市已有近10万名志愿者参与到此次抗击疫情的战役中来。

▶ 本溪
《战"疫"三字经》传播知识鼓舞士气

"庚子春，佳节寒，飞来祸，肆武汉，新冠毒，太阴险，人传人，逞凶顽……党领导，克时艰，军民起，赴国难，众党员，担风险，生死关，任考验……"本溪市委宣传部组织作家协会推出《战"疫"三字经》，及时传递党和政府的深切关怀，传播疫情防护知识，讴歌战疫一线英雄，鼓舞全市广大干部群众战胜疫情的强劲信心和坚定决心。

▶ 丹东
海关开辟绿色通道，30余万只口罩"零等待"验放

为确保防疫物资第一时间送达市民手中，丹东海关开辟绿色通道，确保国际邮件快速验放。2月4日当日验放个人寄递口罩337件，14.2万只，当日到件当日验放，实现抗疫物资通关"零等待"。自1月31日至2月4日，丹东海关邮检现场验放国际邮件逐日递增，累计验放个人寄递口罩777批，计31.6万只。

▶ 锦州
新冠肺炎集中救治锦州中心响应改造电工

新型冠状病毒感染肺炎集中救治锦州中心设在锦州市传染病医院，截至2月4日，集中救治锦州中心设计和施工方案已基本确定。救治中心建设将分两个步骤进行，第一步是改造现有病房，到2月5日完工，可接收70名患者。第二步是建设面积1.8万平方米新的应急救治楼，应急救治中心设施完善、功能齐全，新增100张床位，以传染病呼吸道疾病为主，将在100天之内完成。

▶ 营口
大喇叭响彻大石桥社区和乡村

在大石桥，大喇叭并不是农村乡镇的专

利，城市社区也响起了喇叭声。大石桥市委宣传部组织市文明志愿者协会等7支志愿服务队以及志愿者580多人，充分利用农村大喇叭和手持扩音喇叭进行宣教；录制了市委、市政府防控公告、如何消毒等通知公告、温馨提示、防控知识等音频、视频上百条，通过全媒体进行发布。

▶辽阳

5352支护卫队筑牢社区（村）抗疫防线

针对疫情传播出现的新特点，辽阳市把排查隔离工作作为重中之重，在全市全面落实"三排查、一包保"措施，组建起5352支护卫队，全面排查有过湖北疫区旅居史的人员，全面排查与确诊病例的接触者，全面排查从外地返回辽阳人员，并对以上人员全部登记造册，隔离观察，并以村和社区为单位，对登记造册人员实行"一对一"包保，抓好管理和服务，做到"里不出、外不进"，严防发生输入性病例和聚集性病例。

▶阜新

细河区五级网格联动地毯式排查

阜新市细河区在抗疫实战中探索出疫情网格化排查工作法，通过从社区到楼道单元的五级网格联动，实现地毯式全覆盖排查和动态实时管控，过去10天干不完的活儿，现在只需2天就能完成。细河区民政局负责人表示，五级网格能够广泛用于社区治理的各个方面，有助于实现精细化服务，撬动社区治理规范化和现代化。

▶铁岭

新型冠状病毒感染的肺炎集中收治医院正式启用

2月4日，铁岭市新型冠状病毒感染的肺炎集中收治医院投入使用。当天，铁岭市中心医院相关专业医护人员组成的医疗队正式进驻，正在治疗中的确诊病例患者也转入该院进行更加完善的医治。医院内设有专门的医务通道和患者通道，所有病房均为负压病房，室内受污染的空气将通过专门的过滤系统排出室外，避免传染源扩散。患者的排泄物将进行专门消杀处理，污水也将集中处理，不会对外界造成病毒扩散。

▶铁岭

昌图170多商户公开承诺价格不涨质量不降

疫情以来，昌图县市场监督管理局积极引导督促生产经营企业参与"保价格、保质量、保供应"系列行动。截至2月4日，170多户果蔬食品经营企业表示，将以条幅或传单的形式向社会承诺，在疫情防控期间做到"保质量、保价格、保供应"。

▶盘锦

全力保障居民"菜篮子""米袋子"

疫情发生后，盘锦市发改委每天到市场和采价点，对肉蛋菜等价格进行监测分析。盘锦农发集团已采购白菜60吨、土豆60吨、白萝卜30吨，食用油6000桶，还有鸡蛋、西兰花等食材，确保各类农产品供应不断档、不脱销。还充分发挥电商平台优势，减少市民外出采购次数。

辽宁抗击新冠肺炎疫情全纪实

2月 5

▶ 沈阳
临时关闭沈阳地铁部分车站出入口

从2月5日起，沈阳地铁临时关闭部分车站出入口，各站出入口开启和关闭将根据疫情形势实时调整，全面重新开放时间将根据疫情和客流情况另行确定。

▶ 大连
全力保障企业复工复产

大连市在全力抗击疫情的同时，制定切实可行举措，加大企业复工复产的保障力度，确保在疫情结束后各项生产能迅速、平稳步入正轨，最大限度降低受疫情影响产生的波动。大连市确定从金融支持、减税降费、降低用工成本等方面减轻中小微企业负担，加大金融支持力度。同时密切跟踪新开工项目，积极扩大有效投资，积极推进在建项目，调整优化投资结构。

▶ 鞍山
对因疫情未及时离鞍的专家提供贴心服务

鞍山对本地专家人才和在外工作的鞍山籍专家人才，积极开展贴心服务。通过电话、微信等方式，对外地专家人才库中100余名专家开展排查，确定有8名专家因疫情未及时离鞍。同时，相关部门第一时间与属地街道、社区取得联系，协调生活所需，并专项调剂防护和消毒用品，向专家人才及家属通过零接触送达的方式，发放医用口罩及医用消毒酒精等物品，解除了专家人才的后顾之忧。

▶ 抚顺
组建法律服务团开展专项公益法律服务

抚顺市律师协会组建了由51名律师组成的新型冠状病毒感染的肺炎疫情防控工作专项法律服务团，从2月5日起开始进行疫情防控专项公益法律服务，义务解答有关机构和群众的相关法律咨询。法律服务团成员涵盖刑事、民事、行政等专业，采取电话、邮件、微信、QQ等线上服务方式开展疫情防控工作专项法律服务。

▶ 本溪
实行"八项从严"管控措施

2月5日，本溪市新型冠状病毒感染的肺炎疫情防控指挥部发出第8号令，决定自即日起在全市范围内实行"八项从严"管控措施：从严实行临时交通管制；从严限制居民出行；从严村社进出管理；从严落实出租户（房东）主体责任；从严落实公共场所管控；从严企业开（复）工管理；从严落实报告制度；从严执法执纪。

▶ 丹东
煤炭、天然气、粮油供应充足

丹东市扎实做好煤炭、天然气和粮油的协调、供应工作，保障民生所需。及时督促各供热企业认真落实迎峰度冬煤炭供应保障主体责任，确保丹东供暖期用煤需要。目前，全市供暖期计划用煤量287.5万吨，现已落实储煤273万吨，剩余均已签订购煤合同或购煤意向。密切监测全市天然气供求状况，努力保障天然气稳定供应。市粮食企业积极与生产厂家建立联系，做到粮源数量充足，质量保证。

记录 339

▶ 营口

"平价蔬菜供应线上平台"正式上线

2月5日,"平价蔬菜供应线上平台"正式上线,平台商品品种齐全,价格便宜。营口市站前区居民只要动动手指,就可以足不出户,通过手机在网上预订蔬菜,等着送到家门口,避免了去超市菜市场等公共场合产生交叉感染的风险。

▶ 营口

老边区全面推广"抗疫12法"

在抗疫实践中,营口市老边区老边街道办事处,结合实际因地制宜地推出了"抗疫12法":回收清洁法;关爱兼执法;提早施策法;不戴禁入法;全面排查法;封闭管理法;动态梳理法;严密锁定法;严控场馆法;宣传引导法;组织动员法;入企督导法。目前,已在全区进行总结推广。

▶ 阜新

制作居民通行卡,降低接触传染风险

针对抗击疫情期间小区封闭式管理,阜新市清河门区新北街道设计制作了居民通行卡,通行卡上有居民姓名、身份证号、门牌号、车牌号、联系电话等基本信息,各社区采用不同颜色。出入小区人员及车辆必须持卡通行,无卡人员一律禁止入内。既减少卡点人员出入登记的工作量,降低了近距离接触被传染的风险,又对居民居家和外出情况掌握更为精准,确保抗疫形成闭环管理。

▶ 辽阳

全面落实"三排查、一包保"措施

辽阳市把抓好排查隔离作为打赢疫情防控阻击战的第一道关口和最基础防线,精准细致做好排查和隔离工作,全面落实"三排查、一包保"措施,全力构筑抵御疫情的严密防线。全面排查有过湖北疫区旅居史的人员、与确诊病例的接触者、从外地返回辽阳人员,全部登记造册,隔离观察。同时对登记造册人员实行包保责任制。目前共排查外地来辽阳人员11348人,湖北来辽阳人员1560人。

▶ 锦州

精准有效科学有序抗疫情

疫情发生以来,锦州市做最充分的准备,落实最周全的措施。做实二级以上医疗机构发热门诊,组织诊疗和监测培训8次,培训人员800余人;明确定点医院,组建了防控技术专家组7个和医疗救治专家组6个。实行拉网式排查,目前已排查出武汉来锦人员4998人,逐一落实了相应防控措施。加强抗击疫情物资保障。

▶ 朝阳

划拨269万元党费支持基层抗击疫情

目前,朝阳市县两级共划拨269万元党费,支持新型冠状病毒感染的肺炎疫情防控工作。这笔党费主要用于慰问奋战在疫情防控斗争第一线的医务工作者和基层党员、干部;支持基层党组织开展疫情防控工作,包括购买疫情防控有关药品、物资等;补助因患新型冠状病毒感染肺炎而遇到生活困难的党员、群众。党费划拨坚持向基层党组织和党员干部倾斜,向重

辽宁抗击
新冠肺炎疫情全纪实

点行业、重点领域倾斜，向重点岗位、重点人员倾斜，不搞平均分配，确保用在刀刃上。

▶ 盘锦
儿科门诊上线实现网上问诊

盘锦市中心医院儿科开通"儿科线上门诊"，接受市民线上问诊。家长通过线上咨询，了解孩子病情的严重程度，判断是否需要送医，不用带孩子到医院，就能得到医生的帮助，方便又安全。盘锦市中心医院发布微信二维码，让市民加入"儿科医生问诊群"。轮休的医生利用休息时间，值班的医生利用接诊的空闲时间，接待线上咨询，给出医疗建议。"儿科线上门诊"开通第一天，接诊300多人次。

▶ 葫芦岛
"四级联防联控"织牢防护网

葫芦岛市树立"战胜疫情取决于科学防治的力度、全民参与的广度"的思想，构建起市、县、乡、村四级联防联控机制，确保各项防控举措推进扎实有序。各县（市）区实行网格化管理措施，织牢"镇不漏村、村不漏户、户不漏人、人不漏网"的严密防控网。葫芦岛市财政已拨付防控资金4092.5万元，用于购置应急保障物资、医疗救治和检验检测设备、医疗防护用品以及街道社区、乡镇村屯工作经费。

2月 6

▶ 沈阳
公共交通和出租汽车行业实施实名登记乘车

2月6日起，全市在地铁站、公共交通工具（公交车、地铁、有轨电车）和出租车张贴二维码，市民进站和乘车时，须使用手机扫描二维码，可自动导入有效联系方式。未携带手机或使用手机不便的，由驻站人员或司乘人员协助扫描登记或进行手工登记。地铁要做到"一站一码"，公交车、有轨电车和出租汽车要做到"一车一码"。

▶ 大连
全力保障投资项目审批工作有序开展

大连市确保在抗击疫情期间项目办理畅通，审批服务水平有保证，全力保障投资项目前期工作有序开展，做到"投不停、事照办"。一方面依托市级投资项目市级审批监管平台，除涉密项目外，所有投资项目一律实行网上申报。对办理过程中确需纸质材料的，项目单位可邮寄，也可于疫情结束后补报。另一方面开通电话预约办理服务。

▶ 鞍山
老英雄张贵斌捐款1万元为武汉加油

"当年塔山阻击战，那么惨烈的战役，我们都打赢了。现在有党中央、国务院的坚强领导，大家众志成城，万众一心，一定能打赢这场战'疫'！"2月6日，鞍山海城市退伍老英雄张贵斌这样说道。就在前一天的下午，老人将1万元钱交到国网鞍山供电公司领导的手里，委托他捐给武汉，用于疫情防控。

▶ 抚顺

试行多种审批服务"代办制度"

抚顺市行政审批大厅试行多种审批服务"代办制度"，利用互联网平台和上门延伸服务等手段，配备专门的"零公里"审批服务专用车和证照打印设备，对重大投资项目实行主动服务、上门接收材料、上门送达证照，能当场办结的一律当场办结，让企业群众"一次都不跑"，足不出户就能办结所需事项。

▶ 本溪

紧急募集医疗防疫物资

2月6日，本溪市疫情防控指挥部向市民发出倡议，募集物资采购信息、接受疫情防控物资捐赠，不接受捐款。物资由本溪市疫情防控指挥部统一调配，全部用于疫情防控工作，有关情况公开透明，接受社会监督。

▶ 丹东

加强工矿商贸企业监管

丹东市加强疫情期间的工矿商贸企业的监督管理，通过现场检查和微信工作群形式下发通知，对各县（市）区应急管理和中省直企业提出具体要求：做到安全生产和疫情防控两手抓两手都要硬，各地各部门要摸清所辖企业复工复产数量，并定时上报疫情防控工作。

▶ 锦州

抗击疫情和项目建设两不误

锦州市在确保抗击疫情工作有条不紊推进的同时，重点项目、重点工程也抓紧推进，做到了抗击疫情与项目施工两手抓、两不误。总投资12亿元的京鹏能源项目正在加班加点清理冻冰平整场地，天工半导体、中信锦州钛业6万吨钛白粉等一批高质量项目也在稳步推进。

▶ 营口

盖州312个防疫检查站（点）成立临时党支部

盖州市312个防疫检查站（点）第一时间成立临时党支部，坚守在各站点的2585名党员集结到党旗下，做到关键时节有组织在、有党员在。成立临时党支部的防疫检查站（点）严格落实"三班倒"制度，"24小时不打烊"对过往车辆及人员进行检查排查。

▶ 阜新

本地词曲作家创作10余首抗疫歌曲

连日来，有20余名阜新本地的词曲作家，居家创作了10余首有关抗击疫情，为中国加油，为抗疫鼓劲的歌曲。其中有董策作词作曲的歌曲《送给你》，潘景超作词、赵剑锋作曲的歌曲《圣洁的白衣》，张宝春作词作曲的歌曲《为了人民敢牺牲》，他们以创作音乐凝聚力量，鼓舞斗志、增强抗疫信心。

▶ 辽阳

"非接触式"办税，发票"网上领、邮政送"

辽阳市税务局推出"非接触式"办税服务——发票邮寄申领，采取纳税人发票"网上

辽宁抗击新冠肺炎疫情全纪实

领、邮政送"模式,减少纳税人到办税大厅办理发票事宜的频次。目前,全市所有有用票需求的纳税人均可通过网上申领邮政配送的模式实现足不出户领用发票。

农家肥,保存得也还好,大家放心吃。"

2月 7

▶ 铁岭
抗疫"红袖标"活跃在铁岭县村屯社区

连日来,在铁岭县的乡镇村屯和社区,人们都会看到佩戴着"疫情排查"红袖标的人,他们有的忙着巡逻,有的忙着登记进出人口,成为寒冬里一道靓丽的风景。该县铁岭县组建的覆盖全县城乡的联防联控包保责任排查队,排查队由乡镇党员干部、民警、卫生院(所)负责人和村干部组成,为便于工作,统一配戴带有"疫情排查"字样的红袖标。

▶ 盘锦
有奖征集"宅在家 艺出手"作品

宅在家就是为抗击疫情做贡献。很多居民结合个人实际,在家里读书、写诗、画画、练书法、做美食……为了让宅在家里的居民有一个展示的平台,盘锦市委宣传部和盘锦市委网信办联合发出通知,开展有奖征集"宅在家 艺出手"系列作品活动。

▶ 葫芦岛
果农郭万军捐5000斤白梨给医护人员

"白梨能生津、止咳、润肺、败火,别的东西还真比不了。就算给大夫、护士们解解渴、解解乏吧。"葫芦岛市连山区寺儿堡镇老边村农民郭万军,把家里库存的5000斤白梨捐给了抗疫一线的医护人员。"都是自家产的,上的

▶ 沈阳
所有住宅区实施封闭管理

沈阳市对所有住宅区实施封闭管理。封闭式住宅区继续加强管理,特别是地下车库、一楼门市等隐形出入口的排查防控工作;开放式住宅区,保留1-2个出入口,并设立登记处,安排人员值守。快递、外卖人员一律不得进入住宅区;对来访人员、车辆要进行实名登记管理;对进入住宅区的人员(包括车辆驾乘人员)进行体温测量。

▶ 大连
出台12条措施支持中小企业稳定生产经营

2月7日,大连市发布12条政策支持中小企业稳定生产经营。包括:确保欠缴水费、电费、燃气费、热源费的企业用户(含星级酒店)在疫情防控期间不停供。减半征收各类企业2、3、4月份污水处理费。受疫情影响的困难企业可缓缴职工基本医疗保险费。资金支持疫情防控紧缺物资生产企业提升产能、产品等级和填补空白等。执行期限至4月30日。

▶ 鞍山
出台20条措施加强开(复)工企业管理

2月7日,鞍山出台严格管理开(复)工企业疫情防控工作20条规定。主要包括:企业开(复)工前必须到本地区疫情防控指挥部报备

批准后，方可组织生产；企业必须及时掌握外地返鞍职工（含鞍山本地外出人员）信息；企业必须建立疫情防控应急预案；企业员工上岗前应正确佩戴符合卫生要求的口罩等内容。

▶ 抚顺

光明街道的三项机制让"30条"落地

辽宁省新型冠状病毒感染的肺炎疫情防控指挥部发布《全省城乡社区（村）疫情严查严控措施30条》后，抚顺市望花区光明街道迅速行动，启用三项机制，确保措施要求落地生根，分别是："六级包保机制"保证排查"十清楚"；"实时督查"确保防控"十必须"；"联动宣传"确保居民"十不要"。

▶ 本溪

严厉查处哄抬物价销售假冒伪劣口罩等违法行为

本溪市持续加大对防疫用品的市场监管力度。近期又从严查处了三例涉疫违法行为，包括：平山区赵某出售假冒某品牌注册商标专用权的口罩；重型街一家超市高价销售一次性口罩并涉嫌违法销售假冒伪劣商品；明山区长江步行街摊主黄某销售无中文产品名称、厂名、厂址的"三无"口罩。

▶ 丹东

汤池镇指尖上"闹"元宵

丹东市振兴区汤池镇取消原定于正月十五举办的新春秧歌汇演，依托"汤池大视角"微信公众平台，2月6—8日，在线上开展猜灯谜、传统文化知识科普和过去四年全镇新春秧歌汇演回顾等文化活动，让群众足不出户，在指尖上"闹"元宵。

▶ 锦州

我省又1例确诊患者在锦州治愈出院

2月7日10时30分，我省又1例确诊患者在锦州市治愈出院。患者今年35岁，1月28日确诊为新型冠状病毒感染的肺炎病例。患者入院后，在医务工作者的精心治疗和照料下，已无任何不适症状，两次新型冠状病毒核酸检测结果为阴性。按照国家卫健委第五版《新型冠状病毒感染的肺炎诊疗规范标准》规定，锦州市传染病医院经过上报批准后，同意该患者2月7日出院。

▶ 营口

党员突击队为弃管小区筑屏障

为全面堵塞防控漏洞，大石桥市1700名党员主动请战，紧急组建起175支党员突击队，全面接管大石桥市200余个弃管小区。各党员突击队成立临时党支部，进一步规范了疫情报告制度，制定了疫情应急处置机制，建立值班值宿制度，实施全天候封闭式管理，每天进行全面环境消毒，逐户走访摸排。

▶ 阜新

邮政提供救援物资"四免费"服务

疫情发生后，阜新邮政启动应急预案，开展防输入、防扩散工作，同时采取多项举措，确保网点服务不中断、机要通信不中断、揽投服务不中断、在线服务不中断。开通绿色通道，提供救援物资免费送、上门揽收免费办、个人捐助免费寄、捐款转账免费汇"四免费"服务。

辽宁抗击新冠肺炎疫情全纪实

▶ 辽阳
社区村屯"挂图作战"战疫情

2月7日，辽阳市紧急印发《疫情防控六项工作规范通知》，将防控力量向一线倾斜。目前全市711个社区（村）全面建成了护村队、护院队和护楼队，并实行"挂图作战"，24小时轮流值守各个社区（村）入口，严防死守"三门"：看好社区（村）大门、把好单元楼门、管好自家房门。

▶ 铁岭
村妇女主任无人机"硬核"喊话

通过无人机监控画面看到几位妇女在村口扎堆聊天，开原上肥镇宝山村妇女主任于洪操起村里的大喇叭就喊了起来："喂喂，村口内几个老娘们儿，在那唠啥腻……电视广播天天讲，村里天天说，咋就不听？都赶紧回家吧……"这一幕被开原市融媒体中心工作人员录下来剪辑后发到网上，引起人众关注，既缓了抗疫的紧张气氛，还能警醒那些还有些麻痹大意之人。

▶ 盘锦
辽河中级人民法院启动网上庭审

2月7日上午9时，辽河中级人民法院民事审判一庭利用微信视频公开开庭审理了一起机动车交通事故责任纠纷案。为推进当事人合法权益早日实现，依法履行审判职责，辽河中级人民法院庭审隔空启动，在规避疫情风险的同时兼顾了群众诉讼需求。当事双方对此举措均十分满意。

▶ 葫芦岛
药店出售退烧咳嗽类药品实行实名制登记

2月7日，葫芦岛市新型冠状病毒感染的肺炎疫情联防联控指挥部发出通告：要求全市各批发、零售药店，凡出售退烧、咳嗽类药品，实行实名制登记。销售情况要第一时间上报社区及属地卫生健康部门，严格落实一例一报制度。

2月8

▶ 沈阳
17条举措支持企业保经营稳发展

2月8日，沈阳市政府公开发布应对新型冠状病毒肺炎疫情支持企业经营发展的17条政策措施，全力支持企业保经营、稳发展。主要包括：开通工程建设项目招投标在线平台，建立24小时应急电话（12345-1-6）热线，在市工业发展专项资金中设立防控重要物资专项支持资金，受疫情影响不能及时缴纳水、电、燃气费的中小企业可申请延期等措施。

▶ 大连
对住宅小区封闭管理，成片小区确定封闭区域

大连市严格落实《全省城乡社区（村）疫情严查严控措施30条》，全面做好疫情防控期间小区封闭管理工作。对于有物业管理的小区由物业公司进行日常封闭管理；无物业管理、有围墙的小区由社区干部、业主委员会成员共同负责；成片小区可以通过拉警戒线确定封闭区域，由社区干部、房屋产权单位人员、楼栋长、志愿者共同负责；散楼由房屋产权单位人员、楼栋长共同负责。

▶ 鞍山
16条意见指导商业服务机构开门营业防疫情

鞍山针对宾馆、酒店、商场、超市、影院等商业服务类机构开门营业的疫情防控工作，提出16条指导意见。包括：公众应尽量避免前往人群聚集的公共场所。餐饮服务机构，要重点加强对餐厅和后厨的卫生管理，要每日消毒。控制聚餐人数，建议每桌不超过4人，桌间距大于1米，尽量缩短就餐时间，避免交叉感染等。

▶ 抚顺
出台26条政策抗击疫情稳增长

抚顺市委、市政府发布《抚顺市应对疫情挑战保持经济社会平稳发展的意见》，从做好疫情防控保障经济社会稳定运行、有序组织推动各类生产经营企业复工复产、减轻企业负担、加大项目推进力度、优化政务服务、加大金融支持等六个方面，推出26条政策措施，抗击疫情，确保完成全年经济社会发展目标。

▶ 本溪
2月10日起，公交车全部恢复运营

2月8日，本溪市发出通知：从2月10日（正月十七）开始，全市公交车全部恢复运营。提醒市民尽量减少出行，乘客在公交车站等车时须佩戴口罩；乘坐公交车时，须全程佩戴口罩；尽量避免用手触摸车上物品，尽可能隔位而坐或分散而坐，注意与陌生人保持距离。

▶ 丹东
抗疫一线双警家庭正月十五视频团聚

半个月来，丹东市振安公安分局金矿派出所所长姜士明和同为警察的妻子唐月露一直坚守在工作岗位。2月8日，正月十五，一家四口人在视频里短暂团聚。这对于一直忙碌在抗疫一线的"双警"夫妻来说，是最幸福的时刻："非常时期，孩子们好像一下子就长大懂事了。"

▶ 锦州
妇联"娘家人"慰问驰援武汉医护家庭

元宵节期间，锦州市妇联与锦州市女企业家协会的姐妹们给锦州23个驰援武汉医护人员家庭送去了汤圆、蔬菜等慰问品，里面还附有一封慰问信。信中写道：锦州市医务工作者驰援武汉，充分彰显了医者仁心、救死扶伤、甘于奉献、大爱无疆的职业精神。妇联"娘家人"不会忘记大家的付出、奉献和坚守。

▶ 营口
对主城区公交车、出租汽车实行实名制登记乘车

营口市从2月8日起在主城区拟恢复运营的公交车及正在运营的出租车张贴二维码。市民乘车时，须使用手机微信扫描二维码，自动导入有效联系方式。未携带手机或使用手机不便的，由司乘人员协助扫描登记或进行手工登记。主城区所有公交车、出租汽车实行"一车一码"。

▶ 阜新
河西村有支大学生防疫队

阜新市清河门区河西镇河西村村口防疫检

辽宁抗击新冠肺炎疫情全纪实

查卡点，有一支由5名大学生组成的"大学生防疫先锋队"，他们是大连交通大学的张恂、沈阳科技学院的张思宇、吉林农业大学的马宪宇和大学毕业不久的宋占东及宿帅。5人从2月4日开始，每天13时到20时，到防疫检查卡点上岗，进村宣传抗击疫情的常识和政策。

▶ 辽阳
270分钟为隔离点建好临时电源

辽阳市慈善医院康养中心被确定为湖北等地来辽阳旅客和一线医护人员休息隔离的指定地点。国网辽阳供电公司立即派出共产党员服务队无偿对康养中心保电措施升级。作业人员全力奋战，仅用了4个半小时就完成了一台500kVA箱变安装，确保了康复中心电力供应万无一失。

▶ 铁岭
文艺工作者用诗歌为武汉加油

"整个春节，我不想大声说话，我不想透过一方紧密的口罩，惊扰一座城市的阵痛。那个守着祖国丹田的城市，那个厚重的截断大江的古城。"铁岭诵读学会7名成员满怀深情地朗诵了诗歌《武汉！武汉！》。连日来，铁岭诵读学会成员通过自创和朗诵的形式，让诗歌的暖流汇聚成抗击疫情的力量。

▶ 葫芦岛
开辟多渠道为公众提供心理疏导

为科学、规范地开展新冠肺炎疫情相关健康心理疏导工作，葫芦岛市开辟多条通道，做好防控新冠肺炎疫情的社会心理服务，包括青少年服务热线，面向医护工作者的心理服务热线，妇女维权热线也增加了心理疏导内容。

▶ 朝阳
三名辅警一线入党奋勇战"疫"

2月8日，在长深高速三十家子警务工作站查控现场，鲜红的党旗前，朝阳市公安局来自巡特警支队的辅警吴振兴、桂士航，高速交警一大队的辅警李业峰，高举右拳、庄严肃穆，进行入党宣誓。三位新党员表示，他们一定牢记入党誓词，牢记党员的初心使命。"疫情不退，我们不退，请人民放心！"

2月9日

▶ 沈阳
精准服务应急物资生产企业复工复产

沈阳市根据市场需求统筹安排，帮助应急物资生产等相关企业紧急复产复工。沈阳全面梳理当地定点医院、疫情防控物资生产企业、仓储物流企业等重点单位和企业，点对点进行安全指导服务。目前已安排125名应急专家在沈备勤随时抽调组成专班，点对点指导疫情防控物资生产企业发现问题，提出具体建议，保障企业生产安全。

▶ 大连
重点来（返）连人员2月10日17时前须如实登记申报

2月9日，大连市发布通告：截至2月10日17时前，尚未登记报告的重点人员和外地已来

记录 347

（返）连人员必须主动向居住地的社区（村）登记报告。外地即将来（返）连人员至连后应立即向居住地的社区（村）登记报告。在规定期限内拒不履行登记报告义务的或者造成其他严重后果的，将依法从严惩处，并纳入征信体系实施联合惩戒。

▶ 鞍山
充分发挥基层党组织的战斗堡垒作用

挺在前，做表率，疫情面前党员干部不畏艰险、全力以赴抗疫情。连日来，鞍山各地各部门充分发挥基层党组织的战斗堡垒作用、广大党员的先锋模范作用，推动各项工作落实落细。鞍山市疾病防治服务中心检验党支部抽调7名党员骨干，成立了应急检测组。春节前受领任务至今，24小时不间断地对全市各医院送来的疑似患者标本进行核酸检测。

▶ 本溪
2月10日起恢复长途客运

2月9日，本溪发布公告，自2月10日起，本溪市长途客运车辆将根据目的地车站开通情况恢复运营。司机不佩戴口罩禁止驾车运营；不佩戴口罩的人员禁止乘车。乘客乘车必须有序排队。禁止出现发热、咳嗽等症状的人员乘车。车内乘客应隔位落座。

▶ 丹东
2例确诊患者在丹东治愈出院

2月9日，我省又有2例新型冠状病毒感染的肺炎确诊患者在丹东出院。两名患者符合国家卫健委新型冠状病毒感染肺炎确诊病例出院标准。出院医嘱已详细告知患者。截至目前，全省治愈出院的确诊患者已增至12人。

▶ 锦州
启动银行网点自助打印营业执照服务

锦州启动银行网点自助打印执照服务工作。目前，锦州银行上海路支行、金凌支行已实现营业执照自助打印服务。申请人通过互联网提交企业登记注册申请，登记机关网上审批后，申请人即可持身份证件到银行网点自助打印领取营业执照。真正实现了"企业网上申请、政府后台审核、银行自助取照"的"不见面"审批。

▶ 营口
老边区"三网五员"发挥"小网格、打战疫"作用

疫情发生后，营口市老边区委政法委创新组建的"三网五员"模式中211个基础网格、587个"五员"人员迅速发挥"小网格、打战疫"的作用。"三网"包含区级、镇（街）、村（社区）三级网格，"五员"包括基础网格员、区政协委员或镇（街）人大代表、包村（社区）民警、法律工作者、乡贤人士。"三网五员"采取组建各层级微信群和镇（街）村（社区）平安辽宁信息系统进行传输。

▶ 阜新
防疫检查站用上值守"神器"

"防控疫情，外来人员谢绝入内，谢谢您的配合！"在阜新彰武县四堡子镇鸡冠山村检查站，有人或车接近时，一旁的监控摄像头就会发出提示。这是做监控工程的刘闯回乡探亲

辽宁抗击新冠肺炎疫情全纪实

时给村里装上的。"距离摄像头10米开始预警，这样即使夜间值守人员打个盹儿，也会被警报声叫醒，节省人力。"如果摄像头配上硬盘，还可抓拍出入村口人员面部，便于快速找到相关人员。

▶ 辽阳
网上防疫心理公益辅导课首次开播

为消除广大居民长期宅在家中造成的心理方面的负面情绪，缓解奋战在防疫一线的全体工作人员的心理压力和紧张情绪，2月9日19时30分，辽阳网上防疫心理辅导讲座开播。两个半小时的直播中，登录峰值达2万多人，点击量达4.5万余次。

▶ 铁岭
以实战状态严实作风全力抗击疫情

铁岭市委、市政府主要领导调度指挥，层层压实责任，以实战状态和最严最实的防控措施全力做好各项工作，全力抗击疫情。实施最严格的管控，从严从细落实联防联控、群防群控措施，实施"3+1"工作包保机制，严防死守、一控到底。实施最严格的排查，控存量，对节前返铁人员全部排查隔离到位；防增量，对节后返岗、返工、返学人员排查做到全覆盖、属地化、无遗漏，不漏一车、不落一人。实施最严格的隔离，集中优质医疗资源进行集中观察处置。

▶ 盘锦
海关快速验放大豆25.8万吨

2月9日，中储粮盘锦油脂公司进口的6万吨大豆到达盘锦港。盘锦海关启动快速通关程序，仅用2小时24分钟就完成了检验检疫。从1月22日至2月9日，盘锦海关已经快速验放大豆25.8万吨，为食用油加工生产提供了有力的原料保障。

▶ 葫芦岛
双胞胎"姐妹花"先后奔赴武汉抗疫一线

2月9日，葫芦岛市中心医院呼吸心内科护士孙晓晶随辽宁医疗队出发支援湖北抗疫一线。此前，1月26日，她的双胞胎妹妹孙晓莹已经作为首批辽宁医疗队的成员，先期飞赴武汉。姐儿妹俩相约"武汉见"，妈妈白素贤虽然担心，但也很骄傲："这姐俩儿能勇敢地站出来，为祖国和人民贡献一份力，我这当妈的，自豪！"

▶ 朝阳
发布生产经营企业开复工指导意见

2月9日，朝阳市发布《关于做好朝阳市生产经营企业开复工及疫情防控工作的指导意见》。意见指出，复工复产企业要落实好安全生产主体责任，确保不发生安全生产事故。企业要具备疫情防控条件，原则上只起用本地员工，全面落实好防控措施。

2月 10

▶ 沈阳
96条公交线路恢复运营

沈阳市2月10日起恢复96条城市公交线路运营。早高峰时段调整为7:00—10:00，晚高峰时段调整为16:00—19:00，高峰期间增发车次，

记录 349

加密车隔。提醒乘客：乘车须佩戴口罩；乘车实名扫码登记；车厢内应保持适当间距。在车厢内人员较多时，可能存在车辆到站不停或只下不上等情况。

▶ 大连

日本电产对大连新工厂追加投资500亿日元

坚持抗击疫情和经济发展"两不误"，大连金普新区针对重点建设项目如期开标、特事特办。同时，还通过线上方式，与投资者紧密联系。重诺践诺的诚意和与企业心手相连共同发展的决心，进一步坚定了投资者的信心。日本电产株式会社近日宣布，对大连新工厂追加投资500亿日元，将投资计划从此前的500亿日元提高至1000亿日元。

▶ 鞍山

完成首例确诊患者在鞍医疗费用医保结算

2月10日，记者获悉，鞍山市首例新冠肺炎确诊患者在鞍山定点救治医院——鞍山市传染病医院发生的医疗费用已及时结算，应由医保支付费用总计1036.96元已全部结清，其余部分按规定将由财政资金予以兜底保障。

▶ 抚顺

每日对公共场所进行高频消杀

抚顺市新冠肺炎疫情防控指挥部下发了《关于做好重点公共场所清洁和预防性消毒的通知》。抚顺北火车站对高频接触的扶手、门把于用消毒剂进行喷洒或擦拭，并保持室内通风，保证有充足的新风输入。居民小区电梯每日消毒三次。各卖场每两小时一次清洁消毒。殡仪接送车一趟一消毒。

▶ 本溪

公交恢复运营首日车辆消毒人员守规

2月10日是本溪市恢复公交运营的第一天。记者随机乘车采访发现，乘客都能自觉佩戴口罩乘车，彼此间很少交谈且保持一定距离。为了确保乘客乘车安全，本溪市还从车辆消毒、司乘防护、候车引导、上车提示四个方面严把防疫关。

▶ 锦州

九旬抗战老兵缴1.1万特殊党费

2月10日，锦州军分区第一干休所九旬离休干部戴修业、家属仉春华将1.1万元捐款作为特殊党费送到干休所领导的手中。戴修业生于1928年，1944年1月入伍，1945年4月加入中国共产党，参加过平北华埠战役、胶济战役、平度周家坡战斗、淮海战役。

▶ 营口

村民小组微信群发挥大作用

营口盖州市团甸镇贾屯村，每个村民小组都有一个好人好事微信群，在抗击疫情工作中起了不小的作用。农村居住分散，用微信群排查，信息又快又准。村干部把上级的政策文件、官方信息、宣传报道、防疫知识、辟谣信息等第一时间发到群里，及时帮助村民解决困难。

▶ 盘锦

公安部门推进疫情防控工作执法规范化

盘锦市公安局及时编写《应对新冠肺炎疫

辽宁抗击新冠肺炎疫情全纪实

情公安执法参考》，共14个部分，都有涉及疫情的相关法律规定，以及参考案例等内容，有的部分还有疫情期间办理此类案件的特别提醒，为一线执法人员抗击疫情提供了法治保障。

▶ 葫芦岛
10项实招支持中小微企业共渡难关

葫芦岛市出台《关于应对新型冠状病毒感染的肺炎疫情支持中小微企业共渡难关的若干政策意见》，从强化财政金融支持、减轻企业负担、强化企业服务三个方面，共10项具体措施，有序组织推动生产经营企业复工复产，保持经济社会平稳健康发展。

▶ 辽阳
刚脱贫的老党员为抗疫捐款2000元

灯塔市五星镇里仁村的老党员张兴权，是个有着40年党龄的老党员，平时生活以拾荒、打零工为业，老伴儿身体不好，家庭生活十分拮据。作为建档立卡精准扶贫户，2019年底张兴权一家脱了贫。在疫情发生后，他带着老伴儿一起来到村委会，将自己辛辛苦苦一点一点积攒起来的2000元钱捐出来，用于支援抗击疫情。

▶ 阜新
彰武县2000名志愿者深入社区

社区是抗疫的重中之重，为解决人手不足的短板，阜新市彰武县迅速组织2000名志愿服务人员，深入各个社区。他们既是严防严控的"值班员"，又是守望相助的"补给员"，在社区居民的鼎力支持下，共同筑起社区疫情"防火墙"。

▶ 铁岭
有一些迎难而上的乡村医生

抗击新冠肺炎疫情，铁岭县的乡村医生们守护着偏远山村"最后一公里"父老乡亲的身心健康。白旗寨乡的吴万福和吴尧春父子俩电话24小时开机，村里有外省返回人员，每天定时去给测体温，交代注意事项。45岁的卢金刚负责鸡冠山乡卞峪、鸡冠山两个村的疫情排查、预防消毒等工作。每天两次上门为监测对象测体温、做记录。

2月11日

▶ 沈阳
政金企三方联动助力金融纾困

为保证经济平稳运行，沈阳市将围绕保存量、创增量、降成本、稳续贷等重点，政府、金融机构和企业三方联动，打一场金融纾困战。鼓励金融机构主动为符合续贷条件并提出续贷申请的企业做好续贷安排，利率水平按照贷款发放时最近一次人民银行公布的一年期LPR减点执行，力度要比原有贷款利率水平下调10%以上。对重点医用物品和重点生活物资生产企业，贷款利率上限为贷款发放时最近一次中国人民银行公布的一年期LPR减100个基点。

▶ 大连
"市民云"抗疫防控专版APP上线运行

2月11日，"市民云"大连抗疫防控专版APP正式上线运行。包括抗疫服务、抗疫互动、抗疫资讯3个板块。提供返连人员信息上报、发热门诊导航、患者同行查阅和新冠智答速测、疫情资讯等多项便民服务，市民可通过APP及时了解最新官方疫情防控动态，掌握疫情防控知识，足不出户获取贴近民生的防疫服务。

▶ 鞍山
出台21条措施支持中小企业渡难关

鞍山印发了《关于应对新型冠状病毒感染的肺炎疫情支持中小企业共渡难关的若干政策》，从严格开复工管理、金融政策、减税降费政策等5方面提出21条措施，精准支持中小微企业解困过关。包括实施政府贴息、减免中小微企业税费、减免中小微企业房租、加大重点企业固定资产投资等措施。

▶ 抚顺
抚顺石化8000员工奋战一线保生产

抚顺石化做到疫情防控不含糊、企业生产不耽误。目前，公司8000余名员工奋战在一线，保证生产有序进行，原油加工量94.5万吨。公司对在岗员工送餐到岗位。175辆通勤客车每天进行不少于两次消毒消杀。

▶ 本溪
磏子沟村的农民党员冲锋在战"疫"一线

疫情来临时，本溪满族自治县高官镇磏子沟村的农民党员和群众，没有豪言壮语，只有行动，证明他们对党、对国家和对家乡的忠诚与热爱。村里值班表别人是一周轮值一天一宿，可76岁老党员解凤春却天天值班。红石支部党员、村后备干部王彬把100个口罩捐给村里。黎家堡子村民黎振东和黎源湖父子俩，并肩战斗在一线，保卫父老乡亲的安全。

▶ 丹东
启动信用修复"容缺"机制支持企业复产复工

丹东市在疫情防控期间实行企业信用修复"容缺"机制，助推疫情防控和恢复生产经营"两不误"。目前，全市各级市场监督管理部门已经从1284户因未报年报而列入经营异常名录的企业中梳理出296户企业，将依法予以移出经营异常名录，停止信用约束。

▶ 锦州
完成全省首例全程治疗医保结算新冠肺炎病例

2月11日，记者了解到，锦州市首例新冠肺炎确诊患者在新冠肺炎定点救治医院发生的医疗费用已及时结算，应由医保支付费用总计5894.2元已全部结清，其余部分按规定将由财政资金予以综合保障。此病例结算是全省首例完成全部治疗过程且完成医保结算的新冠肺炎病例。

▶ 营口
"不见面"解难题助力78家重点企业开复工

连日来，营口市政府主要领导在数字营口管理中心通过视频连线方式，"一对一"点调78家重点企业，现场解决企业遇到的口罩短缺、车辆通行证办理和资金需求等方面的困难和问题。这78家企业是营口市重点运行监控企业，税收占全市工业企业70%以上。目前，营口市规模以上企业开复工169户。

辽宁抗击
新冠肺炎疫情全纪实

▶ 阜新
45户规上企业复工，产能占全市44%

截至目前，阜新全市45户规上企业恢复正常生产，占全市规上企业总量的19.2%，产能的44%。涉及供水、供热、供电，以及双汇、伊利等群众生产生活必需品的32户企业已连续生产，博发铜业、氟托新能源、力达铸造等能够确保疫情防控安全的11户重点企业复工生产。

▶ 辽阳
白塔区自发召退役老兵助力疫情防控

辽阳市白塔区退役军人服务中心发出招募退役军人志愿者参加疫情防控公告，仅3天，就有100余名退役老兵报名参加。连日来，他们活跃在辽阳市白塔区各街道、社区、居民小区门口，张贴宣传单、登记出入人员、测量体温，助力疫情防控。

▶ 铁岭
出台8项举措关爱一线党员干部

铁岭市出台8项暖心措施，关心关爱在抗疫一线的党员干部人员。措施中，向政治上鼓励和考核倾斜，注重在一线考察识别，大胆使用表现优秀人员。对表现突出、堪当重任的"硬核"干部优先提拔重用。加大考核奖励、职称评聘力度。对参加一线防控工作的基层党员干部和医务工作者，可单列核定年度考核优秀等次指标。

▶ 葫芦岛
密集出台政策办法支持企业稳生产

葫芦岛市密集出台系列政策办法，有序组织推动生产经营企业复工复产，包括:《关于坚决打赢疫情防控阻击战保持经济社会健康平稳发展的意见》《葫芦岛市支持重大工业投资项目奖励办法》《葫芦岛市关于克服新冠肺炎疫情影响全力做好推进重点项目开复工工作措施》《关于应对新冠肺炎疫情支持中小微企业共渡难关的若干政策措施意见》等。

2月12日

▶ 沈阳
开通24小时政务服务热线帮助企业开复工

为积极应对新冠肺炎疫情、切实解决企业遇到的困难和问题，沈阳市营商环境建设局推出支持企业开工复工的15条措施，涉及优化审批服务、深化"万人进万企"服务、整治营商环境突出问题等方面。其中，沈阳市营商环境建设局开通24小时政务服务热线：25701111、25702222，指派专人在疫情防控期间不间断提供业务咨询和受理预约服务。

▶ 大连
驰援武汉的500名医务人员正式进入雷神山医院

2月12日开始，驰援武汉的500名大连医疗队队员正式进入雷神山医院展开救治工作。来自大连医科大学附属第一医院的10名医生和74名护士作为首批队员，将入驻13病区，这里将接收50名左右的确诊患者。据悉，辽宁医疗队是雷神山医院最主要的救治队伍，随着病房陆续验收完毕，我省医疗队将负责17个病区，承担起800多名病患的救治任务。

记录　353

▶ 鞍山

海城创新开发返海人员信息手机数据上报平台

海城创新开发出返海人员信息手机数据上报平台，15个交通卡口已全部采用。工作人员只需用手机登录平台，可将入境车辆、人员、始发地、目的地等信息，即时上传到数据平台，实现全市有关部门共享。保证了每日各卡点上信息的准确性、及时性、便捷性，便于指挥部对数据进行分析和应用。

▶ 抚顺

集贸市场实行按身份证尾号单双号错峰入场

2月12日，记者在抚顺市顺城区河东市场入口看到，市民出示身份证后方可进入市场购物。抚顺市下发《关于在重点场所避免人员聚集的公告》，倡导全市大型早市、集贸市场按身份证尾号单双号错峰入场。倡导群众一次进市场要购买3至5日需要的果菜等。

▶ 本溪

"辽宁好人"李立甫抗疫一线递交入党申请书

"每天和党员们一起奋战在防疫一线，他们不畏疫情、认真负责、不辞辛劳的作风，着实令人钦佩……"2月12日，"辽宁好人"李立甫郑重地向本溪市溪湖区彩屯街道彩云社区党委递交了一份入党申请书。49岁的他，双手有残疾，但乐于奉献，曾舍身救过两名溺水儿童。从大年初二开始，他就以志愿者的身份加入到社区防疫工作中。

▶ 锦州

"锦州通"助市民足不出户网上办事

社保服务、公积金和中考服务……如今锦州市民可以足不出户，手机打开"锦州通"APP在网上就能办理各种事务。为了积极应对疫情，锦州号召大家下载注册"锦州通"，已实现政务服务、交通出行、医疗卫生、教育教学、公共事业等11个领域135类服务功能。

▶ 营口

11条税费减免政策助中小微企业渡难关

营口市从缓缴社会保险费、减免中小企业税费、延期申报和延期缴纳税款、延长结转期限、疫情防控捐赠税费减免、免征个人所得税等六个方面出台11条措施，并分解任务明确各落实部门，支持全市中小微企业有效应对疫情、共渡难关。

▶ 阜新

上线疫情防控信息系统

阜新市已上线疫情防控信息系统，进入阜新的人员可通过手机扫码填报个人信息，保留生成二维码，在高速口、火车站、宾馆等场所可出示此二维码"通行证"。目前已有2.7万人扫码登记个人信息，855人通过出示二维码"通行证"快速"通关"。

▶ 辽阳

太子河区83家企业复工复产

辽阳市太子河区组建11个企业开复工审核组，抽调经济开发区20名、区直部门10名、乡镇街11名熟悉企业工作的干部，将企业防控关

辽宁抗击新冠肺炎疫情全纪实

口前移，主动上门为企业进行现场审核，"当日报批、当日审核、当日办结"。截至目前，太子河区已复工复产企业共83家。

▶ 铁岭
开原经济开发区管委会协助企业做好开工准备

铁岭市开原经济开发区管委会派驻47名同志在开发区精准复工企业监督员，深入企业协助做好复工前的各项准备工作，在企业复工人员的排查和管控上，做到了域外返开人员"必登、必查、必控、必清"，实现了动态化管理、常态化巡查、人性化服务和属地化管理。截至目前，首批33家申请复工的企业已有20家实现精准复工、有序生产。

▶ 朝阳
发布教育系统师生员工返（离）朝阳有关要求

朝阳市发布疫情防控期间教育系统师生员工返（离）朝阳有关要求的通知，提出：在疫情未得到有效控制前，学校一律不得开学，朝阳市户籍（含县区）的师生员工即日起不得随意离开本行政区域。在外地的朝阳户籍（含县区）师生员工原则上要于2月16日前返回，居家隔离观察14天。

▶ 葫芦岛
12项暖心举措关爱一线医护人员

葫芦岛市采取12项务实、贴心、到位的举措，及时有效地为驰援武汉等地疫情防控一线医护人员解除后顾之忧，激励担当作为、奋力抗疫。包括免除2020—2021年度取暖费，并对驰援医护人员家庭的供水、供电、供气、房屋等优先免费进行维修，每人每天予以300元补助等。

2月 13

▶ 沈阳
推出4项户政服务新举措

沈阳市公安局从2月13日起，推出4项户政服务新举措：一、延长居住证签注有效期限，至疫情解除日（以权威部门通知为准，以下同）后60天。二、延长户口迁移证件有效期限，至疫情解除日后40天。三、新生婴儿未在出生1个月内申报出生登记的，可在疫情解除日后，凭《出生医学证明》正常申报出生登记。四、开辟身份证、居住证办理的"战时"通道。

▶ 大连
疫情防控期间一律不提供现场就餐服务

大连市发布通告，明确在疫情防控期间餐饮服务经营者一律不得提供现场就餐服务，要采取打包外带或者网络订餐方式实施无接触外卖配送。外卖环节，送餐人员每日测量体温，全程佩戴口罩，订餐要一餐一封签，确保取、送餐过程中疫情防控措施的落实和食品不受到污染。

▶ 鞍山
鞍钢首台"四面清理火清机"班产破纪录

鞍钢股份炼钢总厂疫情防控与组织生产两手抓、两不误。近日，该厂三分厂板坯火清机也是鞍钢首台"四面清理火清机"经过科学组织，创造出班产115块合格铸坯的纪录，鼓舞了一线劳动者防控疫情和生产斗志，为鞍钢生产高品质汽车钢奠定坚实基础。

▶ 抚顺
抚顺石化高性能测温仪驰援抗疫一线

应南京鼓楼医院的求援，2台由抚顺石化自主研发的高精度低温红外测温仪已被紧急寄出，将会同南京鼓楼医院支援武汉的医护人员，一起奋战在抗击新冠肺炎一线。这种测量精度是普通红外测温仪的10倍以上，只有百分之一的误差，可实现3米内对人体精准测温。

▶ 本溪
桓仁为草莓销售辟出康庄大路

抗击疫情期间，本溪桓仁雅河乡党委、政府制定出定点定车消毒并开具绿色通行证的办法，帮助种植户的草莓鲜果畅通无阻地卖到省外水果市场。据不完全统计，雅河乡已帮助全乡草莓种植户实现收入150多万元。

▶ 丹东
实行实名制乘坐出租汽车；657户工业企业开（复）工

2月13日，丹东市发出通告：即日起全市出租汽车全部采用扫二维码乘车登记信息，所有乘客乘车时须正确佩戴口罩并使用手机扫描公共出行实名登记二维码，自动导入有效联系方式。乘客未携带手机或使用手机不便的，由出租汽车驾驶员协助扫描登记或手工登记。

丹东市坚持以疫情防控稳定企业生产、以企业生产保障疫情防控，坚决做到抗击疫情和企业生产经营两不误，确保企业安全平稳复工复产。截至2月13日，丹东共有657户工业企业开复工，其中：规模以上企业179户，占全市规模以上企业总数的51.88%；涉及供水、供热、供电及群众生活生产必需品生产企业58户；涉及疫情防控物资生产企业13户。

▶ 锦州
查处24件疫情防控期间违法违规案件

锦州市各级市场监管部门加大对疫情防控期间市场监督检查力度，严格落实群防群控举措，加强药品和卫生用品的价格检查，重点检查体温计、消毒产品、医用口罩等商品进货、库存、销售等情况；加强粮油菜肉蛋奶等生活必需品价格监督巡查，加强对餐饮单位检查。截至目前，共立案查处违法违规案件24件。

▶ 营口
鲅鱼圈无人机空中巡查

在营口市鲅鱼圈区芦屯镇小望海村，村民们经常能够听到村党支部书记唐健的声音。从大年初三开始，小望海村就开始用无人机不定时巡查，排查村民串门聊天、聚集聚会等行为，一旦发现问题，就及时用村里的大喇叭喊话，规劝群众立即回家。

▶ 阜新
卧凤沟乡的"信息化"简单实用

阜新蒙古族自治县卧凤沟乡研发出的疫情防控信息平台简单实用接地气。只需填写一份简单的在线问卷，信息就能被及时录入，非常方便快捷。上线短短2个小时，数据采集量达到2462条。

辽宁抗击
新冠肺炎疫情全纪实

▶ 辽阳
400余名机关干部下社区

辽阳市从市直党政机关和事业单位中选派400余名党员干部下沉一线，加派基层力量，与居民和村民一道，通过"三排查一包保"等科学措施，进一步加强社区和村的疫情防控工作，尤其是对无物业小区、弃管小区、弃管楼和复工企业，开展疫情监测、排查、预警、防控。

▶ 铁岭
奥斯福科技满负荷生产抗疫急需医用品

为保障抗疫所用的医用氧气充装容器的供应，10余天来，位于铁岭县铁南工业园区的辽宁奥斯福科技有限公司满负荷生产，目前已生产出医用氧气瓶3000支。首批经过检验的150支便携式医用氧气瓶已发往北京，其余的氧气瓶也将陆续配送到各地医疗器械生产企业。

▶ 盘锦
村屯、小区推行居民出行电子通行证

盘锦市在全市村屯、小区推行居民出行电子通行证制度。居民可通过扫"居民身份登记二维码"填报，生成个人专属居民出行电子通行证（二维码）。对无智能手机的人员，可由工作人员代为录入登记信息生成电子通行证并打印后由个人保管，作为出行凭证。

▶ 葫芦岛
建昌县成立28个督导组赴基层督导防控工作

葫芦岛市建昌县成立28个督导组，赴乡镇包片督导基层防控工作。当发现"一张桌子、一个凳子就是一个防疫检查站"的情况后，立即解决。100套加厚羽绒服和37个临时活动暖棚，被送到全乡37个新冠肺炎疫情检查站，改善了基层工作人员挨冷受冻的状况。

▶ 朝阳
为300多个物业弃管小区建围栏

抗击疫情，朝阳市政府决定对双塔区9个街道、300余个物业弃管小区实施封闭铁艺围栏建设工程，将建设围栏1.7万延长米。9个施工组，从2月13日开始，日夜兼程加紧施工，争取尽快完工。后续还将对这些建完围栏的小区进行规范管理。

2月 14

▶ 沈阳
一线医护人员子女优先享受入学安排

沈阳市出台相关政策，战"疫"一线医务人员子女申请就读沈阳市公办的幼儿园或义务教育阶段公办学校的，在不突破国家规定班额情况下，按照家长和学生意愿，在实际居住地或户口所在地，就近就便自主选择、优先安排。此外，战"疫"一线医护人员及其家属，在生活、待遇、交通出行等方面还可享受一系列保障措施。

▶ 大连
政府抗疫获"特别授权"

大连市人大常委会审议并表决通过的《关于依法做好新型冠状病毒肺炎疫情防控工作的决定》中明确："授权市及区（市）县人民政

记录　357

府和当地疫情防控指挥机构,在不与宪法、法律、法规相抵触的前提下,可以对部分重点领域采取临时性应急管理措施。"包含医疗卫生、防疫管理、隔离观察、道口管理、交通运输、社区管理、市场管理、场所管理、生产经营、劳动保障、市容环境、野生动物管理等领域。

▶ 鞍山
培训学校顶风补课,被吊销办学许可证

鞍山市教育部门对在疫情防控期间存在违规补习行为的鞍山市一鸣艺术培训学校,给予吊销《民办学校办学许可证》的处罚。鞍山市教育部门提醒全市各类培训机构要引以为戒。

▶ 抚顺
医院开通线上诊病平台

为预防疫情发生期间的交叉感染,华润辽健集团抚矿总医院开通线上咨询平台。目前已有内科、外科、妇产科、儿科、门诊、医技等科系共53个科室的184名医生在线,为患者解答疾病咨询、用药指导、科普保健等方面的提问。

▶ 本溪
紧急下发通知,全力保障"菜篮子"

2月14日,本溪市紧急印发《关于切实做好"菜篮子"保供工作有效保障市场供应的紧急通知》,要求在确保安全战疫的同时,着力解决制约"菜篮子"产品生产、供应的民生问题,切实保障农业生产不断档、农事不耽误。

▶ 丹东
宽甸1028名机关事业单位工作人员下沉到社区

截至2月14日,丹东宽甸满族自治县县城内所有物业管理小区已经全部封闭。防控人员不够用,怎么办?1028名机关事业单位干部职工到社区报到,与社区干部、志愿者等共同构筑起疫情防控的坚实屏障。

▶ 锦州
"百亿送贷行动"惠及379家中小微企业

在抗击疫情的关键时期,为支持中小微企业开(复)工,锦州市市场监管局与邮储银行锦州市分行主动对接,推进"百亿送贷行动"。春节至今,共投放贷款2.53亿元,惠及中小微企业379家,惠及农户12027户。

▶ 阜新
海关出"组合拳"提升通关速度

阜新海关出台多项举措确保疫情防控与进出口通关两不误。一是企业通关网上办,关企人员"零见面"。二是防疫物资进出口企业优先办理。三是可延期办理加工贸易手册和进出口货物税款缴纳等各项手续。阜新海关还成立多科室联合办公紧急小组,在接到企业预约电话后查验科人员要立刻下厂查验,完成检验即放行。

▶ 辽阳
破获两起网络售卖口罩诈骗案

辽阳市警方成功破获两起企图利用网络售卖口罩等名义骗取他人钱款的诈骗案件。无正当职业且有吸毒史的朱某,在网上销售防护用

辽宁抗击新冠肺炎疫情全纪实

品口罩涉嫌诈骗。2月8日，朱某被抓获，涉案金额17442元。2月14日，警方抓获犯罪嫌疑人李某。李某在网上销售口罩、护目镜、防护服实施电信诈骗，骗取天津市西青区一网民人民币6000元。

值守人员必须24小时在岗值守，并保证消防通道畅通。

2月 15

▶ 铁岭
规上工业企业复工率达六成

铁岭市出台15条具体政策措施支持中小企业复工发展；成立了督导组，对全市各地工业企业疫情防控工作进行监督指导，保证疫情期间企业防控措施落到实处。截至2月14日，铁岭市共排查规上工业企业255户，复工153户，复工率达60%。

▶ 盘锦
"智能语音外呼系统"加入防疫"战队"

盘锦市智慧城市运行管理中心联合移动营商上线"智能语音外呼系统"，系统能针对社区居民以及新增进入盘锦人员进行自动电话呼叫、智能语音交谈，并生成近期行踪调研、健康状况等统计信息，代替了一线工作人员手动拨打，3小时内就可完成电话访问5000余人(次)。

▶ 葫芦岛
所有小区、村屯只留一个进出通道

针对当前疫情形势，再度加强防范工作力度。葫芦岛市发布：全市所有居民小区、村屯将只留一个进出通道。居民必须持出入卡（证）进出，且限制出入次数，严格登记相关信息，严格测量体温；车辆必须凭通行证进出。通道

▶ 沈阳
873户规上工业企业复工生产

沈阳市工信局严守生产安全和防疫安全两条底线，稳妥有序组织规上工业企业复工生产。搭建"沈阳市工业企业复工复产平台"，选派40余名机关干部分别进驻140户重点工业企业，实施线上线下结合、动态掌握1524户规上工业企业复工进度。截至2月15日，沈阳市1567户规模以上工业企业中，873户复工生产，复工率为55.7%；185户涉及保障城市运行必需、疫情防控必需、群众生活必需、涉及重要国计民生的相关企业已全部恢复生产。

▶ 大连
全力保交通保安全保防疫

面对两年来最大一次降雪，大连市全面开展除雪会战。6100名除雪作业人员、630余台除雪机械，全力"保交通、保安全、保防疫"。截至目前，已完成市区内所有主干线和公交线路及机场、火车站、港口、各大医院、隔离区、商场、农贸市场及复工企业等重点区域的除雪作业。

▶ 鞍山
连夜奋战除雪保道路畅通

截至2月15日10时38分，鞍山市共出动车辆600余台、人员5600余人，采取人机结合、

记录　359

灵活多变的除运雪方式,在第一时间打通桥涵、主干道、疫情防控检查点等重点部位,全力保证了市区主干道交通畅通,为市民安全出行和疫情防控提供了有力保障。

▶ **抚顺**

出台支援湖北医疗队队员的子女教育优待政策

抚顺市出台了支援湖北医疗队队员子女教育优待政策并制定具体实施办法。支援湖北医疗队员子女在2020—2022年期间入小学、小学升初中,可按选择意向安置在本市优质公办学校就读,参加中考可按报考志愿降10分录取。

▶ **本溪**

公交实行实名制乘车

2月15日,本溪市开始实行公交车辆实名制扫码登记乘车制度。乘客乘车须扫码录入相关信息,未携带手机者可出示本人身份证,由站务人员或驾驶员做好登记,否则不许乘车。

▶ **丹东**

出台23条措施为开复工企业提供法律服务

丹东市司法局出台《关于做好全市疫情防控期间企业开工复工法律服务的具体实施意见》,开通绿色服务通道,制定8个方面23条具体措施,全力为广大开复工企业依法经营、诚信经营提供优质、高效的法律服务。12348公共法律服务热线由专人负责接听和解答法律问题,法律服务无断档。

▶ **锦州**

向首批省级医疗队队员赠送每人30万元的专属保险

经过连日的紧张建设,作为省内三大集中救治中心之一的辽宁(锦州)传染病区域集中救治中心已经开始运行。为了给入驻救治中心的首批省级医疗队保驾护航,锦州市向他们赠送了保险金额为30万元/人的专属保险。

▶ **营口**

老边区规模以上企业已经全部开工

防疫阻击战打响以来,营口市老边区努力做到了防疫、生产两不误,在未出现1例感染病人的前提下,实现了经济和社会各项事业的稳定运转。截至目前,全区除季节性用工企业外,规模以上企业已经全部开工。

▶ **阜新**

网友接力,万余公斤辣椒一天卖完

"辣椒已经丰产万公斤,因疫情影响苦于无收购商……希望大家帮帮辛苦劳碌的村民!"在防疫检查站卡点值守的阜新蒙古族自治县蜘蛛山镇葫芦汤村村主任张进伍,在微信朋友圈中发出这样一条"求客户"信息,引发了热心网友接力,在阜新市各个微信行业群、业主群中被转发。不到一天,万公斤辣椒就找到了买家。

▶ **辽阳**

我省又1例新冠肺炎患者在辽阳治愈出院

2月15日15时,辽阳市新型冠状病毒肺炎诊疗救治中心(辽阳市结核病医院)收治的新

辽宁抗击新冠肺炎疫情全纪实

冠肺炎确诊患者万某，女性，经过医护人员精心治疗，治愈出院，这是辽阳市治愈出院的第二例新冠肺炎确诊患者。

▶ 铁岭
近2万名在职党员投身一线合力战"疫"

疫情发生以来，铁岭市各地积极开展抗击疫情工作。针对中心城区范围广、人员多等情况，铁岭市委组织部号召全市广大在职党员下沉一线，凝聚合力抗击新冠肺炎疫情。目前，全市已有19168名党员跟所居住的社区实现了对接。

▶ 盘锦
辽油宝石花医院开辟线上"第二战场"

盘锦辽油宝石花医院发挥"互联网＋医疗健康"服务功能，开辟抗击疫情的"第二战场"。医院的799名医生全部进入宝石花人健康平台，实时提供在线图文咨询，及时回答患者的医疗问题，解决因门诊暂停而就诊难问题。线上开诊14天以来，接诊患者近2000人次。

▶ 葫芦岛
全面加强流动人口和出租房屋管理

2月15日，葫芦岛市发布《关于疫情防控期间加强流动人口和出租房屋管理的通告》，明确规定：直至疫情防控结束前，葫芦岛全市范围内，一律暂停空置房屋出租；所有房屋所有人、房屋中介机构严禁擅自出租房屋。对房屋已经出租给外地人且承租人暂未返葫的，房屋出租人要通知承租人推迟返程。

▶ 朝阳
启动失业保险支持企业稳定就业岗位

目前，朝阳市紧急启动2019年度失业保险支持企业稳定就业岗位工作。疫情防控期间，对不裁员或少裁员的参保企业，可返还其上年度实际缴纳失业保险费的50%。

2月16日

▶ 沈阳
"持续发力""全面提升"推动项目建设

今年，沈阳市的项目建设主要围绕三个"持续发力"、一个"全面提升"进行推动。包括：做大做强实体经济方面，推进恒大新能源汽车等一批装备制造业转型升级和高新技术产业项目；城市基础设施补短板方面，推进地铁2号线南延线等加快建设；中心城市建设方面，推进沈飞局部搬迁等一批影响城市格局的重大建设项目；全面提升应对突发重大公共卫生事件的能力水平方面，目前正在加紧推进32个项目。

▶ 大连
"菜篮子""米袋子"量足价稳

新冠肺炎疫情发生以来，大连市第一时间启动应急响应，全力做好粮油保供稳市及主要农副产品保供稳价工作。截至2月16日，全市粮油肉蛋菜市场价格平稳、供应充足、市场井然有序、居民消费理性。据不完全统计，截至目前，大连市大米库存储备量（含政府储备）1.94万吨，面粉库存储备量（含政府储备）

1.02万吨。同时据抽样调查，全市未纳入统计范围的经营单位还有一定量的成品粮库存，可保障市场供应。食用油库存储备量（含政府储备）3.92万吨，可保证全市户籍人口消费230多天。

▶ 鞍山
农业专家微信群里指导阴雪天棚菜生产注意事项

"成立棚菜生产联合临时党支部，就是想充分发挥基层党组织的战斗堡垒作用，在抓好疫情防控的基础上，全力组织生产保供给。"海城市温香镇棚菜生产联合临时党支部负责人马倩在微信群通知大家，特邀海城市三星生态农业有限公司的技术讲师刘春海，给大家网络授课，进行技术指导。内容是关于疫情防控期间，遭遇连续阴雪天时棚菜生产的注意事项。

▶ 抚顺
"九〇后"大学生孙家兴抗击疫情冲在前

在抚顺新宾满族自治县新宾镇二道街小区疫情防控检查站，"九〇后"阳光大男孩孙家兴用他的青春活力和满满正能量感染着身边人。1999年出生的他，是合肥工业大学大二学生。疫情发生后，他主动当起志愿者，加入疫情防控队伍。他说："志愿服务，不仅需要我这样的人去做，更需要我们这代人齐心协力。患难时期就是大家需要我们的时候，这时，我要冲锋在前，尽自己的一份力。"

▶ 本溪
4家企业开足马力满负荷生产消杀产品

作为省级疫情防控物资生产企业，同时又是本溪市唯一一家生产抗病毒口服液及酒精消毒液的企业，修正集团辽宁新高制药有限公司目前满负荷运转，以每天24万支抗病毒口服液的产量进行生产。本溪市积极组织协调解决企业申报危化品生产经营证问题，全力为企业生产消毒产品积极创造必要条件。目前，本溪市具备生产能力的4家消杀产品生产企业正开足马力满负荷生产，保障全市疫情防控需求，并竭力支援全国。

▶ 锦州
义县疫情检测卡点为春耕物资开绿色通道

义县的农业、科技等部门针对此次疫情早筹划、早行动、开展相关春耕备耕工作。义县各疫情检测卡点都为春耕物资运输车辆提供了绿色通道，优先检测通行。截至目前，义县储备种子300万公斤、化肥60万公斤。同时相关部门加大农资产品专项整治执法力度，对疫情期间哄抬种子、化肥价格等违法行为严厉打击，确保农资供应质量可靠、价格稳定。

▶ 营口
企业进入"满血复活"过渡期

从1月29日协调银行为复工的消毒液生产企业发放贷款算起，到2月15日市政府再次出台支持中小微企业20条政策措施，营口一直在上演复工复产的"速度与激情"，也展现出党委、政府的定力和"动力"。截至2月16日，营口开工复工规模以上工业企业381家，占规模以上企业总数61%，税收占全市工业企业85%。已开工复工投资额亿元以上项目10个。

辽宁抗击新冠肺炎疫情全纪实

▶ 阜新
关停超2000家公共活动场所

为减少人员聚集，阜新市已经关停888处文化场馆、18家A级景区、107家旅行社及分支机构、349家文化娱乐场所、7家文博机构、55处室内外体育场馆。此外，阜新市还关停860家宾馆酒店，指定阜勤酒店、西山宾馆等8家单位作为疫情求助人员定点宾馆，严格落实来阜人员登记、测温、隔离观察等具体管控举措，最大限度避免人员聚集，有效切断病毒传播渠道。

▶ 辽阳
170名医生专家线上义诊解"疫"惑

为缓解线下发热门诊和普通门诊就诊压力，严防院内集聚性交叉感染风险，辽阳市中心医院全线开通了网上义诊服务平台。全院170多名副高以上专家在网上开展义诊活动。同时，还与"辽宁新型冠状病毒肺炎影像咨询平台""辽宁新型冠状病毒肺炎疫情防控应急会诊平台"正式连通，在线上直接为居家隔离人员答疑解惑。目前已为100多名城乡群众提供服务。

▶ 铁岭
铁法能源大隆矿产销两旺

在疫情防控的非常时期，自从正月初六开工以来，辽宁铁法能源有限责任公司大隆矿提出了"科学防控、精优生产、有序推进"十二字生产方针，在抓好疫情防控的基础上开足马力多出煤。多产快销，路销日装车达100车，日销量达800吨至1000吨，再创历史新高。

▶ 朝阳
1141名市直机关党员干部职工下沉到社区

按照朝阳市做好抗击新冠肺炎疫情工作的安排部署，市直机关53个单位1141名党员干部职工走进市区12个街道、68个社区、2个村、374个卡口值守，下沉到社区一线开展抗击疫情值守工作。他们从早晨8点30分到晚上8点整，每天几商班轮守，积极开展人员排查、测量体温、车辆登记、卫里清洁、关爱服务等各项工作。

▶ 葫芦岛
有效应对寒潮暴雪天气，全力疏堵保畅

在做好疫情卡点严密防控的同时，强降雪来袭，葫芦岛市多措并举，全力做好交通疏堵保畅工作。截至2月16日，全市共出动交警警力1239人，聚焦高速公路、国省干道、城区主线和事故多发点段四大主题战场，全力开展疏堵保畅和事故预防工作。葫芦岛市的17个疫情卡点，共出动交警警力220人，确保疫情卡点严密防控。并为运送防疫、蔬菜等民生物资车辆开辟应急绿色保障通道，确保物资及时送往目的地。

2月17

▶ 沈阳
"疫情不退，咱就不撤！"

"老公，你到岗了吗？一定做好防护。""媳妇，我到了，已经开始忙了。""千万做好防护。这身警服告诉咱们，哪里有危险，哪里就有警寮蓝！安学一同志，与其相互挂念，不如相忘于'疫'线吧。""好的，刘亦彤同志，只要疫情不退，咱们就不撤！"这是沈阳市公安局于洪分局的"九〇后"双警小两口安学一和刘亦彤的对话，也是他们"坚守一线、并肩作战"的约定。

▶ 大连
企业快速拿执照快速投产医用口罩

大连市高新区市场监管局开通绿色通道，以接力赛跑的速度，为大连市捷盈节能环保科技发展有限公司快速办理好营业执照。2月17日，该企业表示，将快速办执照抢出来的时间全部用于医用口罩的生产。该企业是一个以医用口罩及普通防尘口罩制造销售为主的企业，注册资本1000万元，投资建设6条生产线，预计日产口罩60余万只，可以有效缓解当前医疗物资匮乏的困境。

▶ 鞍山
20条措施规范社区（村）封闭管理

为规范社区（村）封闭管理，鞍山提出20条措施。为确保有效封闭，做到"一断三不断"。"一断"，即坚决阻断病毒传播渠道；"三不断"，即公路交通网络不断、消防等重要通道不断、群众必备的生产生活物资采购通道不断。同时，严格贯彻各级各部门文件精神，不得封闭高速公路、阻断国省干线公路，不得简单采取堆填、挖断等硬隔离方式阻碍公路交通。

▶ 抚顺
红透山镇集中采购，便民暖心

疫情防控工作开展以来，为了保证群众的生活物资能够正常供应，抚顺市清原满族自治县红透山镇采取了由村委会牵头，根据群众需求由村委会集中采购的方式。每周由村干部外出采购一两次，采购回来，村民们按次序到村部认领自家物品。对一些特殊群体，村干部还主动送货上门。

▶ 本溪
推出8项措施关心关爱抗疫一线职工

2月17日，本溪市总工会出台8项具体措施，关心关爱抗疫一线的职工，其中对驰援武汉的医护人员（包括支援省内定点防疫医护人员）的关爱尤为暖心。具体包括：向一线医护人员每人一次性发放慰问金5000元，并颁发防疫抗病"本溪五一劳动奖章"；本溪市赴武汉医护人员在武汉期间，对每个家庭每月提供资金1000元用于购置基本生活用品和防护物品等。

▶ 丹东
13家疫情防控物资生产企业开足马力

丹东市深度挖潜，查找出一批具备生产防疫物资能力的本地企业，并在生产资质、产品检测等方面，实行特事特办，开辟绿色通道，帮助这些企业解决原料、设备、资金、运输、人员等困难，千方百计做好生产要素保障工作。目前，全市已有13家具备疫情防控物资生产能力的企业进入到紧急生产状态，且积极扩大产能。

▶ 锦州
已为旅行社暂退保证金168万元

锦州市为全市旅行社暂退部分旅游服务质

辽宁抗击新冠肺炎疫情全纪实

量保证金，改善旅行社运营资金流困境。为有效减少人员聚集流动，提高退款效率，锦州市依法依规简化办事流程。旅行社企业只需跑一次银行就可拿到暂退的保证金，做到真正一次性办结。截至目前，已有6家旅行社办理完成暂退保证金，涉及金额168万元。

▶ 营口

对干部的考察考核放到抗击疫情一线

营口市发出通知，要求把抗击疫情一线作为发挥战斗堡垒作用和先锋模范作用的重要阵地，把抗击疫情斗争中的表现作为考察、识别、评价、使用干部的重要内容。营口市县两级组织部门拨付党费500余万元，用于慰问战斗在第一线的基层党员干部，支持基层党组织购买防疫物资。

▶ 阜新

细河区研发使用疫情监测系统

阜新市细河区坚持现代信息技术与防控结合而研发的疫情监测管理系统，大大提升了工作效率和统计准确率，有效避免了人员频繁接触带来的病毒传染安全隐患。该系统具有人员登记、跟踪管理、实时动态分析等五大功能，支持手机端和电脑端操作，由基层工作人员一次录入后，可以多级查看、自动汇总、统计分析。

▶ 辽阳

辽阳县938人解除居家隔离观察

在抗击疫情中，辽阳县把外地返辽人员作为排查、居家隔离观察重点。通过严格居家隔离、医学跟踪观察，辽阳县近日对各乡镇（街道）身体健康状况良好、在居家隔离医学观察期间未出现发热、咳嗽等呼吸道感染症状且居家隔离期满14日的人员陆续解除观察。截至2月15日24时，全县对938名外地返辽人员解除居家隔离观察。

▶ 铁岭

昌图1500余名退役军人吹响"战'疫'集结号"

抗击新冠肺炎疫情，铁岭市昌图县1500余名退役军人退役不褪色，吹响"战'疫'集结号"。他们奔赴街道、社区、村组协助开展疫情防控工作。鹭树镇的17名退役军人，第一时间成立了鹭树镇退役军人志愿服务队，驻守在7个村的村口"堵卡点"24小时轮流执勤，守护村民的健康与安全。

▶ 朝阳

1932户企业复工复产

朝阳市在抓好疫情防控、确保安全稳定基础上，加快企业开工复产和项目建设。对重点企业派驻特派员，点对点解决企业实际困难，一对一确定项目管家，对56个续建项目复工、20个新建项目开工和73个计划签约落地项目全部跟进到位。截至目前，已复工复产企业1932户，工业企业329户，其中规上企业166户，总开工人数3.1万人。

▶ 盘锦

为驰援湖北医护人员办好8项实事

盘锦市委、市政府联合下发通知，对驰援湖北医护人员出台优惠政策，要办好加强政治关爱、落实补助保险待遇、发放一次性慰问金、给予职称评聘倾斜、照顾子女入学入园、强化健康服务保障、建立健全慰问制度、强化典型表彰宣传等8项实事。盘锦市传染病医院隔离病区的医务人员也将获参照执行资格。

▶ 葫芦岛

推出经济稳增长政策"大礼包"

葫芦岛市快速及时地采取调控措施，全力打赢疫情防控和经济发展"两大战役"。出台了《关于应对新冠肺炎疫情 支持中小微企业共渡难关的若干政策意见》《关于支持重大工业投资项目奖励（暂行）办法》《关于应对新冠肺炎疫情 支持第一产业发展的若干政策意见》等多个政策"大礼包"。截至2月17日，葫芦岛市规模以上工业企业开复工170户，复工率达65.6%，总产值占全市的90%左右。

2月18日

▶ 沈阳

推出处理交通事故3项新措施

在处理道路交通事故中，为减少人与人直接接触，沈阳交警推出可视化处理、线上理赔、电话预约处理3项新措施。专业事故民警利用视频远程指导当事人协商定责。事故当事人可通过保险公司APP和微信公众号完成线上理赔。如需要制作询问笔录、进行现场调查等，交警将采取电话预约、分别接待、邮寄送达等方式。同时，快速处理中心放宽对节日期间的事故48小时内受理的限制。

▶ 大连

行政审批推行即时远程现场核查模式

为支持大连市市场主体在疫情防控期间健康发展，帮扶企业复工复产，大连市推出10项行政审批服务举措，包括通过互联网在线办理实现审批"零见面"、食品相关产品生产许可实行告知承诺制、开辟抗击疫情相关业务应急办理绿色通道、执业药师注册调整为"网上全程办理"等。其中，对确需现场核查的审批事项，推行即时远程现场核查模式。

▶ 鞍山

4名新冠肺炎患者已全部完成在鞍治疗医保费用结算

2月18日，鞍山市医疗保障事务服务中心与市传染病医院完成了鞍山第4例新冠肺炎确诊患者在鞍定点救治发生的医疗费用医保结算，患者医疗费用总计15308.97元，医保支付9052.53元。患者李某已转诊至省区域救治中心——沈阳市第六人民医院继续治疗。截至目前，鞍山确诊的4名患者已全部转入省区域救治中心——沈阳市第六人民医院治疗，4名患者在鞍定点救治医院发生的医疗费用已全部完成了医保结算。

▶ 抚顺

抚顺县招商引资工作"面不见，线不断"

抚顺县一手抓防控，一手抓招商，及时开启微信、QQ、电话等对话模式，保持对招商项目的"线上"联系跟进，确保招商引资"面不见，线不断"。其中，沈阳汽车零配件生产项目，企业方正在形成项目建议书，力争疫情

辽宁抗击新冠肺炎疫情全纪实

过后推进项目落地。北京环卫集团大宗固体废弃物综合利用项目已迈入实质性实施阶段，将于6月份开工建设。

▶ 本溪
3例新冠肺炎患者全部治愈出院

2月18日10时，我省又有两名新冠肺炎患者在本溪市第人民医院治愈出院。至此，本溪市3例新冠肺炎患者已全部治愈出院。患者郑某，女，31岁，1月17日从武汉返本溪，1月24日确诊，为本溪市第一例确诊病例。张某某，女，62岁，1月12日从广州返本溪，1月30日确诊，为本溪市第三例确诊病例。第二例确诊病例于某已于2月13日治愈出院。

▶ 丹东
市区大型商场（商业综合体）18日起复工复业

丹东市在做好防控工作的前提下，有序组织大型商场（商业综合体）等场所复工复业。2月18日起，振兴区、元宝区、振安区及合作区辖区内大型商场（商业综合体）开始复工复业。2月19日起东港市、凤城市、宽甸满族自治县辖区内大型商场（商业综合体）开始复工复业。

▶ 锦州
驰援武汉"九〇后"护士吴筱屿："我不是孩子，是战士！"

吴筱屿是锦州市第二医院的一名护士，1999年出生的她是该院驰援武汉医疗队里年龄最小的队员。吴筱屿说，工作中，同事哥哥姐姐都十分照顾她，而她也一点都不含糊。她说："我不是孩子，是战士！"这个在家里被照顾的孩子，已经认真学着前辈的样子去照顾患者，成为患者的依靠。

▶ 营口
给一线医护人员买3.56亿意外伤害险

营口市医疗保障局与中国人寿保险股份有限公司营口分公司深入沟通，2月10日，双方携手为奋战在全市疫情防控一线的712名医护人员捐赠为期一年的人身意外伤害保险，每人保险金额为50万元，合计保险金额达到3.56亿元。这712名医护人员，包括营口驰援武汉的40人。

▶ 阜新
不动产登记中心疫情防控和业务办理两不误

为做到疫情防控和业务办理两不误，阜新市不动产登记中心自2月10日起提供预约办理服务。中心每天两次对登记大厅、柜台、自助服务设备等进行打扫消毒、重点消毒，预留两宽个的服务窗口，设立双重防控关卡，安排专人值守，记录进入登记大厅时间和离开时间，引导群众减少现场停留时间，全程留痕管理。

▶ 辽阳
出台15项措施全力支持企业稳步发展

辽阳市出台15项政策措施，全力支持中小企业生产经营、稳步健康发展。主要包括：启动项目建设审批手续"不见面"在线办理，畅通24小时热线电话等诉求渠道、及时协调解决企业复工复产遇到的困难，对疫情防控重点保障企业贷款给予财政贴息支持，受疫情影响的中小企业依法依规缓缴社会保险费、减免税费房租等。

2月 19

▶ 铁岭
白沙村巾帼志愿者服务队撑起村里"半边天"

"俺要带领全村妇女冲在前头、干在实处，俺们坚信一定能够打赢这场抗击疫情阻击战！"铁岭县阿吉镇白沙村49岁的妇联主席罗桂敏，带领村里的10余名妇女成立了抗疫巾帼志愿者服务队。走村入户宣传，统计相关数据，给一线抗疫人员做热乎的饭菜……忙里忙外，她们撑起了村里抗疫工作的"半边天"。

▶ 盘锦
双台子区将物业弃管小区化零为整封闭管理

盘锦市双台子区把无物业管理的弃管小区作为防控疫情的重点，紧急拨付100多万元专项资金，购买了铁栅栏、铁丝网等封闭所需的物资。在物业弃管小区以及城中村、平房区临时搭设起高约1.5米的铁网围栏，化零为整进行封闭管理。小区仅留一个出入口，入口设置"疫情防控检查点"，取得了良好的防控效果。

▶ 葫芦岛
党员"三个带头"严守防控阵线

为了打好打赢疫情防控阻击战，葫芦岛市要求党员做到"三个带头"，紧盯排查、宣传两大重点，严密防控阵线。一是小区封闭，党员带头守门。市直机关和各区下派的党员干部，全部下沉作战指挥督导，实行一对一、点对点包保。二是隔离看守，党员带头上岗。市、区两级机关党员干部在居家隔离人员楼下24小时死看死守。三是社会参与，党员带头发动。

▶ 沈阳
应对疫情出台8项房产新政

沈阳市出台8项政策措施保障房地产市场平稳健康发展，包括受疫情影响延期交房给予2个月续展期、支持疫情影响期间非正常缴存公积金的职工办理住房公积金贷款等。沈阳市提出，将24小时随时受理房地产企业商品房预售许可项目进度审核。申请预售许可手续齐全的，即时下发预售许可证。对线上销售的商品房，在采取有效防护措施后，房地产企业可实施"一对一"网签备案。

▶ 大连
加强办公场所和公共场所空调通风系统运行管理

大连市发布通告，加强新冠肺炎流行期间办公场所和公共场所空调通风系统运行管理。通告要求，教育、人社、住建、交通、商务、文化旅游、市场监管、机关事务管理等部门，加强对本行业、本系统各使用单位办公场所和公共场所空调通风系统运行的督促指导工作，并要求各区市县、先导区按照属地化原则，切实加强对属地办公场所和公共场所集中空调通风系统运行的监督管理工作，有效保障办公场所和公共场所卫生安全。

▶ 抚顺
辽宁清原抽水蓄能电站项目复工

2月19日，记者在辽宁清原抽水蓄能电站项目5号隧道施工现场看到，隧道里正在进行

辽宁抗击
新冠肺炎疫情全纪实

除渣和拉底作业。隧道建设是抽水蓄能电站上下水库之间通行的重点工程，目前，上下水库之间的毛路已经贯通，随后各段路面和隧道还要进行清基清底和路基路面的施工，确保年内通车。

▶ 本溪
全面禁止活禽和野生动物交易

本溪市发布《关于禁止野生动物交易的公告》，开展活禽及野生动物市场专项整治工作，全面叫停活禽和野生动物交易。截至目前，本溪全市各级市场监督管理部门共出动执法人员7261人次，检查农（集）贸市场702个次，检查商场、超市6138个次，检查经营者6136个次，监测电商平台（网站）267个次。

▶ 丹东
暂退119家旅行社80%质保金

2月19日，丹东市文化旅游和广播电视局作出决定，暂退丹东市119家旅行社服务质量保证金工作。暂退保证金范围包括全市所有已依法交纳保证金、具有旅行社业务经营许可证的旅行社，标准为现有交纳数额的80%，被法院冻结的保证金不在此次暂退范围之内。接受暂退保证金的旅行社须在2022年2月5日前将本次暂退的保证金如数交还。

▶ 锦州
多措并举确保"菜篮子"产品调得进供得上

为全力保障市民"菜篮子"供应和市场价格基本稳定，锦州多措并举，确保"菜篮子"产品调得进、供得上、不脱销、不断档。锦州凌西农副产品物流园是锦州重点蔬菜批发市场，该市场日均交易量在350—400吨。菜农积极性提高，蔬菜、水果品种丰富，交易平稳，蔬菜运输畅通。

▶ 营口
全面有序恢复生产生活秩序

2月19日，营口市新型冠状病毒感染的肺炎疫情防控指挥部下达命令，从即日起全面有序恢复生产生活秩序，机关事业单位全面恢复办公。明确：企业全面有序复工复产，取消企业复工复产审批、备案，积极帮助企业解决用工、原材料、资金、设备等方面的困难和问题。企业要做好通风、消毒、体温检测等防控和安全生产工作，指导员工做好个人防护。

▶ 辽阳
刘二堡村民自发组建爱心服务团队战疫情

疫情发生后，辽阳县刘二堡镇后堡村的20多岁的姐弟俩与省院里亲戚及朋友胡贺、马龙、赵相维建了个"刘二堡疫情防护群"，现已发展到200多人。他们买酒精、消毒液帮助镇里和各村的卡点消毒，向镇里的各个社区捐赠消杀物资……团队里的每个人都各尽所能，有钱出钱，有力出力，都积极为家乡做些事。

▶ 阜新
彰武县哈尔套镇有支"夕阳红"抗疫队

"保家卫国我是老了，但在家门口为父老乡亲干点事，还是能做到的。关键时刻党员就得带头上！"在阜新市彰武县哈尔套镇抗疫一线，有一支夕阳红党员志愿者服务队，队员年龄最大的71岁，最小的63岁。他们轮班巡逻，

24小时站岗执勤，为楼道消毒，向居民宣传防控知识，劝他们不串门、不扎堆，不信谣、不传谣，工作有条不紊。

▶ 朝阳
网上"春风行动"发布9445个岗位

抗击疫情期间，朝阳市开展网上"春风行动"、辽宁省2020届高校毕业生春季网络招聘活动等就业援助活动，打造"就业服务不打烊、网上招聘不停歇"的线上服务活动，确保农民工、高校毕业生等重点群体就业。截至目前，朝阳市人力资源市场网已在线发布270家企业的9445个招聘岗位。

▶ 盘锦
为驰援湖北的医护人员家属提供暖心服务

盘锦市有2所医院的34名医护工作者分3个批次相继驰援湖北。盘锦市妇联推出与34名驰援湖北的医护工作者家庭分别建立一对一的"连心卡"的关爱服务。通过电话、微信等形式，了解驰援湖北医护人员家庭的思想、工作、生活等方面需求，为他们提供便民代办、心理咨询、家庭教育等后勤保障。

▶ 葫芦岛
9项利好举措支持农业发展

葫芦岛市发布9项利好措施，积极支持农事企业在疫情防控和经济社会发展中的重要作用，包括：全市农业县（市）区从事农林牧渔业生产自主创业农民个人（包括农村自主创业农民、返乡创业农民工），可申请最高额度为15万元的个人涉农创业担保贷款；支持中小企业从事农业生产经营，实行担保费优惠政策，对于10—30（含）万元项目，免收担保费等。

2月20

▶ 沈阳
"真金白银"助中小企业渡难关

沈阳市聚焦人员、资金等制约中小企业恢复生产的关键问题，加大政策、服务供给，着力帮助中小企业减轻负担、渡过难关。积极组织银企对接，目前已为137户企业申请贷款29.65亿元，实际到位资金18.22亿元；强化用工支持，为400余家企业网上备案用工人员6000余人。在减税降费、降本减负、保障用工等方面，为24户重点防疫物资相关中小企业减免税费212万元，为57家旅行社暂退保证金2555万元，为5713户承租市属国有资产类经营用房中小企业减免租金7331.8万元。

▶ 大连
新出台7项政府采购政策措施支持企业稳生产

大连市新出台7项政策措施支持企业稳定生产经营、促进经济发展。主要包括：明确各级预算单位使用财政性资金采购疫情防控相关货物工程和服务的，在保证货物、工程和服务质量的前提下，优先向复工复产企业采购；疫情防控期间政府采购项目合同到期的，可由原供应商延续实施至辽宁省疫情应急响应终止之日起6个月；各级预算单位加大对中小微企业的倾斜力度，提高面向中小微企业采购的金额和比例等。

辽宁抗击新冠肺炎疫情全纪实

▶ **鞍山**

依托8890群防群控抗疫情助复工

连日来，一条条群众针对新冠肺炎疫情防控提出的线索、意见和建议，不断通过鞍山8890综合服务平台进行收集，打赢疫情防控阻击战和助力企业复工复产的强大合力在这里不断汇聚。鞍山充分发挥8890综合服务平台党委政府和群众的连心桥作用，第一时间收集群众建议，第一时间征集疫情线索，第一时间调度部门核实，第一时间稳定群众情绪，第一时间传递党委政府声音，广泛动员群众、组织群众、凝聚群众，积极回应群众关切，坚决打赢疫情防控人民战争、总体战、阻击战。

▶ **抚顺**

系列"暖企"政策支持企业复工复产

抚顺市多部门陆续出台支持企业复产复工的政策措施，帮助企业渡过难关。司法局出台10项措施，开通涉企司法监管"绿色通道"，对开工复产企业相关诉讼司法监定等托优办理等；应急管理局出台了涵盖行政审批类、复工复产验收类、检查服务类三大类10项措施。公安局发布了包括公安综合行政审批类、户籍及流动人口管理类、出入境管理类、交通管理类、企业权益保障类等五大类30条举措。卫生健康委深入指导检查各企业单位防控措施落实情况、中央空调维护情况、个人防护情况等。

▶ **朝阳**

警方破获涉疫诈骗案，涉案金额170余万元

朝阳市公安局经缜密侦查，成功破获一起涉疫诈骗案件。2月19日，被害人宋某报案称在微信购买口罩被诈骗。公安局立即成立专案小组，2月20日，在沈阳市将犯罪嫌疑人——25岁女子李某抓获。李某是朝阳市双塔区人，虚构事实，以非法占有为目的，通过少量"高价买、低价卖"骗取被害人的信任，涉案金额特别巨大（170万元），其行为涉嫌诈骗罪。目前，犯罪嫌疑人李某已被警方刑事拘留，案件正在进一步审理中。

2月21

▶ **本溪**

全面有序恢复生产生活秩序

2月20日，本溪市发布：即日起全面有序恢复正常生产生活秩序。本溪市统筹布局疫情防控与恢复经济社会秩序两个工作重点，给全市人民以极大信心。截至2月21日，本溪市正常生产的规模以上工业企业达164户，占全市规上工业企业总数的81.2%。全市固定资产投资及项目建设也稳步推进，截至2月16日，本溪市已开复工项目11个，项目总投资34.5亿元。目前，本溪市交通运输、城乡公共交通已正常运转，生产生活物资能够实现正常流通。

▶ **丹东**

振安区百名干部包保227家复工企业

丹东市振安区坚持疫情防控与经济建设同安排同部署，把企业开复工的工作重点从"管控"向侧重"服务"转移。百名干部对疫情防控期间辖区内227家开复工企业实施领导包保制度，在疫情防控期间全程跟踪督导开复工企业防疫工作落实情况,全力助推企业迅速复工复产。

▶ 锦州
交通事故处理全流程掌上办零接触

道路交通事故远程可视化处理、所有法律手续均实现当事人远程在线电子签名、集中整合财产保险公司开展的线上理赔模式。抗击新冠肺炎疫情期间,锦州市交警部门启动应急机制,全面推出"远程一站式掌上办"的交通事故快速处理新模式,交通事故当事人、交警、保险理赔人员全程"零接触"。截至2月19日,锦州交警事故大队通过"远程一站式掌上办"交通事故处理模式,共受理交通事故831起,其中一起,最快11分钟理赔款赔付到位。

▶ 营口
老边区西柳村村干部一组防疫情一组抓备耕

连日来,营口市老边区柳树镇西柳村党支部在抓好疫情防控工作的同时,积极组织开展种植备耕、养殖备产。他们把6名村干部分成两组,一组负责疫情防控,另一组负责恢复生产,两组人员定期轮换、分工协作。在疫情防控期间,西柳村已累计向营口市区及周边区域供应各类蔬菜3万余公斤、蛋类2500余公斤。

▶ 阜新
出台具体措施激励疫情防控一线医务人员

阜新市出台《关于激励关爱疫情防控一线医务人员的具体措施》,改善一线医务人员工作和休息条件,及时发放工作补助和绩效工资,开通工伤申报、受理、认定的"绿色通道"。对驰援湖北的一线医务人员子女,给予学前和义务教育阶段择校、中考加分录取等政策,表扬奖励疫情防控工作中涌现出的先进个人和集体。持续跟踪培养、大胆提拔使用在一线表现突出的医务人员,在疫情防控一线优先发展一批入党积极分子和党员,对贡献突出、表现出色的一线医务人员给予人才激励,并优先评聘职称。

▶ 辽阳
首例妨害疫情防控违法犯罪案"云端庭审"当庭宣判

2月21日上午,辽阳市白塔区人民法院通过远程"云端庭审"方式,开庭审理了辽阳地区首例妨害疫情防控的违法犯罪案件并当庭宣判。庭审中,法官在审判庭,公诉人在检察院,被告人在辽阳市监管支队,三方"隔空对话",既保障了庭审顺利进行,又降低了疫情传播风险。被告人韩某,因持刀破坏小区防疫工作警戒线,辱骂和持刀恐吓追逐社区工作人员及居民,犯寻衅滋事罪被判处有期徒刑8个月。该案从立案到审结仅用4个工作日。

▶ 铁岭
农技专家线上服务远程指导农民春耕备耕

为不误农时,及时有效推广春耕备耕方面的实用技术,连日来,昌图县现代农业发展服务中心组织农业专家录制农业技术专题讲座视频短片,利用昌图融媒APP手机客户端,对农户进行远程技术指导,为农民春耕生产提供科技服务。已经有3位专家在演播间录制讲座15期。随着农时的进展,农机技术人员也会推出系列讲座,让农民朋友在手机屏幕上就能学

辽宁抗击新冠肺炎疫情全纪实

到备耕知识。

▶ 朝阳
"外防输入",加快恢复正常生产生活秩序

朝阳市坚持一手抓"外防输入"、一手抓经济发展,加快恢复正常生产生活秩序,提出8项具体指导性意见。包括:坚持大数据推送与人力排查相结合,重点排查疫情严重地区及高风险地区来朝返朝人员;全面恢复域内市县级城市公共交通、市县和县际客货运交通正常运行,除浴池、歌厅、网吧、影院等人员密集场所服务企业暂不恢复营业外,其他服务业企业要在一周内全部开放,恢复营业;加强对开复工企业防疫工作的指导、服务和监督,帮助企业解决用工、原材料、资金和市场开拓方面的困难和问题;等等。

▶ 抚顺
多举措护航211户规模以上工业企业开复工

抚顺市采取多项措施引导企业做好复产复工和疫情防控工作,减轻企业压力,推动企业生产逐步走上正轨。主要包括:开通生产防控疫情所需物资项目审批绿色通道,支持疫情防控物资生产企业扩能改造;减轻企业负担,落实支持企业缓缴电费,31户企业1000余万元电费缓缴;支持500户企业缓缴社会保险费3000万元,返还失业保险金600万元;帮助178户企业融资11亿元,贷款展期101笔4.8亿元。截至2月23日,全市规模以上工业企业211户开工生产,

合计产值占全市规上工业总产值的92%以上。

▶ 盘锦
出台18条具体措施帮助中小企业渡难关

2月23日,盘锦市发布应对新型冠状病毒感染的肺炎疫情扶持中小企业生产经营政策措施,从支持企业复工复产、加强财政金融支持、减轻企业负担、鼓励企业履行社会责任等四个层面上,出台18条具体举措,对未来6个月之内对受到疫情影响生产经营遇到困难的中小企业进行全力支持和帮助。在减轻企业负担上,通过援企稳岗政策、缓缴社会保险费、延期缴纳税款、调整税收定额、减免中小企业税费、减免企业房租、鼓励开放贸易等举措,对符合条件的企业实施相关优惠。

▶ 葫芦岛
发挥"三个作用"确保党员在疫情防控中担当作为

葫芦岛市建交集团237名支援基层抗疫工作者"火线"组建了四个临时党支部。党员积极发挥先锋带头作用,冲在前、干在先,和街道、社区干部群众一起,筑起疫情防控的铜墙铁壁。为了让党的政治优势、组织优势和密切联系群众优势转化为疫情防控工作优势,葫芦岛市委组织部注重发挥组织引领、组织推动、组织激励"三个作用",确保党员在疫情防控中展现担当、实现作为,让党旗在防控疫情斗争第一线高高飘扬。

▶ 丹东

凤城出台暖心举措关爱社区村屯一线工作人员

自抗击疫情工作开展以来，凤城市一线的广大村和社区工作者承担了大量的排查、联防、卡点值守工作，面对疫情，勇往直前。针对凤城地区村（社区）干部待遇相对较低的现状，凤城市委、市政府决定，从今年2月起，提高1058名村、社区干部的生活补贴。此外，凤城对于做出突出贡献的个人和集体，将及时给予表彰奖励。这些暖心举措让凤城的村、社区干部工作热情高涨。

▶ 铁岭

开原下汪村27公顷水田全部托管

铁岭开原市下肥镇下汪村一手抓疫情防疫，一手抓春耕生产，利用疫情防控期间建立起的微信群宣传合作社土地托管服务，得到了村民们的一致支持。截至2月26日，350户村民全部签订了托管合同，全村27公顷水田全部托管给下汪村股份经济合作社。耕、种、防、收四个环节由合作社统一操作。合作社理事长王洪军表示："疫情防控的同时开展备耕生产也不晚。"

▶ 沈阳

加强境外来（返）沈人员疫情防控

随着境外疫情形势的变化，即日起，沈阳市将严防境外疫情输入，根据不同情况采取相应防控措施，严格控制疫情传播扩散。沈阳市关口前移，相关部门在航班降落前3小时就掌握相关信息，所有乘客均接受体温检测。针对经韩国返回沈阳的中国籍人员，在充分征求本人意见的基础上，采取居家隔离与集中安置相结合的防控措施。隔离时间均为14天，并全部进行核酸检测。

▶ 大连

出台20项就业政策和保障举措

为做好疫情防控期间就业工作，大连市出台20项就业政策和保障举措。主要包括：为重点企业提供"招聘直通车服务"，积极鼓励企业吸纳就业；对春节期间开工生产、配送疫情防控急需物资的企业，吸纳登记失业半年以上人员就业的，按规定给予企业一次性吸纳就业补贴；扩大稳岗返还政策范围；对给予入驻的创业者或企业减免场地租金的各类创业孵化载体提供补助；提高失业人员基本待遇标准，临时性提高失业保险金标准至疫情结束后3个月；等等。

▶ 鞍山

推出12条新政促进招商引资

鞍山首次针对为项目落地做出实质性贡献的主要引荐人出台奖励办法，从奖励标准、奖励资金兑现流程等方面提出12条新政，激发全民的招商热情，为经济发展和民生保障提供有力支撑。在内资项目方面，鞍山将根据引进项目的有效投资额或年度纳税额进行奖励，项目有效投资包括土地购置、厂房工程建设、设备购置、科技研发投入等。其中，引进有效投资额1000万元（含1000万元）至1亿元的，按照实际有效投资额的5‰给予奖励。

▶ 本溪
全力支持商贸和旅游企业尽快开复工

为保证商贸服务、文化旅游企业尽快开复工，把损失降到最小，本溪市政府明确：对商贸和流通企业政策支持到位，各部门主动服务，积极落实国家和省市支持企业的各项举措；贷企扶持到位，针对企业资金短缺和还款压力，由相关部门积极落实有关政策，对没有列入国家和省里重点扶持企业的，市县区也要出台化解措施；宣传和管理部门借助各种媒介宣传。

▶ 辽阳
向重点企业免费发放16万只口罩

辽阳市把抓防控作为硬任务，把抓发展作为硬道理，通过向重点工业企业人偿发放防护型口罩，帮助重点工业企业早日复工复产。辽阳市工信局对复工复产规上企业口罩需求情况进行调查研判，并综合考虑规上企业、纳税百强、"千名干部包千企"和市政府督查室督查数据等多项因素，按照"突出重点"的原则，兼顾各县（市）区上报的需求数据，筹集约16万只防护型口罩，将分批无偿投放给88户重点企业。

▶ 盘锦
三大实招支持企业复工复产

为解决企业复工复产中的人才需求问题，实现人才有效供给与匹配，盘锦市人才办通过诚心诚意、用心用情举措积极应对，为企业复工复产提供有力支撑。1.支持盘锦籍人才留乡就业创业，引导广大人才思索自身需求，留在家乡就业创业；2.举办大型线上招聘活动，提供2351个工作岗位；3.发布涵盖薪酬补贴、租房补贴、个人所得税奖励、一次性创业补贴、创业场地支持等9条就业创业"真招实策"。

驰援湖北·辽宁行动大事记

有一颗心叫万众一心，有一座城叫众志成城。

疫情发生以来，辽宁全省上下坚决贯彻中央部署，积极响应国家号召，深情牵挂湖北同胞，医疗队、防控物资、生活必需品，源源不断地向千里之外运送、集结，大"疫"中书写大义。

"驰援湖北·辽宁行动大事记"（截至2月27日）以海量信息越示历史瞬间。因信息海量，没有穷尽，下凡文如，敬请体解。

1月 25

▶ **1000 万元**

大连万达集团股份有限公司向武汉市慈善总会捐赠人民币1000万元，用于帮助武汉人民抗击疫情。

1月 26

▶ **138 人**

来自辽宁37家省级、市属医疗机构的138名医护人员，组成驰援湖北的第一批辽宁医疗队，包机出发。

▶ **20 吨**

从辽宁沈阳运往湖北武汉的首批20吨东北大白菜，搭乘火车紧急发往武汉武昌站。

▶ **500 万元**

宝马中国与华晨宝马决定，通过中华慈善总会宝马爱心基金，紧急向湖北省慈善总会捐款人民币500万元。

▶ **30 辆**

华晨汽车集团发出紧急动员令，医疗专用车生产员工返岗投入生产，以完成工信部下达的首批30辆负压救护车生产任务。

1月 27

▶ **100 万元**

辽宁奥克化学股份有限公司通过辽阳慈善总会首期捐款100万元，重点助力辽宁驰援湖北的医疗队。

▶ **20 万个**

来自辽商总会的第一批捐赠物资已抵达武汉红十字会指定仓库，包括20万只医用口罩和1000套防护服。

1月 28

▶ **2 亿元**

辽宁方大集团向湖北省新冠肺炎防控指挥部捐赠2亿元，用于湖北省、武汉市新冠肺炎疫情防控、病情救治和一线医护人员保护。

▶ **6000 万元**

大商集团向大连市慈善总会捐赠6000万元，用于支持疫情防控一线抗击疫情。

▶ **3000 万元**

鞍钢集团通过国务院国资委专门账户捐赠3000万元，用于全国特别是武汉新冠肺炎疫情防控工作。

▶ **1000 万元**

铭源控股集团有限公司捐款1000万元，其中200万元用于大连援鄂医疗队17名救助人员的保障，800万元转赠武汉用于疫情防治工作。

1月 29

▶ **2700 万元**

东软医疗向武汉捐赠的价值2700万元高端

辽宁抗击新冠肺炎疫情全纪实

CT设备及软件装车出发，奔赴抗疫前线。

▶ **300万元**

中国罕王控股有限公司捐赠300万元，驰援湖北黄冈市和孝感市孝昌县抗疫。

1月30

▶ **41263元**

沈阳市和平区中航城二名业主代表，带着922户居民参与捐赠的41263元，转交武汉疫区。

▶ **780万元**

沈阳开普医疗影像技术有限公司向湖北、广东抗疫一线捐赠三台价值780万元的CT设备，其中一台赠予武汉市第三人民医院。

▶ **3.13亿元**

据省工商联不完全统计，截至1月30日，我省民营企业向全国各地捐赠抗击疫情款物累计达3.13亿元。

1月31

▶ **4名**

来自省疾病预防控制中心的4名专家，作为辽宁支援湖北疾控队赶赴湖北，是辽宁驰援湖北的第二批医疗队伍。

▶ **300人**

我省紧急组建两批共300人的医疗队，名单报送国家卫健委，并做好集结和出发准备。

2月1

▶ **50人**

方林集团接到雷神山施工人员紧缺的通知，当即决定集结武汉周边地区分公司人员前往支援，首批50人赶到工地即投入施工。

▶ **23万个**

我省各级团组织捐赠资金及物资590余万元，其中各类口罩23万余只，以及净化服、防护服、消毒液等疫情防控物资若干。

2月2

▶ **118名**

来自9所省属医疗机构和14市32所高水平三甲医院的118名医护人员，组成第二批辽宁驰援湖北危重症患者救治医疗队也奔赴武汉。省委书记、省人大常委会主任、省疫情防控指挥部总指挥陈求发，省委副书记、省长、省疫情防控指挥部总指挥唐一军前往机场送行。

▶ **255万元**

锦州银行员工自发支援武汉抗疫，截至2月2日，共筹集捐款255.41万元，全部汇至武汉市慈善总会指定账户。

▶ **475.5万元**

武汉的疫情牵动着社会各界民众的心，截至2月2日，我省各级青联委员累计捐款4755139.66元。

记录

▶ **20万元**

盘锦爱心志愿者发展促进会通过省慈善总会向武汉定向捐赠20万元。

▶ **49名**

来自中国医科大学附属第一医院和附属口腔医院、盛京医院的49名医护人员，作为第四批辽宁省国家紧急医学救援队开赴湖北。

▶ **200万元**

沈阳铸盈药业有限公司通过省慈善总会，向湖北定向捐赠200万元。

▶ **2.2亿元**

截至2月4日14时，沈阳民营企业累计捐款20988.462万，捐物价值968.0275万，总计近2.2亿元。

▶ **300万元**

大连双迪科技股份有限公司捐赠价值300万元的空气净化器运抵湖北省黄冈市、孝感市、荆门市三地。

▶ **30万元**

继2月3日捐款20万元后，盘锦市爱心志愿者发展促进会通过省慈善总会，再向武汉定向捐赠30万元。

▶ **1700万元**

截至2月6日，我省女企协会会员共捐款1700多万元支援抗疫一线。

▶ **850吨**

沈阳铁路部门优先保障防疫和生产生活物资快捷发往湖北地区，截至2月7日累计向湖北地区发运东北大米850吨、药品3.61万盒、口罩12.5万只、洗手液1万瓶。

▶ **511名**

来自大连市20家医院的511名医护人员，组成第五批辽宁省国家紧急医疗队，包机奔赴湖北。

▶ **502名**

来自辽宁（除大连）13市医疗机构和锦州医科大学附属医院的502名医护人员，作为第六批辽宁省国家紧急医疗队包机奔赴湖北。

辽宁抗击新冠肺炎疫情全纪实

▶ **60 名**

省卫健委接到国务院应对新冠肺炎疫情联防联控机制（医疗救治组）通知，迅速从中国医科大学附属第一医院抽调60名医护人员，连夜出发赶赴武汉。此为第七批辽宁驰援湖北的医疗队。

▶ **470 吨**

省粮食集团组织下属企业紧急加工大米驰援湖北，截至2月9日，累计加工并发运大米470吨，支持疫情严重地区粮油供应。

2月10

▶ **2 万套**

继此前向湖北省、武汉市捐赠2亿元人民币之后，辽宁方大集团再次向湖北和武汉捐赠当前急需的防护服2万套，当晚连夜发往武汉。

2月11

▶ **101125 元**

截至2月11日，沈阳城市学院青年团员共为湖北疫区自发捐款101125元，支援湖北疫情防控。

2月12

▶ **32 名**

由中国医科大学附属盛京医院32名医护人员组成的驰援湖北重症患者救治医疗队，奔赴武汉。这是我省派出的第八批医疗队伍。

▶ **83 名**

由中国医科大学附属盛京医院、省疾控中心、辽宁中医附属医院等83名医护人员，组成辽宁首批对口支援湖北襄阳医疗队。这是我省驰援湖北的第九批医疗队伍。

▶ **2500 万元**

玉马中国皮件展立与宣布，进一步捐款人民币2500万元用于中国抗击新冠肺炎疫情。

▶ **2000 万元**

大连金广集团捐赠2000万元，用于为全省抗疫一线的白衣战士们以及驰援湖北的医护人员购置防护用品及发放补贴。

2月13

▶ **1000 万元**

辽宁忠旺集团有限公司通过辽阳慈善总会捐赠1000万元，其中，500万元用于湖北省武汉疫区。

▶ **100 万元**

大连医诺生物股份有限公司通过武汉市慈善总会为雷神山医院定向捐赠100万元。

2月14

▶ **13 个病区**

辽宁医疗队接手武汉雷神山医院13个病区，并开放其中的10个病区，形成400人的接诊能力。

▶ 3000套

由广东圣丰集团辽宁分公司捐赠湖北省襄阳市的3000套价值100万元的医用防护服,分别从广东、江苏、江西等采购地紧急发往襄阳市。

▶ 6026万元

截至2月14日,辽宁省属企业通过中国慈善总会、红十字会等渠道对外公益捐款合计3619.79万元,向社会各界和疫情防控重灾区捐赠各类物资或提供服务折合人民币2406.36万元,总计6026.15万元。

▶ 17个病区

辽宁医疗队已接管武汉雷神山医院17个病区,开放其中的10个病区,收治372名患者。尚未开放的7个病区正加紧完善调试准备。

▶ 6.98亿元

截至2月15日,省工商联共有2240家民营企业、企业家、社会组织捐款捐物6.98亿元(其中现金5.08亿元)。

▶ 7家

我省援襄医疗队工作组经过细致筹划,并与襄阳方面积极沟通,决定将当地的援助范围从12家医院减少至7家,以便更高效地在当地开展防治救治工作。

▶ 4名

辽宁援襄医疗队中的4名医护人员进驻襄阳市中心医院东津院区疑似患者重症病房,开展救治工作。

▶ 40台

经过3天3夜、1700多公里风雪无阻的行程,40台华晨雷诺金杯负压救护车终于抵达武汉。

▶ 109人

辽宁省对口支援湖北(襄阳市)前方指挥部及第三批救治医疗队乘包机驰援襄阳。省委书记、省人大常委会主任、省疫情防控指挥部总指挥陈求发为医疗队授旗,省委副书记、省长、省疫情防控指挥部总指挥唐一军讲话。此次辽宁对口支援襄阳前方指挥部9人、第三批医疗队100人。

▶ 2169万元

疫情发生以来,全省广大政协委员迅速行动支援抗疫一线。截至2月17日,全省政协委员共捐款2169.09万元(含住辽全国政协委员朱建民捐款100万元)。

▶ 150吨

沈阳一家米业公司向湖北省襄阳市捐赠150吨大米,已通过火车绿色通道紧急发出,其中部分大米将给予我省驰援襄阳医疗队。

▶ 1830名

辽宁抗击
新冠肺炎疫情全纪实

省委书记陈求发与湖北省委书记应勇同志通电话时透露,辽宁省已累计派出1830名医护人员驰援武汉和襄阳;累计向湖北输送医用口罩13.5万只、防护服1.14万套、护目镜及防护面罩4100个,还有治疗仪、呼吸机、负压救护车等医疗设备。

2月20日

▶ **200人**

辽宁支援湖北第十一批医疗队200名队员乘包机飞赴武汉。

2月21日

▶ **7医院**

辽宁医疗队正式进驻襄阳枣阳市中医院新型肺炎确诊患者病区。至此,辽宁援襄医疗队全部进驻受援的7家医院病区开展救治。

▶ **6车**

由郭明义爱心团队捐赠的6车物资运抵武汉雷神山医院,包括南果梨、鸡蛋等特产。

2月27日

▶ **100名**

截至2月27日,辽宁援襄医疗队管理的16个病区,累计收治患者304人,临床治愈患者100人。

扫码看《英雄,归来!》

记录 **383**

本书主创团队

柏岩瑛　刘立纲　王　研　张莉莉
姜义双　杨靖岫　董翰博　田　勇
方　亮　唐佳丽　明绍庚　孔爱群
孙大卫　赵　铭　李　越　胡海林
杨忠厚　徐丹伟　王笑梅　侯永锋
王敏娜　王　坤　赵　静　关艳玲
徐铁英　葛红霞　刘　乐　赵英明
卢立业　许　凯　郑新煜　谭　硕
胡宜男　孙明慧　窦芳平　高　爽
高汉雷　李万东　刘家伟　周　智
王　钢　邢　宇　陈琳琳　万　重
郑　磊　张　爽
以及《辽宁日报》各地记者站记者